Neuschnee des Lebens

Über dieses Buch

»Das Herz ist nur ein Muskel, der Blut durch den Körper pumpt. Nicht mehr und nicht weniger. Kein Wunder, dass es nicht auf das hört, was du sagst. Hast du etwa schon einmal ein Herz mit Ohren gesehen?«

Seitdem die Schriftstellerin Minnie an Heiligabend von ihrem Ehemann verlassen wurde, kann sie mit dem Fest der Liebe nichts mehr anfangen.

Zwischen unerfülltem Kinderwunsch und verletzenden Worten hat sie nicht nur ihre große Liebe, sondern auch die Muse für das Schreiben verloren.

Lange Zeit hat Minnies Verlag Geduld mit ihr gehabt, doch nach fast zwei Jahren ohne Neuveröffentlichung schickt der Verleger sie ausgerechnet im frostigen Dezember nach Lappland, in ein abgelegenes, aber gemütliches Holzhäuschen am See.

In der fast unberührten Natur von Nordschweden soll sie mithilfe von winterlichem Ambiente wieder Inspiration für einen neuen Liebesroman finden, der zur Weihnachtszeit spielt.

Tausende Kilometer weit weg vom Rosenkrieg und von der distanzierten Beziehung zu ihrem Vater kommt Minnie schon bald zur Ruhe und auf andere Gedanken.

Diese Gedanken drehen sich insbesondere um ihren Gastgeber Per Andersson, mit dem sie unvergessliche Tage zwischen Schnee und Polarlichtern verbringt.

Doch schon bald holen alte Geheimnisse sowohl Per als auch Minnie wieder ein.

Werden sie es schaffen, die Vergangenheit ein für alle Mal Schnee von gestern sein zu lassen und den Neuschnee in ihre Leben zu lassen?

Esther Destratis

Neuschnee des Lebens

Roman

1. Auflage 2019

Esther Destratis, Ringstraße 52, CH-5620 Bremgarten, Aargau
Lektorat: Anke Höhl-Kayser
Korrektorat: Ellen Rennen
Covergestaltung: Eileen Sinnhöfer, www.eileensinnhoefer.de
Covermotiv: © Stock.adobe.com
eBook-Gestaltung: buchseitendesign by ira wundram, www.buchseiten-design.de
Zierelemente Innenteil: © Zinaida Zaiko/Shutterstock.com; © Khabarushka/Shutterstock.com

Für meine Mutter

Über die Autorin
Esther Destratis ist das Kind italienischer Einwanderer. Sie wuchs in Lörrach, dem Dreiländereck zwischen Deutschland, Frankreich und der Schweiz, auf. Schon als Kind schrieb sie gerne Geschichten, und in der Teenagerzeit verfasste sie am liebsten Gedichte.
Nach Ausbildung und Studium wurden mit einem neuen Job und einem Umzug auf einmal zwei Stunden Pendelzeit am Tag erforderlich - Zeit, die Esther nutzt, um an ihren Romanen zu schreiben.
Die Ideen dafür kommen ihr meistens während des Reisens - eine der ganz großen Leidenschaften von Esther und ihrem Mann.
Zusammen leben sie mit zwei Katzen in der Nähe von Zürich.
Weitere Informationen unter: www.esther-destratis-autorin.com

Bereits erschienen:
Das Haus aus Perlmutt
House of Pearl, Sand and Shell
Die Gezeiten von Cramond

Prolog

Mailand
Heiligabend 2016
Minnie

Dampfend glitt das Glätteisen durch Minnies Haar und verwandelte es in seidige Kupfersträhnen. Obwohl es beinahe spiegelglatt war, wiederholte Minnie die Prozedur mehrmals.

»Minnie, brauchst du noch lange? Meine Eltern warten bereits auf uns«, rief Marco aus dem Nebenzimmer.

Und mit ihnen deine Brüder, Schwestern, Schwägerinnen und Schwager mitsamt ihrer lärmenden Kinderschar, dachte Minnie und seufzte.

Wie gerne hätte sie Weihnachten nur einmal mit Marco auf einer einsamen Insel verbracht. Ein einziges Mal hatte sie es angesprochen, doch nur missbilligende Blicke kassiert. Die Stimme ihrer Schwiegermutter hallte durch ihren Kopf: *Ich verstehe dich, du hast ja keine richtige Familie. Armes Kind, du bist ohne Mutter aufgewachsen. Aber Weihnachten ist das Fest der Liebe und der Familie, also wirst du unseren Marco nirgendwohin entführen!*

Marco war ihr in den Rücken gefallen: *Genauso ist es, Mama!*

Es half alles nichts.

»Gib mir noch einen Moment, ich bin gleich so weit«, antwortete Minnie, schob ihren Traum von einem besinnlichen Fest beiseite und zog ihrem Glätteisen den Stecker.

Mit einer Bürste fuhr sie noch einmal durch das Haar. Für Minnie war es schon immer Fluch und Segen zugleich gewesen. Nicht selten hatte sie sich gefragt, von wem sie diese widerspenstige Mähne wohl geerbt hatte.

Marco trat ins Bad und ließ einen Pfiff los.

»Meine rothaarige Schönheit, in diesem kleinen Schwarzen siehst du wundervoll aus!«

»Danke. Der neue Anzug steht dir auch ausgezeichnet. Kannst du mir bitte noch kurz helfen?«, sagte Minnie und drehte Marco ihren Rücken zu.

»Aber natürlich«, erwiderte Marco und drückte ihr einen sanften Kuss auf die Schulter, während er den Reißverschluss nach oben zog.

Minnie stellte sich auf die Zehenspitzen und hauchte ihm ihrerseits einen Kuss auf die Lippen.

Marcos Handy klingelte.

»Geh nicht ran«, bat ihn Minnie, »deine Mutter wird dich noch lange genug heute Abend haben.«

Doch Marco zuckte nur mit den Schultern, während er das Smartphone schon ans Ohr hielt. »Ja, Mama? Wir machen uns gleich auf dem Weg. Wir müssen nur noch etwas Wichtiges erledigen.«

Minnie horchte verwundert auf. *Wovon spricht er da?*

Marco beendete das Gespräch und verstaute sein Mobiltelefon im Inneren seiner Anzugsjacke.

»Was haben wir denn noch Wichtiges zu erledigen?«

»Dein Geschenk«, sagte Marco mit Vorfreude in den Augen, dann nahm er Minnies Hand und führte sie ins Erdgeschoss, wo der Weihnachtsbaum stand und das ganze Wohnzimmer mit seinen Lichterketten und funkelnden

Dekorationen erhellte. Seit Tagen war Minnie um die Gaben, die gleich neben der Krippe lagen und darauf warteten, ausgepackt zu werden, herumgeschlichen und hatte versucht, zu erraten, was sich hinter dem mit Schlitten und Weihnachtsmännern bedruckten Papier wohl verbarg.

Insbesondere eines brachte Minnie vor lauter Neugier um den Verstand. Es war rechteckig, flach und ganz leicht. In einem unbeobachteten Moment hatte Minnie es geschüttelt. Es beinhaltete zweifellos eine Mappe mit Unterlagen.

Mein Wink mit dem Zaunpfahl muss gewirkt haben! Die müssen von einem Reisebüro kommen, dachte Minnie selig, *endlich gönnen wir uns einmal eine Pause!*

Ihr Herz hüpfte in ihrer Brust, als sie sah, dass Marco ausgerechnet dieses Geschenk in die Hand nahm und ihr freudestrahlend übergab.

Minnie konnte das Meer schon riechen und den Sand zwischen ihren Zehen spüren. Sie würden jeden Tag viel zu viel essen und sich gegenseitig wegen zu eng gewordener Hosen necken.

Sie sah sich und Marco jeden Abend an einer Poolbar sitzen, Cocktails schlürfen, die mit diesen lächerlichen Papierschirmchen dekoriert waren, und danach im Zimmer hemmungslos übereinander herfallen. Es würde alles wieder so werden wie früher.

»Mach es auf, Schatz, ich glaube, wir sind uns beide einig, dass wir es brauchen«, verkündete Marco geheimnisvoll.

»Oh ja, und wie«, bestätigte Minnie und dachte an den letzten Urlaub, den sie sich vor Jahren gegönnt hatten, als sie beide noch Studenten und unbekannt gewesen waren. Sie waren nach Rom gefahren und hatten die ganze Stadt auf einer klapprigen roten Vespa erkundet. Es war wundervoll gewesen. Die schönen Erinnerungen zauberten ein Lächeln auf ihr Gesicht.

Minnie riss das Geschenk auf. Sie war nicht die Sorte

Beschenkte, die das Papier fein säuberlich entfernte, glattstrich und aufhob.

Es war tatsächlich eine Hochglanzmappe mit Unterlagen. Darauf waren perfekte Frauen und gutaussehende Männer zu sehen, die blauäugige Wonneproppen in den Armen hielten.

»Ist es das, was ich denke?«, fragte Minnie und versuchte, ihr Entsetzen zu verbergen.

Marco hatte Tränen in den Augen. »Ja, mein Schatz. Ich habe endlich einen Termin bei der Kinderwunschklinik für uns vereinbaren können! Freust du dich denn nicht?« Minnie bemühte sich, den Sturm, der in ihr tobte, im Zaum zu halten. Sie atmete tief durch.

»Aber wir hatten uns doch geeinigt, es auf natürlichem Wege zu probieren.«

»Minerva, mach die Augen auf! Wir probieren das schon seit drei Jahren! Es wird Zeit, der Natur auf die Sprünge zu helfen. Du wirst schon sehen, ein paar Hormonspritzen hier, ein paar Vitamine da und schon wird es endlich etwas mit dem Kindersegen!«

»Du weigerst dich doch immer, dich untersuchen zu lassen. Vielleicht liegt es ja an dir«, erinnerte ihn Minnie.

Marco schüttelte den Kopf. »Nein, das kann nicht sein! In meiner Familie haben alle Kinder. Es muss an dir liegen! Meine Familie fragt schon nach, wann es denn endlich auch bei uns so weit ist und …«

»Deine Brüder und Schwestern sind so fruchtbar gewesen, sie könnten eine eigene Fußballmannschaft aufstellen! Deine Eltern haben schon genug Enkelkinder«, unterbrach ihn Minnie barsch, »sie tun immer so, als müsste Italien aussterben, wenn wir nicht auch noch ein Kind in die Welt setzen!«

»Untersteh dich, so über sie zu reden! Dazu hast du kein Recht!«, protestierte Marco und trat wütend nach der

Krippe. Alle Figuren, die dem Jesuskind ihren Respekt zollten und Gaben brachten, wurden quer durch den Raum geschleudert.

Nicht mit mir, dachte Minnie aufgebracht und fühlte die Hitze in ihr Gesicht steigen.

»Ich rede so, wie es mir passt, insbesondere, wenn ich die Wahrheit sage!«

Marcos Ton wurde etwas sanfter: »Auch der Verlag fragt immer wieder bei mir nach. Du musst zugeben, dass ein Kinderbuchautor ohne eigene Kinder absurd ist, oder?«

»Ach, und eine Liebesromanautorin, die ohne Liebe leben muss, ist es wohl nicht? Ist dir aufgefallen, dass wir seit einer Ewigkeit nur noch Sex an meinen fruchtbaren Tagen haben? Wir tragen die Tage sogar im Kalender ein, als wären sie ein Meeting mit unseren Agenten! Ich fühle mich wie eine verdammte Zuchtstute!«

Marco baute sich bedrohlich vor Minnie auf. »Das ist doch nicht meine Schuld, wenn du so fortpflanzungsfreudig wie ein Fels bist!«

Das war zu viel. Minnie schleuderte die Mappe mit den dämlich grinsenden Eltern und ihren noch dämlicheren, sabbernden, zahnlosen Minimonstern durch den Raum. Es regnete Broschüren und Prospekte.

»Minnie, ich glaube, wir sollten uns beide beruhigen!«, beschwichtigte Marco. Er nahm ihre Hände in seine. Wie immer strahlten sie Wärme aus, während Minnie das Gefühl hatte, Eisklötze an den Armen zu haben.

»Weißt du, ich verstehe dich. Du hast wahrscheinlich Angst, das hätte ich an deiner Stelle vielleicht auch. Und du musst schreckliche Schuldgefühle wegen deiner Mutter haben, aber glaube mir, du konntest nichts dafür. Auch wenn dein Vater dir immer das Gegenteil einbläuen möchte.«

»Das hat nichts mit ihr zu tun!«

»Ich glaube schon, aber lassen wir das Thema einfach, hier geht es nur um dich und mich und die Krönung unserer Ehe.«

Minnie stellten sich die Nackenhaare auf. *Welche Krönung denn?*

Marcos Handy klingelte erneut. Wie schön die Zeiten gewesen sein mussten, als man nicht ständig und überall erreichbar war!

Minnie seufzte. »Lass mich raten? Ist wohl dein Mamilein?«

»Hör bloß auf zu spotten!«, drohte Marco und ging ran. »Mama? Ja, wir brauchen noch einen kurzen Moment … Ja, ich habe es ihr gegeben. … Nein, begeistert ist sie nicht gerade.«

Minnie verlor die Fassung. »Du … du hast ihr davon erzählt?«

Marco hielt die Hand vor das Handy. »Es war ihre Idee, okay? Sie wollte uns nur helfen!«

»Ihr seid doch alle wahnsinnig!«, schrie Minnie und riss sich von Marco los.

»Mama? Nein, das hat sie nicht so gemeint.«

»Doch, ich habe genau gemeint, was ich gesagt habe. Ihr seid alle nicht mehr bei Trost!«

Minnie musste hier raus. Sofort. Sie riss ihren Mantel von der Garderobe und schloss die Tür auf. Dunkelheit, Nebel und Temperaturen unter dem Gefrierpunkt ließen sie frösteln, doch sie wusste, die wahre Kälte befand sich in ihrem Haus, nicht außerhalb davon.

Im Flur hielt sie Marco plötzlich am Oberarm fest.

»Lass mich los, du tust mir weh!«

Marco griff nach ihrem Kinn und zwang sie, ihn anzusehen.

»Minerva. Keine Ausreden mehr. Keine Ausflüchte. Nur die Wahrheit. Ich möchte eines von dir wissen: Bist du bereit, jeden Weg mit mir zu gehen, um ein Kind zu bekommen? Ja oder nein?«

Kapitel 1

November 2018
Mailand
Minnie

Der Cursor auf Minnies Bildschirm blinkte unaufhörlich. So ein Cursor war eine gute Sache. Er hatte eine Engelsgeduld und beschwerte sich nie. Er machte keinen Druck, gefälligst weiterzuschreiben. Er ließ sich beliebig hin und her verschieben. Man konnte Wörter schreiben und auch gleich wieder löschen. *Gott sei Dank werden Bücher heute auf Computern geschrieben! Würde man noch Schreibmaschine und Papier benötigen, hätte ich einen ganzen Wald auf dem Gewissen!,* dachte Minnie.

Der Absatz, den sie gerade geschrieben hatte, war doch gar nicht so übel. Sie wusste nur nicht so recht, wie es weitergehen sollte. Minnie kramte in sämtlichen Windungen ihres Gehirns, versuchte, sich die Szene vorzustellen, versuchte, den Charakteren vor ihrem inneren Auge Leben einzuhauchen. Was machten sie? Was sagten sie? Was fühlten sie? Sie las den Absatz noch einmal. Bei genauerem Hinsehen war er nicht besonders gut, eigentlich doch eher schlecht. *Um die Wahrheit zu sagen, er ist hundsmiserabel!*

Minnie entschied, dass sie nur einen Moment der Ablenkung brauchte. Nur kurz ihre Augen entspannen und ihre Gedanken sammeln. Sie blätterte lustlos in einer Zeitschrift herum. Sofort fiel ihr eine Werbung auf. Die Bilder vom *Colosseum* und der *Spanischen Treppe* weckten alte Erinnerungen an längst vergangene Zeiten.

»Alle Wege führen nach Rom!«, lautete der Slogan. *Wohl eher in eine Sackgasse,* dachte Minnie und pfefferte die Zeitschrift in den Papierkorb. Gleich daneben stand die Glasvitrine, in der Minnies alte Buchpreise vor sich hin staubten. Hatte wirklich *sie* diese Dinger alle gewonnen? Gehörten sie wirklich zu ihrer Vergangenheit? Manchmal kam ihr diese Zeit vor wie ein alter, fast vergessener Traum.

Warum konnte man aufkommende Gedanken nicht einfach im Keim ersticken? Warum gab es keinen *Delete*-Knopf für alles Schlechte im Leben?

»Was du brauchst, ist einfach nur eine Pause!«, sagte sich Minnie und ging zu ihrer Kaffeemaschine. Schon zum vierten Mal an diesem Tag. Liebevoll strich sie über das Edelstahlgehäuse und bereitete sich einen Latte Macchiato zu.

Der Barista Daniele, der zehn Stockwerke unter ihrer Wohnung die *Cubanito Bar* betrieb, hätte missbilligend mit der Zunge geschnalzt. Sie konnte seine Beschwerde schon förmlich hören und sich vorstellen, wie er wild gestikulierte. *Aber Minnie, Latte Macchiato nach elf Uhr? Das ist doch nur was für Touristen! Oder trägst du etwa auch Socken und Sandalen? Tunkst zum Frühstück Bratwurst in kalte Milch? Fotografierst unaufhörlich?* Minnie lachte in sich hinein. *Was Daniele nicht weiß, macht ihn nicht heiß.*

Das köstliche Röstaroma der Kaffeebohnen verteilte sich in ihrem kleinen Apartment. Während der Milchschaum geräuschvoll aufgeschlagen wurde, blickte Minnie aus dem Fenster. Der Herbstnebel lag wie eine Dunstglocke über der versmogten Stadt. Alles sah grau aus. Die Straßen, die Gebäude, sogar die Menschen. Graue Tauben gurrten auf Minnies Dach und hinterließen grauen Dreck auf ihrer grauen Fensterbank. Die Kaffeemaschine erledigte ihre Arbeit, Minnies Latte Macchiato war fertig. Als sie wenige Augenblicke später gerade dabei war, den Milchschaum aus dem Glas zu löffeln, klingelte es an der Tür. *Wäre ja auch zu schön gewesen!*

Ohne ihr Getränk abzustellen, sah Minnie durch den Spion. Penelope stand vor der Tür. Mit dem rechten Fuß wippte sie auf dem Boden herum und hielt zwei riesige braune Umschläge im Arm. Genervt blickte sie auf ihre Armbanduhr. *Oh, oh,* dachte Minnie. Penelope klingelte erneut, dieses Mal länger. »Also MI-NER-VA! Jetzt mach doch endlich auf, ich habe nicht den ganzen Tag lang Zeit!«

Minnie atmete tief durch und öffnete die Tür. Penelope brummelte ein »Ciao!« und kam herein. Während sie ihren karamellfarbenen Mantel mit passendem Schal auszog, blickte sie Minnie überrascht an.

»Latte Macchiato? Um diese Uhrzeit?«

Minnie fühlte sich wie ein Kind, das gerade dabei ertappt worden war, wie es Süßigkeiten stahl. Sie zuckte entschuldigend mit den Schultern.

»Für mich bitte auch einen, danke«, sagte Penelope und machte es sich am Küchentisch bequem.

Geräuschvoll ließ sie einen der braunen Umschläge auf die Tischfläche knallen. *Das heißt nichts Gutes,* dachte Minnie und schaltete ihre Kaffeemaschine wieder an.

Wenige Minuten später saßen beide Frauen am Tisch, jede mit ihrem Heißgetränk vor der Nase. Penelope schien den strengsten Blick, zu dem sie fähig war, aufgesetzt zu haben. Minnie konnte es sich nicht verkneifen. »Mein Gott, jetzt schau doch nicht so finster drein! Wir sind keine Kinder mehr! Was hat der Lektor gesagt?«

»Hier bitte, sieh selbst«, sagte Penelope und überreichte Minnie den Umschlag. »Es heißt nicht umsonst *Schuster, bleib bei deinen Leisten!*«

»Bitte, Schwesterherz, komm mir nicht mit deinen altbackenen Sprüchen und Bauernweisheiten, auch wenn ich weiß, dass du sie liebst.«

»An denen ist meistens etwas dran!«

Minnie öffnete den Umschlag, entnahm das Bündel Papier, das sich darin befand, und blätterte.

Zunächst betrachtete sie jede Seite sorgfältig, doch dann nahm sie alles nur kurz in Augenschein, als würde es sich um ein Daumenkino handeln.

Als sie genug gesehen hatte, stapelte sie die Blätter sorgfältig, stand auf und warf sie in den Schredder, der ihr Manuskript sofort in zerschnittenes und gekräuseltes Papier zermahlte.

»Die Arbeit der letzten sechs Monate für nichts«, stellte Penelope fest.

Minnie betrachtete den Wirrwarr aus Buchstaben im Auffangbehälter. Das Manuskript war vernichtet, doch die Kommentare des Lektors hatten sich in Minnies Kopf eingebrannt. *Es wird keine Spannung aufgebaut. Handlung an den Haaren herbeigezogen. Nicht nachvollziehbar. Grauenhaft!*

»Das letzte Mal, dass ich so viel Rotstift in meiner Arbeit gesehen habe, war bei meiner Mathematikklassenarbeit«, versuchte Minnie zu scherzen.

Penelopes Mundwinkel bewegten sich nicht von der Stelle. »Ich hatte dich gewarnt.«

»Ich weiß.«

»Wie bist du überhaupt auf die Idee gekommen, plötzlich etwas ganz anderes zu schreiben? Du bist eine Autorin für Liebesgeschichten, das ist deine Spezialität, das ist dein Fachgebiet. Gefühlvolle Geschichten, mit Romantik, mit positiven Emotionen, mit Happy Ends. Wieso bringen sich die Charaktere in diesem Manuskript alle plötzlich gegenseitig um, statt sich lieb zu haben? Wieso meintest du plötzlich, einen auf *Stephen King* machen zu müssen?«

Mittlerweile klang Penelopes Stimme schrill, wie damals als Kind, wenn Minnie etwas von ihrem Eis hatte abhaben wollen.

Minnie löffelte den restlichen Milchschaum aus ihrem Glas. Warum nur hatte sie das Gefühl, sich erklären zu müssen?

»Ich … ich … wollte …«

Penelope schlug mit der flachen Hand auf den Tisch. Das Geschirr macht einen kleinen Satz und klirrte.

»Ich weiß ganz genau, was du wolltest. Du wolltest die Trennung von Marco verarbeiten, indem du deine Hauptdarstellerin in ein männermordendes Biest verwandelt hast. Du hast deine ganzen Rachegefühle gegenüber Marco in diese Handlung projiziert. Leider ist das unglaubwürdig und liegt dir überhaupt nicht. Ich habe dein Manuskript gelesen, es ist eine einzige Katastrophe.«

Autsch. Kennt sie sich jetzt auch noch mit Psychologie aus? Gibt es irgendetwas, was meine Schwester nicht kann?

»Mit Marco hat das nichts zu tun«, log Minnie. »Da ich seit fast zwei Jahren keinen Liebesroman mehr zustande bekomme, dachte ich, ich könnte mich mal an einem Thriller ausprobieren.«

»Denken … denken. *Überlasse das Denken den Pferden, die haben einen größeren Kopf!* Genauso wirkte dein Manuskript. Wie das Werk einer Anfängerin, die mal etwas probieren wollte, nicht wie Minerva Giuliani, Tochter der großen Ornella Giuliani!«

Eine diffuse Gefühlsmischung aus Schuld und Sehnsucht ergriff Besitz von Minnie. Die Erwähnung von Marco und Mama in zwei aufeinanderfolgenden Sätzen, das fühlte sich an, als würde sie gleich zweimal hintereinander überfahren werden. Erst von einem Lastkraftwagen. Dann von einem Panzer.

»Ich hole uns mal eine Packung Schokokekse«, hörte sich Minnie fröhlich sagen.

Sie stand auf und verschwand im Bad. Sofort öffnete sie den Wasserhahn. Das kühle Wasser half ihren geröteten Augen. Sie setzte sich noch einige Augenblicke auf den Badewannenrand, atmete tief durch und ging dann ins Wohnzimmer zurück, wo sie tatsächlich noch eine Packung ihres Lieblingsgebäcks fand.

Akkurat platzierte Minnie die Kekse auf einem Teller und stellte sie in die Mitte des Küchentisches.

»Minerva«, Penelopes Stimme klang jetzt sanft, »kein Wort mehr über das Thriller-Manuskript. Ich bin nicht deswegen hergekommen.«

»Weshalb denn dann, meine geliebte Schwester und talentierte Agentin?«

»Der Verlag verliert langsam die Geduld. Seit fast zwei Jahren hast du kein Buch mehr veröffentlicht. Das entspricht nicht den Vereinbarungen.«

Minnie nickte und die Schuldgefühle überrollten sie. »Ich weiß, ich habe mich zu einer Veröffentlichung pro Jahr verpflichtet. Aber das war auch zu einem Zeitpunkt, als ich mehr Inspiration und Geschichten in mir hatte, als ich jemals hätte niederschreiben können.«

»Ich weiß, wie sehr dich die Trennung von Marco belastet hat. Der Verlag ist sich dessen ebenfalls bewusst, und das Team hat lange Zeit darauf Rücksicht genommen und dich in Ruhe gelassen. Aber nun wird immer lauter verlangt, dass du wieder zurückkommst. Die Redaktion wird von Leserbriefen, E-Mails und Posts auf den sozialen Kanälen überflutet. Alle möchten wissen, wann dein nächster Liebesroman veröffentlicht wird. Die Leserschaft ist ungeduldig und der Verlag auch.«

Es war klar, dass mich das eines Tages einholen würde.

»Gut, der Verlag wünscht sich ein Comeback. Was soll ich tun?«

»Ihm schwebt für nächstes Jahr ein Weihnachtsroman von dir vor.«

»Ein Weihnachtsroman?«, rief Minnie entgeistert und verschluckte sich fast an dem Stück Keks, das sie gerade abgebissen hatte.

»Genau. Eine Liebesgeschichte, die zur Weihnachtszeit spielen soll. Ein richtiger Schmöker, den die Leser gemütlich auf dem Sofa lesen können, während es draußen unwirtlich, kalt und dunkel ist. Ein Buch, das einen durch die kälteste, aber schönste Zeit des Jahres begleitet. Ein Werk, das, in edlem Papier verpackt, ein perfektes Geschenk unter dem Weihnachtsbaum abgibt.«

»Ich kann das nicht.«

»Doch, du kannst und du wirst.«

Minnie wagte den Versuch einer Erklärung. »Seit zwei Jahren verbinde ich mit Weihnachten nur noch eines …«

»… Marco, wie er seine Sachen packt und dich verlässt. Ich weiß.«

»Genau.«

Penelope ergriff Minerva sanft an beiden Armen.

»Es wird Zeit, die Vernunft walten zu lassen und über Marco hinwegzukommen. Er hat sich ein neues Leben aufgebaut, seine Verkaufszahlen gehen durch die Decke, er heimst einen Preis nach dem anderen ein und das mit Kinderbüchern, K-I-N-D-E-R-B-Ü-C-H-E-R-N! Die Emma übrigens langweilig findet. Du hingegen bist nur noch ein Schatten deiner selbst. Wo ist die romantische, kecke, brillante Minnie von früher, die ihre Bücher zur Not auf Bierdeckeln und Kaugummipapier niederschrieb? Aus der die Worte nur so heraussprudelten?«

Minnie wischte sich die Tränen fort, ihre treuen Begleiter.

Wahrscheinlich werden sie erst versiegen, wenn ich gelernt habe, sie zu lieben.

»Ich weiß nicht, wo diese Minnie ist. Ich glaube, ich habe sie irgendwo zwischen Umzugskartons, Scheidungspapieren, zerbrochenem Glas und Schlagzeilen verloren.«

Penelope hielt Minnie ein Taschentuch hin, das sie dankend annahm. »Hör auf mich, lass die Vergangenheit nun endlich ruhen, denn sie ist ein Ort, an den du nie mehr zurückkehren kannst. Es ist Zeit, nach vorne zu sehen.«

»Du weißt ganz genau, als Marco gegangen ist, hat er meine ganze Inspiration mitgenommen«, gestand Minnie. »Mit ihm ist meine Muse fortgegangen.«

»Ha!«, rief Penelope. »Inspiration ist das Stichwort! Weil dir die seit einiger Zeit fehlt, habe ich einen fantastischen Deal mit dem Verlag ausgemacht!«

Minnie spitzte die Ohren.

Penelope trommelte mit ihren Zeigefingern dramatisch auf dem Tisch.

»Ich habe den Verlag davon überzeugt, dass der beste Ort, um einen Weihnachtsroman zu schreiben, nicht dein streichholzschachtelgroßes Apartment sein kann. Ich habe ihnen klargemacht, dass dir ein Urlaub in weihnachtlicher Atmosphäre guttun würde, um die Inspiration wiederzufinden, die du so dringend benötigst.«

»Soll ich umziehen?«

Minnie hätte nichts dagegen gehabt. Sie fühlte sich in Mailand schon seit einiger Zeit nicht mehr wohl.

»Ja, aber nur zeitweise.«

»Ich verstehe nicht ganz.«

»Du stehst wohl auf dem Schlauch? Ein Urlaub, Minnie!«

»Ein Urlaub? Wow, wieso bin ich nicht von selbst darauf gekommen, dass mir das guttun könnte? Aber hat der Verlag deiner Idee zugestimmt?«

Vor Neugier begann Minnie, an ihren Fingernägeln

herumzukauen. Penelope tätschelte ihre Hand, damit sie aufhörte.

»Der Verlag hat nicht nur zugestimmt. Man hat sich Gedanken gemacht und sich richtig Mühe gegeben, eine geeignete Location zu finden und Aktivitäten zu buchen, die deine Liebe zum Weihnachtsfest wiederherstellen sollen.«

Minnie packte die Vorfreude. »Okay, lass mich raten, sag mir nicht, wo es hingeht. Sie schicken mich in die Karibik? Weiße Strände, Palmen und immerwährender Sonnenschein? Dann wird der Roman *Weihnachten in der Karibik* heißen.«

Penelope lächelte. »Oh nein, keine Karibik.«

»Schade, aber gut, ich rate weiter. Dann wird es bestimmt New York sein. Der perfekte Schauplatz für einen modernen Weihnachtsroman. Hochhäuser, Central Park, Shopping, Kultur … Super, ich bin bereits beim Kofferpacken.«

Penelope grinste, während sich Minnie innerlich die Hände rieb. *Nach New York wollte ich schon immer.*

»Es tut mir leid, dich wieder enttäuschen zu müssen, aber es wird auch nicht New York werden.«

Die Spannung und Neugierde brachten Minnie fast um den Verstand. »Wohin schicken sie mich denn dann?«

»Nach Lappland. Nach Schwedisch-Lappland, um genau zu sein.«

Vor Schreck warf Minnie ihre Tasse um, die eine kleine Pfütze auf ihrem Tisch hinterließ. Sofort zauberte Penelope ein Feuchttuch aus ihrer Tasche und wischte das Missgeschick auf.

»Wo der Weihnachtsmann herkommt?«

»Nicht ganz. Der Weihnachtsmann kommt aus Finnisch-Lappland. Da explodieren die Preise zur Weihnachtszeit und es ist sehr touristisch. Schwedisch-Lappland bietet dir eine genauso inspirierende Kulisse bei geringeren Kosten und mit weniger Ablenkung.«

»Lappland. Natürlich. Schnee. Kälte. Eis. Viel Kälte. Rentiere … Es passt von der Kulisse her schon für einen Weihnachtsroman. Aber im Ernst: LAPPLAND? Ist das nicht am Arsch der Welt?«, fragte Minnie. Sie hörte selbst das Entsetzen in ihrer Stimme.

»Ja, ist es. Und deswegen ist es perfekt für dich.«

Minnie war fast zu erschöpft, um sich zu wehren. Sie startete einen müden Versuch. »Gibt es dort nicht Bären?«

»Ja, die gibt es. Aber die halten gerade Winterschlaf, außerdem haben sie mehr Angst vor dir als du vor ihnen.«

Minnie kramte in ihrem Hirn nach weiteren Argumenten gegen Lappland. »Ich habe aber nichts Passendes anzuziehen, da wird es sicher eisig kalt sein?«

Wieder lächelte Penelope, diesmal siegessicher. »Ja, das wird es. Unter Umständen bis zu –50 °C. Ich habe vom Verlag einen Vorschuss für dich kassiert, damit du dich mindestens so gut wie ein Polarforscher ausstatten kannst. Wir wollen doch nicht, dass dir deine wertvollen Fingerchen abfrieren.«

Verdammt, sie hat ihre Hausaufgaben wirklich gut gemacht, dachte Minnie.

Penelope übergab Minnie einen Umschlag mit Bargeld und zauberte zeitgleich den zweiten braunen Umschlag hervor. *Widerstand wird zwecklos sein.*

»Der Verlag hat sich um alles gekümmert. Hier sind alle Reiseunterlagen, die du brauchst. Sie haben dir eine Hütte gebucht und du hast einen Führer, der verschiedene Aktivitäten mit dir unternehmen wird. Du wirst aber natürlich auch noch genug Zeit haben, wenigstens einen groben Entwurf deines Romans fertigzustellen. Wenn du Mitte Januar zurückkommst, erwarten sie zumindest ein Exposé von dir. Im Frühling soll dann das Manuskript abgeschlossen sein, damit es rechtzeitig zum Herbst verlegt werden kann.«

»Entschuldige, hast du gerade Mitte Januar gesagt? Wie lange soll ich denn in Lappland bleiben?«

Ohne auf die Unterlagen zu blicken oder mit der Wimper zu zucken, antwortete Penelope: »Vom 15. Dezember bis 15. Januar.«

Ganze VIER Wochen in der Einöde!?

»Wow, einen Monat!«, rief Minnie mit einer Mischung aus Begeisterung und blanker Panik.

»Minnie, tu es, bitte. Dir, mir und deinen Leserinnen und Lesern zuliebe.«

Minnies Gedanken und Gefühle fuhren Achterbahn.

»Habe ich denn irgendeine Wahl?«

Penelope legte ihre Stirn in Falten. »Eigentlich nicht. Wenn du kein neues Manuskript lieferst, bist *du* geliefert und der Verlag kündigt dir. Dann müssten wir uns auf die Suche nach einem neuen Verlag machen und mit *der* Vorgeschichte …«

»… könnte es schwierig werden«, beendete Minnie den Satz. »Darf ich eine Nacht darüber schlafen?«

Penelope ergriff Minnies Hand. »Ja, auch zwei. Aber denk daran: Nur der frühe Vogel fängt den Wurm, da beißt die Maus keinen Faden ab!«

»Wie sehr ich dich liebe, aber deine dämlichen Redewendungen hasse!«

Penelope grinste. »Ich weiß. Du darfst das gerne in dein neues Buch einbauen, so kannst du dich insgeheim an mir rächen.«

Nach kurzem Zögern stimmte Minnie in ihr Lachen ein.

»So gefällst du mir am besten«, verkündete Penelope. »Du solltest öfter deine Mundwinkel nach oben bewegen, das steht dir viel besser als dieses griesgrämige Gesicht, das du sonst den ganzen Tag mit dir herumträgst.«

Minnie grinste so sehr, dass es in den Mundwinkeln weh tat.

Penelope blickte auf ihr Handgelenk. »So, ich muss jetzt los, Emma aus dem Kindergarten abholen.«

»Danke, Penny. Gib Emma einen Kuss von mir.«

»Gerne geschehen, Minnie. Komm uns mal wieder besuchen und gib ihn ihr einfach selbst. Du weißt: Wir sind jederzeit für dich da.«

»Ich weiß, und ich danke euch.«

Als Minnie wieder alleine in ihren vier Wänden war, nahm sie den Umschlag, öffnete ihn aber nicht. Sie schaute auf ihren Kalender.

In einem Monat könnte ich schon in Lappland sein und vielleicht bereits an meinem Buch schreiben.

Dieser Gedanke gab ihr einen kleinen Energieschub, doch gleichzeitig hatte sie Angst. Vor der Leere, in ihr und ihrem Manuskript. Was, wenn selbst Lappland ihr die Inspiration nicht zurückgeben konnte? Was, wenn es nichts und niemanden gab, der dies vermochte?

Viel zu lange habe ich heute in dieser Wohnung gesessen, es wird Zeit für einen Spaziergang, dachte Minnie, packte sich dick ein und verließ ihre Wohnung in Richtung U-Bahn.

Kapitel 2

Minnie

Das Lappland-Angebot schwirrte die ganze Zeit in Minnies Kopf herum wie eine dicke Brummfliege, während sie sich in der U-Bahn dicht an dicht mit Touristen und Pendlern quetschte. Jeder schien nur mit sich selbst oder seinem Smartphone beschäftigt zu sein.

An ihrer Haltestelle *Piazza Duomo* angekommen, stieg sie aus und schon nach wenigen Treppenstufen sah sie den Mailänder Dom. Die Beleuchtung hob die Zinnen und Türmchen besonders hervor. Ganze Heerscharen von Touristen tummelten sich auf dem Vorplatz, jeder versuchte auf seine Weise, den Moment festzuhalten und ihn vor dem Vergessen zu bewahren. Die einen klassisch mit Videokamera und Fotoapparat, die anderen mit Smartphone und Selfiesticks. Wiederum andere beauftragten herumsitzende Künstler mit einem Porträt oder einer Karikatur mit dem Dom im Hintergrund.

Ein Gespräch mit Ali ist genau das, was ich brauche, dachte Minnie und lief zu einem kleinen Stand seitlich vom imposanten Gotteshaus. Der Duft der gerösteten Kastanien ließ ihren Magen knurren.

Als Ali Minnie erkannte, erhellte sich sein runzeliges

Gesicht. »Na, wenn das nicht meine wundervolle Schriftstellerin und Lieblingskundin ist?«

Minnie grinste. »Und wenn das nicht Ali ist? Alter Seemann und der beste Kastanienhändler von Mailand!«

»Du meinst wohl: alter marokkanischer Seemann.«

»Und wenn schon? Wen interessiert das?«

»Glaube mir, Kind. Es gibt genug Menschen, die das interessiert und die das stört. Ich war auf allen Weltmeeren unterwegs und habe jeden erdenklichen Hafen gesehen. Und überall gibt es Leute, denen die Nationalität anderer wichtig ist. Es ist ihnen so bedeutend, dass sie nicht merken, dass wir unter der hellen, dunklen, glatten oder faltigen Haut den gleichen Körper haben. Wir alle bestehen nur aus Bedürfnissen, Wünschen, Erinnerung und Vergänglichkeit. Aber zum Glück war meine Rosa nicht so, Gott habe sie selig. Ich werde sie niemals vergessen.«

Minnie nickte betreten, als Ali sich verstohlen ein paar Tränen wegwischte und sich räusperte. Kurz darauf schien er sich wieder zu fassen. »Gut, Liebes. Was darf es für dich sein? Wie immer eine große Tüte geröstete Kastanien?«

»Ja, bitte«, antwortete Minnie und kramte etwas Kleingeld aus ihrer Jackentasche.

Sofort wimmelte Ali ab. »Nein, das geht aufs Haus! Ich bestehe darauf! Wer so freundlich ist und mich bei Kälte und Nebel auf ein Schwätzchen besuchen kommt, muss belohnt werden.«

»Danke schön, mein Lieber, aber du könntest doch schon lange in Rente gehen, statt dir tagein, tagaus bei der Kälte, Wind und Wetter die Beine in den Bauch zu stehen.«

»Das könnte ich wohl, aber was soll ich dann den ganzen Tag lang tun? Die Wohnung ist so leer, seitdem Rosa nicht mehr ist. Wenn ich allein schon an mein nächstes einsames Weihnachten denke, wird mir ganz übel. Wenn ich nicht arbeiten würde, würde ich verrückt werden. Der Mensch braucht Beschäftigung, er muss produktiv sein, um fit im Kopf zu bleiben. Es gibt so viele Rentner, die ihr Leben lang gearbeitet haben. Dann hören sie von einem Tag auf den anderen auf, sitzen nur noch vor der Glotze herum und verblöden. Oder sterben an einem Herzinfarkt. Meine Meinung.«

Minnie beschlich ein schlechtes Gewissen. Wie produktiv war denn sie die letzten zwei Jahre gewesen?

Ali füllte die Kastanien mit einer Kelle in eine Papiertüte und übergab sie Minnie. Die Hitze der herbstlichen Köstlichkeiten drückte sich durch die dünne Verpackung und ließ Minnies Sorgen für einen Moment verfliegen.

Sie lächelte. »Danke. Das ist genau das, was ich jetzt brauche.«

Ali schien etwas einzufallen. »Hat der Verlag geantwortet? Hat dein Thriller sie vom Hocker gerissen?«

»Ja, so sehr, dass ich ihn dir als Brennmaterial für deinen Röstofen hätte mitbringen können.«

»Tut mir leid, das zu hören. Und wie geht es jetzt weiter?«

Minnie schälte eine Maroni und kaute sie ganz vorsichtig. *Heiß, aber unheimlich köstlich!*

»Deswegen bin ich hier. Ich habe ein Angebot bekommen. Einen Monat in Schwedisch-Lappland, um einen Weihnachtsroman zu schreiben. Was hältst du davon?«

Ali kam hinter seinem Stand hervor und umarmte Minnie stürmisch. »Das sind doch wundervolle Neuigkeiten! Herzlichen Glückwunsch!«

»Bitte erdrück mich nicht! Ich habe noch gar nicht zugesagt. Ich muss erst darüber nachdenken.«

Ali schnalzte mit der Zunge. »Was gibt es denn da noch zu überlegen? Der Verlag glaubt an dich, ich glaube an dich, ich bin mir sicher, deine Schwester tut es auch. Warum tust du es nicht?«

»Was, wenn ich aus Lappland zurückkomme und immer noch nichts vorweisen kann?«

»Was, wenn du es noch nicht einmal versuchst und nie erfahren wirst, ob es funktioniert hätte und du genauso mit leeren Händen dastehst?«, gab Ali schlagfertig zurück.

»Danke, ich werde mir deine Worte zu Herzen nehmen.« *Ich haue mir ohnehin die Nacht um die Ohren, bevor ich mich entscheiden kann.*

Ali ging wieder an den Röstofen und befüllte ihn neu.

»Jetzt genieße deine Leibspeise und hör mir zu. Du musst unbedingt nach Lappland gehen. Ich bin schon dort gewesen und habe an diesem magischen Ort, von meiner Rosa abgesehen, die schönsten Dinge meines Lebens entdeckt.«

Minnie wurde neugierig. »Was denn?«

»Unendliche Wälder und tausende Seen. Tiere und Pflanzen in einer Vielfalt, die du dir nicht vorstellen kannst. Weite, Freiheit, Menschenleere und Stille. Im Sommer nie enden wollende Tage. Im Winter wundervoller Pulverschnee. Und dann noch etwas ganz Besonderes. Etwas, was dich trotz aller Wissenschaft an eine höhere Macht glauben lässt, und mögest du noch so ein Atheist sein.«

Minnie hielt gebannt den Atem an. »Was ist es, Ali, verrätst du es mir?«

Der alte Mann lächelte. »Selbstverständlich nicht! Geh nach Lappland und finde es selbst heraus!«

Das war ja klar!

»Du bist ganz schön fies! Also gut, angenommen, ich gehe nach Lappland. Was soll ich dir mitbringen?«

Ali grinste spitzbübisch. »Eine neue Partnerin wäre schön. Natürlich in meinem Alter, ich bin ja bescheiden.«

Minnie konnte sich das Lachen nicht verkneifen. »Ich werde sehen, was sich machen lässt.«

Als eine Familie sich Alis Stand näherte, wollte sich Minnie verabschieden.

»Versprich mir, dass du es dir ernsthaft überlegen wirst. Solch eine Chance kommt vielleicht nie wieder«, sagte Ali und klopfte Minnie aufmunternd auf die Schulter.

»Ja, das werde ich. Danke für dein offenes Ohr.« *Und dass du mich so neugierig auf Lappland gemacht hast,* beendete Minnie den Satz im Geiste.

Einige Zeit später stieg Minnie wieder in die U-Bahn ein. Der Spaziergang durch die Galerie Vittorio Emanuele II mit ihren prächtigen Bögen und Auslagen und natürlich die warmen Kastanien in ihrem Bauch hatten ihr ein gutes Gefühl gegeben. *Zu Hause mache ich mich über Lappland schlau und dann denke ich über Sinn und Unsinn dieser Reise nach,* dachte Minnie, als sie einen Sitzplatz ergattert hatte.

Sie beobachtete das stetige Ein- und Aussteigen der verschiedensten Menschen an den Haltestellen. Hier ein Großmütterchen mit Einkaufstrolley, dort ein Gothicpärchen, das Händchen hielt und sich küsste, weiter hinten eine Frau, die mit ihrem Männerhaarschnitt und ihrem ausladenden Busen ihrer ehemaligen Schwiegermutter Elvira zum Verwechseln ähnlich sah und mit einer anderen Dame ein Schwätzchen hielt.

Minnies Blick wanderte weiter zu den anderen Fahrgästen, als eine Alarmglocke in ihrem Unterbewusstsein schrillte. Ihr Herz schlug ihr plötzlich bis zum Hals und eine Hitze machte sich in ihrem Körper breit, als würde sich ein Lavaschwall über sie ergießen.

»Also, wie geht es deinem Marco?«, hörte Minnie die Frau neben der Frau mit dem ausladenden Busen sagen. Minnie erstarrte wie einst Lots Gemahlin.

»Wunderbar geht es ihm. Die Scheidung ist endlich durch, Gott sei Dank.«

Ein erleichtertes Sich-Bekreuzigen.

Vorsichtig versteckte Minnie ihre Mähne unter ihrer Kapuze und ihr Gesicht hinter einer Gratiszeitung, die auf einem leeren Sitz neben ihr lag.

»Na, das wurde aber auch langsam Zeit.«

Ja, Zeit, dass du deine Klappe hältst!

»Und wie geht es Rita?«

Minnie kräuselte die Stirn. *Wer zur Hölle ist Rita?*

»Ach, Mirella, was soll ich sagen? Rita geht es blendend, sie wird von Tag zu Tag schöner.«

Minnie kramte in ihrer Erinnerung. Hieß eine von Marcos zahlreichen Schwestern, Nichten, Cousinen, Tanten, Großmüttern und Urgroßmüttern Rita? Gähnende Leere im Kopf.

»Kein Wunder, bei diesen wundervollen Nachrichten!«

»Allerdings«, sagte Elvira in süffisantem Ton. Warum verursachte er bei Minnie Übelkeit?

»Weiß die Presse eigentlich schon davon?«

»Schschschsch«, zischte Elvira, »bloß nicht so laut! Manchmal haben Wände Ohren und Fenster Augen. In der Öffentlichkeit umso mehr.«

Mirella sprach etwas leiser. »Ach, komm schon. Was soll denn diese Geheimnistuerei?«

Minnie spitzte die Ohren und verfluchte die Ansage der Haltestellen, die das Gespräch ausgerechnet an den wichtigsten Stellen übertönte.

»Es ist Marcos Wunsch, dass …«

»Aber wieso denn?«

»Aus Rücksicht.«

»Wem gegenüber?«

»Na, liebe Mirella, denk mal ganz scharf … Um wen wird es da wohl …«

»Doch nicht etwa um seine …?«, rief Mirella aufgeregt. »Sie hatte doch so einen sonderbaren … Wie hieß sie noch gleich?«

Minerva rutschte tiefer in ihren Sitz. Nervös zählte sie die Haltestellen, bis sie endlich aussteigen konnte.

»Jetzt enttäuschst du mich aber! Du hattest dir so eine schöne Eselsbr… gebaut.«

Jemand klatschte in die Hände. »Natürlich! Minerva, wie *mich nerven,* Minerva, die Nervensäge! Entschuldige, das Alter spielt einem manchmal kleine Str…«

In Minnie brodelte es vor Wut. Sie hatte der Frau nie etwas angetan. Wie konnte sie sich anmaßen, so über sie zu reden?

»Ach, erzähl mir nichts«, pflichtete Elvira bei, »ist erstmal die Fünfzig vorbei, kommt jeden Tag ein anderes Wehwehchen herbei.«

Na, dann passt mal auf, dass nicht ich euer neuestes Wehwehchen sein werde!

Endlich kam ein Stück Fahrstrecke ohne Haltestellenansagen.

»Aber im Ernst jetzt, Marco hält das alles geheim, nur weil er sich um seine Exfrau sorgt?«

»So ist es«, erklärte Elvira. »Minerva kriegt seit der Trennung von Marco wohl nichts mehr zustande. Während Marco ein Buch nach dem anderen veröffentlicht, ist bei meiner ehemaligen Schwiegertochter die literarische Ödnis angesagt.«

Literarische Ödnis? Als ob du jemals etwas von Literatur verstanden hättest! Alles, was über Klatschzeitschriften geht, ist doch viel zu hoch für dich.

»Sind ihre bereits erschienenen Romane überhaupt so gut?«, wollte Mirella wissen.

»Kann ich dir nicht sagen, ich habe sie nie gelesen. Ich habe sie das letzte Mal vor dem Gericht gesehen. Auf jeden Fall hat sie die Scheidung ganz schön mitgenommen.«

»Mit ihren roten Haaren hatte sie doch sowieso schon immer etwas Hexenhaftes an sich.«

Die beiden Damen lachten boshaft.

Wenn ich eine Hexe wäre, wärst du jetzt nicht mehr am Leben, dachte Minnie, während ihr Magen sich verknotete.

»Mirella, Mirella, Mirella«, tadelte Elvira, »du bist mir vielleicht eine! Das war ganz schön gemein von dir! Am besten, du beichtest das gleich morgen in der Kirche. Wie dem auch sei, das hätte sie sich alles ersparen können, hätte sie doch nur Marcos Wunsch nach einem Kind nachgegeben. Es ist doch das Natürlichste und Selbstverständlichste der Welt, Kinder in die Welt zu setzen, doch sie wollte sich nicht helfen lassen und das wahrscheinlich nur, weil ihre Mutter gleich nach ihrer Geburt gestorben ist und sie deswegen einen psychischen Knacks hat. Armer Marco! Zehn kinderlose Jahre an diese Frau verschwendet!«

Minnie setzte sich auf ihre Hände, um sich selbst davor zu bewahren, die wenigen Meter bis zu ihrer ehemaligen Schwiegermutter und deren Freundin zu überwinden und etwas zu tun, was sie später bereuen würde. Wenn sie eines wusste, dann das: Im Leben war absolut nichts eine Selbstverständlichkeit! Für andere war es selbstverständlich, eine Mutter zu haben, für sie nicht.

»Aber gut, wenigstens dieses Problem ist ja jetzt dank Rita gelöst! Wann ist noch einmal der Termin?«

»Von welchem Termin redest du? Der für die Hochzeit von Marco und Rita oder der für die Entbindung ihres Kindes?«

Die Worte schnürten Minnie fast die Kehle zu. Sie hörte ein durchdringendes Piepsen in ihrem Ohr, wie kurz vor dem Ohnmächtig-Werden. Ihr Magen spuckte Feuer.

»Die Hochzeit wird Heiligabend stattfinden und die Geburt des Kindes soll Ende Februar sein.«

Endlich wurde Minnies Haltestelle angesagt. Ihre Wut wirkte wie ein Katalysator, der ihr die Kraft gab, aufzustehen und den U-Bahn-Waggon zu verlassen. Hastig lief sie nach rechts und wich den anderen ein- und aussteigenden Fahrgästen aus. Als sie Elvira und Mirella sah, die weiterhin schnatterten, nahm Minnie ihre Kapuze herunter und klopfte an die Scheibe.

Die beiden Frauen erstarrten vor Schreck. Elvira fasste sich an die Brust, während Mirella versuchte, sich hinter ihrer altmodischen Handtasche zu verstecken. Dann zeigte Minnie den beiden Tratschtanten den schönsten und deutlichsten Mittelfinger, zu dem sie fähig war. Beide hielten sie sich vor Empörung die Hand vor den offenen Mund und schienen erleichtert, als der unterirdische Zug endlich wieder anrollte.

Minnie blieb so lange stehen, bis sie die Rücklichter in der Dunkelheit des U-Bahn-Schachts verschwinden sah, dann rannte sie den ganzen Weg von der Haltestelle bis nach Hause. Nach kurzer Zeit brannten ihre Lungen und sie wusste, ihr Körper würde diese ungewohnte sportliche Betätigung spätestens am nächsten Tag mit einem Muskelkater quittieren. Doch ihre körperliche Befindlichkeit kümmerte sie nicht. Es gab Teile von ihr, die keiner Nerven bedurften, um sie höllische Qualen spüren zu lassen. Ohne Unterlass rollten ihr Tränen, die aufgrund des Windes eiskalt auf ihrer Haut brannten, ihre Wangen entlang.

An der Haustür angekommen, rannte Minnie die Treppen hoch, immer zwei Stufen auf einmal nehmend.

Kaum hatte sie die Wohnungstür hinter sich geschlossen, lief sie, so schnell sie konnte, in ihr Badezimmer. Die quälende Übelkeit, unter der sie litt, seitdem ihr klar geworden war, dass Marco sie einfach gegen eine funktionierende Frau ausgetauscht hatte, forderte ihren Tribut.

Kapitel 3

Minnie

Als Minnie am nächsten Morgen aus einem unruhigen Schlaf voll wirrer Träume aufwachte, waren ihre Augen vom vielen Weinen ganz klebrig. Gleichzeitig hatte sie das Gefühl, die Last der ganzen Welt zerquetsche ihren Brustkorb, und ihr Kopf schwirrte wie nach einer durchzechten Nacht, nur dass sie nichts zu sich genommen hatte. Ganz im Gegenteil.

Da haben wir ihn, den herzzerreißenden Kummer, wie ich ihn dutzende Male in meinen Büchern beschrieben habe, dachte Minnie, *da merkt man, dass man noch am Leben ist, hätte Penelope jetzt dazu gesagt.*

Sie rappelte sich aus dem Bett auf und blickte aus ihrem Fenster. Sintflutartiger Regen hatte Mailand fest im Griff. Die Wolken schienen jeden Strahl Tageslicht in sich hineinzusaugen und vor den Menschen abzuschirmen.

Wie ich dieses Grau in Grau hasse!

Sie ging in die Küche und knipste das Licht an.

Ihre Wanduhr im Landhausstil verriet ihr, dass es bereits dreizehn Uhr war. Sie tapste zu ihrer Kaffeemaschine und bereitete sich einen Latte Macchiato mit einer doppelten Portion Espresso, währenddessen überprüfte sie ihr

Mobiltelefon. Sie befürchtete fast eine tadelnde Nachricht von Marco vorzufinden. *Wie kannst du es wagen, meiner Mutter einen Stinkefinger zu zeigen?* So in etwa. Dann erinnerte sie sich daran, dass er ihre neue Nummer gar nicht hatte. Tatsächlich zeigte das Display drei verpasste Anrufe von Sabrina und eine Nachricht von Penelope, die *»Und, hast du darüber geschlafen? Fliegst du nach Lappland?«*, lautete.

In dem ganzen Chaos des vorherigen Abends hatte Minnie das vollkommen vergessen. Sie schielte zu dem unberührten Umschlag auf ihrem Schreibtisch, dem Schlüssel zu ihrer Lapplandreise. War das auch der Schlüssel zur Rückkehr zu ihrer Leidenschaft und ihrem Beruf als Schriftstellerin? Der Rückkehr zu ihr selbst? Oder verlorene Zeit und Liebesmüh?

Soll ich wie Alice im Wunderland sein und dem Kaninchen in seinen Bau folgen?

Minnie beschloss, Sabrina zurückzurufen. Sie würde wissen, was richtig war. Sie antwortete schon nach dem ersten Klingeln.

»Gott sei Dank, du lebst noch!«, brüllte sie fast in ihren Hörer, ohne Minnie zu begrüßen.

»Hallo Sabrina, ich freue mich auch über alle Maßen, von dir zu hören. Ja, ich bin noch am Leben, zumindest so in etwa. Wieso meinst du, ich sollte bereits das Zeitliche gesegnet haben?«

Der Gedanke hat etwas, dachte Minnie, bevor sie sich selbst schalt.

»Wir waren um elf Uhr zum Brunch verabredet und du warst nicht da. Ich habe mehrmals versucht, dich zu erreichen, und bin gerade auf dem Weg zu dir, um mich zu vergewissern, dass es dir gut geht.«

»Mist!«, entfuhr es Minnie, gleichzeitig war sie von Sabrinas Sorge um sie gerührt.

»Es tut mir leid, nach dem ganzen Trubel gestern habe

ich unsere Verabredung ganz vergessen. Um ehrlich zu sein, laufe ich noch in meinem Schlafanzug herum.«

»Süße, rühr dich nicht von der Stelle! Ich komme sofort zu dir! Dann kannst du mir erzählen, was geschehen ist«, antwortete Sabrina.

Zuverlässig wie immer, mein Fels in der Brandung.

»Wo sollte ich denn schon hingehen? Höchstens in die *Cubanito Bar,* um meinen Kummer zu ertränken«, antwortete Minnie, während sie versuchte, nicht wieder loszuweinen, indem sie Milchschaum von ihrem Latte Macchiato hinunterschluckte.

»*Cubanito Bar,* welch großartige Idee. Warte damit, bis ich bei dir bin! Wenn schon Frusttrinken, dann zu zweit. Außerdem wird dich Daniele mit seinen Gesangseinlagen, die er hinter dem Tresen schmettert, sicherlich aufbauen!«

Minnie konnte sich ein klitzekleines Lächeln nicht verkneifen. Insbesondere bei Funkmusik konnte den Barkeeper der *Cubanito Bar* nichts aufhalten. Die Eckkneipe mit den abgewetzten Polstermöbeln und den Bildern von kubanischen Oldtimern an der Wand hatte einen Kultstatus in Mailand. Minnie und Sabrina besuchten sie seit ihrer Universitätszeit. Als Minnie nach der Trennung von Marco eine Bleibe suchte, hatte Daniele sie darauf hingewiesen, dass die Wohnung im zehnten Stockwerk schon länger leer stand und auf einen neuen Mieter wartete.

Kein Wunder finden die niemanden, hatte Daniele gesagt. *Wer will schon auf knapp dreißig Quadratmetern wohnen?*

Ich!, hatte Minnie damals geantwortet und nach der Telefonnummer des Vermieters gefragt. Nur wenige Tage später konnte sie ihr neues, kleines Reich beziehen.

Minnie hatte sich kaum fertig angezogen, da stand Sabrina schon vor der Tür und umarmte sie so fest, dass sie fast keine Luft mehr bekam.

»Ich habe mir solche Sorgen um dich gemacht! Weißt du,

wie viele verrückte Leute es in Mailand gibt? Ich habe dich bereits gefesselt und geknebelt in einem Kofferraum vor mir gesehen!«

Minnie bat Sabrina in die Wohnung. Sie war sich sicher, ihre Nachbarin Filomena, die ihr gegenüber wohnte, hing schon am Spion, um sich ein Bild von der aktuellen Lage im Treppenhaus zu machen.

»Nein, alles gut, alles gut«, beschwichtigte Minnie und schloss die Wohnungstür hinter sich.

»Du solltest dich nicht so viel mit deinen Kollegen unterhalten, die von Kriminalität berichten. Wenn es nach denen geht, gibt es nur noch Vergewaltiger und Mörder.«

»Man kann nie vorsichtig genug sein! Also, raus mit der Sprache, wo warst du? Was ist passiert?«, fragte Sabrina.

»Ich war nur durch den Wind, weil … weil … Marco wieder heiratet und bald Vater wird.«

»Okay, zieh dir deine Schuhe an, das schreit ja förmlich nach einem Drink. Oder sagen wir sicherheitshalber fünf!«, verkündete Sabrina.

Minnie schielte zu ihrem noch halbvollen Latte-Macchiato-Glas. »Ist es nicht ein wenig zu früh für Alkoholisches?«

»Von mir aus kannst du auch ein Kännchen Tee trinken!«, erwiderte Minnies Freundin und erstickte damit jegliche Diskussion im Keim.

»Signorina Minerva, Signorina Sabrina, Sie sehen beide zauberhaft aus«, sagte Daniele eine halbe Stunde später, während er den Freundinnen Aperitifs und einen Behälter mit Grissini auf den Tisch stellte.

Zauberhaft?! Mit diesen Tränensäcken so groß wie Gummiboote sicher nicht, dachte Minnie.

Sie hatten einen Platz in einer ruhigen Ecke erwischt, die über und über mit künstlichen Bananenpflanzen und exotischen Blumen dekoriert war.

Daniele trug, wie meistens auch, Wanderschuhe und eine lässige Dreiviertel-Baggypant aus Jeans mit passender Weste darüber. Außer einem braunen Lederarmband am Handgelenk trug er keinen Schmuck am Körper, wenn man von den zahlreichen Tattoos und Piercings einmal absah.

»Ich muss schon sagen, selbst wenn er anfängt, langsam grau zu werden und ein paar Falten bekommen hat, ist Daniele immer noch ein heißes Schnittchen«, sagte Sabrina bewundernd, während sie ihre Blicke auf seinem Hintern ruhen ließ.

Minnie hüstelte leicht. Sabrina schnappte sich ihr Glas und hielt es Minnie hin.

»Worauf sollen wir anstoßen?«

»Auf das Ende meines Lebens«, schlug Minnie vor und versuchte, sich nicht komplett von der Traurigkeit übermannen zu lassen. Im Hintergrund lief *Cold Desert* von *Kings of Leon. Na, besten Dank auch.*

Sabrina stellte ihr Glas auf den Tisch und rieb Minnie tröstend den Arm. »Süße, versteh mich nicht falsch. Ich kann nachvollziehen, dass es wehtut und alles. Aber … ich meine … was hattest du erwartet? Ihr habt euch vor Kurzem scheiden lassen. Dies bedeutet normalerweise das Ende einer Ehe und dass sich jeder ein neues Leben aufbaut. Marco hat das gemacht. Nur du kannst nicht loslassen und suhlst dich immer noch in Schmerz und Selbstmitleid. Das muss aufhören! Sofort!«

»Ja, ich weiß«, gab Minnie zu und verlor den Kampf gegen die Tränen, »aber jetzt fühlt sich unsere Trennung so verdammt endgültig an. Nun gibt es wirklich kein Zurück mehr.«

»Minnie, ihr lebt seit fast zwei Jahren getrennt. Was genau war daran nicht endgültig für dich?«, fragte Sabrina und biss in eine Grissinistange.

»Musst du denn immer so verdammt analytisch und ehrlich sein? Kannst du mich zur Abwechslung nicht einfach belügen und nur das sagen, was ich von dir hören möchte?«

Sabrina schüttelte vehement den Kopf. Dabei wackelte ihre blonde Kurzhaarfrisur hin und her. »Nein, das geht nicht. Du weißt doch, dass ich Sportjournalistin bin. Mein Anspruch ist es, immer die Wahrheit zu sagen, schon vergessen?«

»Wie könnte ich nur! So warst du auch schon auf der Universität, Miss Überkorrekt!«

»Eben, du hättest schon seitdem sehen und lernen können, wie man es schafft, ohne Liebeskummer zu leben. Aber du wolltest dich ja unbedingt an einen Mann binden. Wenn du meine Meinung hören möchtest: Männer sind einfach nur zum Spaß haben da, für alles andere verlasse ich mich lieber auf jemanden, dem man vertrauen kann, nämlich auf mich selbst.«

»Ich weiß nicht, wie es dir gelingt, deinem Herzen Befehle zu erteilen. Meines schert sich keinen Deut darum, was ich ihm sage.«

»Das Herz ist nur ein Muskel, der Blut durch den Körper pumpt. Nicht mehr und nicht weniger. Kein Wunder, dass es nicht auf das hört, was du sagst. Hast du etwa schon einmal ein Herz mit Ohren gesehen?«

Minnie prustete vor Lachen.

»Das war gerade lustig, aber nicht besonders sentimental.«

»Was bringt einem Sentimentalität schon, außer Ärger und Kummer?«, erwiderte Sabrina. »Ich habe es an meiner Mutter gesehen. Sie hing so sehr an meinem Vater, selbst, als er sich eines Tages ohne Vorwarnung aus dem Staub gemacht und sie mit drei kleinen Kindern im Stich gelassen hat. Gott allein weiß, wie viel sie gearbeitet hat, um uns Dreikäsehochs großzuziehen. Nein danke, ich habe die Lektion gelernt! Keine Bindung bedeutet kein Risiko!«

»Und was ist mit dem Risiko des Alleinseins?«, gab Minnie zu bedenken.

»Das ist doch prima, dann kann man in Ruhe über das Fernsehprogramm entscheiden und muss sich mit niemandem streiten«, erklärte Sabrina und zeigte auf jemanden oder etwas hinter Minnie. »Apropos, wir sind es nicht mehr. Alleine.«

Minnie drehte sich um und sah eine junge Frau, die etwas verschüchtert wirkte und ein Buch in ihren Armen hielt, als wäre es ein Schatz.

»Frau Giuliani, es tut mir leid, dass ich sie störe«, piepste sie. »Ich bin ein ganz großer Fan von Ihnen und habe mich gefragt, ob Sie so nett sind ... ob Sie vielleicht ...?«

Minnie war gerührt und erkannte das Cover ihres Buches *Das Haus aus Perlmutt,* eines ihrer früheren Werke.

»Möchtest du, dass ich dein Buch signiere?«

Es ist eine Ewigkeit her, durchfuhr es Minnie.

Das Gesicht der jungen Frau erhellte sich, während Minnie einen Kugelschreiber aus ihrer Tasche kramte.

»Darf ich dir auch eine Widmung schreiben? Wenn ja, wie heißt du?«

»Oh, ich ... ich heiße Tamara und ich bin Ihr größter Fan.«

»Sag bitte *du* zu mir, Tamara. Ich bin Minerva oder auch Minnie, wenn es dir lieber ist«, sagte Minnie, klappte ihr Buch auf und schrieb einige persönliche Worte auf den Schmutztitel.

Zu sehen, dass es noch immer Leserinnen gab, die Minnie die Treue hielten, tat so gut – Minnie fühlte sich wie elektrisiert.

Dankbar nahm Tamara das signierte Buch entgegen.

»Minnie, wann darf man mit deinem nächsten Buch rechnen? Ich habe bereits all deine Bücher gelesen, manche sogar mehrmals. Ich lechze nach neuen Geschichten von dir. Deine Bücher geben mir so viel!«

Minnie hatte schon oft Leserbriefe erhalten, in denen man sie um neue Romane gebeten hatte. Aber dass es immer noch Leser gab, die trotz ihrer Schreibblockade zu ihr hielten, haute sie fast um.

Minnie nahm Tamara in den Arm und fasste ihren Entschluss rasend schnell, um nicht in die Versuchung zu kommen, es sich anders zu überlegen.

»Tamara, ich habe gute Nachrichten für dich! Ich werde schon bald an meinem neuen Manuskript arbeiten! Es wird ein Weihnachtsroman. Mein Verlag schickt mich nächsten Monat nach Lappland, damit der Roman besonders authentisch wird. Ich verspreche dir, dass du zu den ersten Leserinnen gehören wirst.«

Tamara schien fassungslos vor Freude. »Oh, Minnie, das wäre großartig! Danke!«

»Es gibt nichts zu danken!«

Du weißt es zwar nicht, aber die Wahrheit ist, dass auch du mir soeben geholfen hast.

Sabrina zückte einen Zettel aus ihrer Tasche. »Tamara, schreib doch bitte hier deine Adresse auf!«

Nachdem Tamara dies getan und Minnie den Zettel übergeben hatte, verabschiedete sie sich, sichtlich gerührt, und nicht, ohne sich an die zwanzig Mal zu bedanken.

»Wow, das war gerade ziemlich emotional«, sagte Minnie und wischte sich eine Träne weg. Es wunderte sie, dass ihre Augen überhaupt noch welche produzieren konnten nach der letzten Nacht.

»Absolut«, stimmte Sabrina zu. »Aber sag mal, ist denn die Geschichte mit Lappland wahr?«

»Ja, ist sie. Mein Verlag hat es mir gestern angeboten, um mich aus meinem Schreibkoma zu befreien. Und diese Frau hat mir gerade einen echten Grund gegeben, wieder mit dem Schreiben zu beginnen.«

»Wow, Lappland! Wenn ich nicht über die Eishockeymeisterschaft berichten müsste, würde ich sofort mit dir mitfliegen«, erklärte Sabrina mit einer Prise Neid in der Stimme und hob ihr Glas. »Also, Versuch Nummer Zwei. Worauf stoßen wir an?«

»Auf meinen Neustart als Schriftstellerin und auf mein neues Buch, auch wenn ich noch keine Ahnung habe, wie es heißen wird«, antwortete Minnie. So richtig war sie von Ersterem nicht überzeugt.

»Chin-chin!«

»Salute!«, stimmte Sabrina mit ein. »Zeig es Marco und seiner Sippschaft! Dieser Idiot hat lange genug dein Selbstwertgefühl unterdrückt. Zeit, dass du dich davon freimachst!«

Sie hat ja so recht!, dachte Minnie, während sie sich einen Schluck Aperol Spritz gönnte.

»Ach ja, Marco … Ich glaube, ein Tapetenwechsel wird mir auch im Hinblick auf ihn guttun.«

»Zweifellos«, sagte Daniele, während er neue Grissini auf den Tisch stellte und *Fix You* von *Coldplay* mitsummte, das im Hintergrund lief. »Minnie, ich meine es nicht böse, aber merkst du nicht, dass sich die Welt weitergedreht hat? Marco hat weitergemacht. Nur du bist stehen geblieben wie ein angewurzelter Baum. Es wird Zeit, dass du dich verlierst, um dich wieder zu finden. Es wird Zeit, dass du die Welt mit neuen Büchern bereicherst. Es wird Zeit, dass du einen neuen Pfad einschlägst, denn die alten Wege haben dich nirgendwohin gebracht.«

»Euer Wort in Gottes Ohr«, seufzte Minnie. »Nun ist es sowieso zu spät, einen Rückzieher zu machen. Ich werde mein Versprechen halten, nach Lappland gehen und an meinem neuen Manuskript arbeiten, koste es, was es wolle. Tamara glaubt an mich!«

»Ich tue es auch!«, sagten Daniele und Sabrina fast gleichzeitig.

Minnie fühlte, wie eine kleine Welle positiver Energie durch ihren Körper hindurchfloss.

»Wisst ihr was? Ich glaube, ich sollte Penny sofort von meiner Entscheidung berichten, damit ich es mir wirklich nicht anders überlegen kann«, beschloss sie und stand auf.

»Nur zu!«, ermutigte sie Sabrina.

»Ich kümmere mich darum, dass sich deine Freundin auch nicht langweilt!«, sagte Daniele und nahm Minnies Platz ein.

Kam es Minnie nur so vor, oder zogen sich beide gegenseitig mit ihren Blicken aus?

Minnie ging vor die Tür und wählte die Nummer ihrer Schwester. Sie schlang ihren Mantel fester um sich. *Es ist wirklich verdammt kalt in Mailand. Wie soll das erst in Lappland werden?* Sie versuchte sich vorzustellen, wie sich wohl -40 °C anfühlten. Sofort zitterte sie am ganzen Körper.

»Pronto? Minerva?«, antwortete Penelope.

»Ciao, Penny. Ich habe großartige Neuigkeiten: Du kannst zusagen.«

Penelope wirkte überrascht. »Wem soll ich was zusagen?«

Minnie stutzte. »Na, dem Verlag, dass ich das Angebot für Lappland annehme.«

»Ach so, ja natürlich, entschuldige«, seufzte Penelope. »Arnaldo und ich haben gestern Abend zwei Stunden gebraucht, um Emma davon zu überzeugen, dass es keine Monster in ihrem Zimmer gibt und dass der gelbe Plüschhase, den du ihr zu Ostern geschenkt hast und den sie jede Nacht mit ins Bett nimmt, magische Superkräfte hat, der alle eventuell doch existierenden Ungeheuer in die Flucht schlagen wird. Ich bin noch ganz gerädert davon. Es ist gerade so eine Phase, die ganz schön an unseren Nerven zehrt.« Penelope klang erschöpft.

»Ich bin mir sicher, bis Emma heiratet, wird alles vorbei sein«, versuchte Minnie, einen Witz zu machen.

Penelope lachte. »Das ist ein schöner Trost. Aber nun zu dir. Also, du hast beschlossen, nach Lappland zu fliegen?«

»Ja, ich fliege nach Lappland!«

Je öfter sie das aussprach, desto überzeugender klang es.

»Wow, ich hätte nicht gedacht, dass du dich so schnell dafür entscheiden würdest! Gestern Vormittag klangst du nicht so sicher. Ich habe mir die ganze Zeit schon überlegt, wie ich dem Verlagsteam beibringe, dass du das Angebot nicht annimmst. Was ist passiert?«

Minnie fühlte, wie Traurigkeit und Tränen wieder von ihr Besitz ergreifen wollten, doch sie drängte sie zurück.

»Ich habe gestern durch Zufall erfahren, dass Marco bald wieder heiratet und dass sein erstes Kind bereits unterwegs ist. Und ich habe eine Leserin getroffen, der es wirklich etwas bedeutet, dass ich wieder schreibe. Es wird doch langsam Zeit, dass ich mir mein Leben wieder zurückhole!«

»Ich freue mich sehr, dass du es auch endlich eingesehen hast! Du hast dich lange genug aus dem Rampenlicht verkrümelt! Aber eines würde ich gerne wissen, jetzt, da sich Marco seinen Traum eines Kindes mit einer anderen Frau erfüllt. Bereust du es, dass du nicht mit ihm in die Kinderwunschklinik gegangen bist? Dass du damals Nein gesagt hast?«

Im Zeitraffer sah Minnie die letzten zwei Jahre vor sich. Die Trennung, die Scheidung … und ihre leer gebliebenen Seiten.

Schließlich antwortete sie: »Ich habe mich das unzählige

Male selbst gefragt. Aber ich konnte das nicht tun, ich konnte es schlicht und einfach nicht. Schon oft habe ich mir gedacht, dass es vielleicht einen Grund gibt, weshalb mein Körper Marco dieses Kind verwehrt hat. Einen Grund, den ich jetzt noch nicht kenne, der aber irgendwann Sinn ergeben wird.«

»Wer weiß schon, was das Schicksal für Überraschungen für uns bereithält«, pflichtete Penelope ihr bei. »Aber was du bestimmt weißt, ist, was du als Nächstes machen solltest?«

»Was denn?«, fragte Minnie.

»Dich mit richtig warmen Klamotten eindecken!«

»Stimmt, der Vorschuss!«

»Eben!«

»Apropos kalt, ich stehe gerade draußen vor der *Cubanito Bar* und friere mir den Hintern ab. Wird Zeit, dass ich wieder hineingehe. Danke für alles, Schwesterherz!«

»Gern geschehen. Und grüß deine Freundin Sabrina von mir!«

»Woher weißt du, dass ...«

»Mit wem solltest du sonst am frühen Samstagnachmittag in dieser Old-School-Kneipe abhängen?«

Minnie lächelte. »Wie gut du mich doch kennst!«

Plötzlich hörte Minnie ein herzzerreißendes »Maaaamaaaaaaa! Ich habe Hunger!« im Hintergrund.

»Okay, meine Lieblingsterroristin ruft nach mir. Wir hören uns die Tage. Hab dich lieb.«

»Ich dich auch«, antwortete Minnie und beendete das Gespräch.

Sie war froh, als sie in die *Cubanito Bar* hineingehen und sich aufwärmen konnte. Ein junger Mann betätigte die Jukebox und Sekunden später ertönte *Africa* von *Toto. Hätte der Verlag mich nicht in die Wärme schicken können?,* haderte Minnie für einen kurzen Moment.

Sie kehrte zu Sabrina zurück, die schon an ihrem zweiten Aperol Spritz nippte, und befreite sich von ihrem Mantel.

»Na, hast du dich gut mit Daniele unterhalten?«, wollte Minnie wissen.

»Ja, ein ausgezeichnetes Gespräch! Wir haben unsere Nummern ausgetauscht. Er will mir mal einen ganz privaten Bartenderkurs geben. Dann schaffe ich es in Zukunft selbst, meinen Lieblingscocktail *Grass Hopper* zu mixen, man bekommt ihn ja in kaum einer vernünftigen Bar in Mailand.«

Minnie grinste. »Bartenderkurs, so nennt man das heute also. Aber mir soll es recht sein, Daniele und du, ihr würdet ein hinreißendes Paar abgeben!«

Sabrina schnalzte mit ihrer Zunge. »So kenne ich meine liebe Freundin Minnie, Romantikerin und Träumerin durch und durch. Mach dir bloß keine Hoffnung, mehr als ein wenig körperliche Ertüchtigung wird nicht drin sein, du kennst mich doch. Der effizienteste Weg, eine Scheidung zu umgehen, ist immer noch, nicht zu heiraten. Die beste Prophylaxe gegen Liebeskummer ist, sich gar nicht erst zu verlieben.«

»Man wird ja noch träumen dürfen, aber ich kenne dich. Du verspeist solche Männer wie Daniele doch zum Frühstück!«, sagte Minnie und kippte ihren Aperitif endlich hinunter.

»Wenn du schon von verspeisen sprichst - ich bin am Verhungern. Ich bin ja heute um meinen Brunch gebracht worden und diese dämlichen Grissinistangen treiben einem erst den Blutzuckerspiegel in die Höhe, nur um ihn dann wieder im freien Fall abstürzen zu lassen!«, beschwerte sich Sabrina.

Plötzlich knurrte auch Minnies Magen. Mehr als den halben Latte Macchiato hatte sie bislang auch nicht zu sich genommen.

»Ich habe noch Nudeln und etwas Lachs zu Hause …«, schlug Minnie vor.

Sabrina packte sofort ihre Handtasche und stürzte ihren Drink hinunter. »Au ja, bei Lachspasta alla Minnie kann ich nicht *Nein* sagen, selbst wenn Nudeln schon wieder Kohlenhydrate bedeuten! Daniele, die Rechnung bitte!«

Sofort stürmte Daniele herbei und half Minnie und Sabrina in ihre Mäntel.

»Das geht aufs Haus, Ladys. Kommt mich bald wieder besuchen. Und Sabrina: Ich warte auf deinen Anruf!«, sagte er hoffnungsvoll und formte mit Daumen und kleinem Finger einen Telefonhörer.

»Ja, natürlich«, nickte Sabrina.

Dann verließen die Freundinnen die *Cubanito Bar.*

Minnie schickte in einem Stoßgebet die Bitte zum Himmel, dass wenigstens ihre Freundin die echte Liebe kennenlernen sollte, wenn schon sie selbst wohl nicht dafür taugte.

Kapitel 4

Minnie

Eine halbe Stunde später standen zwei Teller dampfende Spaghetti mit Lachs-Sahne-Sauce auf Minnies Tisch, während Sabrina mit einer Weinflasche, genauer gesagt mit dem Korken eines *Frei-Gigante*-Weißweins aus den Azoren kämpfte.

»Du elender Stöpsel, wirst du wohl endlich tun, was ich dir sage!«, schimpfte sie vor sich hin.

Minnie nahm ihrer Freundin Flasche und Korkenzieher weg und drückte ihr dafür einen Umschlag in die Hand.

»Lass mich das machen, sieh du dir in der Zwischenzeit die Unterlagen zu meinem Lappland-Urlaub an.«

»Mit Vergnügen, offene Weinflaschen sind mir sowieso viel lieber als geschlossene«, erwiderte Sabrina, riss den Umschlag auf und breitete die Unterlagen auf dem Küchentisch aus, wie Tarotkarten, die Minnie eine wundervolle Zukunft voraussagten.

Einige Augenblicke später goss Minnie den Wein in die Gläser und beide Frauen drehten die Spaghetti auf ihre Gabeln.

»Mhmm, wie immer ein Genuss«, schwärmte Sabrina bereits nach dem ersten Bissen und sah sich die Unterlagen an.

»Also, meine Liebe, für dich geht es ins weltberühmte, kosmopolitische, total angesagte Sorsele. Eine Großstadt mit sage und schreibe eintausend Einwohnern in der Einöde Schwedens. Wobei, dein Gästehaus liegt zwanzig Kilometer von besagter Metropole entfernt, in einem Ort, der Bjärdakken heißt und vor Idylle nur so strotzt. Nichts als Wälder, Seen und Flüsse um dich herum, wenn wir diesem Ausdruck von Google Maps Glauben schenken wollen.«

»Das hat das Verlagsteam ja großartig ausgewählt«, sagte Minnie zwischen zwei Gabeln voll Pasta. »Sie verstecken die missratene Schriftstellerin im tiefen, dunklen Wald. Vielleicht hoffen sie, dass ich mich gleich verirre und für immer verschwinde, wenn ich ihnen kein neues Manuskript liefere.«

»Blödsinn, du wirst mit einem Bestseller nach Hause zurückkehren, davon bin ich überzeugt. Und denk an Tamara, du darfst sie nicht enttäuschen. Auf jeden Fall wohnst du in einer sehr gemütlichen Hütte, soweit ich das beurteilen kann.« Sabrina blätterte weiter. »Und wer sich auf jeden Fall nicht verstecken muss, ist dein Gastgeber, Per Andersson.«

Sie zeigte Minnie ein Foto eines athletisch aussehenden, hochgewachsenen blonden Mannes. Auf dem Bild lächelte er, doch seine Augen sahen traurig aus.

»Es ist wahr, er sieht gut aus. Aber seine Augen sind so blau, dass sie mich an Gletscher erinnern. Und wenn ich an Gletscher denke, denke ich an Spalten, in die Menschen hineinfallen und nie wiedergefunden werden.«

Sabrina zeigte mit den Spitzen ihrer Gabel auf Minnie. »Schöner Satz, den solltest du in deinem neuen Roman auftauchen lassen. Er ist so … melodramatisch!«

»Das werde ich.«

»Hast du noch etwas Eis für deinen Weißwein? Er ist zu warm.«

»Entschuldige, ich habe nicht mit Besuch gerechnet«, erwiderte Minnie und ging zu ihrem Gefrierschrank. Das Thermometer zeigte –18 °C an.

Kaum zu fassen, dass es in Lappland kälter als in meinem Tiefkühler sein wird, dachte Minnie, während sie einige Eiswürfel aus dem Gefrierbehälter löste und in eine kleine Schale füllte. Es fröstelte sie am ganzen Körper.

Sie stellte die Schale auf den Tisch. »Voilà, Eiswürfel sind zur Stelle!«

Sabrina schien ihre Gedanken lesen zu können. »Sieh es positiv, in Lappland kriegst du Eis und Schnee ganz ohne Maschinen, sozusagen im Vintagestil. Das ist der letzte Schrei!«

Minnie konnte sich das Lachen nicht verkneifen.

Einige Zeit später räumte Sabrina ihren und Minnies leergegessenen Teller in die Spülmaschine. »Aber ich werde das Gefühl nicht los, diesen skandinavischen Adonis irgendwoher zu kennen.«

»Das können wir leicht herausfinden«, sagte Minnie und fuhr ihren Laptop hoch. Sie gab das Stichwort *Per Andersson* in die Suchmaschine ein.

»5.723.819 Ergebnisse. Alles klar.«

»Gib mal bitte *Per Andersson Sorsele* oder *Bjärdakken* ein«, empfahl Sabrina ihr.

Die Suchmaschine spuckte neue Ergebnisse heraus. Minnie entdeckte das Gästehaus und den richtigen Per Andersson.

»Ah, da haben wir ihn doch! Ausgebildeter Bergführer, scheint Schwedisch-Lappland wie seine Hosentasche zu kennen und ist ein begnadeter Künstler mit der Kettensäge. Noch vor wenigen Jahren hat er an Wettbewerben in Harbin teilgenommen. Da haben wir es! Daher kenne ich ihn!«, rief Sabrina aus und schenkte sich noch ein Glas Weißwein ein, in das sie drei Eiswürfel plumpsen ließ.

»Harbin? Was soll das sein?«, fragte Minnie.

Sabrina sah sie überrascht an. »Hast du noch nie von der chinesischen Eisstadt Harbin gehört? Wo Künstler jedes Jahr wunderschöne Skulpturen aus Eis erschaffen, die beleuchtet werden?«

Minnie überlegte. »Jetzt, wo du es sagst ... Ich glaube, ich habe einmal eine Reportage im Fernsehen darüber gesehen.«

Sabrina nahm den Laptop an sich und tippte etwas Neues ein. Es tauchten atemberaubende Fotos von vergänglichen Kunstwerken auf, die aus Eis, Schnee und Licht gemacht waren. Tiere, Pflanzen, wichtige Bauwerke und Persönlichkeiten, es schien nichts zu geben, an das sich die Künstler nicht herantrauten.

»Wow, sieh dir das an!«, rief Sabrina begeistert aus. »Vor einigen Jahren hat er den Wettbewerb mit diesem Kunstwerk gewonnen.«

Auch Minnie war von der begehbaren Burg aus Eis fasziniert. Per posierte davor mit einer asiatisch aussehenden Frau und einem Pokal.

»Ob das wohl seine Ehefrau ist?«, fragte Minnie.

Sabrina blätterte sich durch die Unterlagen. »Hier ist immer nur die Rede von Per. Du wirst es bald sowieso erfahren. Wäre aber auch zu schade, wenn dieses Schnuckelchen schon vergeben wäre ...«

»Wo denkst du nur hin? Ich fliege nach Lappland, um zu schreiben, um mir mein Leben zurückzuholen. Nicht, um mich in die nächste Beziehung zu stürzen.«

»Du bist wirklich beratungsresistent«, scherzte Sabrina. »Von einer Beziehung war keine Rede. Aber bei diesen eisigen Temperaturen kann ein Besuch in der Sauna und etwas ... Bewegung zu zweit nicht schaden!«

Minnie schlug mit einer Serviette nach ihrer besten Freundin. »Du bist einfach nur ... unmöglich! Und außerdem, nach Marco habe ich die Nase von Männern so was von gestrichen voll!«

»Na, das kann ich schon verstehen, aber so ein bisschen Spaß würde auch dir guttun. Du lebst seit fast zwei Jahren wie eine Nonne! Lass Marco hinter dir. Er wollte unbedingt ein Leben mit vollgeschissenen Windeln und nächtlichem Geschrei? Das kann er jetzt dann bald kriegen. Du hingegen wirst durch verschneite Landschaften spazieren, die selbst den *Nachtkönig* vor Neid erblassen lassen könnten. Und wirst Wunder sehen, die dich dazu bringen werden, an Gott zu glauben. – Nicht, dass ich es tue«, fügte Sabrina rasch an.

Minnie stutzte. Hatte sie so einen ähnlichen Satz nicht schon einmal gehört? *Zufall, einfach nur ein dämlicher Zufall,* schoss es ihr durch den Kopf.

»Aber schon seltsam, dass Per Andersson die letzten drei Jahre nicht mehr an dem Wettbewerb in Harbin teilgenommen hat«, fuhr Sabrina fort. »Was wird ihn wohl dazu bewogen haben, trotz solch eines begnadeten Talents aufzuhören, nach China zu jetten und wunderschöne Kunstwerke aus Eis herzustellen, und stattdessen Touren am Arsch der Welt anzubieten?«

Aus einem Impuls heraus antwortete Minnie. »Wer weiß, vielleicht hat auch ihn ein Schicksalsschlag heimgesucht, der ihm die Inspiration genommen hat. So wie mir.«

»Das klingt plausibel. Aber du wirst es schon sehr bald selbst herausfinden«, antwortete Sabrina verschwörerisch, während sie Minnie ihr leeres Glas hinhielt. »Hast du bitte noch etwas von diesem leckeren Wein?«

Kapitel 5

Bjärdakken
Per Andersson
Zwei Wochen vorher

Per beobachtete die tief stehende Sonne am Horizont. Nicht mehr lange, und sie würde im schwarzen Meer der Nacht versinken, um Mond und Sternen den Auftritt zu überlassen. Obwohl es erst Anfang November war, war es bereits empfindlich kalt. Jeder Atemzug machte sich in Form eines weißen Wölkchens bemerkbar. Trotzdem schwitzte er unter seinem rot-schwarzen Flanellhemd.

Ein wenig Zeit habe ich noch, schätzte er, *vielleicht noch eine halbe Stunde.* Er nahm die Axt wieder zur Hand und machte mit seiner Arbeit weiter.

Seine Mutter trat aus dem Nebenhaus. »Per, lass doch endlich gut sein! Du spaltest schon seit dem Morgengrauen Holz!«

Per warf gerade eine neue Fuhre klein gehackter Holzstücke in einen geflochtenen Weidekorb.

»Nicht mehr lange, Laura.«

Seit seiner Volljährigkeit nannte er seine Mutter bei ihrem Vornamen.

»Du hast heute schon genug Holz gehackt. Wenn du so

weitermachst, kannst du dich morgen wieder nicht bewegen vor lauter Rückenschmerzen«, gab Laura zu bedenken.

Per erinnerte sich noch gut an den Hexenschuss vor einigen Wochen. Es hatte sich angefühlt, als wäre ein Blitz durch seine Glieder gefahren, und er hatte sich tagelang nicht rühren können. Ohne die Spritzen von Dr. Zan würde er wahrscheinlich jetzt noch in Embryostellung auf seinem Bett liegen und leise vor sich hin wimmern. Aber er konnte nicht anders. Das Holzhacken war für ihn beinahe schon meditativ. Ein Ventil für seine angestaute Wut, Traurigkeit und Hilflosigkeit.

Es ist das Einzige, was meine Schmerzen wenigstens für einige Zeit bändigen kann, gestand sich Per ein. Aber niemals würde er das laut aussprechen.

»Wenn du erlaubst, ich bin achtunddreißig Jahre alt. Ich weiß, was ich tue«, erwiderte er und holte erneut schwungvoll mit der Axt aus.

»Es stimmt, du bist schon lange erwachsen, aber im Moment benimmst du dich wie ein bockiges Kind«, antwortete Laura, dabei blickte sie ihn mit einer paradoxen Mischung aus Unverständnis und Mitleid durch die runden Gläser ihrer Lesebrille hindurch an.

Beim Wort *Kind* lief Per ein kalter Schauer den Rücken entlang. Und es lag nicht an den Minustemperaturen. Die Axt sauste auf den Holzklotz hinunter und zerteilte ihn. Wieder und wieder. Kleine Splitter flogen in alle Richtungen.

Sie erinnerten ihn an sein Herz. Und manchmal wünschte er sich, dies würde auch mit seinem Gehirn passieren, einfach nur, damit er aufhören konnte, nachzudenken und sich zu erinnern.

Erneut warf er das fertig zerstückelte Holz in den Korb. Er war zum Bersten voll.

»Es ist sowieso bald dunkel«, erklärte Per und hievte die

Axt wieder hoch. »Außerdem mache ich das ja nicht zum Spaß. Wir brauchen das.«

»Ich weiß, der Winter ist praktisch schon da.«

Sie zeigte auf den Schnee, der sich ähnlich wie ein weißer Teppich auf die Dächer und Wälder von Bjärdakken gelegt und die Natur zum Erstarren gebracht hatte.

Die Vögel, die den kurzen Sommer hindurch so lieblich gesungen hatten, waren schon lange fort.

Wie Torben auch, dachte Per. Er spaltete den nächsten Scheit mit einem besonders harten Schlag.

Mit besten Grüßen an die Bandscheiben. Die werden es mir danken.

Per hielt kurz inne. Laura kam näher und strich ihm mit ihrer Hand sanft über die Schulter. »Ich weiß, wie schwierig dieser Tag für dich ist. Auch ich habe heute pausenlos an Torben gedacht. Noch mehr als sonst.«

Torben, schoss es Per durch den Kopf, den Magen, das Herz sowie jede andere Faser seines Körpers und dann durch seine Seele, *wie sehr ich dich vermisse.*

Er wischte sich die aufkommenden Tränen mit seinem Handrücken fort und blinzelte stark.

Nicht vor Mutter!, schalt er sich. Sein Vater hätte diese Gefühlsausbrüche sicherlich nicht gutgeheißen. *Gott habe ihn selig. Wenigstens einer von uns beiden muss stark bleiben!*

Er schluckte die Tränen hinunter, so wie seit drei Jahren auch.

Lauras Stimme bebte. »Heute hätten wir seinen achten Geburtstag gefeiert. Er wäre nun auch schon zur Schule gegangen. Vielleicht hätten wir ein Fest für ihn und seine Schulkameraden gegeben, wenn er …«

»Ist er aber nicht!«, unterbrach Per sie barsch, doch es war bereits zu spät. Die Bilder vergangener Kindergeburtstage erschienen vor seinem inneren Auge.

Torben, dessen Augen im Schein der Kerzen, die er

auspusten sollte, leuchteten. Torben, wie er glücklich auf dem Schaukelpferd saß, das Per mit seinen eigenen Händen für ihn geschnitzt hatte. Torben, der darum bat, eine Gutenachtgeschichte vorgelesen zu bekommen.

Lauras Augen glänzten und Per tat das, was er am besten konnte. Er räusperte sich, damit seine Stimme nicht brach. »Der Korb ist voll. Kannst du mir bitte noch einen leeren bringen?«

Laura schüttelte den Kopf. Ihr blonder, geflochtener Zopf, der von weißen Strähnen durchzogen war, schwang im Gleichtakt mit.

»Per Andersson! Du bist zweifellos deines Vaters Sohn! Bloß keine Gefühle zeigen! Dann könnte man ja als Schwächling dastehen. Bloß nicht die Sorgen mit den Menschen teilen, die dir am nächsten sind! Du hast viele wundervolle Eigenschaften, mein Kind, aber die Letzteren gehören nicht dazu. Ich habe dich geboren und aufgezogen, ich weiß ganz genau, wie es in dir aussieht! Auch wenn du dich in Schweigen hüllst. Auch wenn du dich benimmst wie ein Bär, der sich für den Winterschlaf zurückzieht. Deiner Mutter machst du nichts vor! Ich kenne dich gut und ich werde dich aus der Reserve locken.«

Laura hatte sich in ihrer ganzen Körpergröße vor Per aufgerichtet und zeigte mit dem Zeigefinger auf ihn. Wie früher, wenn er alle Moltebeeren, die eigentlich für die Marmelade gewesen waren, aufgegessen hatte. Nur, dass nun er der Größere von ihnen beiden war.

Sie hat recht. Sie hat so recht. Aber Per konnte diese Gefühle nicht zulassen. Sonst würde er in ihnen ertrinken. Wie sein Vater es vor Jahren getan hatte, aber in der Realität. Mit seinem Schneemobil in dem noch nicht richtig zugefrorenen See.

Wahrscheinlich von der Diskussion aufgeweckt, schnellte Rosalie aus Lauras Haus auf Per zu.

»Alles ist gut, Rosie«, hauchte Per, während er das grauweiße Fell der Huskyhündin streichelte, »es ist nichts passiert.«

»Genau das ist dein Problem!«, schnaubte Laura verächtlich. »Du tust immer so, als sei alles in Ordnung, als sei nichts passiert. Aber die Wahrheit ist: Absolut gar nichts ist in Ordnung! Du bist genau wie dein Vater, auch er war ein Sturkopf vor dem Herrn und was hat ihm das gebracht? Er hat seine Sturheit mit seinem Leben bezahlt!«

Mit diesen Worten rauschte sie zurück ins Haus und knallte die Tür so fest zu, dass sich der erste Schnee vom Dach löste und lawinenartig herabstürzte.

Per beugte sich nach unten und blickte in Rosalies eisblaue Augen.

»Zum Glück bist noch du mir geblieben!« Er kraulte sie hinter ihren Ohren. Rosalie wedelte sofort fröhlich mit ihrem Schwanz.

Sie war noch ein Welpe gewesen, als er sie Torben an Weihnachten geschenkt hatte. Das letzte Fest, bevor sein Leben in einen Trümmerhaufen verwandelt worden war.

Rosie tobte durch den Schnee. Pers Muskeln zitterten vor Erschöpfung, als er wieder mit dem Holzhacken begann. Er arbeitete nun an den kleinen Kanthölzern, die er zum Anfeuern der Kamine verwendete, obwohl es schon dunkel geworden war.

»Nicht mehr lange, nicht mehr lange«, brummte er vor sich hin.

Mit einer Hand hielt er das Holz fest, die andere hielt die Axt.

Seine Gedanken wanderten plötzlich zu Laura, dann zu seinem Vater. Dann wieder zu Torben. Per rutschte mit der Axt ab und erwischte seinen Zeigefinger. Ein stechender Schmerz und hervorströmendes Blut erinnerten ihn daran, dass er am Leben war. Er hielt sich mit der unverletzten

Hand die klaffende Wunde zu, doch schon bald tropfte es purpurn auf den Schnee.

»Laur…« Pers Hilferuf blieb ihm im Halse stecken. Er konnte sie schon tadeln hören. *Ich habe dir doch gesagt, dass du aufhören sollst. Ich bin zwar alt, aber noch nicht komplett verkalkt im Hirn! Hör wenigstens doch ab und zu mal auf deine Mutter! Sei nicht immer wie dein Vater!*

Auf die Moralpredigt konnte er getrost verzichten, er würde das schon alleine wieder hinbekommen.

Kein Grund, die Pferde scheu zu machen, hätte sein Vater gesagt.

Rosalie schien das Blut zu riechen, sie bellte und sprang aufgeregt auf und ab.

»Rosie, jetzt beruhige dich endlich. Komm, hinein mit dir.«

Er lockte sie so in sein Haus. Er sperrte den Hund ins Wohnzimmer und ging dann zum Waschbecken, wo er seine Hand vorsichtig von seinem verletzten Finger nahm und die pulsierende Wunde betrachtete. Per verzog das Gesicht. *Mann, das sieht echt scheiße aus!*

Tropf, tropf, tropf. Sein Badezimmer sah innerhalb von Sekunden aus wie der Drehort von *Freitag, der Dreizehnte.* Er spülte die Wunde mit kaltem Wasser aus. Tausend kleine Messer glitten noch einmal durch die verletzte Haut. Per schnaubte tief, um den Aufschrei zu unterdrücken.

Mist, das muss hundertprozentig genäht werden, dachte er, als er die hässliche Fleischwunde in Augenschein nahm, die sofort wieder von Blut überströmt wurde. Er schickte ein Stoßgebet zum Himmel. *Hoffentlich ist Kim zu Hause!*

Einhändig fischte er den Verbandskasten aus dem Badezimmerschrank und öffnete ihn. Er ignorierte das längst abgelaufene Haltbarkeitsdatum der Arzneimittel und Medizinprodukte darin, entnahm ein Fläschchen mit einer dickflüssigen, durchsichtigen Flüssigkeit und etwas Verbandsmaterial.

»Aaaaah!«, entfuhr ihm dann doch ein Schmerzensschrei, als er die Wunde desinfizierte. Hoffentlich hörte ihn Laura nicht! Dann verband er sich den Finger. Sofort färbte sich die Gaze dunkelrot. Per wurde schummrig, er fühlte sich, als würde er über eine wacklige Hängebrücke laufen.

Ein Indianer kennt keinen Schmerz, erinnerte sich Per an die Worte seines Vaters, die er sagte, wenn er sich als Kind etwas geprellt oder sich etwas gebrochen hatte.

Ich bin aber ein Schwede, kein Indianer, hatte Per zu antworten gepflegt und geheult. Vater hatte dann verächtlich geschnaubt: *Ein Weichei bist du, so wie deine Mutter!*

Per schob die Kindheitserinnerungen beiseite und schlüpfte in eine alte Fleecejacke, schnappte sich eine Taschenlampe und machte sich sofort auf den Weg. Er stapfte durch den dichten, knöchelhohen Pulverschnee, der im Schein seiner Lampe funkelte, als hätte die Natur selbst feinsten Diamantenstaub darüber verteilt.

Die Sterne leuchteten bereits hoch am Himmel. Per versuchte, sich mit dem schönen Panorama abzulenken, während es ihm speiübel war und ihm immer mal wieder schwarz vor Augen wurde. *Alles halb so wild, wer wird bei so einem kleinen Kratzer schon zum Doktor rennen?,* vernahm er einen Augenblick später die strenge Stimme seines Vaters in seinen Gedanken.

Ein verdammter Schwachkopf, das ist es, was ich bin! Bei Dunkelheit mit der Axt herumzufuchteln! Halb ohnmächtig durch die Kälte zu stapfen. Wem mache ich hier etwas vor? Dadurch kommt mein Sohn auch nicht zurück.

Der halbe Kilometer bis zu seinem Ziel fühlte sich wie ein verdammter Marathon an. Oder wie eine Etappe vom Ironman. Besser alle Etappen vom Ironman. Endlich sah er von Weitem, dass Kims rotes Holzhaus hell erleuchtet war.

»Gott sei Dank, sie ist da!«, entfuhr es ihm.

Kaum hatte er ihren Hof betreten, sprang die Haustür auf und Kim stand, schon in voller Ärztemontur, im Eingang.

»Los, schnell! Hinein mit dir! Deine Mutter hat mich schon angerufen! Ist dein Finger noch dran?«

Kim zog energisch ihren Mundschutz über.

Also hatte Laura es doch mitbekommen, dass er sich verletzt hatte. Und war ihm nicht zur Hilfe geeilt. *Kein Wunder*, schalt sich Per, *sie hat sich nur an das gehalten, was ich ihr die ganze Zeit demonstriere. Dass ich sie nicht brauche! Dass ich niemanden brauche!*

Per räusperte sich und kam näher.

Ein Indianer kennt keinen Schmerz!

»Ja, alles halb so schlimm. Ist nur eine Fleischwunde, glaube ich.«

Per konnte das anerkennende Schulterklopfen seines Vaters fast spüren.

Er hatte kaum ihr Haus betreten, da hatte Kim ihn bereits in ihren Behandlungsraum bugsiert und ihm seine Fleecejacke ausgezogen.

»Wann hattest du deine letzte Tetanusimpfung?«, fragte sie besorgt und befreite Pers Finger vom Verband, der sich mit seinem Blut vollgesogen hatte.

»Keine Ahnung«, antwortete Per, »ich habe die Wunde aber desinfiziert.«

Kim kräuselte die Stirn. Ihre braunen Mandelaugen starrten ihn tadelnd an. Ihre glänzenden pechschwarzen Haare hatte sie unter einer Haube versteckt und nur ihr Haaransatz lugte hervor.

»Du hast eine Arterie getroffen, volle Punktzahl, Herr Andersson! Das muss genäht werden! Ich kann dir jetzt schon sagen, dass eine Narbe bleiben wird!«

Narben machen einen Mann doch erst richtig attraktiv, erinnerte sich Per an einen Lieblingsspruch seines Vaters.

»Ach, das macht mir doch nichts aus«, wagte er einen lockeren Spruch.

»Jetzt ist nicht der richtige Zeitpunkt, einen auf Superman zu machen«, antwortete Kim, während sie mehrere Schränke und Schubladen öffnete und einige Utensilien richtete.

Per musste schlucken und versuchte, die Spritzen, Zangen und Scheren nicht zu beachten. Im Geiste dankte er, wie so oft, dem Himmel, dass Dr. Kim Zan vor einigen Jahren Pers Nachbarn Henrik während seines Urlaubs kennen und lieben gelernt hatte. Dass die junge Allgemeinärztin, die perfekt Englisch sprach und innerhalb kürzester Zeit Schwedisch gelernt hatte, von den Philippinen nach Bjärdakken gezogen war, war ein absoluter Glücksfall für die Handvoll Einwohner gewesen. Das nächste Krankenhaus lag mehrere Stunden Autofahrt entfernt und im zwanzig Kilometer entfernten Sorsele gab es nur eine Krankenstation, die nicht einmal mit dem Nötigsten ausgestattet war.

Wer weiß, vielleicht würde Papa noch leben, wenn es Kim damals schon gegeben hätte?

Plötzlich brannte es wie Feuer. Kim wusch die Wunde erst mit Kochsalzlösung aus, dann kam Desinfektionsmittel dazu, gefolgt von einem örtlichen Betäubungsmittel, das sie mit einer Spritze rund um den Schnitt verteilte.

»Au!«, entfuhr es Per ungewollt.

Die junge Ärztin verzog keine Miene, sondern machte sich an Pers Knöpfen zu schaffen. »Du musst auch das Hemd ausziehen.«

Sindy war die letzte gewesen, die das getan hatte. Vor einer gefühlten Ewigkeit.

Per schluckte und gab sich Mühe, sich wieder in den Griff zu kriegen, seine ausbüxenden Gedanken wieder einzufangen und sicher zu verwahren.

Kim versprühte etwas auf seinem Oberarm, tupfte es dann ab und verabreichte ihm eine weitere Spritze.

»Fühlt sich intramuskulär an«, stieß Per zwischen zusammengebissenen Zähnen hervor.

»Tetanusimpfung«, erklärte Kim knapp.

»Das habe ich mir schon fast gedacht.«

Kim berührte Pers Finger. »Spürst du etwas?«

»Bis auf einen dumpfen Druck nichts.«

»Gut, dann kann ich mit dem Nähen loslegen.«

Eine Viertelstunde später durfte sich Per wieder anziehen. Er war etwas unbeholfen, der dicke Verband an seiner Hand kam ihm ständig in die Quere. Kim hatte den Raum verlassen. Einige Minuten später stand sie zusammen mit Henrik im Türrahmen.

Ihre grüne Ärztekluft war einem cremefarbenen Kaschmirpullover und einer Jeans gewichen.

»Hey, Kumpel, du bist beim Holzhacken wohl etwas vom Weg abgekommen, was?«, fragte Henrik, den Per schon sein ganzes Leben lang kannte.

»Ach, das ist doch nicht der Rede wert«, spielte Per seine Verletzung herunter.

Kim verdrehte nur die Augen und übergab ihrem Patienten eine Papiertüte.

»Hier findest du noch Antibiotika und Schmerzmittel, bitte nimm sie, so wie ich es dir aufgeschrieben habe. Komm nächste Woche noch einmal vorbei, ich schaue mir die Wunde an. In vierzehn Tagen kann ich die Fäden ziehen. Henrik fährt dich nach Hause.«

Ihr Ton ließ keine Widerrede zu.

Per zog den Reißverschluss seiner Fleecejacke zu. »Aber nein, ihr habt schon genug für mich getan. Genießt euren Abend zu zweit. Ich kann doch nach Hause gehen.«

Henrik lachte. »Ich wusste, dass du das sagen würdest. Du bist ganz wie dein alter Herr! Nun, ich habe meiner Lady versprochen, dass ich dich wohlbehalten nach Hause bringe, also diskutiere bitte nicht und schwing deinen Hintern in meinen Volvo. Die Standheizung läuft auch schon seit einer halben Stunde, damit du es mollig warm hast.«

»Okay, wie ihr meint«, gab sich Per geschlagen. »Ich danke dir, Kim!«

»Es gibt nichts zu danken, ich habe nur meinen Job gemacht.«

»Du musst wirklich besser auf dich aufpassen, Mann«, tadelte Henrik, als sie einige Minuten später vom Hof fuhren. »Ein paar Millimeter weiter und ... Du bist ein talentierter Künstler mit Holz und Eis, du brauchst deine Hände, am besten mit allen Fingern dran.«

Per starrte in die Nacht. »Ach, das war ich einmal. Die Zeiten ändern sich.«

Henrik schien zu verstehen und wechselte das Thema. »Wie läuft das Geschäft mit der Gästehütte so an? Haben dir meine Tipps bezüglich der Webseite geholfen?«

»Sie ist erst seit wenigen Tagen aktiv. Ich hoffe wirklich, dass sich etwas tut. Seit der Gruppe von Anglern im Sommer hat die Hütte praktisch die ganze Zeit leer gestanden.«

»Das wird schon werden, wir haben hochwertige Fotos gemacht, sie gut beschrieben und sie auf allen einschlägigen Portalen beworben. Die Leute werden dir die Bude einrennen.«

»Ich würde mir wünschen, dass es ein paar verrückte Städter gibt, die sich für diese Einöde begeistern lassen.«

Henrik schnaufte missbilligend. »Wir haben hier alles,

was sich sowohl Actionfreaks als auch Ruhesuchende wünschen. Und das weißt du ganz genau. Du vergisst, dass nicht jeder so wie Sindy ist.«

Wie oft soll mir heute noch ein Dolch durchs Herz getrieben werden? Reicht nicht ein halb abgesäbelter Finger?

Henrik hielt den Wagen an. »So, da wären wir.«

Per stieg aus. »Ich danke dir. Und natürlich auch deiner Frau, sie ist ein Engel. Du bist ein verdammter Glückspilz!«

»Das bin ich«, bestätigte Henrik und fuhr davon.

Laura stand vor Pers Haus. Er machte sich auf die Moralpredigt seines Lebens gefasst, stattdessen sagte seine Mutter mit ruhiger Stimme: »Eine Frau aus Italien hat angerufen. Ich habe ihren Namen nicht verstanden, ihr Englisch war nicht das Beste. Jedenfalls hat sie die Gästehütte von Mitte Dezember bis Mitte Januar gebucht, mitsamt aller Aktivitäten, die du auf der Homepage anbietest.«

Per war überrascht. »Alle?«

»Ja, alle. Wenn ich das richtig verstanden habe, hat die Anruferin die Hütte nicht für sich selbst, sondern für eine italienische Schriftstellerin gebucht, Minerva irgendwas. Es scheint wichtig zu sein, dass wir eine festliche, weihnachtliche Atmosphäre aufkommen lassen. Die Autorin scheint in einer Art Schreibkrise zu stecken und soll einen Weihnachtsroman schreiben. Man wird uns ein hübsches Sümmchen überweisen.«

Per lächelte. »Toll, dann werde ich mich in den Weihnachtsmann höchstpersönlich verwandeln, wenn es sein muss.«

Es war schwer, die aufkeimenden Gedanken an Torben beiseite zu schieben. Er hatte den Weihnachtsmann so sehr geliebt.

»Ich habe im Kalender gesehen, dass alles freistand, also habe ich allem zugesagt. Ist das okay?«

»Ja, bestens. Danke, Laura. Dann werde ich gleich morgen den Mietvertrag fertig machen und mir alles bestätigen lassen. Hat sie dir eine E-Mail-Adresse gegeben?«

Laura nickte. »Habe ich dir aufgeschrieben und an die Pinnwand in deinem Büro geheftet. Ich gehe hinein. Melde dich bitte, wenn du etwas brauchst.«

»Ja, mache ich«, log Per. »Gute Nacht.«

»Schlaf gut«, antwortete sie, ging hinein und schloss die Tür hinter sich.

Es muss sie ganz schön viel Überwindung gekostet haben, mich nicht zu fragen, was passiert ist und wie es mir geht, dachte Per, während er von der wohligen Wärme seiner Hütte in Empfang genommen wurde. Mit Freude bemerkte er, dass jemand die Heizungen wärmer gestellt und sämtliche Kamine angezündet hatte.

Danke, Laura!

Er ließ Rosalie nach draußen, damit sie ihr Geschäft machen konnte.

Ach, Kim wird Laura sowieso penibel über meine Verletzung informiert haben, fiel Per plötzlich ein, und er konnte sich ein Lächeln nicht verkneifen.

Die Hündin huschte schnell wieder ins Haus. Die Luft war eisig und glasklar.

Er nahm sich ein Bier aus dem Kühlschrank und schaltete den Fernseher ein. Es lief *Wer wird Millionär?* Rosalie machte es sich auf dem Rentierfell vor dem Kamin gemütlich.

Per konnte Kims tadelnde Stimme beinahe hören: *Jetzt Alkohol zu trinken, nach all den Medikamenten, die ich dir verabreicht habe, ist keine besonders gute Idee.*

Trotzdem ließ Per Sekunden später den Ringverschluss zischen. Das war gar nicht so einfach, nur mit einer Hand.

»Das habe ich mir redlich verdient!«, rief Per in sein Wohnzimmer, als erwarte er Zustimmung oder stürmischen Applaus.

Doch es war niemand da. Außer Rosie, aber die zählte nicht.

Endlich konnte er Salz auf seinen Lippen schmecken. Er presste seine Zähne so fest aufeinander, dass der Kiefer schmerzte. Das half nichts, der Kummer brach über ihn herein wie ein Schneesturm. Er weinte so heftig, dass sich sein Bauch verkrampfte und seine Schultern bebten. So sehr, dass sein Hals schmerzte, dass ihm zeitweise das Atmen schwerfiel und jeder Muskel zitterte. So tief und kehlig, wie nur verzweifelte Männer zu weinen vermochten.

Es dauerte lange, bis er wieder halbwegs Herr seiner Gefühle war. Endlich spülte das herbe Bier den salzigen Geschmack fort.

»Happy Birthday, Torben«, flüsterte Per mit gebrochener Stimme, während die Worte seines Vaters in seinen Gedanken nachhallten.

Ein Indianer kennt keinen Schmerz.

Kapitel 6

Minnie
Anfang Dezember 2018

Außer Betrieb! stand auf dem Aufkleber, der an der Aufzugtür angebracht war.

Minnie schüttelte den Kopf. *Nein, nein, nein! Bitte nicht schon wieder! Bitte nicht heute!*

Doch es half nichts. Das rot-weiße Absperrband und die seltsam blinkende Anzeige oberhalb des Lifts sprachen eine deutliche Sprache. Dabei war vor einigen Stunden, als sie aus dem Haus gegangen war, doch alles gut gewesen.

Ein Jugendlicher schlenderte gerade die Treppe hinunter. Beim Anblick Minnies zahlreicher Einkaufstaschen grinste er. »Und die müssen Sie alle alleine hochschleppen?«

»So sieht es aus«, antwortete Minnie. »Lust, mir zu helfen? Du kannst dir etwas zu deinem Taschengeld dazuverdienen.«

»Nee, hab keine Zeit. Viel Spaß noch!«, antwortete der junge Mann knapp und verschwand in den frühen Abend hinaus.

»Unmöglich, diese Jugend von h…« Nein, Minnie wollte nicht wie ein verbittertes Großmütterchen klingen. Stattdessen packte sie mutig ihre Taschen, die zwei Paar gefütterte Stiefel, zehn dicke Pullover, drei Winterjacken, dazu Wollsocken, Schal, Mütze, Thermounterwäsche und Handschuhe beinhalteten. Mit dem kleinen Finger angelte sie sich noch das Netz mit den Bio-Orangen aus Sizilien.

Was sind schon zehn Stockwerke? Ich kriege das alleine hin, ich brauche niemanden!

Bereits im zweiten Stock schmerzten Minnies Hände. Die Henkel der Einkaufstüten hatten sich tief ins Fleisch eingegraben. Doch sie stieg Treppe für Treppe weiter nach oben.

Im dritten Stockwerk angekommen, hatte sie einen Geistesblitz. *Ich könnte ja Daniele fragen, ob er mir nicht kurz zur Hand gehen könnte.*

Doch dann fiel Minnie ein, dass es Freitagabend war. Die *Cubanito Bar* würde aus allen Nähten platzen. *Selbst ist die Frau!*

Im vierten Stockwerk ging Minnies Atmung stockend, ein fieses Stechen machte sich in den Seiten bemerkbar und ihr Puls raste. Erinnerungen an längst vergessen geglaubte Sportunterrichtsstunden kamen wieder hoch.

Im fünften Stock machte Minnie eine kurze Pause, während sie vor sich hin schimpfte: »Ausgerechnet … heute … muss … dieser … dieser … bescheuerte Aufzug … wieder einmal defekt sein! Wann … reparieren … sie … den … endlich … ein … für … alle … mal?«

Hastig knöpfte sie ihren Wintermantel auf, unter dem sie sich wie in einer Sauna wähnte.

Im siebten Stockwerk riss das Netz mit den Orangen. Die Früchte kullerten in alle Himmelsrichtungen, einige knallten gegen Wohnungstüren, andere rollten sogar wieder die Treppen hinunter.

»Elender Murphy und sein blödes Gesetz!«, rief Minnie und hechelte wie ein Golden Retriever nach dem Spiel mit dem Tennisball.

Ein Stockwerk höher kam ihr ein Teenagerpärchen händchenhaltend entgegen und schaute sie verdutzt an.

»Wenn ihr die Orangen findet und aufsammelt, könnt ihr sie behalten«, erklärte sie grimmig. Die Schweißperlen standen ihr auf Stirn und Oberlippe.

»Manche Leute sollten sich wirklich nichts einwerfen, die vertragen das nämlich nicht«, raunte die junge Frau ihrem Freund ins Ohr. Sie machte sich keine Mühe, das leise zu tun.

Minnie hätte ihnen noch gerne etwas hinterhergerufen, aber die beiden waren bereits die Treppen hinunter verschwunden.

Einige Minuten später konnte sie endlich die Einkaufstüten vor ihrer Wohnungstür fallen lassen. Ihre zerschundenen Hände dankten es ihr.

»Ach, diese Orangen meinte die seltsame Frau!«, vernahm sie einige Stockwerke tiefer, während sie ihren Schlüssel aus ihrer Handtasche kramte.

Minnie lächelte in sich hinein und schloss erleichtert auf. Sofort schleppte sie all ihre neuen Errungenschaften ins Schlafzimmer.

Dort entledigte sie sich ihres Mantels und warf sich mit ausgestreckten Armen und Beinen aufs Bett. Dann erinnerte sie sich daran, dass ihre Wohnungstür sperrangelweit offenstand und sie noch ihre Stiefel trug.

Langsam normalisierten sich ihre Atmung und ihr Puls wieder.

Plötzlich hörte sie eine Stimme aus ihrem Flur. »Hallo? Minerva? Sind Sie zu Hause?«

Es war Minnies Nachbarin von gegenüber, die von jedem ehrfürchtig Frau Filomena genannt wurde.

Minnie rappelte sich schnell auf. Dabei wurde ihr beinahe schwindelig.

»Ja, hier bin ich«, rief sie und stürzte in Richtung Gang.

Mir liegt etwas an meiner Privatsphäre. Und diese befand sich in ernster Gefahr, denn Filomena hatte viel Zeit und noch mehr Fantasie. Minnie konnte sich noch gut daran erinnern, wie ihr Filomena vor einiger Zeit hatte weismachen wollen, dass die *Cubanito Bar* in Wahrheit ein illegales Bordell und der liebenswürdige Daniele ein skrupelloser Zuhälter und Menschenhändler sei. Jeglicher Widerspruch von Minnie war kopfschüttelnd und zungenschnalzend zurückgewiesen worden.

Minnie fand Frau Filomena, inklusive geblümter Schürze, Pantoffeln und Lockenwicklern in ihrem silbergrauen Haar in ihrer Küche herumschnüffelnd vor.

Ganz in ihrem Element!

»Guten Tag, Frau Filomena, wie schön, Sie zu sehen«, log Minnie. »Wenn es um die Orangen im Treppenhaus geht, ich gehe sie sofort einsammeln.« *Nicht, dass dann ich das nächste Opfer bin, über das du lästerst.*

Filomena kräuselte Stirn und Lippen, missbilligend, wie es Minnie schien.

»Natürlich werde ich auch den Boden nass aufziehen, sollte es nötig sein«, fügte sie schnell hinzu.

Der Hausfrieden! Denk an den Hausfrieden! Und an deinen guten Ruf, den du nicht ruiniert haben willst!

Filomenas Miene änderte sich kein bisschen.

»Soll ich den Boden auch noch wienern?«, fragte Minnie, obwohl sie keine Ahnung hatte, wie sie das bewerkstelligen sollte.

»Ich weiß nicht, wovon Sie sprechen«, antwortete Filomena endlich. »Ich wollte Ihnen nur das hier bringen. Sie waren ja nicht eher zu Hause.«

Schwang da ein klitzekleiner Vorwurf in ihrer Stimme mit?

»Der Postbote hat Sie nicht vorgefunden und es einfach vor Ihrer Tür stehen gelassen«, erklärte Filomena weiter und übergab Minnie ein Paket.

Minnies Herz machte einen freudigen Hüpfer.

Endlich ist er da!

Sie stellte ihre neue Habseligkeit auf ihrer Anrichte ab.

»Vielen Dank, Frau Filomena! Das war sehr aufmerksam von Ihnen!«

Haben Sie eigentlich nichts anderes zu tun, als den armen Postboten auszuspionieren?

»Das ist so«, antwortete Minnies Nachbarin mit Selbstgefallen in der Stimme, »ich weiß ja nicht, was sich Schönes und Wertvolles in Ihrem Paket befindet …«

Sie machte eine kleine Pause.

Erwartet sie, dass ich ihr das sage?

Filomena wirkte etwas enttäuscht, als Minnie nichts preisgab.

»… jedenfalls erschien es mir richtig, es an mich zu nehmen, nur so zur Sicherheit. Bei all diesen seltsamen Nationalitäten unter unserem Dach, weiß man ja nie.«

»Mir sind keine seltsamen Nationalitäten bekannt, ich kenne nur die Spezies Mensch«, sagte Minnie und versuchte, möglichst schnell das Gesprächsthema zu wechseln. »Darf ich Ihnen etwas für Ihre Freundlichkeit anbieten?«

Filomena gab keine Antwort und sah sich indes in Minnies Küche um. Sie schielte zum Schlafzimmer, das direkt gegenüber lag.

»Sie waren heute wohl auf großer Einkaufstour, was? Haben Sie es nicht vielleicht ein wenig übertrieben?«

Minnies Alarmglocken schrillten. Hoffentlich sah Filomena nicht den großen Reisekoffer, der auch im Schlafzimmer stand. Dass Minnies Wohnung bald für vier Wochen leer stehen würde, ging die Nachbarin nichts an. Sonst würde das in Kürze ganz Mailand wissen.

»Ja, das kann man wohl sagen. Möchten Sie vielleicht einen Kaffee?«, lenkte Minnie ab und schloss schnell die Tür zu ihrem Schlafzimmer.

»Ein Kamillentee, wenn es nicht zu viele Umstände macht«, antwortete Filomena und ging zielstrebig in Richtung Wohnzimmer.

Minnie setzte etwas Wasser zum Kochen an und lief ihr hinterher.

Warum habe ich ihr überhaupt etwas angeboten? Jetzt habe ich sie noch länger an der Backe!

Filomena hatte vor Minnies Vitrine mit den alten Preisen und Pokalen Halt gemacht. Manche waren in Form von Schreibmaschinen, andere zeigten Pergament und Federn.

»Sind Sie so etwas wie eine Schriftstellerin?«, fragte Filomena.

»Ja, bin ich«, erwiderte Minnie.

War ich mal, in einem anderen Leben. Aber ich möchte wieder dorthin zurückgelangen, war die Antwort, die sie nicht gab.

Plötzlich weiteten sich Filomenas Augen.

»Warten Sie mal. Sie heißen Giuliani. Sie sind doch nicht etwa mit der großen Ornella Giuliani verwandt? Was habe ich geweint, als sie starb. Da war ich ungefähr in Ihrem Alter. Ich habe ihre Bücher regelrecht verschlungen!«

Minnie packte wieder dieses latente schlechte Gewissen, das sie hatte, seitdem sie denken konnte.

»Ja, bin ich. Ich bin ihre Tochter.«

»Die Tochter, nach deren Geburt sie verstarb? Ich kann mich noch gut an die Schlagzeilen erinnern!«

Minnie spürte die gewohnte Traurigkeit, als sie nickte.

»Das Wasser für den Tee kocht«, rettete sie sich aus der Situation und ging in die Küche zurück. Sie schluckte die aufkommenden Tränen hinunter. Wann würde sie endlich damit leben können?

Sie entnahm zwei Tassen aus dem Schrank und gab in jede einen Teebeutel. Sie atmete tief durch, während sie die Heißgetränke und Zucker auf einem Tablett positionierte und damit wieder ins Wohnzimmer zurückkehrte. Filomena betrachtete immer noch ihre Preise.

»Ich wusste gar nicht, dass ich unter demselben Dach wie eine Berühmtheit wohne.«

Minnie erwiderte nichts darauf, sondern stellte den Tee auf den Wohnzimmertisch.

»Nehmen Sie doch bitte auf dem Sofa Platz.«

Filomena folgte der Einladung.

Minnie überlegte fieberhaft, wie sie das Gespräch von sich weglenken konnte.

»Frau Filomena, ich wohne nun seit fast zwei Jahren hier und ich weiß überhaupt nichts über Sie. Erzählen Sie mir doch bitte ein wenig von sich.«

Filomena nahm die Tasse in ihre Hände und schlürfte den Kamillentee ganz langsam.

»Der ist ausgezeichnet«, sagte sie und hielt inne. Minnie dachte, das Gespräch sei beendet, doch dann sprach Filomena weiter: »Ach, Kindchen, was soll ich Ihnen schon über mich sagen? Ich bin eine einsame, alte Frau, die einige sehr dumme Fehler in ihrem Leben begangen hat.«

Minnie war überrascht. Frau Filomena wirkte immer so selbstgefällig und erhaben.

»Darf ich fragen, von welchen Fehlern Sie sprechen?«

Filomena presste ihre Lippen fest zusammen, holte dann tief Luft und begann:

»Vor dreißig Jahren kam ich mit meinem Mann Giacomo aus einem kleinen Dorf in Sizilien hierher. Wir waren beide Fabrikarbeiter und hatten nur einen Traum: Unsere zwei Kinder Sarah und Manuele sollten es eines Tages besser haben als wir. Also schufteten wir hart und steckten all unsere Ersparnisse in unser Haus auf Sizilien. Wir brachten unzählige Opfer und verlangten dasselbe von unseren Kindern. Hier in Mailand lebten wir in sehr einfachen Verhältnissen, während wir uns auf Sizilien einen kleinen Palast bauten. Wir sparten uns das Haus vom Munde ab, denn wir waren felsenfest davon überzeugt, dass wir eines Tages die Früchte unserer harten Arbeit ernten würden. Wir bauten für jedes unserer Kinder eine Wohnung an unser Haus an. Wie gesagt: Sie sollten es ja besser haben als wir. In den Ferien verbrachten wir jede Minute damit, an dem Haus weiterzuarbeiten, während die Kinder mit ihren Großeltern ans Meer gingen.«

»Und Sie führten alle Arbeiten selbst aus?«, fragte Minnie erstaunt.

»Ja, leider. Aus Kostengründen. Einige Verwandte, die sich ein wenig auskannten, halfen uns. Hätten wir jemanden eingeschaltet, der etwas von Bau verstand, hätten wir vielleicht früher gemerkt, dass unser Projekt zum Scheitern verurteilt war.«

Minnie hätte am liebsten die Hände über dem Kopf zusammengeschlagen, aber sie riss sich zusammen.

»Was ist geschehen?«

Filomena nahm einen Schluck Tee. Echter Schmerz zeichnete sich auf ihrem Gesicht ab. Die Sorgenfalten schienen mit einem Mal tiefer, ihre Lippen schmaler, ihr Blick verbitterter zu werden.

»Giacomo und ich, wir waren so ignorant und blind. Je älter unsere Kinder wurden, desto öfter baten sie uns, mit dem Hausbau aufzuhören. *Mamma, Papà, das Leben findet jetzt statt, nicht erst in zehn, zwanzig, dreißig Jahren,* sagten sie. Oder *Mamma, Papà, wir möchten doch irgendwann einmal studieren gehen. Vielleicht werden wir niemals in dieses Haus einziehen, auf Sizilien gibt es kaum Arbeit. Ihr wisst doch gar nicht, was die Zukunft bringt.* Giacomo schlug dann immer auf den Tisch, als würde er eine lästige Fliege verscheuchen wollen. *Wir sind die Eltern, ihr seid die Kinder,* pflegte er immer zu sagen. *Wir bestimmen und ihr habt zu gehorchen. Ihr könnt euch glücklich schätzen, dass wir uns so sehr um euch sorgen. Unsere Eltern haben das nicht für uns getan, weil sie es nicht konnten. Sie hatten für uns nicht mehr übrig, als dieses Stückchen Land am Fuße des Ätna, auf dem unser Haus steht. Eines Tages, wenn euch dies alles gehören wird, werdet ihr uns noch danken!«*

»Seien Sie nicht so streng mit sich selbst, Ihr Mann und Sie hatten bestimmt nur gute Absichten.«

Filomena seufzte. »Ja, die guten Absichten. Natürlich kam alles ganz anders, als wir uns das vorgestellt und ausgedacht hatten. Die Kinder wurden groß, studierten, sammelten die ersten Berufserfahrungen im Ausland, verliebten sich – und blieben dort. Als das Haus mit den zwei angebauten Wohnungen fertiggestellt war, hatten sowohl Sarah als auch Manuele eigene Familien gegründet. Und zwar beide in Australien. Vor einigen Jahren haben sie zusammen ein sehr gut gehendes Hotel in Sydney eröffnet, es heißt *Da Mamma.*«

»Oh, Ihre Kinder und Enkel leben auf der anderen Seite der Welt?«

Minnies Herz zog sich zusammen. Filomenas Gesichtsausdruck wurde gleichzeitig glücklich und traurig.

»Ja, drei wunderbare Engel. Zwei Mädchen sind von meinem Sohn, und meine Tochter hat ein Kind. Elsa ist acht Jahre alt, Sandra ist fünf und den kleinen Sergio, den habe ich noch nie in meinen Armen halten können, der ist knapp ein halbes Jahr alt. Zuletzt habe ich sie alle vor vier Jahren gesehen.«

»Kommen sie nicht manchmal zu Besuch?«, wollte Minnie wissen.

»Ja, früher schon. Aber in letzter Zeit hat es sich einfach nicht mehr ergeben. Wenn nur der lange Flug nicht wäre …«

Filomena nahm ein Stofftuch aus einer Tasche ihrer Schürze und tupfte sich die Augen trocken.

»Es tut mir leid, ich wollte Sie nicht so aufregen.«

»Ach nein, meine Liebe. Sie brauchen sich nicht zu entschuldigen. Es tut gut, ausnahmsweise über mich zu reden …«

… und nicht immer nur über andere, dachte Minnie den Satz zu Ende.

»Es fiel insbesondere meinem Mann schwer, zu akzeptieren, dass unsere Kinder ihre Familien weit weg von uns gründeten und nur sehr selten zu Besuch kamen. Vor fünf Jahren wurde ich pensioniert, Giacomo ging ein Jahr später in den wohlverdienten Ruhestand. Wir hatten unser ganzes Leben lang diesen Moment herbeigesehnt. Wir planten unseren Umzug nach Sizilien, wir hatten so hart dafür gearbeitet. Überall standen bereits die Kartons mit unserem Hab und Gut herum.

Eines Abends saßen wir vor dem Fernseher und sahen die Nachrichten. Der Ätna spuckte wieder einmal Feuer. Wir machten uns keine Gedanken. *Wir Sizilianer leben seit Jahrtausenden mit und von dem Vulkan, er gibt uns gute, fruchtbare Erde,* pflegte Giacomo zu sagen.«

»Ich erinnere mich!«, rief Minnie aus. »Gab es damals nicht auch diese starken Erdbeben?«

Filomena nickte. »Ja, die gab es. Rund eine Woche vor unserer geplanten Rückkehr nach Sizilien wurde unser Haus vernichtet. Was die Lava nicht zerstörte, wurde von der schwankenden Erde dem Boden gleichgemacht.«

Minnie war fassungslos. »Oh nein, das tut mir so leid!«

»Natürlich war unser Haus weder versichert, noch erdbebensicher gebaut. Wir hatten es ja in Eigenregie getan und wollten sparen, wo es nur ging. Wir baten den Staat um Hilfe. Wir erhielten einen Brief, in dem uns erklärt wurde, dass das Haus auf illegalem Grund stand, es war viel zu nah an einem Seitenkrater des Vulkans gebaut worden, daher stand uns keine Hilfe zu.«

Das darf doch nicht wahr sein!

Filomena starrte ins Leere und sprach weiter. Ihr Ton war verbittert.

»Wir haben Opfer über Opfer erbracht, dreißig Jahre Arbeit und Unsummen an Geld investiert. Alles war in wenigen Augenblicken dahin. Unser Lebenstraum lag im wahrsten Sinne des Wortes in Schutt und Asche.«

Minnie konnte nicht anders, sie legte ihre noch junge Hand auf Filomenas, die von Altersflecken und Falten übersät war.

»Es tut mir unfassbar leid, dass Sie das erleben mussten! Wie hat es Ihr Mann aufgefasst?«

Plötzlich fiel Minnie ein, dass sie ihn noch nie gesehen und noch nie zuvor von ihm gehört hatte.

Filomena atmete tief durch. »Giacomo? Einige Wochen nach der Vernichtung unseres Palastes, wie er ihn immer nannte, sagte er mir, er wünsche sich sein Leibgericht, *Parmigiana di Zucchini.* Ich war überglücklich.

Ich bot ihm an, mit ihm zusammen einkaufen zu gehen, da der Kühlschrank leer war. *Nein, meine Liebe, ich bin so müde heute,* erklärte er, *ich werde mich ein wenig ausruhen, wenn du nichts dagegen hast.*

Also verabschiedete ich mich von ihm und ging alleine auf den Markt, um die Zutaten zu besorgen. Als ich nach Hause kam, fand ich Giacomo friedlich schlafend auf dem Sofa vor. Ich deckte ihn zu und begab mich in die Küche, ich schloss die Tür hinter mir, um ihn nicht zu stören. Er hatte in letzter Zeit kaum ein Auge zugekriegt. Manchmal rissen ihn Albträume aus dem Schlaf, und immer kam unser vernichtetes Haus darin vor. Nicht selten weinte er vor lauter Enttäuschung und Verzweiflung.«

Filomenas Augen wurden feucht.

»Zwei Stunden später, die ganze Wohnung duftete herrlich nach der *Parmigiana,* öffnete ich die Küchentür und rief ihn. *Liebling, das Essen ist fertig.* Als ich sah, dass er nicht kam, ging ich ins Wohnzimmer, um ihn zu wecken. Ich rief ihn erneut, doch er reagierte nicht. *Du bist ja heute zum Siebenschläfer mutiert!,* schalt ich ihn.

Ich stupste ihn an. Erst sanft, dann etwas entschlossener. Er schlief weiter, tief und fest. Ich versuchte es mit einem Kuss. Seine Lippen fühlten sich so eiskalt an. Ich hielt mein Ohr an seine Brust, versuchte, einen Puls zu fühlen. Dann rief ich den Krankenwagen …«

»Oh nein«, unterbrach sie Minnie, »sagen Sie bitte nicht, dass … dass …«

Filomena wischte sich die Tränen fort und trank von ihrem Tee. Ihre Hände zitterten leicht.

»Die Obduktion ergab, dass es Giacomos Herz gewesen war«, bestätigte sie Minnies schlimmste Befürchtung.

»Wahrscheinlich ist er vom Schlaf direkt in den Tod geglitten, so haben es mir damals die Ärzte erklärt. Wir waren fünfunddreißig Jahre miteinander verheiratet. Sie können sich nicht vorstellen, welche Leere er in meinem Leben hinterlassen hat.«

»Vielleicht ein klein wenig«, antwortete Minnie und erinnerte sich an die klaffende Wunde, die Marco hinterlassen hatte, nachdem er fort war. Er war freiwillig gegangen und nicht einfach aus dem Leben gerissen worden, aber das Resultat war dasselbe. Einsamkeit und Schmerz.

»Dieses Haus auf Sizilien, diese Ansammlung von Steinen, Mörtel und Zement, hat unser ganzes Leben bestimmt«, fuhr Filomena fort. »Ich kann es meinen Kindern nicht verdenken, dass sie so weit weggezogen sind. Das sind die Fehler, von denen ich sprach. Wir haben alles immer auf später vertagt. Wir dachten, wir hätten ja noch Zeit für schöne Erlebnisse. *Jetzt muss erst das Haus fertig gebaut werden. Verschoben ist nicht gleich aufgehoben,* sagte Giacomo immer. Aber die Wahrheit ist, dass das Leben jetzt und hier ist. In exakt diesem Wimpernschlag, in genau diesem Atemzug. Nicht morgen, nicht nächste Woche und schon gar nicht in einigen Jahrzehnten. Wir können niemals wissen, welche schönen oder hässlichen Überraschungen das Leben für uns bereithält. Und andere Menschen tun selten, was wir von ihnen erwarten. Sie gehen ihre eigenen Wege, finden ihr eigenes Zuhause, folgen ihren persönlichen Träumen, die nicht den unsrigen entsprechen müssen. Und wenn wenigstens Sie diese Lektion lernen, dann waren all unsere Opfer nicht ganz umsonst.«

Filomena wirkte nach der langen Erzählung matt, aber sie sah Minnie zuversichtlich an.

»Ich werde an Ihre Worte denken und sie in Ehren halten«, versprach Minnie. »Man lässt sich manchmal so sehr von den kleinen Problemen des Alltags vereinnahmen, dass man tatsächlich vergisst, dass unsere Zeit auf dieser Erde ein kostbares, aber ein endliches Geschenk ist. Darf ich wissen, was Sie nach dem Tod Ihres Gatten gemacht haben?«

»Natürlich, meine Liebe. Als das Testament meines Mannes eröffnet wurde, teilte mir der Notar mit, dass Giacomo eine kleine Lebensversicherung für mich eingezahlt hatte und ich Anrecht darauf hatte. Dank dieser Summe, zusammen mit meiner und Giacomos Rente, kann ich nun ein Leben in bescheidenem Wohlstand führen. Aber es ist ein einsames Dasein. Mit den Verwandten auf Sizilien habe ich nichts mehr zu tun, meine Kinder leben sehr weit weg und wir hören uns nur manchmal am Telefon. Ich habe keine nennenswerten Freundschaften hier in Mailand. Ich weiß, dass mir im ganzen Haus mein Ruf als Schnüfflerin vorauseilt, aber … ich weiß einfach nicht, was ich sonst mit meiner Zeit anfangen soll, verstehen Sie? Wenn ich nicht diese kleinen Schwätzchen mit den Nachbarn hielte, würde ich mit fast niemandem reden können.«

Minnie verstand und hatte großes Mitleid mit der Rentnerin. Gleichzeitig ärgerte sie sich auch ein wenig über sich selbst. Nie hatte sie hinterfragt, weshalb Filomena so war, wie sie war.

»Danke, dass Sie mir das über sich erzählt haben. Es bedeutet mir sehr viel und ich glaube, dass ich Sie nun besser verstehen kann.«

Filomena packte ihr Stofftuch weg. »Nicht der Rede wert, meine Liebe. Es hat gutgetan, sich das alles von der Seele zu reden. Verraten Sie mir jetzt, was in Ihrem Paket drin ist? Ich sterbe vor Neugier! Schnüfflerin bleibt Schnüfflerin, wissen Sie?«

Minnie konnte nicht anders, sie musste aus vollem Herzen lachen. Filomena stimmte mit ein. Beide Frauen wischten sich die Lachtränen von den Augen. Minnie ging in die Küche und kam mit dem Paket und einer Schere zurück.

Sie öffnete sämtliche Klebestreifen und hielt endlich ihre neue Habseligkeit in den Händen.

»Ein Lap-Dings-Bums? Wie nennt man das?«, fragte Filomena und setzte sich ihre Brille, die die ganze Zeit an einer dünnen Goldkette vor ihrer Brust gehangen hatte, auf ihre Nase.

»Ja, ein wunderschöner, neuer, jungfräulicher Laptop in der Farbe Snow White. Ultradünn, superleicht, mit einem Akku, der eine Ewigkeit hält. Perfekt für meine Reise nach Lappland und für mein neuestes Buch.«

Neu. Unbelastet. Ohne Fotos von Marco. Ohne angefangene Manuskripte und Notizen. Ohne jegliche Ablenkung. Ohne jegliche Vergangenheit.

Filomenas Neugier schien sofort geweckt. »Sie verreisen nach Lappland? Wo ist denn das? Für wie lange?«

»Es ist ganz im Norden von Schweden und ich verreise für einen ganzen Monat. Deswegen auch die ganzen Einkäufe, die Sie im Schlafzimmer gesehen haben.«

»Habe ich es doch gewusst! Ich dachte, auch einen Blick auf einen großen Koffer erhascht zu haben! Brauchen Sie jemanden, der Ihre Pflanzen gießt, Ihren Briefkasten leert und in Ihrer Wohnung nach dem Rechten sieht?«, fragte Filomena wie aus der Pistole geschossen.

Minnie lachte. »Wer würde sich denn besser dafür eignen als Sie?«

»Eben. Ich bekomme hier im Haus alles mit. Nicht einmal eine Fliege könnte sich Ihrer Wohnung nähern, ohne dass ich es bemerke. Aber nur, wenn wir endlich *du* zueinander sagen, ich bestehe darauf. Ich bin Filomena!«

Die ältere Dame hielt Minnie freundschaftlich ihre Hand hin, die sie sofort ergriff.

»Angenehm, Filomena. Minerva, aber alle nennen mich nur Minnie.«

»Wie Minnie Maus?«

»Genau.«

Auf einmal wirkte Filomena wieder traurig. »Meine zwei Enkelinnen lieben Minnie Maus. Ich vermisse sie so sehr! Und ich würde so gerne auch meinen kleinen Enkel sehen.«

Plötzlich hatte Minnie einen Einfall. »Was machst du eigentlich an Heiligabend?«

Filomena seufzte. »Morgens mit meiner Familie in Australien telefonieren, zur Messe gehen, etwas essen und irgendwann vor dem Fernseher auf meinem Sofa einschlafen, wahrscheinlich. So wie die letzten Jahre, seitdem Giacomo nicht mehr ist.«

Jetzt geht es um alles oder nichts.

»Ich kenne einen gutaussehenden Herrn in deinem Alter, der auch Witwer ist. Er heißt Al… Alberto. Er ist sehr anständig, ein echter Gentleman der alten Schule. Er ist viel herumgekommen und so fleißig, dass er immer noch einer Erwerbstätigkeit nachgeht. Darf ich ihm deine Telefonnummer geben? Er ist an Weihnachten auch immer sehr einsam. Vielleicht könntet ihr den Tag ja zusammen verbringen?«

Ich sollte mich schämen, diese arme Frau, die mir ihr Herz ausgeschüttet hat, einfach so anzuschwindeln!, dachte Minnie. Aber gleichzeitig hatte sie das Gefühl, dass diese kleine Lüge einen großen Unterschied machen konnte.

Filomena schien kurz abzuwägen. »Wieso eigentlich nicht? Was habe ich denn schon zu verlieren? Zeit habe ich mehr als genug. – Kommst du noch einmal zum Tee vorbei, bevor du in den Urlaub fliegst?«

»Aber selbstverständlich«, antwortete Minnie.

Nachdem sich die beiden Frauen mit einer Umarmung voneinander verabschiedet hatten und Minnie die Haustür hinter sich geschlossen hatte, stürzte sie sofort zu ihrem Mobiltelefon.

»Hallo, Ali? Ich bin es, Minnie. Hör genau zu, ich habe dir so etwas wie ein Date organisiert.«

»Hallo, meine liebe Minnie. Ich und ein Date? Bist du schon in Schweden? Bist du fündig geworden?«

Minnie konnte Alis Lächeln durch das Telefon hindurch fühlen.

»Ich glaube tatsächlich, dass ich fündig geworden bin, aber hier in Mailand. Wie gut kennst du dich mit Computern und sozialen Medien aus?«

»Meinst du *Facebook, Instagram* oder *Skype?* Ich habe erst neulich einen Kurs gemacht.«

Jackpot!

Eine Viertelstunde später beendete Minnie das Telefonat und fuhr ihren alten Laptop hoch.

Sind Sie sicher, dass der gesamte Inhalt Ihrer Festplatte gelöscht werden soll? Dieser Schritt kann nicht mehr rückgängig gemacht werden, las Minnie.

»So sicher wie noch nie«, flüstere sie in die Stille ihrer Wohnung.

Einige Minuten später klappte sie ihren Laptop zu und war so zufrieden mit sich selbst wie schon sehr lange nicht mehr.

Später entspannte sich Minnie auf dem Sofa und sah eine Dokumentation über die Seychellen an, als ihr Handy klingelte. Sie erwartete, dass Ali ihren kleinen Plan noch einmal besprechen wollte, aber als sie sah, wer anrief, war sie überrascht. Sie nahm das Gespräch sofort entgegen.

»Papa? Ist alles in Ordnung?«

»Hallo, Minerva. Ja, natürlich. Warum sollte etwas nicht in Ordnung sein?«

Weil ich sonst in der gleichen Regelmäßigkeit von dir höre, wie wenn ein Papst neu gewählt wird, und nur, wenn ich mich bei dir melde, niemals umgekehrt, hätte sie am liebsten geantwortet, doch sie besann sich eines Besseren.

»Nur so. Was gibt es denn?«

»Ich brauche doch keine Gründe, um mich bei meiner Zweitgeborenen zu melden, oder?«

Das sind ja ganz neue Töne! Irgendetwas muss im Busch sein!

»Aber natürlich nicht, Papa. Ich freue mich, von dir zu hören.«

»Übernächste Woche fährst du nach Lappland«, stellte Eugenio fest. »Es wäre schön, noch einmal zusammen zu kochen und zu essen, bevor du dich in die längst überfällige Arbeit stürzt.«

Minnie ignorierte den beiläufigen Vorwurf. »Aber natürlich. An wann dachtest du?«

»Hast du morgen zum Mittagessen Zeit? Oder bist du schon fleißig am Plotten?«

Minnie wurde plötzlich ganz warm. *Bring es hinter dich!*

»Ja, also, ich bin eigentlich sehr beschäftigt mit den Vorbereitungen für mein Manuskript«, log sie, »aber morgen ist wahrscheinlich die einzige Gelegenheit vor meiner Schreibreise.«

»Jetzt erkenne ich dich als Tochter deiner Mutter endlich ein klein wenig wieder! Genau so möchte ich dich haben, genau so gefällst du mir!«

Minnie antwortete nicht. Sie bevorzugte es, Grimassen zu schneiden und mit den Augen zu rollen.

»Sehen wir uns also morgen, selber Ort, selbe Uhrzeit wie immer?«, fragte Eugenio.

»In Ordnung. Gute Nacht, Papa.«

»Gute Nacht, Minnie.«

Minnie wälzte sich noch lange in ihrem Bett hin und her. Als sie endlich einschlief, war sie plötzlich wieder ein Schulkind und das Rot ihrer geflochtenen Zöpfe biss sich mit dem Schweinchenrosa ihres Kittels.

»Kinder, wisst ihr, was am Sonntag für ein Tag ist?«, fragte Frau Cerulli.

Amelia, Minnies Sitznachbarin, reckte den Zeigefinger in die Höhe.

»Ja, Amelia? Weißt du es?«

»Am Sonntag ist Muttertag!«

»Richtig! Und was macht man am Muttertag? Ja, Mario«, rief die Klassenlehrerin einen anderen Klassenkameraden auf.

»Man schenkt seiner Mama Blumen oder Pralinen.«

»Genau, man schenkt seiner Mami etwas, um ihr zu zeigen, wie sehr man sie liebt«, lobte Frau Cerulli. »Deswegen seht ihr vor euch Karton, Schere, Kleber, Malstifte und die kleinen Röschen aus Papier. Nehmt bitte den Karton und schneidet ihn in Form eines Herzens aus und bemalt ihn mit euren Lieblingsfarben. Dann nehmt ihr die kleinen Röschen aus Papier und verziert damit den Rand des Herzens. In die Mitte schreibt ihr dann etwas

Nettes für eure Mama. Zum Beispiel: *Liebe Mama, alles Gute zum Muttertag.*«

Minnie reckte den Finger hoch, doch genau in dem Moment kam Frau Manca, eine andere Lehrerin, ins Klassenzimmer und bat Frau Cerulli darum, kurz vor die Tür zu kommen, um etwas zu besprechen.

Lange blickte Minnie auf die ganzen Bastelutensilien und rührte sich nicht.

»Wieso machst du nichts?«, fragte Amelia, die ihr Kartonherz eifrig bemalte. »Deine Mama wird sehr traurig sein, wenn Muttertag ist und du nichts für sie hast.«

Minnie sah sich im Klassenzimmer um. Alle anderen Kinder malten, schnitten, schrieben oder klebten etwas. Plötzlich hatte sie einen Einfall und machte sich sofort an die Arbeit.

Einige Zeit später blickte ihr Kamerad Gianmario ihr über die Schulter. Sofort lachte er schallend auf und richtete seinen Finger auf sie. Er riss ihr das Kartonherz, das sie soeben beschrieben hatte, aus der Hand und schrie so laut, dass die ganze Klasse sich nach ihr umdrehte.

»Schaut mal, wie blöd unsere Pippi Langstrumpf ist. Wir sollen etwas für unsere Mamas basteln, nicht für unsere Papas, du Dummkopf!«

Ein Chor an kindlichem Gelächter ergoss sich über Minnie.

»Lieber Papa, ich wünsche dir alles Gute zum Vatertag«, las Gianluca, Gianmarios Cousin von Minnies Herz. »So doof kann nur unsere kleine, rothaarige Hexe sein!«

»Aber ich habe keine Mama!«, rief Minnie mit gebrochener Stimme.

Stille legte sich über den Klassenraum.

»Was soll das heißen, du hast keine Mama?«, fragte Amelia mit offenem Mund.

»Mein Papa hat gesagt, meine Mama ist nach meiner Geburt gestorben.«

»Du hast deine Mama getötet, das ist passiert, du Hexe!«, schrie Gianmario und verpasste Minnie einen Schlag in den Rücken. Minnie blieb die Luft weg.

»Ja, du bist eine Mama-Mörderin!«, rief Gianluca und trat Minnie gegen das Schienbein.

»Hexe!«, zischte ein anderes Kind hinter Minnie.

»Mutter-Töterin!«, spie ein anderes aus. Die Klassenkameraden kamen immer näher, und innerhalb von Sekunden befand sich Minnie in einem Hagel von Bissen, Schlägen und Tritten. Sie wusste nicht, welches Körperteil sie zuerst schützen sollte, alles tat weh. Plötzlich lief Blut über ihr rechtes Auge und das Gesicht entlang. Sie stieß einen spitzen Schrei aus.

Als die Tür zum Klassenzimmer aufging, schreckte Minnie hoch. Sie sah an sich herunter. Sie war komplett nassgeschwitzt. Aber keine geflochtenen Zöpfe, kein rosa Kittel, kein Blut.

Sie lief ins Badezimmer, entledigte sich ihres Schlafanzuges und duschte kalt, bis ihr Körper von der Kälte zu zittern begann.

Sie stellte das Wasser ab und wickelte sich in ihren Bademantel.

»Nur ein böser Traum«, flüsterte sie, als ihre Atmung sich normalisiert hatte.

Dann lief sie zum Spiegel und betrachtete die kleine Narbe, die oberhalb ihrer rechten Augenbraue verlief. Sie wiederholte: »Nur ein böser Traum.«

Kapitel 7

Minnie

Am nächsten Vormittag saß Minnie im Zug nach Como und schaute aus dem Fenster.

In der Nacht hatte es geschneit, sodass die ganze Umgebung aussah, als hätte man Puderzucker darüber gestreut. Wie üblich waren weder die Stadt noch die Bevölkerung auf den plötzlichen Wintereinbruch vorbereitet gewesen.

Allein schon auf dem Weg zum Bahnhof hatte sie drei Auffahrunfälle gesehen.

Das ist gar nichts, verglichen mit dem, was mich in Lappland erwarten wird, überlegte Minnie, und für einen kurzen Moment wusste sie nicht, ob sie lachen oder weinen sollte.

Häuser und Landschaften zogen an ihr vorbei und sie konnte nicht umhin, an ihren Vater zu denken, der sie in einer halben Stunde abholen würde.

Ihr Handy vibrierte und zeigte eine Nachricht von Penelope an: *Wird schon nicht so schlimm werden.*

Minnie antwortete prompt: *Es wird in etwa so angenehm werden wie ein Besuch beim Zahnarzt. Oder beim Frauenarzt. Oder beides zusammen.*

Penny antwortete mit einem lachenden Smiley.

Minnie legte das Handy in ihre Tasche und zückte ein

Notizbuch. Es hatte einen roten Ledereinband und das Papier darin war noch etwas steif. Sie klappte es auf und bog die weißen Seiten zurecht. Sie ließ ihre Finger über die glatte Oberfläche gleiten, hielt kurz inne und betrachtete die feinen Linien, auf denen sich hoffentlich bald neue Wörter reihen würden.

Der Gedanke ließ ihr einen wohligen Schauer den Rücken hinunterlaufen. Niemand saß in ihrem Abteil, also sog sie den Duft des neuen Papiers ein, indem sie ihre Nase ins Buch hielt.

Ein einziger Atemzug genügte, um zahllose Erinnerungen auf einmal aufleben zu lassen. Angefangen bei ihrer Kindheit, wenn sie neue Schulhefte im Schreibwarenladen kaufte, bis hin zum Plotten ihrer alten Erfolge, denn die Romane hatte sie zwar auf dem Laptop niedergetippt, die Konzepte dazu waren jedoch immer auf Papier entstanden.

Mein Freund, wie habe ich dich vermisst. Sei der fruchtbare Boden für meine neue Geschichte, dachte Minnie und strich über ihren Lieblingskugelschreiber, ein Werbegeschenk von ihrem geliebten *Kosmetikstudio Harmony.*

Die Mine schwebte nur Millimeter über dem Papier und wartete darauf, die zündende Idee festzuhalten. Minnie sah sich in dem Zugabteil um, dann blickte sie wieder aus dem Fenster und hoffte, in der verschneiten Landschaft diesen Funken Inspiration zu finden, der ihr einst so mühelos geschenkt worden war, wann immer sie ihn herbeiwünschte, der Charaktere zum Leben erwecken, der ganze Schicksale miteinander verweben und wieder voneinander lösen konnte.

Komm, Minnie. Der Verlag glaubt an dich, die Leser warten auf dich.

Plötzlich hatte sie einen Einfall. Ihr Stift sauste Zeile für Zeile über das Papier. Sie hielt alle Impressionen ihrer kurzen Reise fest. Das Schreiben fühlte sich so gut an. Sie war so konzentriert, dass sie ihre Haltestelle beinahe verpasst hätte. Hastig packte sie all ihre Habseligkeiten zusammen und stürzte aus dem Zug, bevor er wieder anrollen konnte.

Eugenio wartete wie immer am Gleis, vor einem gläsernen Schrank, in den Menschen als Geschenk an andere Bücher hineinstellen konnten, die sie bereits gelesen hatten.

»Hallo, Papa. Hast du etwas Interessantes gefunden? Vielleicht etwas, das du bereits rezensiert hast?«

Eugenio gab Minnie einen flüchtigen Kuss auf die Wange.

»Hallo, Minerva. Nein, nicht wirklich. Ich habe sie schon alle durch. Die meisten davon waren nicht einmal die Zeit wert, die man aufgebracht hat, um sie zu lesen.«

Ob er das auch von meinen Büchern denkt?

»Du siehst heute wieder wie aus dem Ei gepellt aus! Wie schaffst du es bloß immer, die Farben so perfekt miteinander zu kombinieren?«

Eugenio trug eine hellblaue Hornbrille, himmelblaue Hosen und ein dunkelblaues Hemd mit passender Weste und Steppjacke. Die Schuhe hatten exakt dieselbe Farbe wie die Brille, die auf seiner dominanten Nase thronte.

Er zwirbelte an seinem perfekt gepflegten, schneeweißen Schnurrbart. »Ordnung ist das halbe Leben, Minnie. Da gehören passende Farben auch dazu. Deine Mutter hat mich mit ihrem extravaganten Kleidungsstil gerne in den Wahnsinn getrieben.«

Minnie antwortete nichts darauf.

»Trotzdem habe ich sie geliebt. Sie war der wundervollste Mensch, den ich je kennengelernt habe.«

Und ich habe sie dir genommen, als ich geboren wurde, führte Minnie den Satz gedanklich zu Ende und spürte die Tränen hochsteigen.

Eugenio zwirbelte weiter an seinem Bart und warf Minnie einen schiefen Blick zu. »Wollen wir dann mal? Sonst wird auf dem Markt die Hölle los sein.«

Minnie schluckte ihre Traurigkeit hinunter. »Ja, natürlich, lass uns gehen.«

Wie an einem Samstagmorgen üblich, herrschte auf dem Markt ein großes Getümmel an Menschen jeden Alters.

»Kommen Sie zu mir, ich habe die schönsten Äpfel, die größten Steinpilze und die saftigsten Orangen«, schallte es von einem Marktstand.

»Frische Fische aus dem Mittelmeer, frischer bekommen Sie sie nirgendwo, sie zappeln fast noch«, schrie eine Frau mit einem Filetiermesser in der Hand aus einer anderen Ecke.

»Wunderschöne Blumen, wunderschöne Blumen. Haben Sie sich etwas zu Schulden kommen lassen? Kaufen Sie meine Blumen und Ihre Frau wird Ihnen einfach alles verzeihen«, rief ein junger Mann mit Schirmmütze.

Minnie nahm die positive und umtriebige Stimmung des Marktes in sich auf, um sich abzulenken.

»Die Auslagen sehen großartig aus«, sagte sie und zeigte auf leuchtend orangefarbene Kürbisse. »Wenn ich nicht bald nach Lappland fliegen müsste, würde ich mir den ganzen Kühlschrank mit dem wundervollen Essen hier füllen.«

Eugenio grinste. »Mit gutem Essen ist es wie mit guten Büchern. Man kann nie genug davon bekommen. Was hältst du von Kürbisrisotto?«

»Ja, warum nicht?«

Eugenio prüfte die Auslage und entschied sich. »Den hier, bitte. Haben Sie auch frische Petersilie?«, fragte er den Marktstandverkäufer.

Eine halbe Stunde später trugen Minnie und ihr Vater die Einkaufstaschen zu seinem Auto. Beim Gedanken an den Seeteufel mit Kräutern und der frischen Burrata lief Minnie das Wasser im Munde zusammen.

Eugenio startete den Wagen und Queens *Bohemian Rhapsody* ertönte. Minnie bemühte sich, das Lied zu ignorieren. Insbesondere den Teil, als Freddie Mercury sang, dass er wünschte, nie geboren worden zu sein.

Nach einer kurzen Fahrt hielt der Wagen vor Eugenios Haus. Es lag direkt am Comer See und bot einen spektakulären Ausblick über die leicht verschneiten Berge.

Sie trugen die Einkäufe ins Haus, das um den Garten herum gebaut war.

»Zeit, dass es wieder Sommer wird«, sagte Eugenio. »Ich kann es kaum erwarten, dass wieder die Rosen blühen und ich Feigenmarmelade kochen kann.«

»Das wird noch eine Weile dauern. Aber Palmira stiehlt immer noch allen Pflanzen die Show«, sagte Minnie und zeigte auf eine riesige Palme, die in der Mitte des quadratisch angelegten Gartens gepflanzt war. Minnie hatte ihr als Kind diesen Namen verpasst.

»Natürlich tut sie das. Deine Mutter hat sie damals ausgesucht, als sie noch ganz klein war. Wir haben sie gepflanzt, als sie mit Penelope schwanger war.«

Minnie kannte die Geschichte, aber ihr Vater wurde nie müde, sie zu erzählen.

Und als sie mit mir schwanger war, hättet ihr am besten eine Trauerweide gepflanzt, dachte sie.

»Das beheizte Gewächshaus war eine gute Investition, die Orchideen entwickeln sich prächtig. Ich arbeite an schönen, neuen Züchtungen«, riss sie ihr Vater aus ihren Gedanken und zeigte auf das gläserne Häuschen am anderen Ende des Gartens.

»Ist ein schönes Hobby«, pflichtete Minnie bei. *Aber nicht schöner, als Bücher zu analysieren, sie minuziös zu kritisieren und den Schriftsteller als unfähigen Idioten darzustellen.*

Eugenio schloss die Haustür auf, verteilte die Einkäufe auf seiner Granitarbeitsplatte in der Küche, entledigte sich seiner Steppweste und warf sich eine Schürze über.

»In Royalblau?«, fragte Minnie fassungslos. »Hast du sie in allen Farben?«

»Du weißt doch, es muss alles zusammenpassen. Ich fange an, den Kürbis zu schälen. Mach es dir noch kurz im Wohnzimmer gemütlich«, sagte Eugenio und drückte Minnie ein Glas Rotwein in die Hand.

Minnie tat wie ihr geheißen und sah sich um. Wie immer herrschte eine perfekte Ordnung, fast schon wie im Museum. Sie traute sich kaum, auf der elfenbeinfarbigen Couch Platz zu nehmen. Sie konnte schon die Schlagzeilen vor sich sehen: *Berühmter Literaturkritiker stirbt an einem Herzinfarkt, nachdem Tochter sein Sofa mit Rotwein bekleckert hat.*

»Lieber kein Risiko eingehen, es genügt, wenn man schon seine Mutter auf dem Gewissen hat«, flüsterte Minnie sich selbst zu.

Eugenios Stimme drang aus der Küche. »Hast du etwas gesagt, Minerva?«

Erwischt. »Nein, Papa. Ich habe nur laut gedacht.«

»Hoffentlich betraf es deinen neuen Roman.«

»Aber selbstverständlich, ich denke an nichts anderes.«

»So ist es gut, es wird Zeit, dass du wieder an alte Erfolge anknüpfst!«

Minnie pflichtete Eugenio bei und betrachtete Fotos, die auf dem Kaminsims standen. Alle diese Bilder zeigten ihre Mutter. Minnie kannte jedes einzelne Detail der Schnappschüsse.

Sie nahm ihr Lieblingsbild in der Hand. Ornella strahlte von innen heraus, energiegeladen und voller Lebensfreude. Ihre Haare fielen wie eine goldene Kaskade über ihre Schultern, ihre Haut zeigte keine Spur von Make-up und wirkte makellos. Sie trug einen viel zu großen, pinkfarbenen Strickpullover mit diesen scheußlichen Schulterpolstern, die in den Achtzigerjahren so modern gewesen waren, und riesige weiße Plastikkreolen.

Und trotzdem hatte sie die Anmut einer Göttin, die Schönheit einer Grace Kelly. Warum habe ich nicht wenigstens einen Funken davon geerbt?, dachte Minnie und betrachtete ihre kupferfarbenen Strähnen mit kritischem Blick.

Auf dem Bild beugte sich Ornella über eine mintgrüne Schreibmaschine, in die Papier eingespannt war. Einige Wörter hatte sie bereits getippt, doch man konnte sie nicht lesen. Jemand, vielleicht Minnies Vater, musste sie beim Schreiben überrascht haben. Es war nur ein Bild aus der Vergangenheit, doch Minnie spürte immer noch die Anziehungskraft, die ihre Mutter ausstrahlte.

Plötzlich stand Eugenio neben Minnie, nahm ihr behutsam die Fotografie aus der Hand und stellte sie so sanft wieder an ihren Platz auf dem Kaminsims, als handelte es sich um ein zerbrechliches Fabergé-Ei.

»Deine Mutter, die beeindruckendste Person, die ich in meinem Leben kennengelernt habe. Von messerscharfem Verstand, tiefster Güte und Attraktivität. Und zugleich eine begnadete Schriftstellerin, eine wahre Meisterin im Umgang mit Worten.«

Minnie schluckte. »Erinnern wir dich an sie? Ein klein wenig vielleicht?«

Eugenio betrachtete Minnie von Kopf bis Fuß. War der Blick abschätzig? Oder doch liebevoll, wenn auch auf seine eigene Art und Weise?

»Bei Penelope sehe ich Spuren deiner Mutter, was mich nicht verwundert. Schließlich hat sie sie einige Jahre großgezogen. Du … du kommst wohl eher nach deinem Vater.«

Eugenio lächelte verbittert und starrte für einige Augenblicke ins Leere. Dann fuhr er fort: »Keine andere Frau konnte ihr jemals das Wasser reichen. Sie mag vielleicht seit über dreißig Jahren tot sein, doch ich werde sie bis an mein Lebensende lieben und ehren.«

Minnie empfand einen Anflug von Übelkeit: *Sie ist tot, weil ich geboren wurde! Würde ich nicht existieren, wären sie vielleicht noch immer zusammen! Er musste damals seine wundervolle Ehefrau begraben und hat dafür ein sabberndes, zahnloses, in die Windeln scheißendes Baby bekommen, das ihn um den Schlaf gebracht hat und das er nebst Penelope auch noch alleine großziehen musste!*

Behandelte ihr Vater sie deshalb ihr Leben lang schon mit Distanz? Wie eine Fremde?

Jetzt ist der Zeitpunkt, es zu erfahren! Jetzt oder nie!

»Denkst du …«

Eugenio blickte sie mit hochgezogenen Augenbrauen an.

Oder vielleicht ist es jetzt doch nicht so günstig.

»… denkst du, wir sollten damit anfangen, das Essen zuzubereiten?«

Ihr Vater nickte und sie folgte ihm in die Küche.

»Hier, du kannst diese nehmen, wäre schade, wenn du dir die Kleidung bekleckerst«, sagte er und reichte Minnie eine beigefarbene Stoffschürze, die zu ihrem Kaschmirpullover passte.

»Ich mag Schürzen nicht. Damit komme ich mir vor wie eine Hausfrau aus den Sechzigern.«

Trotzdem band Eugenio das Ding um Minnie herum. »Sauberkeit in der Küche ist das A und O.«

Minnie ergab sich in ihr Schicksal und wog den Risotto ab. Sie und ihr Vater arbeiteten eine Stunde lang zusammen, jedoch in Stille.

Ich weiß nicht, ob ich darüber traurig oder erleichtert sein soll, dass er nichts über mein neues Buchprojekt wissen will, dachte Minnie und prüfte, ob der Seeteufel richtig gegart war.

»Der sieht gut aus, schön glasig und saftig«, lobte sie Eugenio. »Ich decke schnell den Tisch.«

Einige Minuten später trug Minnie den Kürbisrisotto ins Esszimmer.

»Hast du eine Wasserwaage genommen, um den Tisch zu decken?«, fragte sie und bewunderte die perfekte Platzierung von Geschirr, Besteck und Gläsern. Ihr Vater lächelte zufrieden und schöpfte sich und Minnie eine große Kelle vom orangefarbenen ersten Gang.

Plötzlich entdeckte Minnie ein mit einer Schleife versehenes Paket am anderen Ende des Tischs.

»Was ist das?«

»Das ist für dich, aber erst, wenn wir fertig sind.«

Minnies neugierige Blicke wanderten während des Essens immer wieder zu dem geheimnisvollen Geschenk, daran konnte weder der Risotto noch der großartige Tomaten-Burrata-Salat oder der Seeteufel etwas ändern.

Wenn Eugenio das auffiel, so ließ er sich nichts anmerken. Wie üblich verbrachten sie das Essen größtenteils in Stille. Hier und da fand Eugenio einige lobende Worte für die Speisen.

Als Minnie den letzten Bissen vom Fisch hinuntergeschluckt hatte und Eugenio begann, die benutzten Teller übereinanderzustapeln, war sie schon richtig ungeduldig.

»Ich helfe dir«, bot sie an, mehr, um sich abzulenken.

Sie war gerade dabei, die Spülmaschine einzuräumen, da zauberte Eugenio ein Dessert aus dem Tiefkühlfach.

»Zimtparfait! Ich habe es schon gestern Abend zubereitet.«

»Wie weihnachtlich!«, rief Minnie aus und freute sich. Sie liebte Zimt.

Eugenio ließ noch zwei Tassen Espresso aus der Maschine, positionierte alles auf einem Tablett und transportierte es ins Esszimmer.

Minnie trocknete ihre Hände an einem Geschirrtuch ab und lief ihrem Vater hinterher.

Er hatte das Geschenk an ihrem Platz positioniert.

»Ich weiß, dass du es kaum abwarten konntest. Du warst schon als Kind so.«

Minnie lächelte, nahm ein Stück vom süßen Parfait und ließ es genüsslich auf der Zunge schmelzen.

Dann machte sie sich an der Schleife zu schaffen und öffnete das Paket.

Ein kleines weißes Köfferchen kam zum Vorschein. Minnie erkannte es sofort und schlug ihre Hände vor das Gesicht.

»Ich kann sie unmöglich annehmen.«

»Doch, das kannst du und das wirst du. Ich habe sie extra für dich restaurieren lassen«, sagte Eugenio bestimmt.

Minnie öffnete die Schnallen und der Schatz kam zum Vorschein.

»Wo war sie die ganzen Jahre über? Wir haben dich oft danach gefragt.«

»Im Safe, zusammen mit den anderen Kostbarkeiten deiner Mutter. Ich weiß, dass du lieber auf dem Laptop schreibst, aber ich dachte mir, dass sie dir Freude machen könnte, so viele Kilometer von zu Hause entfernt.« Eugenio legte die Stirn in Falten. »Ich hoffe, sie passt noch in dein Gepäck.«

»Freude ist überhaupt kein Ausdruck«, sagte Minnie und fuhr über die Tasten und das glatte Gehäuse der mintgrünen Reiseschreibmaschine ihrer Mutter. »Die kommt mit! Da lasse ich lieber ein Paar Stiefel zu Hause.«

Minnie konnte ihr Glück nicht fassen. Sie konnte sich nicht daran erinnern, wann ihr Vater das letzte Mal solch eine liebevolle Geste ihr gegenüber gezeigt hatte. Noch nicht einmal zu ihrer Hochzeit war er so zu ihr gewesen.

Mit Tränen in den Augen umarmte sie ihn. »Danke, Papa!«

Es dauerte einige Augenblicke, bis auch Eugenio seine Arme um sie schlang.

Plötzlich brach der ganze Schmerz eines Lebens aus ihr heraus. Sie weinte auf der Schulter ihres Vaters, als sei sie ein Kind. Der Duft seines hochwertigen Aftershaves umhüllte sie.

»Minnie, ist ja gut, beruhige dich doch. Wieso weinst du so sehr? Ist es wegen Marco?«

»Nein, Papa. Dieses Geschenk bedeutet mir einfach nur sehr viel«, log Minnie.

Sie konnte ihren Vater auf ihre Schuldgefühle einfach nicht ansprechen. Zu groß war die Angst, dass er ihre Selbstvorwürfe bestätigen könnte. Er löste die Umarmung und sah sie überrascht an.

»Und deswegen weinst du so, als ob jemand gestorben wäre?«

Ja, es ist jemand gestorben. Meine Mutter!

»Es tut mir leid, Papa. Es sind … einfach nur Tränen der Rührung. Du hast mich komplett überrumpelt!«

Eugenio zwirbelte an seinem Schnurrbart herum. »Es freut mich, dass du die Schreibmaschine so sehr wertschätzt.«

»Ich schätze vor allen Dingen deine Geste, nicht nur den Gegenstand.«

»Ich hoffe, dass sie dir wieder zu dem Erfolg verhelfen kann, den du einst hattest.«

So war ihr Vater ein Leben lang gewesen. Seit Minnie denken konnte, ging es bei ihm immer nur um Leistung. Leistung in der Schule, im Studium, im Beruf. Und jedes Buch, das er in die Hände nahm und rezensierte, hätte noch besser geschrieben sein können. Wahrscheinlich war er deswegen nach Ornellas Tod alleine geblieben. Er hatte niemand Vergleichbares oder gar Besseres finden können.

Zwei Stunden später stand sie mit der Reiseschreibmaschine ihrer Mutter unter dem Arm geklemmt wieder am Bahnhof.

»Meine Damen und Herren am Gleis 5, bitte steigen Sie ein. Der Zug nach Mailand fährt in einer Minute ab.«

Eugenio gab ihr wieder einen dieser Küsse auf die Wange, die flüchtig waren und sich irgendwie gezwungen anfühlten. Dann kramte er etwas aus dem Inneren seiner Steppweste. »Hier, die Kekse, die du so gernhast.«

Minnie packte sie in ihre Handtasche.

Kein *Pass auf dich auf.*

Kein *Ruf an, wenn du angekommen bist.*

Kein *Hören wir uns an Heiligabend?*

Zu Penelope hingegen sagte er es immer.

Minnie verabschiedete sich und stieg rasch in den Zug ein. Als sie aus dem Fenster sah, war ihr Vater schon verschwunden. Sie drückte die Schreibmaschine an sich und ließ ihren Tränen freien Lauf.

Kapitel 8

Minnie
14. Dezember 2018

»So, Ladys. Hier sind eure Getränke«, sagte Daniele und stellte Minnie, Penelope und Sabrina eine Schale mit Nüssen und jeweils einen Aperol Spritz hin.

»Vielen Dank!«, antworteten die Frauen unisono und schnappten sich ihre Gläser.

»Sehr zum Wohle!«, wünschte Daniele, verschwand hinter seinem Tresen und pfiff die Melodie von Red Hot Chili Peppers' *Californication* nach.

»Sabrina, dieser Daniele frisst dich ja mit seinen Blicken beinahe auf!«, entfuhr es Penelope. »Da wird mir nur beim Hinsehen schon heiß!«

Dramatisch fächerte sie sich Luft zu.

»Genau, Sabrina. Wie sieht es denn jetzt mit diesem Bartenderkurs aus? Ist der eigentlich zustande gekommen? Hat er dich ordentlich durchgeschüttelt und nicht gerührt?«, wollte Minnie wissen und grinste.

Sabrina schüttelte den Kopf und lächelte. »Meine lieben Damen. Wir sind hier zusammengekommen, um Minnie zu verabschieden, nicht, um über mich und meine Männergeschichten zu reden.« Sie erhob ihr Glas. »Auf Minnie und darauf, dass die Lapplandreise ein großer Erfolg wird!«

Penelope pflichtete ihr bei. »Genau, auf Minnie, die Inspiration und auf den neuen Roman.«

»Auf mich und möge ich den Urlaub bei Temperaturen, die mich an das Innere von Eisschränken denken lassen, auch überleben. Chin-chin.«

Glücklich stießen die Frauen miteinander an.

»Um auf deine Frage zurückzukommen, Minnie«, sagte Sabrina, nachdem sie einen Schluck genommen hatte, »der Bartenderkurs ist nicht zustande gekommen.«

»Wieso nicht?«, fragte Minnie und nahm sich eine Handvoll Nüsse aus der Schale.

»Ich habe Daniele nie angerufen. Es ist so, dass ich einen anderen Mann kennengelernt habe …«

»Seit wann hast du nicht mindestens zwei Typen gleichzeitig an der Angel?«

Sabrina stieß ihre Freundin leicht in die Rippen, die sich sofort an ihrem Getränk verschluckte.

»Ich habe doch nur die Wahrheit gesagt!«, protestierte Minnie.

»Ja, ich weiß, in der Vergangenheit war mein Männerverschleiß nicht ganz ohne. Aber dieser Mann ist anders. Er interessiert mich wirklich sehr.«

Sabrinas Augen leuchteten auf. Penelope fischte eine Orangenscheibe aus ihrem Glas und knabberte am Fruchtfleisch herum.

»Erzähl uns von ihm.«

»Er heißt Aldo, ist schätzungsweise Mitte 40, erinnert stark an George Clooney und hat letzten Monat bei uns als Enthüllungsjournalist angefangen.«

»Moment mal«, unterbrach Minnie, »hast du nicht immer gesagt, dass man nicht dort naschen sollte, wo man sein Geld verdient?«

»Ja, ich weiß. Aber bei diesem Mann werfe ich all meine Prinzipien über Bord. Er macht mich einfach wahnsinnig, ganz ehrlich.«

»Was hat er, was all seine Vorgänger nicht hatten?«, wollte Penelope wissen.

Sabrina seufzte. »Er beachtet mich einfach nicht. Fast alle Männer in meinem Büro träumen von einer Affäre mit mir. Sie wollen mich zum Essen einladen, wollen sich mit mir nach der Arbeit treffen. Schreiben mir Nachrichten. Nur Aldo ist anders, er behandelt mich wie Luft. So etwas bin ich einfach nicht gewohnt.«

»Vielleicht folgt er dem Prinzip *Sei ein Star und mach dich rar?«*, schlug Minnie vor. »Er hat ja offensichtlich Erfolg damit. Er scheint dich ja anzuziehen *wie das Licht die Motten.«*

»Beide Redewendungen sind eigentlich von mir«, ermahnte Penelope ihre Schwester. »Bist du dir sicher, dass er dich nicht beachtet, weil er vom anderen Ufer ist?«

»Nein! Ausgeschlossen! Das wäre ja eine furchtbare Verschwendung! Außerdem habe ich meine Recherchen ordentlich gemacht. Er war schon einmal mit einer Frau verheiratet und hat sogar eine Tochter.«

»Ach, ein Geschiedener also?«, fragte Minnie. »Na ja, Daniele wäre noch ungebunden und frei, ohne Exfrauen, Kinder und andere Komplikationen … und wenn es dir noch nicht aufgefallen ist: Er vergöttert dich seit mindestens einem Jahrzehnt!«

Irgendwie macht sie mich wütend …

»Du hast deine beste Freundin nicht verstanden«, warf Penelope in die Runde ein. »Daniele ist vielleicht der Mann, den unsere liebe Sabrina braucht, aber nicht der, den sie will. Sie will genau das Gegenteil von dem, was ihr guttun würde!«

Sabrina umarmte Penelope. »Gott sei Dank, endlich

jemand, der mich versteht! Besser hätte ich es nicht ausdrücken können! Genauso bin ich!«

Plötzlich tauchte Daniele am Tisch auf und wechselte die leere Nussschale gegen eine volle aus. Minnie hatte ihn nicht kommen gesehen, und so überrascht, wie Sabrina und Penelope wirkten, sie ihn scheinbar auch nicht.

Minnie schickte ein Stoßgebet zum Himmel: *Oh Gott, hoffentlich hat er das jetzt nicht gehört!*

Sie konnte es ihm nicht vom Gesicht ablesen.

»Darf es für die Damenrunde noch etwas sein?«, fragte er so höflich und zuvorkommend wie immer.

Sabrina stürzte ihren Aperitif herunter und stellte ihr leeres Glas auf ein Tablett, das Daniele in den Händen hielt.

»Für mich bitte noch einen.«

»Wird gemacht. Minnie? Penelope?«

Beide Schwestern zeigten auf ihre noch halbvollen Gläser. Daniele ging zum Tresen zurück und alle drei Frauen atmeten auf.

»Oh Gott, wie unangenehm! Für einen kurzen Augenblick dachte ich, er hätte mich gehört!«, flüsterte Sabrina mit gerötetem Gesicht.

Obwohl ich dich sehr gern habe, wäre es vielleicht besser gewesen, er hätte es getan!, dachte Minnie.

»Ich habe ihn gar nicht gesehen. Hat er sich auf Zehenspitzen von hinten angeschlichen oder hat er sich wie Spiderman von der Decke abgeseilt?«, fragte Penelope im gleichen leisen Ton.

Minnie schüttelte ihren Kopf. »Ist ja noch einmal gut gegangen, aber – und ich will jetzt wirklich nicht einen auf Moralapostel machen – du solltest nicht so mit seinen Gefühlen spielen, ihm keine weiteren Hoffnungen machen. Sabrina, das ist nicht fair, und das weißt du!«

Sabrina zuckte mit den Schultern. »Ich mache es ja nicht mit böser Absicht!« Plötzlich weiteten sich ihre Augen.

»Kein Wort mehr darüber! Er ist wieder auf dem Weg hierher.«

Keine zehn Sekunden später stellte Daniele einen neuen Aperol Spritz vor Sabrina ab. »Einmal einen neuen Aperitif für dich.«

»Dankeschön, Daniele.«

»Keine Ursache, Sabrina.«

Entweder er hat das beste Pokerface, das ich je gesehen habe, oder er hat es wirklich nicht gehört.

Drei Augenpaare richteten sich auf den Barkeeper, der wieder an seinen Schaffensplatz zurückging. Plötzlich, auf halbem Wege zum Tresen, drehte er sich um und kam wieder zu ihnen.

»Weißt du, Sabrina, wieso sagst du mir nicht einfach, dass du mich niemals anrufen wirst?«

Traurigkeit und Enttäuschung standen ihm ins Gesicht geschrieben.

»Ähm ... ich ... ähm ...«, stammelte Minnies blonde Freundin.

»Ich bin kein Schoßhündchen, das in seinem Körbchen darauf wartet, dass du endlich mit ihm spielst. Ich bin ein erwachsener Mann, der dich ehrlich mag, genauso wie du bist. Aber nur zu, schnapp dir ruhig diesen Aldo, der keinen Funken Interesse an dir hat. Der dich deshalb so furchtbar anmacht, weil er dich keines Blickes würdigt. Ich verstehe schon, dass jemand, der dich wie Luft behandelt, dich viel mehr anzieht als jemand wie ich, der dich auf Händen tragen würde und der über seine Gefühle für dich spricht. Mach, was immer du für richtig hältst. Aber komm dann bitte nicht zu mir, wenn er dir dein Herz gebrochen hat.«

Daniele richtete seinen Blick auf Minnie. »Dir wünsche ich ganz viel Glück in Lappland, mit deinem neuen Manuskript und allem. Diese Runde und alles andere, was ihr heute Abend konsumiert, geht deshalb aufs Haus.«

Mit diesen Worten, und ohne eine Antwort von Sabrina oder ein Dankeschön von Minnie abzuwarten, machte er auf dem Absatz kehrt, flüsterte seiner Mitarbeiterin etwas ins Ohr, zog seine Jacke an und verließ seine eigene Bar.

»Wow, jetzt hat er es mir wirklich gegeben«, sagte Sabrina und nahm einen großen Schluck von ihrem Getränk.

»Vielleicht hat er ja nicht ganz Unrecht und du nimmst dir seine Worte doch mal zu Herzen«, antwortete Minnie.

»Du bist meine beste Freundin, du solltest eigentlich auf meiner Seite sein.«

»Bin ich auch! Das heißt aber nicht, dass ich alles gutheißen muss, was du tust.«

Penelope ging dazwischen. »Okay, Ladys, warum beruhigen wir uns nicht einfach und lassen das Thema bleiben? Sabrina ist erwachsen, sie weiß schon, was sie tut …«

»Genau!«

»… und wir sind hier, um dich, Minnie, zu verabschieden, bevor du nach Lappland fliegst, und nicht, um in Sabrinas zugegebenermaßen spannendem Liebesleben herumzustochern«, fuhr Penelope fort. »Außerdem bin ich seit langer Zeit mal wieder ohne Emma unterwegs und möchte den Abend genießen, verstanden?«

Sabrina nickte, obwohl sie eine beleidigte Schnute zog.

»Von mir aus«, maulte Minnie und nahm sich noch etwas zu knabbern.

»Also, meine liebe Schwester, freust du dich schon auf Lappland?«

»Ich bin einfach sehr neugierig auf das, was mich erwartet«, gab Minnie zu.

»Die Koffer für die Polarexpedition sind fertig gepackt?«, wollte Sabrina wissen.

»Ja, ich habe sie mindestens drei Mal umgepackt, weil ich mir nicht sicher war, ob ich wirklich alles Notwendige mitgenommen hatte. Ein Monat ist eine lange Zeit.«

»Du wirst schon sehen, das Programm, was wir dir zusammengestellt haben, wird dir gefallen«, schwärmte Penelope.

Sabrina räusperte sich und hob ihre Augenbraue. »Ihr? Ich dachte, der Verlag hat das gemacht?«

Penelope blickte für den Bruchteil einer Sekunde auf den Boden. »Ja, natürlich hat das das Verlagsteam getan, aber ich habe auch ein paar Vorschläge gemacht, schließlich kenne ich meine Schwester am besten.« Sie wendete sich lächelnd an Minnie. »Lass dich einfach überraschen und sei offen für alles, okay? Wenn du nicht dort deine Inspiration für einen weihnachtlichen Roman bekommst, bekommst du sie nirgendwo.«

»Und wenn du schon dabei bist, vergiss Marco endlich. Zwei Jahre des Liebeskummers genügen wirklich«, warf Sabrina ein.

»Ganz meine Meinung«, sagte Penelope und stieß mit Minnies Freundin an.

Marco ist noch einmal eine ganz andere Baustelle.

Minnie grinste und stieß mit an. »Wunderbar, meine beste Freundin und meine Schwester, die sich gegen mich verschwören. Ich bin auf jeden Fall davon überzeugt, dass mich diese Reise verändern wird.«

»Dem kann ich nur beipflichten«, sagte eine bekannte Stimme. Ali stand neben ihnen. Er fuhr fort, während er seinen Mantel aufknöpfte. »Nach einer Reise ist man nie mehr der Mensch, der man davor war.«

»Ali«, freute sich Minnie, »wie schön, dass du auch dazugekommen bist!«

»Ich verpasse doch die Abschiedsfeier meiner Lieblingskundin nicht! Und ich wette, diese braunhaarige Schönheit ist deine Schwester Penelope und diese kühle Blonde ist Sabrina, deine beste Freundin, richtig?«

Beide Frauen lächelten geschmeichelt.

»Ich bin Ali, der Kastanienhändler«, stellte sich Ali vor.

»Schön, dich kennenzulernen«, sagte Sabrina und schüttelte dem älteren Herrn die Hand.

»Minnie hat nur Gutes von dir erzählt«, pflichtete Penelope bei und tat es Sabrina gleich.

»Möchtest du nicht auch etwas trinken?«, fragte Minnie.

»Ich habe mir bereits ein Bier an der Bar bestellt. Da kommt es ja schon!«

Nachdem auch Ali mit einem Getränk versorgt war, stießen alle miteinander an.

»Also, lieber Ali, wie läuft unser kleines Komplott mit Filomena?«, wollte Minnie wissen.

»Wunderbar! Wir telefonieren fast jeden Tag miteinander. An Heiligabend darf ich sie zu Hause besuchen. Sie ist so eine nette Dame. Sie wirkt nicht wie die neugierige Alte, die hinter ihren Gardinen andere Menschen beobachtet, wie du es früher immer gesagt hast.«

»Ich habe mich heute Nachmittag von ihr verabschiedet. Sie hat mich zum Kaffee eingeladen und sie hat mir davon erzählt. Sie freut sich schon so sehr darauf, dich persönlich kennenzulernen.«

Ich wusste es, dass sie sich gut verstehen würden!, freute sich Minnie.

»Was für eine Wandlung!«, warf Sabrina ein. »Ich muss auch zugeben, dass ich niemals gedacht hätte, dass du Filomena deinen Haustürschlüssel freiwillig überlassen oder dich mit ihr zum Kaffeekränzchen treffen würdest.«

»Das hätte ich in der Tat auch nicht gedacht, aber nachdem sie mir ihre Lebensgeschichte erzählt hat, konnte ich nicht anders, als auch ihr mein Vertrauen entgegenzubringen«, erwiderte Minnie.

Ali legte den Kopf schief.

»Aber ich muss schon zugeben, dass es mir ein wenig

vor dem Moment graut, wenn sie erkennt, dass ich nicht Alberto, sondern Ali bin.«

»Es gibt nur zwei Möglichkeiten«, meinte Minnie. »Entweder sie wirft dich hinaus, oder sie hat die Lektion gelernt, dass die Liebenswürdigkeit eines Menschen nicht von seiner Nationalität abhängig ist.«

»Ich tippe auf die zweite Option!«, warf Penelope ein.

»Bitte mach doch ein Foto von ihrem Gesicht, wenn sie die Tür öffnet. Das wird ein Bild für die Götter sein«, sagte Sabrina, ganz Journalistin.

Ali lachte, wirkte aber ein wenig nervös. »Lassen wir uns einfach überraschen, wie der Abend wird.«

Die lustige Runde unterhielt sich noch lange über Minnies Reise, Weihnachten, das Wetter, Gott und die Welt. So lange, bis die Bar fast menschenleer geworden war und Penelope einen Blick auf ihr Handgelenk warf.

»Wow, es ist schon fast ein Uhr nachts. Ich sollte langsam wirklich los. Ein Wunder, dass sich Arnaldo nicht schon gemeldet hat.«

»Wahrscheinlich schnarchen er und Emma auf dem Sofa vor einer Zeichentrickserie«, scherzte Minnie. »Ich sollte aber auch los, mein Flug nach Stockholm geht in sieben Stunden!«

»Soll ich uns allen ein Taxi bestellen, das uns nacheinander zu Hause ablädt?«, fragte Sabrina.

Penelope nickte. »Danke, das wäre super!«

»Nicht nötig für mich, ich bin mit dem Fahrrad da«, antwortete Ali und zog seinen Mantel an. Dann beugte er sich zu Minnie herunter und verabschiedete sich von ihr mit drei Küsschen auf die Wange. »Mach das Beste aus dieser Reise, und halte Ausschau nach dem, was dich an eine höhere Macht glauben lässt.«

»Das werde ich tun und dir berichten! Wir hören uns nach Heiligabend, ich möchte unbedingt wissen, wie der Tag gelaufen ist.«

Minnie winkte Ali nach, als er die *Cubanito Bar* verließ.

»Das Taxi kommt in fünf Minuten, ich nutze die Zeit noch schnell, um mir die Nase zu pudern«, sagte Sabrina und verschwand in Richtung Toilette.

Penelope strahlte Minnie an und breitete ihre Arme aus. »Komm, lass dich umarmen.«

Minnie ließ sich das nicht zwei Mal sagen. »Ich liebe dich, Schwesterherz.«

»Ich liebe dich auch! Zeig es allen und komm mit jeder Menge Ideen für dein Manuskript zurück!«

»Ich werde die Chance nutzen, versprochen«, antwortete Minnie. »Hast du über das, was ich dir vor ein paar Tagen erzählt habe, nachgedacht? Findest du es nicht seltsam, dass Vater ausgerechnet mir die heilige Schreibmaschine von Mutter vermacht hat? Dabei warst doch immer du sein Lieblingskind!«

»Aber du bist die einzige Tochter, die in Mutters Fußstapfen getreten ist. Ich bin nur gut im Bücher vermitteln, weil ich weiß, was die Menschen gerne lesen möchten, aber das Schreiben liegt mir einfach nicht.«

Sabrina kam aus dem Bad, mit dem Handy am Ohr. »Penny, das Taxi wartet draußen.«

Minnie zog ihre Jacke an. »Ich begleite euch!«

Penelope war schon ins Fahrzeug eingestiegen, als sich Minnie von ihrer besten Freundin verabschiedete.

»Ich flehe dich an, fall bitte in keine Gletscherspalte, lass dich nicht von Bären oder Wölfen fressen und komm heil wieder zurück!«, sagte Sabrina.

»Ich werde mir Mühe geben! Pass du mit diesem Aldo auf! Obwohl ich ihn nicht kenne, ist er mir jetzt schon unsympathisch«, entgegnete Minnie mit erhobenem Zeigefinger. »Und versuch, es mit Daniele wieder einzurenken. Ich glaube, du hast ihn sehr verletzt.«

»Ich werde sehen, was ich tun kann«, versprach Sabrina.

Eine letzte Umarmung, und Sekunden später war das Taxi losgefahren.

Gott sei Dank funktioniert der Lift wieder, dachte Minnie, während sie die zehn Stockwerke zu ihrem Apartment hinauffuhr. Sie schloss die Eingangstür auf und hielt kurz inne. Das nächste Mal, wenn sie das tun würde, lag Lappland bereits hinter ihr.

Später im Bett wälzte sie sich noch lange hin und her.

Die bevorstehende Reise, Marco, das Manuskript, ihre Karriere, die Beziehung zu ihrem Vater, ihre Vergangenheit und Zukunft kreisten in Minnies Kopf wie ein Karussell. Sie wandte eine Technik an, von der sie einmal gelesen hatte.

Sie stellte sich vor, dass ihre Gedanken Wolken seien. Die Wolken schwebten eine nach der anderen auf sie zu und Minnie betrachtete sie von allen Seiten. Sie versuchte, dabei so wertungsfrei und neutral wie möglich zu bleiben. *Der Gedanke ist einfach da, aber er ist weder gut noch schlecht.*

Wenn sie die Wolke lange genug beobachtet hatte, schubste sie sie sanft an und ließ sie an ihr vorbeiziehen, um sich dem nächsten Gedanken zu widmen.

Irgendwann befand sich Minnie im Dämmerzustand zwischen Wachsein und Schlaf, zwischen Realität und Traum, als plötzlich fünf Sätze vor ihr auftauchten. Sie konnte sie deutlich vor ihrem inneren Auge geschrieben sehen.

Minnie sprang aus dem Bett und stieß sich ihren Zeh am Bettpfosten. Trotz des Schmerzes knipste sie sofort das Licht an, suchte Notizbuch und Kugelschreiber zusammen, schlug eine eine freie Seite auf und schrieb:

Die Welt hat sich weitergedreht, das Leben ist vorangeschritten. Nur ich bin nicht hinterhergekommen. Nur ich bin stehen geblieben. Es wird Zeit, dass ich aufhole. Zeit, dass ich mitziehe.

Minnie lächelte, als sie sich wieder zudeckte.

»Willkommen zurück, Inspiration«, flüsterte sie, bevor sie das Licht wieder ausknipste und sich schlafen legte.

Kapitel 9

15. Dezember 2018
Minnie
Flughafen Stockholm Arlanda

»Bitte stellen Sie Ihr Handgepäck auf dem Wagen neben der Maschine ab. Wir müssen es in den Frachtraum verladen. Es passt nicht in die Passagierkabine«, erklärte eine hochgewachsene, blonde Dame in dunkelblauer Uniform, während sie Minnies Bordkarte abscannte, sie ihr wieder zurückgab und lächelte. »Ich wünsche Ihnen eine angenehme Reise.«

Ja, das wünsche ich mir auch, dachte Minnie und ging langsam auf die komplett verschneite Rollbahn und das winzige Flugzeug zu. Der Schnee ging ihr bis an die Knöchel ihrer gefütterten Winterboots.

Unter diesen Umständen wäre jeder Flughafen in Italien schon längst geschlossen worden.

Sie hielt die Bordkarte in ihrer Hand fest, als hinge ihr Leben davon ab, selbst als sie zweimal aufgrund der Glätte fast ausgerutscht wäre.

Eine seltsame Wehmut packte sie, während sie ihren kleinen Koffer wie gebeten auf den Wagen neben dem Propellerflugzeug hievte. *Hoffentlich sehen wir uns wieder!*

Sie stieg die klapprigen Stufen zum Flugzeug hoch, und die Schneeflocken umwirbelten sie wie in einem wilden Tanz.

Angenehm überrascht stellte Minnie fest, dass der vom Verkäufer so angepriesene Lotuseffekt ihres Outfits wirklich funktionierte: Es bildeten sich kleine Wasserperlen an der Oberfläche ihres roten Skioveralls, der für Temperaturen bis –50 °C ausgelegt war. Ihre Kleidung darunter blieb trocken.

»Vorsicht! Kopf einziehen«, warnte plötzlich jemand, der direkt hinter ihr stand.

Minnie duckte sich. Um ein Haar hätte sie sich beim Einsteigen den Schädel angeschlagen.

Das war knapp!

Instinktiv drehte sie sich um und sah in die feixenden grünen Augen eines jungen Mannes mit blondem Ziegenbärtchen. Unter seiner Wollmütze standen seine struppigen Haare in alle Richtungen ab.

»Haben Sie vielen Dank!«

»Keine Ursache, Wikingerbraut. Das Flugzeug ist innen nun einmal genau so klein und niedrig, wie es von außen aussieht.«

»Ich bin Italienerin, keine Wikingerin«, antwortete Minnie und zeigte dem freundlich lächelnden Steward vor ihr beim Einsteigen ihre Bordkarte.

»Wenn du mit deinen roten Haaren Italienerin bist, fresse ich einen Besen«, antwortete Minnies Retter, der auf einmal so gar nicht mehr galant wirkte.

Genervt hielt sie ihm ihren Reisepass hin. »Na dann, guten Appetit! Etwas Salz und Zitrone dazu?«

Der junge Mann las interessiert.

»Freut mich auch, dich kennenzulernen, Minerva Giuliani. Beim Aussteigen kannst du mir dann gerne auch noch deine Telefonnummer geben sowie mir deine Adresse und deine Kontonummer verraten«, antwortete er zwinkernd und nahm in der ersten Reihe Platz.

Unfassbar, dass ich auf so einen billigen Trick hereingefallen bin!, ärgerte sich Minnie und stellte mit Erleichterung fest, dass sich ihr Platz einige Reihen hinter Mr. Ziegenbart befand.

Sie ließ sich auf ihren Sitz plumpsen und sah aus dem Fenster. Erste Eiskristalle hatten sich auf der Scheibe gebildet und die Flughafenmitarbeiter verluden gerade die letzten Gepäckstücke mitten im Schneegestöber.

Wieso habe ich das Gefühl, zum Nordpol zu fliegen?, fragte sich Minnie und schnallte sich an.

Der Flug von Mailand nach Stockholm war so ruhig gewesen, sie hatte die ganze Zeit über geschlafen. Doch kurz nach ihrer Landung hatte es kräftig zu schneien begonnen und seitdem nicht mehr aufgehört. *So angenehm wie der erste Flug wird dieser wohl nicht werden.*

»Na, freust du dich auch schon auf die Luftlöcher und Turbulenzen, die uns erwarten werden?«, ertönte plötzlich Mr. Ziegenbarts Stimme neben Minnie, der sich anschnallte.

»Die sind doch toll«, log Minnie, während ihr Puls in die Höhe schoss.

»Sag ich auch immer, ist wie Gratis-Achterbahnfahren.«

Gott steh mir bei!

»Was will eigentlich eine heißblütige Italienerin wie du im eiskalten Arvidsjaur?«

Minnie setzte gerade zu einer Antwort an, als der Stewart mit einer Liste in der Hand erschien.

»Sind Sie Andreas Larsson?«

»Ja, bin ich«, antwortete Mr. Ziegenbart genervt.

»Gut. Bitte gehen Sie an Ihren Platz zurück.«

»Wieso denn?«, protestierte er. »Ihr Flugzeug ist doch halb leer, es sind ja kaum andere Passagiere an Bord.«

»Genau deswegen«, antwortete der Flugbegleiter lächelnd. »Es geht um die Gewichtsverteilung in der Maschine.«

Er warf noch einen Blick auf seine Liste.

»Und Sie, Frau Giuliani, Sie müssen sich bitte auch umsetzen. In die allerletzte Reihe.«

Minnie löste ihren Gurt und stand auf.

Andreas tat es ihr gleich und sagte: »Du Glückliche, hinten wackelt es am meisten, sogar wenn es keine Turbulenzen gibt.«

Minnie jubelte so überzeugend sie konnte und stürzte an ihren neuen Platz. Ihr Herz hämmerte in der Brust, als hätte sie gerade einen Sprint hingelegt. Andreas in der ersten Reihe drehte sich zu ihr um, warf ihr einen Luftkuss zu und setzte sich hin. Minnie schnallte sich an und sah nervös aus dem Fenster.

Und jetzt versuche ich, mich zu entspannen! Schließlich sind wir in Skandinavien! Da sind sie es gewohnt, bei Schneefall zu fliegen! Sie schnallte ihren Sicherheitsgurt noch ein wenig fester.

»Einen schönen guten Tag, hier spricht Ihr Kapitän Mikka Madsen! Ich hoffe, Sie fühlen sich wohl an Bord.«

Ja, in etwa so wohl wie bei einer Ganzkörperenthaarung mit Wachs.

»Wie Sie sehen können, schneit es bereits kräftig, daher werden wir vor unserem Abflug das Flugzeug noch einmal enteisen müssen. Auf den Weg nach Arvidsjaur erwartet uns auch die eine oder andere Turbulenz.«

In der ersten Reihe stieß Andreas einen Freudenschrei aus.

Minnie schluckte. Ihr Mund fühlte sich an, als hätte sie eine Fuhre Sand gefrühstückt.

»Also bleiben Sie am besten zu Ihrer eigenen Sicherheit während der ganzen Flugdauer angeschnallt. Sobald wir unsere Reiseflughöhe erreicht haben, wird unser charmanter Kollege Mats Ihnen Getränke und Snacks servieren.«

Minnie lächelte schwach. *Komm, wir kippen uns einen hinter die Binde, dann wird der Flug bestimmt halb so schlimm*, hätte Sabrina jetzt gesagt.

Wie soll ich es bloß einen ganzen Monat ohne sie aushalten?

Einen kurzen Moment flackerte Heimweh in Minnie auf. *Hätten es nicht einfach die Dolomiten werden können?*

Abermals überprüfte Minnie, ob der Sicherheitsgurt wirklich geschlossen war, und tupfte sich Schweißperlen von der Stirn.

Plötzlich ging ein lautes Geräusch durch die Kabine und das Flugzeug wackelte. Ein Blick aus dem Fenster verriet ihr, dass die Propeller sich drehten. Das Flugzeug setzte sich in Gang. Minnie hatte plötzlich das dringende Bedürfnis, zu beten.

»Was ich jetzt brauche, ist Ablenkung«, sagte sie sich und griff nach einer Zeitschrift, die jemand auf dem Sitz neben ihr liegen gelassen hatte.

Nach wenigen Seiten ließ sie sie mit einem kleinen Schrei fallen. Jemand hatte sich einen Scherz daraus gemacht, die Zeitschrift mit gebrauchtem Kaugummi zu bekleben, in den Minnie hineingefasst hatte.

Der Schweiß lief ihr mittlerweile den Rücken hinunter. Seitdem die Heizung in Gang gesetzt worden war, war ihr definitiv warm genug. Nervös schnallte sich Minnie ab, zog ihre Skijacke aus und schnallte sich eilig wieder an.

Sie beschloss, wieder aus dem Fenster zu schauen. Halb verängstigt, halb fasziniert, beobachtete sie wie eine weiße, dampfende Flüssigkeit mittels eines Wagens mit beweglicher Hebebühne unter Hochdruck über das Flugzeug verteilt wurde.

Das muss wohl eine Enteisung sein.

Plötzlich meldete sich wieder die Stimme des Piloten,

die durch den Lautsprecher metallisch klang, zu Wort: »Kabinenpersonal, bitte für Start vorbereiten. Abflug in zwei Minuten.«

Die Anschnallzeichen oberhalb von Minnies Kopf leuchteten auf. Mit der Entspannung war es nichts. Minnie krallte sich in die Lehnen.

Fliegen ist sicher! Fliegen ist das sicherste Verkehrsmittel überhaupt! Da ist Autofahren in Italien viel gefährlicher! Die paar Schneeflocken machen doch dieser niedlichen Propellermaschine nichts aus!

Ohrenbetäubender Lärm ging durch die Maschine. Die Propeller drehten sich immer schneller, bis Minnie die einzelnen Rotorblätter nicht mehr sehen konnte.

Die Maschine gewann an Geschwindigkeit, und als sie endlich abhob, war es in der Kabine so laut, dass sich Minnie die Ohren zuhalten musste. Einzelne Schneeflocken waren jetzt gar nicht mehr zu erkennen, es sah viel eher so aus, als flöge das Flugzeug mitten in einen Schneesturm hinein.

Ihr Herz raste so, dass sie es in ihrem Hals pochen fühlte. Nach einigen Augenblicken hörte Minnie, wie das Fahrwerk eingezogen wurde. Stockholm unter ihr wurde kleiner und kleiner.

Plötzlich ruckelte das Flugzeug heftig. Mit einem Blick aus dem Fenster prüfte Minnie, ob vielleicht die Triebwerke brannten oder einer der Flügel abgefallen war.

Wolken, es sind nur Wolken.

Wie zur Antwort sackte das Flugzeug zweimal ab. Minnie entfuhr ein Schrei. Das Adrenalin schoss durch ihren Körper.

Ich stelle mir jetzt einfach vor, ich würde Bus fahren. Auf einer Straße in schlechtem Zustand. Die von Schlaglöchern übersät ist. Da wackelt und ruckelt es noch viel schlimmer.

Als sie sich in der Kabine umsah, stellte sie erstaunt fest, dass die wenigen Mitpassagiere, egal ob Kinder oder Erwachsene, entspannt in ihren Sitzen schlummerten, lasen oder Musik hören.

Ich scheine der einzige verdammte Angsthase in dieser Höllenmaschine zu sein!

Während das Propellerflugzeug weiterhin wackelnd und rumpelnd nach oben stieg, zückte Minnie ihr Notizbuch. Sie schrieb alles auf, was sie empfand. Vielleicht konnte sie die notierten Gefühle für ihr neues Buch gebrauchen. Minnie war so sehr damit beschäftigt, dass sie richtig überrascht war, als ihr plötzlich die Sonne warm ins Gesicht schien und sie blendete.

Atemberaubende Wolkenformationen waren unter ihr zu sehen, im blauesten Himmel, den sie jemals gesehen hatte. Nun glitt das Flugzeug so ruhig nach Norden, als stünde es in der Luft. Langsam entschleunigte sich Minnies Puls und sie hielt alles, was ihre Augen erfassen konnten, schriftlich fest. Das Spiel der Farben von Luft und Erde, von Schatten und Licht. Die unendlichen Weiten, die Freiheit.

»Cabin Crew, released«, drang es aus dem Cockpit.

Die Anschnallzeichen gingen aus und Minnie entspannte sich, während sie sich weiter Notizen machte.

»Was darf es für Sie sein, Frau Giuliani?«, riss der Steward sie aus ihren Gedanken.

Er schob einen Wagen mit Getränken vor sich her.

»Ich hätte gerne einen Tee, danke, Mats.«

Er reichte ihr einen dampfenden Pappbecher.

»Noch ein Sandwich dazu?«

Wie auf Kommando meldete sich Minnies Magen. Seit der Brioche mit Cremefüllung, die sie am Mailänder Flughafen vertilgt hatte, hatte sie nichts mehr zu sich genommen.

»Klar, warum nicht.«

Minnie aß, trank und genoss das wechselnde Panorama, das sich vor ihrem Fenster ausdehnte.

Schon bald leitete der Pilot den Sinkflug ein. Das Flugzeug durchbrach erneut ruckelnd und schaukelnd eine dichte Wolkendecke, doch dieses Mal blieb Minnie ruhig.

Endlich konnte sie schier unendliche Wälder und gefrorene Seen erkennen. Hier und da verstreute Häuseransammlungen erinnerten sie daran, dass sie nicht in der Zeit zurückgereist war. Lappland trug seinen winterlichsten Mantel und hüllte sich in Eis und Schnee.

Ich habe noch nie so viel Natur auf einmal gesehen, dachte Minnie und lächelte.

Schon jetzt war Mailand mit seinen Gebäuden, Staus und Graffitis ganz weit weg und eine kindliche Vorfreude ergriff von ihr Besitz, die sie schon sehr lange nicht mehr empfunden hatte.

Eine halbe Stunde später stieß Minnie einen wohligen Seufzer aus, als das Flugzeug auf der vereisten und verschneiten Rollbahn überpünktlich um vierzehn Uhr landete.

»Auf Wiedersehen«, verabschiedete sich die Crew von ihr, als sie als Letzte aus dem Flugzeug stieg. Ein eiskalter Windhauch überraschte sie. Der Blick auf der Temperaturanzeige am Flughafengebäude verriet ihr, dass es fast zwanzig Grad kälter war als in Stockholm.

Ja, auf Wiedersehen und bis in einem Monat. Hoffentlich mit tausend Ideen im Gepäck für mein neues Buch, dachte Minnie, als sie sich ihren Trolley vom kleinen Wagen griff, der neben dem Flugzeug stand.

Nach wenigen Schritten befand sie sich im Flughafengebäude und am einzigen Gepäckband. Es war bereits angelaufen. Sie machte einen Schritt nach vorne, als sie ihren Koffer erspähte. Doch Andreas, der plötzlich von der Seite kam, war schneller. Mit einem Satz hob er das Gepäckstück vom Band und stellte es neben Minnie. Sogar den Griff fuhr er aus.

Minnie war sprachlos, als sich Andreas verbeugte.

»Stets zu Ihren Diensten, Mylady Minerva.«

»Vielen Dank. Das wäre aber nicht nötig gewesen.«

»Ich weiß, bei einer skandinavischen Frau hätte ich das auch niemals gewagt. Viel zu emanzipiert. Aber bei einer Italienerin kann man ja vielleicht eine Ausnahme machen.«

»Ich hätte es alleine auch geschafft.«

»Bist du sicher? Dein Koffer wiegt eine Tonne. Was transportierst du denn darin? Backsteine?«

Wie werde ich jetzt diesen schrullig-liebenswürdigen Typen los?

»Ich … äh … ziehe zu meinem Freund hier in Lappland. Daher habe ich so viel mit«, antwortete Minnie und bemühte sich, so überzeugend wie möglich zu klingen.

Andreas' Gesichtszüge entgleisten, doch er antwortete nichts. Stattdessen ging er wieder zum Gepäckband und nahm eine blaue Reisetasche an sich.

»Hast du auch einen Mietwagen reserviert?«, fragte er, sichtlich geknickt.

»Ja, habe ich«, antwortete Minnie. *Und ich habe vor, den alleine zu benutzen.*

»Okay, ich begleite dich noch bis zum Stand«, antwortete Andreas, während er seine Tasche schulterte, sich sowohl Minnies Koffer als auch ihr Handgepäck schnappte und in Richtung Ausgang ging. Perplex trottete Minnie hinterher.

In der Ankunftshalle war nicht mehr viel los. Die wenigen Passagiere der Propellermaschine hatten sich bereits in alle Himmelsrichtungen verstreut. Minnie fischte die Unterlagen aus ihrer Handtasche, die ihr Penelope in die Hand gedrückt hatte, betrachtete sie und sah sich um.

»Dort muss ich hin«, sagte Minnie und zeigte auf einen kleinen Stand am anderen Ende der Ankunftshalle.

Andreas gab sich erst zufrieden, als Minnies gesamtes Gepäck auf einem Rollwagen platziert war und der Mitarbeiter der Autovermietung versprochen hatte, sich ihrer anzunehmen und ihr das sicherste Gefährt zu übergeben, was sein Fuhrpark hergab.

»Es war schön, deine Bekanntschaft zu machen«, sagte Andreas und gab Minnie einen Zettel. »Sollte es mit deinem Freund nichts werden, ruf mich an und ich hole dich ab, egal wo du bist. Ich bin nicht nachtragend.«

Er grinste und Minnies Wangen fühlten sich an, als würden sie in Flammen aufgehen.

Eine Liaison in Lappland ist nun wirklich das Letzte, was ich gebrauchen kann.

»Wow, danke. Ich fühle mich sehr geschmeichelt«, antwortete sie und schüttelte Andreas die Hand, »aber das mit meinem Freund ist etwas Ernstes. Ich wünsche dir alles Gute.«

Andreas führte Minnies Handrücken an seine Lippen und hauchte ihr einen Kuss auf die Haut.

Ein wohliger Schauer lief ihr den Rücken hinunter, während sich ihr schlechtes Gewissen meldete, weil sie gelogen hatte. Seit Marco hatte sich kein Mann mehr für sie interessiert. Oder hatte sie die Männer mit ihrer unglücklichen Ausstrahlung verscheucht?

»Entschuldigung?«, riss der Mitarbeiter der Autovermietung Minnie aus ihren Gedanken. »Ihr Wagen steht bereit. Ich bringe Sie hin.«

Er klimperte ungeduldig mit den Autoschlüsseln.

»Also dann, Andreas. Ich muss los«, verabschiedete sich Minnie.

»Alles Gute, Minerva«, sagte Andreas und verließ die Halle.

Einige Minuten später begutachtete Minnie einen weißen Volvo. Mit Besorgnis musterte sie die Reifen.

»Müssen die Schneeketten noch montiert werden?«, fragte sie im Bemühen, nicht allzu panisch zu klingen.

»Spikes«, erklärte der Mann und zeigte auf eingearbeitete Stifte im Gummi. »Sind besser als Ketten.«

Minnie nickte und war erleichtert. *Von der Montage von Schneeketten verstehe ich ungefähr genauso viel wie von Quantenphysik.*

»Hab den Wagen auch schön vorgeheizt«, fuhr der Mitarbeiter fort und zog ein Kabel aus der Motorhaube.

Minnie war auch hierfür dankbar und verstaute ihr Gepäck im Kofferraum.

»Es gibt keine Schäden, das Auto ist nagelneu. Sie bringen ihn am 15. Januar vollgetankt wieder zurück. Bitte eine Unterschrift hier, hier und hier.«

»So viele Unterschriften habe ich noch nicht einmal gesetzt, als ich mich habe scheiden lassen«, witzelte Minnie.

Die Miene des Mannes blieb unbewegt.

»Gute Fahrt und achten Sie auf die Elche«, entgegnete er und ging zum Flughafengebäude zurück.

Minnie atmete tief durch, entledigte sich ihrer Jacke und setzte sich ans Steuer.

Es kam ihr irgendwie irreal vor, als sie die Adresse der Ferienwohnung ins Navigationssystem eingab und den Zündschlüssel drehte. Sie war wirklich in Lappland!

Dann hatte das System die Route berechnet, und Minnie rieb sich die Augen.

»Wie bitte? Hundert Kilometer muss ich noch fahren?«, entfuhr es ihr.

Schriftstelleranfängerfehler: Eine gute Recherche ist die halbe Miete!

Sie ließ den Wagen langsam losrollen. Zuerst verpasste

sie die Ausfahrt des Parkplatzes, also drehte sie noch eine Runde, immer in der Erwartung, auf der dicken Eisschicht auf der Straße mit dem Auto wegzurutschen.

Im Zeitlupentempo bog sie ab und war schließlich auf der Schnellstraße, die von schier unendlichen Tannenwäldern gesäumt war.

Minnie warf einen nervösen Blick in alle Spiegel. Gott sei Dank war niemand anderes auf der Straße unterwegs. Sie grinste und dachte an Mailand. Wenn sie dort so langsam gefahren wäre, hätte sie im besten Fall das Hupkonzert anderer Verkehrsteilnehmer taub werden lassen. Im schlimmsten Fall hätte man sie aus dem Auto gezerrt und als Automobilketzerin auf dem Scheiterhaufen verbrannt. Oha, meldete sich da etwa ihre einst so übersprudelnde Fantasie wieder zu Wort?

Vorsichtig gab Minnie etwas mehr Gas, war jedoch jederzeit bereit, zu bremsen. Das Auto blieb stabil auf der Fahrbahn. Der Autovermieter hatte sie nicht angelogen.

Es geht doch erstaunlich gut, dachte Minnie und beschleunigte behutsam weiter, bis sie die erlaubten 80 km/h erreicht hatte.

Ein Blick auf das Autocockpit verriet ihr, dass es erst 14.30 Uhr war, doch der Tag ging offenbar langsam zu Neige. Die Sonne stand tief am Horizont und tauchte die verschneiten Wälder links und rechts von der Fahrbahn in ein goldenes Zwielicht. Die Bäume waren so stark beschneit, dass sie aussahen, als hätten sie ein Schaumbad genommen. Von Minute zu Minute fühlte sich Minnie sicherer. Sie schaltete das Radio an.

George Michael schmetterte sein altes, aber zeitloses *Last Christmas.*

Weiße Flocken rieselten sanft auf Minnies Windschutzscheibe. Es wurde zusehends dunkler und automatisch schalteten sich die Scheinwerfer an. Wo auch immer sie auf den liegengebliebenen Schnee trafen, brach sich das Licht wie in funkelndem Sternenstaub.

Spüre ich einen Hauch weihnachtlicher Stimmung?, fragte sich Minnie.

Ein flüchtiger Gedanke huschte zu Marco, und der vertraute, dumpfe Schmerz machte sich in ihrer Brust bemerkbar, doch er verflüchtigte sich nach und nach. Mit jedem gefahrenen Kilometer entfernte Marco sich immer mehr von ihr, körperlich wie geistig.

Als Nächstes lief *Driving Home for Christmas* von Chris Rea, ein Song, den Minnie geliebt hatte. Früher, als Weihnachten noch keine Erinnerung an das Ende ihrer Ehe war.

Minnie summte die Melodie mit, um sich abzulenken, und bewunderte gleichzeitig die Natur, die sie umgab und die nur selten von ein paar Häusern unterbrochen wurde. Sie hatte einen Anflug von schlechtem Gewissen. *So muss die Welt ausgesehen haben, bevor der Mensch Automobile und geteerte Straßen erfunden hatte.*

Laut Navigationssystem war sie nur noch zwanzig Kilometern von ihrem Ziel entfernt. Sie las auf dem Ortseingangsschild, dass sie sich in Sorsele befand. Minnie fuhr langsam durch den Ort und sah endlich auch andere Autos und Menschen.

Also bin ich nicht ganz aus der Welt!, dachte sie. Sie erinnerte sich daran, dass dies die einzige Kleinstadt weit und breit war und dass es nur hier die Möglichkeit gab, Lebensmittel einzukaufen.

Danke, lieber Verlag, für das Buchen der Unterkunft nur mit Selbstverpflegung.

Minnie folgte einer Beschilderung und bog gleich nach einer Tankstelle rechts ab.

Wenige Minuten später parkte sie ihr Auto vor einem Laden mit dem Namen ICA und schnappte sich einen Einkaufswagen.

Als dieser später aus allen Nähten platzte und der Kassiervorgang eine gute Viertelstunde in Anspruch nahm, kam Minnie der Gedanke, dass sie es vielleicht etwas übertrieben haben könnte.

»Haben Sie auch wirklich alles gefunden, was Sie benötigen?«, fragte der Kassierer auf Englisch und hob dabei eine Augenbraue.

Minnie zückte ihre Kreditkarte und antwortete: »Beinahe alles. Wo verstecken Sie bloß den Wein?«

Er zog die Karte durch den Leser und entgegnete: »Den finden Sie weder hier noch in einem anderen Supermarkt in Schweden, da müssen Sie ins *Systembolaget.*«

»Und gibt es in dieser Einö… in diesem reizenden Örtchen solch einen System-dingsbums?«, fragte Minnie und unterdrückte den Anflug von Panik in ihrer Stimme.

Es war das eine, einen Monat lang im winterlichen Lappland zu sein. Es war etwas anderes, das ohne guten Rotwein durchstehen zu müssen.

Der Kassierer begutachtete sie von Kopf bis Fuß und sagte schließlich: »Gleich nebenan haben wir einen Systembolaget.« Er sprach jeden einzelnen Buchstaben deutlich aus, so, als wäre Minnie ein Kind. »Da bekommen Sie alles, auch die harten Sachen.«

»Reizend, die werde ich hier wahrscheinlich auch brauchen«, antwortete Minnie und genoss es, wie die Gesichtszüge des Verkäufers entgleisten. Sie schob ihren vollen Einkaufswagen aus dem Supermarkt zum Parkplatz, auch wenn der gefrorene und unebene Asphalt es ihr nicht gerade einfach machte. Als jeder Winkel ihres Kofferraums mit Lebensmitteln vollgestopft war und sie die Klappe beim dritten Versuch endlich zubekam, drehte sie sich um und erspähte tatsächlich den *Systembolaget.*

Ganz schön verrucht, ein Geschäft zu betreten, in dem ausschließlich Alkohol verkauft wird, dachte Minnie, doch schon nach wenigen Minuten fühlte sie sich wohl und nicht mehr so, als würde sie auf dem Schwarzmarkt einkaufen gehen.

Der Laden war hell beleuchtet, ordentlich und modern eingerichtet. Für jeden angebotenen Wein gab es eine detaillierte Beschreibung, zu welchen Speisen er passte und bei welcher Temperatur er am besten getrunken werden sollte.

Minnie las gerade das Etikett eines Malbecs, als jemand hinter ihr auf Englisch sagte: »Kann ich Ihnen behilflich sein?«

Dieser Akzent …, dachte Minnie und drehte sich um.

Vor ihr stand ein junger Mann mit dichten schwarzen Locken, dunklen Augen und einer griechischen Nase.

»Danke, ich komme zurecht«, antwortete Minnie auf Italienisch.

»Woher wissen Sie, dass …«, sagte der Verkäufer zunächst verdutzt, tippte sich dann aber auf das kleine Namensschild, das an der Brusttasche seines Hemdes befestigt war. »Natürlich, Sie haben gelesen, dass ich Matteo heiße.«

»Ich dachte mir, dass dies wohl kein schwedischer Name ist«, antwortete Minnie und lächelte. »Was verschlägt Sie hierher, so weit weg von der Heimat?«

»Dasselbe könnte ich auch Sie fragen!«

»Die Arbeit, ich bin Schriftstellerin und suche hier nach Inspiration für meinen neuen Weihnachtsroman. Ich werde einen Monat lang bleiben«, entgegnete Minnie. Auf einmal fühlte es sich so gut an, das zu sagen!

»Oh, die werden Sie hier definitiv finden«, antwortete Matteo. »Ich bin der Liebe wegen hierhergezogen. Ich habe meine Frau während eines Urlaubs in Italien kennengelernt und bin ihr hierher gefolgt.«

Er hielt Minnie seine Hand hin, die sie sofort ergriff.

»Freut mich sehr, ich bin Minerva, genannt Minnie.«

Matteo schaute überrascht drein. »Aber doch nicht etwa *die* Minerva Giuliani?«

»Ich fürchte, doch, die bin ich.«

»Meine Mutter und meine Schwester lieben Ihre Romane!«

Minnie jubelte innerlich. »Das freut mich sehr, zu hören. Dann lasse ich Ihnen zwei Exemplare mit Widmung zukommen, wenn es so weit ist.«

Matteo lächelte. »Kommen Sie, ich zeige Ihnen meine absoluten Lieblingsweine.«

Eine halbe Stunde später verließ Minnie den *Systembolaget* mit zwei Weinkartons unter dem Arm.

Sie dachte an Matteos Abschiedsworte: *Und zögern Sie nicht, vorbeizuschauen, sollten Sie Heimweh nach Italien und der italienischen Sprache haben!*

Minnie legte die Weinkartons auf den Rücksitz und schnallte sie an.

Es war richtig finster geworden, als sie losfuhr, doch der aufsteigende Vollmond tauchte den Schnee und die Umgebung in blaues Licht.

Bereits nach wenigen Minuten Fahrt hatte Minnie die Kleinstadt hinter sich gelassen, erneut breiteten sich, so weit das Auge reichte, Bäume rechts und links von der Fahrbahn aus. Ab und zu sah Minnie einzelne Häuser im Wald stehen, die mit Weihnachtsbeleuchtung dekoriert waren. Einsame Lichter in der Wildnis.

Was bringt Menschen nur dazu, so einsam und abgeschieden zu leben?, fragte sich Minnie.

Doch wenn sie an Mailands Staus, die gestressten Pendler und die Hochhäuser dachte, konnte sie sich die Frage eigentlich sofort selbst beantworten.

Minnie wurde jäh aus ihren Gedanken gerissen. Etwa hundert Meter vor ihr tapste ein dunkler Umriss auf die Straße. Sie machte sofort eine Vollbremsung und hielt gerade noch rechtzeitig vor zwei Paar langen, hellbraunen Beinen an, die einfach mitten auf der Straße stehen blieben. Minnies Herz schlug ihr bis zum Hals, als sie erkannte, dass die staksigen Gliedmaßen zu einem Wesen gehörten, das sie in einer Art Schockstarre anschaute. Es hatte eine langgezogene Schnauze und runde Kulleraugen.

Plötzlich näherte sich von links eine weitere Gestalt aus dem Wald und lief auf die Straße. Minnie erkannte, dass der Elch, für den sie gerade gebremst hatte, nur ein Junges war, denn was neben ihm stand, musste seine Mutter sein. Sie überragte ihren Kleinen um einiges und sah groß und massig aus. Sicherlich brachte sie mehrere hundert Kilogramm Gewicht auf die Waage.

Sie bückte sich mit ihrem kräftigen, kurzen Rumpf nach vorne, und so starrten Minnie nun zwei Augenpaare an. Die Nüstern der Elchkuh öffneten und schlossen sich nervös. Ihr Atem bildete weiße Dunstwölkchen. Minnie wagte es nicht, sich zu rühren. Sie wusste, dass Muttertiere ihre Jungen, wenn nötig, bis aufs Blut verteidigten. Sie hielt sich mit beiden Händen am Lenkrad fest, als könne die Elchkuh sie aus dem Auto schleifen.

Vor Minnies geistigem Auge erschienen Schlagzeilen: *Dämlicher, italienischer Touristin gelingt es nach nur zwei Stunden in Lappland, von einer Elchkuh angegriffen zu werden.*

Die zwei Tiere starrten Minnie noch einige Zeit durchdringend an, als wollten sie in ihre Seele hineinblicken, doch dann setzte sich die Königin des Waldes langsam in Bewegung und verschwand zwischen den Bäumen, dicht gefolgt von ihrem Jungen.

Minnie wartete noch einige Minuten ab, vergewisserte

sich, dass keine weiteren Waldbewohner die Straße überqueren wollten und ließ den Wagen behutsam wieder losrollen.

Die letzten Kilometer fuhr sie langsamer als erlaubt und sah immer mal wieder nach rechts und links. Sie ließ ihren rechten Fuß über der Bremse schweben, jederzeit bereit, in die Eisen zu steigen.

Sie fuhr an einem Schild mit der Aufschrift *Bjärdakken* vorbei und ihr Navigationssystem meldete sich sogleich zu Wort: »Sie haben Ihren Zielort erreicht. Das Ziel befindet sich auf der linken Seite.«

»Gott sei Dank«, seufzte Minnie, die sich auf einen Schlag erschöpft fühlte. Die lange Kneipennacht vom Vortag steckte ihr noch in den Knochen. Außerdem forderten der aufregende Flug und die unverhoffte Elchbegegnung ihren Tribut.

Das Grundstück war hell erleuchtet und Minnie sah einen riesigen, aus Holz geschnitzten Bären in der Einfahrt stehen, auf dessen Bauch »Per Andersson. Ferienhaus, Angeln, Touren« stand.

Na, dann wollen wir mal, dachte Minnie, stellte das Auto ab und stieg aus.

Hübsch war es hier. Sie bewunderte zwei rote Holzhäuser, deren Schornsteine rauchten und die mit Lichterketten dekoriert waren.

Plötzlich öffnete sich eine Tür und ein Hund stürmte heraus. Minnie erkannte einen Husky, der mit wedelndem Schwanz auf sie zu rannte. Minnie ging in die Hocke und ließ sich von dem wunderschönen Tier begrüßen.

»Du bist aber ein bildhübsches Kerlchen«, sagte sie, während sie ihre Hände in das weiche, graumelierte Fell grub, »und hast sogar zwei verschiedenfarbige Augen!«

Die raue Zunge des Huskys verpasste Minnie eine feuchte Begrüßung.

Ein drahtiger, junger Mann kam aus dem Haus und stapfte durch den Schnee auf Minnie zu.

Sie befand, dass er durch eine leuchtende Stirnlampe ein wenig lächerlich aussah und vermutete, dass es sich um Per handelte.

»Rosalie! Aus!«, rief er und kam näher.

Minnie streichelte weiter. »Du bist also eine Dame, kein Rüde. Ich bitte vielmals um Verzeihung.«

»Rosie?« Pers Ton wurde streng. »Was habe ich gesagt?«

Die Huskydame fiel sofort ins Platz und parkte ihre Schnauze auf ihren langgestreckten Pfoten.

Per hielt Minnie seine behandschuhte Hand hin. »Minerva Giuliani? Ich bin Per Andersson.«

Minnie ergriff den Handschuh. »Freut mich sehr, Per. Nenn mich einfach nur Minnie.«

»Du hast Glück, ich wollte gerade mit Rosalie noch eine Runde gehen. Wie war deine Anreise? Du kommst aus Mailand, ist ja nicht gerade um die Ecke.«

»Sie war lang, ein wenig turbulent und hätte fast mit einem Elchunfall geendet«, antwortete Minnie.

»Ja, die sind viel unterwegs hier. Insbesondere wenn es kalt wird, kommen sie von den Bergen herunter, immer auf der Suche nach Essbarem. Es freut mich, zu sehen, dass du heil angekommen bist. Ich habe mir viel Mühe bei der Planung deines Aufenthalts gegeben, es wäre schade gewesen, hätte ich all dies vergebens getan.«

»Ja, ist zum Glück noch einmal gut gegangen«, entgegnete Minnie und wusste nicht so recht, ob er das ernst meinte oder einen Witz gemacht hatte.

»Du wirst sicher erschöpft sein. Komm, ich zeige die deine Unterkunft. Sie befindet sich einige Minuten von hier«, sagte er und ging voran über einen schmalen Weg, der hinter sein Haus führte.

Minnie folgte ihm. Mit jedem Schritt wurde es dunkler.

Zum Glück hatte Per die Stirnlampe auf dem Kopf, sonst wäre Minnie wahrscheinlich gegen eine der verschneiten Tannen gelaufen, die den Pfad säumten.

»Zum ersten Mal so hoch im Norden?«, fragte er.

»Ja, bislang war das nördlichste Land, in dem ich mich aufgehalten habe, die Schweiz«, antwortete Minnie.

»Das ist für uns ja fast schon mediterran«, entgegnete Per. »Du hast übrigens eine Taschenlampe in deiner Unterkunft, du wirst also nicht in der Dunkelheit umherirren müssen.«

Minnie war erleichtert. »Gut zu wissen. Ich habe gehört, die Nächte sollen zu dieser Jahreszeit sehr lang sein.«

»Das stimmt. Dafür geht im Sommer die Sonne für einige Zeit gar nicht mehr unter.«

»Das klingt herrlich!«, meinte Minnie ehrlich.

»Ist es auch«, entgegnete Per, »das einzig Ungünstige an der ständigen Helligkeit ist, dass man die ganze Zeit das Gefühl hat, noch etwas erledigen zu müssen. Manchmal fahre ich im Sommer zum Angeln an den See und kaum habe ich mich versehen, ist es bereits zwei Uhr morgens. Die Zeit scheint nie zu vergehen.«

»Das würde ich gerne einmal erleben«, sagte Minnie. »Bei diesen Temperaturen und all dem Schnee ist es schwierig, sich vorzustellen, dass es hier irgendwann wieder grün und sommerlich ist.«

Ihre knirschenden Schritte und die Wölkchen, die sie ausatmete, unterstrichen ihre Aussage.

»Ich verstehe, was du meinst, und doch vollbringt die Natur dieses Wunder jedes Jahr wieder von Neuem.«

»Das klingt sehr beeindruckend!«

»Ist es auch.«

Von Weitem sah Minnie ein Licht.

»Ist das die Unterkunft?«, wollte sie wissen.

»Ja, das ist sie. Wie du siehst, wohnen wir zwar auf dem Grundstück, aber du hast deine Ruhe und Privatsphäre.«

»Und ich wette, meine Hütte war früher ein Geräteschuppen?«

Per ging weiter, sagte aber nichts.

Hat er mich vielleicht nicht gehört?, wunderte sich Minnie.

»Per? Habe ich etwas Falsches gesagt?«

»Nein, hast du nicht. Es ist kein ehemaliger Abstellraum oder Geräteschuppen. Es war einmal ein Atelier.«

Auf einmal wirkte sein Ton bleiern.

»Ein Kunstatelier?«, hakte Minnie nach.

»Ja. Dort wurden einmal Bilder gemalt.«

»Wow, hier hat einmal ein Künstler gewohnt?«

»Eine Künstlerin«, korrigierte sie Per. »Aber sie ist schon lange fort. Niemand, den du kennen solltest oder könntest«, kam er ihrer Frage zuvor und wirkte auf einmal genervt.

Und jetzt halte ich am besten meine Klappe, dachte Minnie, während sich die Umrisse der Hütte aus der Dunkelheit schälten.

Nach einigen Minuten durchbrach Pers Stimme die Stille. »Hier wären wir. Deine Bleibe für den nächsten Monat.«

Die Holzhütte sah wie die Häuser vorne aus, war jedoch deutlich kleiner.

Per zückte einen Schlüssel aus seiner Jackentasche und schloss die Tür auf. Er ging hinein und zog seine Schuhe aus. Minnie tat es ihm gleich und sah sich um. Das Innere der Hütte war komplett mit massivem, hellem Holz verkleidet. Minnie roch den frischen Duft von Fichten und Kiefern und spürte eine wohltuende Wärme, die ein im Kamin knisterndes Feuer ausstrahlte.

Die Flammen warfen bizarre Bilder aus Schatten und Licht an die Wände.

»Kaum zu glauben, wie mollig warm es ist, während draußen die Arktis herrscht«, sagte Minnie.

»Ich habe ihn heute den ganzen Tag über angefeuert. Außerdem hast du in jedem Zimmer Heizkörper.«

»Danke, das ist nett.«

»Ab sofort darfst du dich darum kümmern. Holz hacken. Feuer machen. Das gehört zum Erlebnis dazu.«

Minnie schluckte. »Großartig.«

»Und hack dir bitte nicht die Hand dabei ab. Das nächste Krankenhaus ist Stunden entfernt.«

»Das war kein Scherz, nicht wahr?«

»Nein. Das ist mein Ernst. Für kleinere Wunden haben wir eine Ärztin, sie ist unsere Nachbarin. Aber wir möchten, dass du verletzungsfrei und wohlbehalten wieder nach Hause reist. Ich werde bei allen Aktivitäten, die ich mit dir geplant habe, gut auf dich achten, aber auch du musst die Augen offenhalten und auf dich aufpassen, versprochen?«

Pers blaue Augen schienen sie nachdrücklich anzusehen, als er das sagte.

»Versprochen«, antwortete Minnie und fühlte sich einen Augenblick lang eingeschüchtert, »ich werde keine Dummheiten machen.«

»Gut«, fuhr Per fort. »Wie du siehst, ist dies der Wohnbereich.«

Er deutete auf ein urgemütliches Wohnzimmer mit einem cremefarbenen Ecksofa, auf dem eine kuschelig aussehende rote Decke lag. Als Wohnzimmertisch fungierte ein riesiger, in der Mitte längs aufgeschnittener Baumstamm. Darauf stand eine Holzschale, die mit Mandarinen und Walnüssen gefüllt war. Hier und da lugte auch etwas Schokolade hervor, in verführerischer gold- und silberglänzender Folie verpackt. In der Wand dahinter war eine Tür, daneben hing ein riesiges Elchgeweih.

Neben dem Sofa sah Minnie eine kleine Sammlung verschiedensprachiger Bücher.

Es juckte sie bereits in den Fingern, sich die Teelichter anzuzünden, die in den Fensternischen und auf dem Tisch verteilt lagen, und in den Büchern zu stöbern.

Ich bin zum Arbeiten hier, damit Leser wieder in einem Buch von mir stöbern können, nicht zum Faulenzen und Lesen, schalt sie sich.

»Mir wurde mitgeteilt, dass du zum Schreiben hergekommen bist«, riss Per sie aus ihren Gedanken und führte sie an das andere Ende der Hütte. »Daher habe ich dir hier eine Schreibecke eingerichtet. Ich hoffe, du magst die Lage.«

Minnie sah einen schlichten Schreibtisch vor einem Panoramafenster. Die Außenbeleuchtung war angeschaltet und ein Schneehase hoppelte an ihrer Hütte vorbei.

»Dankeschön, die Lage ist wundervoll. Nichts als Natur pur, Bäume und Schnee. Das ist sehr inspirierend.«

»Ja, an dieser Stelle hatte …«, Per unterbrach sich eine Sekunde, bevor er fortfuhr, »die Künstlerin immer ihre Staffelei stehen. Wahrscheinlich anders als dein Ausblick über Mailand?«

»Kein Vergleich«, gab Minnie zu. Ihre Heimatstadt fühlte sich gerade so weit entfernt an wie der Mond. Aber was hatte es mit der geheimnisvollen Frau, die hier Bilder gemalt hatte, auf sich?

In einer Nische befand sich eine kleine Küche im Landhausstil.

Per öffnete einige Schränke und gab den Blick auf Teller, Töpfe und andere Küchenutensilien frei.

»Es sollte eigentlich alles da sein, damit du dich versorgen kannst.«

»Gibt es auch einen Korkenzieher?«, fragte Minnie.

Per zog eine Schublade auf und hielt ihr einen hin. Dabei fiel ihr auf, dass er immer noch die leuchtende Stirnlampe auf seinem Kopf hatte. Er erinnerte Minnie an einen Alien.

Sie unterdrückte das Lachen. »Wo finde ich das Badezimmer?«

»Gleich hier«, antwortete Per und öffnete eine Tür. Es

war klein und funktionell mit einem Waschbecken aus Glas und einer großzügig geschnittenen Regendusche.

Sie gingen weiter zum Schlafzimmer, das neben dem Wohnzimmer lag. Darin standen ein Bauernschrank und ein blaues Himmelbett aus Massivholz mit transparenten weißen Vorhängen, die zu der Lampe auf dem Nachttisch passten.

Ein Rentierfell lag als Vorleger vor dem Bett. Plötzlich bedauerte Minnie es, alleine in diesem gemütlichen Bett liegen zu müssen. Wärme schoss in ihr Gesicht. *Das wird wohl das Kaminfeuer sein,* ermahnte sie sich selbst.

»Und nun kommen wir zum Highlight des Hauses, ich habe es erst vor Kurzem installieren lassen«, sagte Per.

»War nicht die ganze Hütte bereits eine Aneinanderreihung von Highlights?«, fragte Minnie verwundert.

»Ich sehe, es gefällt dir hier«, entgegnete Per und holte unter dem Bett eine Leiter hervor. Er hängte sie auf Ösen oberhalb des Bettes, über dem es zu einem Dachboden ging, ein. Minnie war das gar nicht aufgefallen.

Per kletterte zuerst nach oben. Minnie folgte ihm und kam nicht mehr aus dem Staunen heraus.

Statt des verstaubten Dachbodens, den sie erwartet hatte, sah sie mehrere weiße Rentierfelle, die aufeinandergestapelt ein warmes, gemütliches Bett ergaben.

Über dem Bett war eine Glaskuppel.

»Wieso ist da kein Schnee auf dem Glas?«, fragte Minnie.

»Die Kuppel ist beheizt. Von hier aus kann man die Sterne und die Nordlichter sehen«, erklärte Per, »besonders bequem, wenn es draußen –40 °C kalt ist und man nicht vor die Tür gehen möchte. Im Sommer lässt sich von hier aus auch die Mitternachtssonne sehen und man kann die Vögel beobachten.«

»Das ist absolut fantastisch!«, rief Minnie aus und konnte

es kaum erwarten, diesen besonderen Ort in Beschlag zu nehmen.

»Schön, dass dir das Haus gefällt. Ich habe fast alles selbst gemacht und zusammengebaut.«

Für einen Moment lag eine Mischung aus Stolz und Bedauern auf Pers Gesicht.

Sie verweilten noch einige Minuten in Stille. Weiße Schneeflocken rieselten sanft auf die Glaskuppel, leicht wie Daunenfedern, bevor sie sich in Wassertropfen auflösten.

Welche Bedeutung hat dieser Ort wohl wirklich für ihn?, fragte sich Minnie.

Da hörten sie plötzlich ein Bellen von draußen.

»Rosalie fordert zu Recht ihren Abendspaziergang ein«, erklärte Per und stieg die Leiter wieder nach unten. Minnie kletterte ihm hinterher.

»Ich lasse dich jetzt in Ruhe ankommen. Wir haben jeden Tag etwa ab zehn Uhr morgens vier Stunden Licht, diese Zeit nutzen wir für unsere Aktivitäten. Die restliche Zeit gehört dir für das Schreiben.«

Per klang so diplomatisch.

Hoffentlich ist er nicht so streng zu mir, wie er klingt.

Minnie brachte ihn zur Eingangstür, wo er seine Schuhe wieder anzog.

»Wir sehen uns morgen früh um zehn Uhr für unseren ersten Ausflug.«

»In Ordnung. Gute Nacht, Per.«

»Gute Nacht, Minnie.«

Minnie blickte aus dem Fenster und sah den Schein seiner Stirnlampe, bis er von der Dunkelheit vollends verschluckt wurde.

Minnie atmete tief durch. Sie war angekommen! Sie sah sich in der ganzen Hütte noch einmal um und machte Fotos mit ihrem Handy.

Sie ist einfach wunderschön. Der Inbegriff der Gemütlichkeit, schrieb sie an Sabrina und Penelope, auch wenn der Empfang sehr schwach war.

Sie folgte ihrem Impuls und zündete endlich die Teelichter in den Fensternischen an.

Gerade wollte sie auf dem Sofa Platz nehmen, als ihr etwas einfiel. »Oh nein, das Gepäck und die Einkäufe! Die werden bei der Kälte einfrieren!«

Für einen Augenblick ärgerte sie sich über Per.

Hätte ein guter Gastgeber nicht nach dem Gepäck fragen und ihr beim Hineintragen helfen können? Andererseits hatte sie es doch auch vergessen.

Zu spät, dachte Minnie, zwängte sich seufzend in ihre Stiefel, schnappte sich den Autoschlüssel und verließ nicht ohne Wehmut ihre mollig-warme Hütte.

Die Taschenlampe, die sie mitgenommen hatte, beleuchtete ihren Weg.

Sie stapfte energisch durch den Schnee.

Daran, wie er im Lichtkegel funkelte, konnte sich Minnie nicht sattsehen, dennoch war ihr etwas unheimlich zumute.

Ein eisiger Wind pfiff durch die Bäume, hier und da knackte und knirschte es in der Finsternis, was Minnie einen kalten Schauer über den Rücken jagte.

Sie beschleunigte ihren Schritt, so gut es ging, und war erleichtert, als sie einige Minuten später die beleuchteten Hütten ihres Gastgebers sah.

Zum Glück muss ich jetzt nicht wegfahren, dachte Minnie beim Anblick der bereits komplett vereisten Scheiben ihres Volvos. Sie öffnete Kofferraum und Türen und begann, ihre Einkaufstüten und Koffer aus dem Auto zu hieven.

»Das ist typisch mein Sohn! Bietet seinen Gästen nicht einmal an, ihnen mit dem Gepäck zu helfen!«, hörte Minnie eine Stimme hinter sich sagen.

In all dem Auspackwahnsinn hatte sie nicht mitbekommen, dass sich jemand genähert hatte.

Sie drehte sich um und sah eine ältere Frau mit einem langen blonden Zopf und einer runden Brille auf der Nase. Die Unbekannte hielt ihr freundlich die Hand hin.

»Ich bin Laura, die Mutter dieses Rüpels. Weil schon länger keine junge Frau mehr hier wohnt, scheint er seine guten Manieren vergessen zu haben.«

Minnie ergriff ihre Hand. »Freut mich sehr, ich bin Minnie. Keine Ursache, ich bin mir sicher, Per hat es einfach vergessen, so wie ich auch. Rosalie hat zum Abendspaziergang gedrängt.«

Laura schnaubte kurz und sagte: »Egal, jetzt bin ich ja zur Stelle. Wir Frauen müssen doch zusammenhalten! Warte hier, ich bin gleich wieder da.«

Sie verschwand hinter einem kleinen Schuppen und kam kurz darauf mit einem Holzschlitten wieder zurück.

»Lass uns die Sachen hierauf packen und zu deiner Hütte ziehen«, schlug sie vor.

»Großartig! Dich schickt der Himmel!«, antwortete Minnie.

Zwei Fuhren genügten, um alles an seine Bestimmung zu bringen.

»Ich kann dir gar nicht genug danken, Laura«, sagte Minnie und drückte Pers Mutter eine Flasche Rotwein in die Hand, die sie glücklich annahm, bevor sie wieder in ihr Haus zurückging.

Die Lebensmittel waren schnell in der Küche untergebracht, die Koffer bald ausgepackt, die warmen Skiklamotten nach einer ausgiebigen, heißen Dusche gegen einen bequemen Fleecepyjama ausgetauscht.

Nachdem sie sich eine Spaghetti Bolognese gekocht und diese bis auf den letzten Bissen vertilgt hatte, legte sie sich endlich aufs Sofa und genoss die Atmosphäre ihrer neuen Bleibe.

Lauras Worte hallten in ihren Gedanken wider und weckten ihre Neugierde.

Weil schon länger keine junge Frau mehr hier wohnt, scheint er seine guten Manieren vergessen zu haben.

Was hatte es mit dieser jungen Frau auf sich? Und wer war die Künstlerin gewesen, die hier einst gelebt und gemalt hatte?

Interessante Fragen, aber die werde ich nicht heute beantworten können, dachte Minnie, legte noch zwei Scheite Holz in den Kamin, um das wohltuende Feuer am Leben zu halten, und bereitete sich eine heiße Schokolade zu.

Die Tasse wärmte ihre Hände, während sie ihren Blick über das nächtliche Lappland schweifen ließ.

Kapitel 10

Per

Der Schein von Pers Stirnlampe leuchtete ihm und Rosalie den Weg durch den finsteren Wald, während sie ihre übliche Abendrunde liefen.

Rosalie hechelte gleichmäßig vor sich hin, und wie selbstverständlich tapste sie durch den hohen Schnee, immer darauf bedacht, Sträuchern, Bäumen und Felsen aus dem Weg zu gehen.

Der Schnee unter Pers Schuhen knirschte mit jedem Schritt. Diese alltäglichen Geräusche in der sonst kompletten Stille taten ihm gut. Eine andere Frau in Sindys Hütte zu sehen, war schmerzhaft gewesen. *Du hast mir keine andere Wahl gelassen, Sindy,* dachte Per. Die Erinnerung an die Umbauten des Häuschens und der Einlagerung von herumstehenden Leinwänden, Pinseln und Staffeleien verpasste ihm immer wieder einen Stich. Es war ihm so vorgekommen, als habe er eine seit Jahrtausenden heilige Pilgerstätte entweiht.

Jeder Zentimeter dieses Holzhäuschens schien von Erinnerungen an sie und Torben nur so getränkt zu sein.

Er versuchte, seine Gedanken in Schach zu halten, doch sie flogen unbändig, wie eingesperrte Vögel, die sich endlich aus ihrem Käfig befreit hatten und dort landeten, wo sie es nicht sollten.

Harbin Eisskulpturenfestival, Januar 2008
»Wir haben großartige Arbeit geleistet«, sagte Per und betrachtete zufrieden das Werk mehrerer Tage Arbeit.

»Das kannst du laut sagen«, bestätigte Yannick, ein Teamkollege, und klopfte ihm anerkennend auf die Schulter.

Die lebensgroße Rentierherde aus Eis würde die Besucher in die fantastischen Wälder Lapplands entführen, da war sich Per sicher. Obwohl er selbst an ihrer Erschaffung beteiligt war, und zwar von dem Moment an, als sie noch rohe Eisblöcke gewesen waren, war er von ihnen verzaubert.

»Deine grasenden Rentiere sind wunderschön geworden, Marie«, lobte Per die Mitglieder seines Teams, »genauso wie die Rentierkuh mit ihrem Kalb und die zwei männlichen Tiere, die miteinander kämpfen, Randy.«

»Die Geweihe waren knifflig«, gab die junge Norwegerin zu, »aber es hat Spaß gemacht, mit der Feile zu arbeiten.«

»Ohne dich hätten wir das nie geschafft, Per«, erwiderte Marie, »du bist einfach der Talentierteste von uns. Deine Tannen sind einzigartig. Welch ein begnadeter Künstler!«

Per winkte ab. »Danke, Leute, aber das ist unser gemeinsames Werk und wir alle können mehr als nur stolz auf uns sein. Lasst uns jetzt zusammenpacken und Feierabend machen, den haben wir uns redlich verdient.«

»Allerdings! Wie wäre es mit Abendessen und ein paar Drinks im *White House?*«, schlug Yannick vor.

Gott sei Dank bin ich an die Kälte gewöhnt, dachte Per eine Stunde später, als er sich nach einer heißen Dusche wieder anzog und seine Unterkunft verließ.

Er stapfte einmal quer über das Areal, auch andere Eiskünstler waren rechtzeitig mit ihren Werken fertig geworden. In wenigen Tagen würden die Skulpturen beleuchtet werden, und Per fieberte diesem Moment jetzt schon entgegen. Ein Team hatte Teile der chinesischen Mauer aus Eis nachgebaut, während andere den Eiffelturm oder weltbekannte Prominente gestaltet hatten.

Ein paar Schritte weiter und Per stand vor seinem inoffiziellen Lieblingskunstwerk. Es war eine meterhohe Pagode aus Eis, die sehr raffiniert herausgearbeitet war. *Das Dach der Pagode mit ihren komplizierten Figuren, Vorsprüngen und Gesimsen ist eine knifflige, tagelange Arbeit mit der Feile gewesen, dagegen sind unsere Rentiergeweihe ein Klacks,* dachte Per.

»Gefällt sie dir?«, riss ihn eine weibliche Stimme aus seinen Gedanken.

Er blickte nach rechts und sah eine Frau, die warm eingepackt neben ihm stand. Eigentlich konnte er nur ihre ausdrucksstarken, fast schwarzen Mandelaugen ausmachen, alles andere war verdeckt von Schal und Mütze.

Per musste unweigerlich an David und Goliath denken. Sie wirkte so zart wie ein Singvögelchen, während er sie um ein Vielfaches überragte.

»Ja, sie ist wirklich sehr schön und aufwendig. Die Besucher des Festivals werden sie lieben, da bin ich mir sicher. Hast du an ihrer Erstellung mitgewirkt? Bist du auch eine Eisbildhauerin?«, wollte er wissen.

»Ja und nein«, antwortete die junge Frau auf Englisch mit starkem chinesischen Akzent, »ich habe die Pagode gezeichnet, also habe ich an ihrer Erstellung mitgewirkt. Aber eine Eisbildhauerin bin ich nicht, ich bin Malerin. Ich bin nur hier, um zum letzten Mal zu kontrollieren, dass die Eisversion der Pagode auch wirklich meiner Zeichnung entspricht. Und du?«

»Ich liebe es, Kunst aus dem zu machen, was die Natur uns geschenkt hat: Stein, Holz und eben auch Eis. Ich bin im Team *Rentierherde,* am anderen Ende des Areals.«

Die Augen der Künstlerin lächelten. »Die habe ich heute auch schon bewundert. Eine ausgesprochen feine Arbeit.«

Trotz der Temperaturen, die weit unter dem Gefrierpunkt lagen, zog Per seinen Handschuh aus, hielt der Frau seine Hand hin und stellte sich vor.

»Per Andersson, sehr angenehm. Ich komme aus Schweden. Es freut mich, deine Bekanntschaft zu machen.«

Eine kleine, feingliedrige Hand schlüpfte aus dem Fäustling und erwiderte den Händedruck vorsichtig. »Es freut mich auch, dich kennenzulernen. Mein Name ist Sindy Bibi, ich komme aus Hongkong, deswegen werde ich meine Hand auch sofort wieder warm einpacken.«

Per lachte. »Es muss eine kleine Herausforderung für dich gewesen sein, du bist diese Temperaturen sicher nicht gewöhnt.«

»Nein, bin ich nicht. Ich kann es auch, ehrlich gesagt, kaum erwarten, wieder in wärmere Gefilde zu kommen. Dieses ganze Weiß in Weiß ist nicht gerade förderlich, wenn man es eigentlich liebt, mit Farben zu hantieren.«

»Das kann ich verstehen. Ich wohne weit im Norden Lapplands und habe somit einen kleinen Vorteil. Ich war gerade auf dem Weg ins *White House,* es ist elegant und komplett in Weiß eingerichtet. Dort soll es das beste Essen der Gegend geben. Möchtest du dich dazugesellen? Mein Team würde sich bestimmt freuen.«

»Oh nein, schon wieder Weiß in Weiß«, antwortete Sindy lachend. »Bekommt man dort etwas Warmes zu essen?«

»Ja, definitiv. Und zu trinken auch.«

»Dann soll mich der Name oder die Farbe dieses Lokals nicht weiter stören. Ich möchte nur noch einmal um die Pagode gehen und sicherstellen, dass sie wirklich fertig ist.«

»Darf ich dich begleiten?«, fragte Per.

»Nur zu.«

Langsam und schweigend drehten sie zwei Runden um die Pagode. Sindy verglich die Details ihrer Zeichnung mit dem fertiggestellten Werk. Immer wieder huschten ihre Augen zwischen auf Papier festgehaltener Vorstellung und der Realität hin und her.

»Für mich sieht sie perfekt aus«, sagte Per.

»Aber nur fast. Hier und da müssen letzte Verbesserungen gemacht werden, das Team wird sich morgen noch einmal ranhalten müssen, wenn wir rechtzeitig fertig werden wollen. Und das wollen wir zu hundert Prozent«, antwortete Sindy bestimmt.

»Meldet sich da die Perfektionistin in dir?«, neckte Per.

Sindy zog den Schal etwas tiefer und gewährte den Blick auf ihre Lippen. Ihr Mund war klein und herzförmig, fast wie der eines kleinen Mädchens, nur dass er akkurat geschminkt worden war. Per vermutete, mit dem feinsten aller Pinsel.

»Es gibt keine Perfektionistin in mir, ich BIN Perfektionistin. Nur, wenn wir bereit sind, unser Bestes zu geben, uns ständig kritisch zu hinterfragen, nur, wenn wir niemals mit uns zufrieden sind und nach einem Zustand streben, der nicht mehr zu verbessern ist, erst dann können wir über uns hinauswachsen und die Schönheit der Vollkommenheit sehen. So bin ich jetzt, so bin ich schon immer gewesen, so werde ich immer sein. Das macht mich aus.«

War es nur Pers Wunschgedanke, die Müdigkeit, die Kälte, oder strahlten Sindys Augen, als lodere ein Feuer in ihnen?

Ob ihre Lippen mit der gleichen Hingabe küssen können? Ob sie mit der gleichen Leidenschaft und Vollendung lieben kann? Ist sie nur auf dem Papier eine Künstlerin oder auch in anderen

Belangen?, fragte Per sich. Im nächsten Moment schämte er sich ein wenig.

»Denkst du von mir, dass ich seltsam bin? Ein Nerd vielleicht?«

»Nein, ganz und gar nicht«, beeilte sich Per zu sagen. »Ich denke, dass du ausgesprochen … interessant bist … und dass ich vor Hunger sterbe.«

Sindy lachte. »Das Kompliment kann ich nur zurückgeben! Und ich bin auch am Verhungern! Komm, lass uns essen gehen. Mit leerem Bauch arbeitet es sich nicht gut. Da kann man so perfektionistisch sein, wie man möchte.«

Rosies Bellen holte Per jäh wieder in die Gegenwart zurück. Vermutlich hatte sie etwas im Wald erspäht oder erschnüffelt. Sie war außerhalb des Lichtkegels, also pfiff er nach ihr.

»Komm, Rosie, sei ein braves Mädchen. Ab nach Hause«, rief Per und konnte sein eigenes Echo hören.

Keine halbe Minute später lief die Huskyhündin wieder an seiner Seite. Per war aufgewühlt. Die Erinnerungen an seine erste Begegnung mit Sindy hatten ihn durcheinandergebracht.

Mit dem Handrücken wischte er sich seine Tränen vom Gesicht, die mahnenden Worte seines Vaters hallten in seinem Kopf nach: *Merk dir eines, mein Junge, einen verwurzelten Baum verpflanzt man nicht.*

Kapitel 11

16. Dezember 2018
Minnie

Minnie schlug die Augen auf. Für den Bruchteil einer Sekunde fragte sie sich, wo sie war, doch dann kam die Erinnerung wieder. Die Reise, der freche Andreas, die Elche, Per, der Schnee. Das hier war kein Traum, sie war wirklich in Lappland!

Sie strecke sich und kletterte aus dem Bett. Die Rentierfelle fühlten sich weich unter ihren Fußsohlen an.

Im Kamin gab es keine spektakulären Flammen mehr, nur noch eine schwache Glut.

Die Hütte schien gut isoliert zu sein, denn Minnie hatte nicht eine Sekunde lang gefroren.

Na, dann wollen wir mal ein neues Feuer machen, dachte sie und erinnerte sich an die Schritte, die ihr Laura am Vorabend gezeigt hatte.

Sie rührte die Asche durch, knüllte etwas Zeitungspapier zusammen und legte es auf die Glut. Sofort fing das Papier Feuer. Um es weiter zu nähren, legte Minnie erst dünne Ästchen und später mehrere Scheite Holz dazu.

Schon bald sah sie die Flammen im Kamin in ihren rot-orangen-lila Farben tänzeln und erfreute sich an ihrer Wärme.

Minnie betrachtete den Korb, in dem die restlichen Holzscheite fein säuberlich gestapelt lagen. *Nicht mehr lange und ich darf die Axt schwingen!*, dachte sie und tapste in die Küche.

Obwohl es bereits acht Uhr morgens war, herrschte draußen noch immer Dunkelheit.

Jetzt verstehe ich, weshalb die Aktivitäten nicht vor zehn Uhr starten!

Doch Minnie sollte es recht sein! So blieb genug Zeit für ein gemütliches Frühstück.

Sie schraubte ihre Mokkamaschine, die sie extra aus Italien mitgenommen hatte, auseinander und füllte den unteren Teil mit Wasser. Dann ließ sie das Stück, das wie ein Sieb geformt war, langsam hineingleiten und füllte es mit so viel Kaffeepulver, wie hineinpasste. Zu guter Letzt schraubte sie den oberen Teil wieder auf und setzte die Mokkamaschine auf den Herd, den sie auf die höchste Stufe stellte.

Ein Blick auf ihr Handy verriet ihr, dass ihr Sabrina mitten in der Nacht eine Nachricht geschrieben hatte.

Und, wie ist unser athletischer Per so? So gutaussehend wie auf dem Foto, das wir einmal angesehen haben?

Minnie grinste und schrieb zurück. *Typisch Sabrina, immer nur die Männerwelt im Kopf! Er lief gestern die ganze Zeit mit dicken Klamotten und einer Stirnlampe umher. Mich hat er auf jeden Fall nicht bezirzen können.*

Wieder hatte sie kaum Netz, und wann die Nachricht versendet wurde, stand in den Sternen. *Da fühlt man sich glatt in die Vergangenheit zurückversetzt!*

Das Brodeln und Zischen der Mokkamaschine und der Kaffeeduft, der sich im Nu in der ganzen Hütte verteilte, rissen Minnie aus ihren Gedanken.

Sie schenkte sich etwas Kaffee in eine Tasse ein, auf der Elche und Rentiere abgebildet waren, wusch einen Apfel und packte sich ein süßes Teilchen, das sie am Vorabend im Supermarkt gekauft hatte, auf einen Kuchenteller. Es war wie eine Schnecke geformt, klebte vor Zucker und war über und über mit Zimt bestreut.

Nach dem kurzen Frühstück stellte Minnie die Schreibmaschine ihrer Mutter auf den Schreibtisch und spannte einen Bogen Papier ein. *Unfassbar, dass Papa mir sie wirklich überlassen hat!* Als Kind hatte sie sich ihr noch nicht einmal nähern, geschweige denn, sie anfassen dürfen.

Jetzt mal los und ans Werk.

Sie hatte immer noch weder einen Plot noch eine Geschichte im Kopf, also tat sie das, was sie schon seit einiger Zeit machte: Sie schrieb einfach das auf, was sie sah.

Irgendwann wird sich aus allen Puzzleteilen etwas ergeben, da bin ich mir sicher.

Es lagen vier Wochen voller Erlebnisse vor ihr, früher oder später würde die Muse sie schon wieder küssen. Die würde nicht sofort kommen, nur weil sie lappländischen Boden unter den Füßen hatte.

Das mechanische Tippen der Schreibmaschine und das knackende Feuer waren die einzigen Klänge in der Stille von Minnies Häuschen. Zu Beginn fühlte es sich etwas seltsam an, doch schon bald gewöhnte sie sich daran, dass es hier keine städtische Geräuschkulisse gab. Keine Autos, keine Krankenwagen, keine herumpöbelnden Jugendlichen, nichts.

Nur die Natur. Immer wieder ließ sie ihren Blick aus dem großen Panoramafenster schweifen und kam mehr und mehr zur Ruhe. Marco und alle Probleme in Mailand waren unendlich weit weg, wie in einer anderen Galaxie. Langsam wich die Dunkelheit einer Art Zwielicht. Minnie prüfte die Uhrzeit und ließ alles stehen und liegen. *Mist, in zwanzig Minuten werde ich ja abgeholt!*

Sie hüpfte in Windeseile unter die Dusche und zog sich

dann an. Sie schlüpfte gerade in ihre Winterstiefel, als es dreimal entschlossen an der Tür klopfte.

»Herein!«, rief Minnie.

Per trat ein. Endlich trug er keine Stirnlampe mehr und sie hatte freien Ausblick auf seine eisblauen Augen und sein Gesicht. *Okay, Sabrina, du hast recht. Er ist attraktiv!*, gestand sich Minnie ein. *Nicht, dass das irgendeine Bedeutung hätte.*

»Warum grinst du so?«, wollte Per wissen und versteckte seine blonden Strähnen unter seiner warmen Wollmütze.

»Ach nichts, ich bin einfach total motiviert«, flunkerte Minnie.

Ich sollte es mir wirklich abgewöhnen, meine Gefühle und Gedanken so deutlich in meiner Miene widerspiegeln zu lassen.

»Das freut mich zu hören! Motivation ist alles, egal bei welchem Vorhaben!«, sagte Per. »Wie ich sehe, hast du dich auch wirklich warm eingepackt.«

»Ja, natürlich«, erwiderte Minnie, schloss den Reißverschluss ihrer dunkelblauen Skijacke und zog ihre passenden Handschuhe an. »Ich wäre dann bereit.«

»Offenbar hast dich über unsere Temperaturen schlau gemacht, bevor du ins Flugzeug gestiegen bist. Nicht selten sieht man hier Touristen, die in dünnen Wollmäntelchen und Stilettos erst einmal in die Stadt fahren und sich komplett neu einkleiden müssen, weil sie sich nicht richtig über unsere Winter informiert haben.«

»Natürlich, *Wissen ist Macht!* Was hast du heute mit mir vor?«

»Du bist eine Städterin, also lassen wir es langsam angehen. Wir unternehmen einen einfachen, winterlichen Spaziergang.«

Als sie die Hütte verließen, wartete Rosalie vor der Tür. Minnie nutzte die Gelegenheit, um die freundliche Huskyhündin ausgiebig zu begrüßen und zu streicheln.

»Sie ist einfach wundervoll!«, rief Minnie aus.

Per wirkte auf einmal sehr nachdenklich. »Ja, das ist sie wirklich.«

Wenige Augenblicke später stapften sie auch schon durch den Schnee. Frost hatte sich über jeden Zentimeter der Landschaft gelegt, sodass die weiße Pracht festgefroren war und in der Polarsonne schillernd glitzerte.

Es war klirrend kalt, jeder Atemzug machte sich durch ein weißes Wölkchen bemerkbar.

»Frierst du?«, fragte Per.

»Nur ein klein wenig im Gesicht, aber ich habe unzählige Schichten warmer Klamotten unter der Skijacke«, antwortete Minnie. »Ich fühle mich ehrlich gesagt wie das *Michelinmännchen.*«

Per lächelte und kleine Fältchen legten sich um seine Lippen und Augen. »Dann hast du wirklich alles richtig gemacht.«

Sie gingen an Pers und Lauras Haus vorbei.

»Übrigens, es tut mir leid, dass ich dich mit den Einkäufen und dem Gepäck alleine gelassen habe. Das war nicht meine Absicht! Wir Skandinavier mögen zwar sehr emanzipiert sein, aber unhöflich sind wir eigentlich nicht. Ich habe in dem Moment einfach nicht daran gedacht, dich zu fragen.«

Minnie ahnte nichts Gutes. »O je, musstest du dir eine Standpauke von deiner Mutter anhören?«

Per lächelte fast schon ein wenig kindlich. »Ehrlicherweise, ja. Aber sie hatte auch nicht ganz unrecht …«

»Alles gut, ich war so sehr von meiner neuen Bleibe fasziniert, dass auch ich vergessen habe, etwas zu sagen.«

»Das ist der kleine Nachteil, wenn die eigene Mutter auf demselben Grundstück wohnt wie man selbst. Ihr entgeht einfach nichts.«

Sei froh, dass du überhaupt eine Mutter hast!, dachte Minnie, sagte jedoch laut: »Lebt dein Vater auch hier? Ich habe ihn noch gar nicht gesehen.«

»Ja, er wohnte einmal hier … bis er vor drei Jahren starb.«

Minnie hätte sich am liebsten eine Ohrfeige verpasst. Plötzlich glühten ihre Wangen trotz der Kälte. »Es tut mir leid, ich wollte nicht …«

Per winkte beschwichtigend ab. »Schon gut, das konntest du ja nicht wissen. Wir biegen jetzt nach rechts ab, einmal über die Straße.« Er ging vor ihr her.

Minnie wollte von ihrem Fauxpas ablenken. »Wie viele Fahrzeuge fahren hier eigentlich vorbei?«

»Schwer zu sagen, vielleicht ein Dutzend pro Tag?«

Minnie grinste. »So viele fahren vor meinem Gebäude etwa jede halbe Minute durch.«

»Selbst auf die Gefahr hin, dass du mich jetzt als Landei beschimpfst: Auf Dauer wäre das absolut nichts für mich«, entgegnete Per.

»Nein, wieso denn Landei? Es ist doch herrlich hier!«, sagte Minnie und zeigte bewundernd auf die weitläufige Landschaft.

»Das sagst du jetzt, du bist noch nicht einmal vierundzwanzig Stunden hier. Ich gebe dir zwei Wochen, dann wirst du die Nase von der Kälte, der Dunkelheit, dem Schnee und fehlenden Annehmlichkeiten wie Kino, Bars und Restaurants gestrichen voll haben und dich nach Mailand sehnen wie eine Verdurstende nach dem Wasser. Glaub mir, ich weiß, wovon ich rede.«

Irrte sich Minnie oder hatte Per das Gesicht verzogen, als habe er Schmerzen?

Minnie atmete tief durch. Die Luft war von Tannenduft durchtränkt.

»Was zählt, ist das Jetzt und Hier. Meine Heimatstadt fühlt sich schon so weit weg an, wie eine verblasste Erinnerung.«

»Lebst du überhaupt gerne in Mailand?«

Minnie stockte. »Das habe ich mich ehrlich gesagt schon lange nicht mehr gefragt. Seit der Universitätszeit habe ich nirgendwo anders gewohnt.«

»Du hast die Frage immer noch nicht beantwortet.«

»Ja, doch, sicher lebe ich gerne dort. Sonst würde ich das doch nicht tun, oder?«, fragte Minnie, mehr an sich selbst als an Per gewandt. Es fühlte sich an, als hätte er einen Dominostein zum Fallen gebracht. Wann würden die anderen folgen?

Per hob eine Augenbraue. »Wenn du das sagst … Hier entlang, bitte.«

Plötzlich standen sie auf einem riesigen, kargen Feld, das vom Schnee bedeckt war, als sei er so weiß und hart wie Marmor.

Unter der Schneedecke fühlte sich der Boden so hart wie Beton an.

Seltsam, dass es mitten im Wald plötzlich weder Bäume noch Sträucher gibt, dachte Minnie, sprach es aber nicht laut aus. Sie musste sich ja nicht gleich am ersten Tag als städtische Ignorantin präsentieren!

Rosalie rannte kreuz und quer über das Feld. Glücklich tobte und rollte sie durch den Schnee.

»Mir wurde mitgeteilt, dass du hier bist, um die nötige Inspiration für einen Weihnachtsroman zu finden. Stimmt das?«, wollte Per wissen. »Ich habe ein wenig im Internet recherchiert und gesehen, dass du schon einige erfolgreiche Romane geschrieben hast. Was ist passiert? Eine Schreibblockade?«

»Es fällt mir nicht leicht, dir diese Frage zu beantworten. Aber da wir die nächsten Wochen viel miteinander unternehmen werden, ist es vielleicht am besten, ich sage dir, was passiert ist.« Minnie holte tief Luft und begann: »An Heiligabend vor zwei Jahren hat mein Ehemann beschlossen, seine Sachen zu packen und für immer aus meinem Leben zu verschwinden. Seitdem ist es mir nicht mehr gelungen, an alte Erfolge anzuknüpfen.«

Sie schluckte die aufkommende Trauer hinunter. »Die Weihnachtszeit macht mir das Schreiben daher nicht unbedingt leicht, wie du sicherlich verstehen kannst. Zu allem Übel wird mein Ex auch noch zum zweiten Mal heiraten ... natürlich an diesem Heiligabend und ... ach ja, ich vergaß fast: Ein Kind ist auch schon unterwegs.«

Per stieß einen Pfiff aus. »Puh, schwere Kost für einen morgendlichen Spaziergang.«

»Selbst schuld! Du hast gefragt, ich habe geantwortet!«

»Du bist ganz schön schlagfertig, Minnie. Ich muss zugeben, ich dachte, du seist anders.«

Minnie stemmte ihre Hände in die Hüften. »Inwiefern anders?«

Per machte eine entschuldigende Geste. »Na ja, ich dachte ... da du eine Schriftstellerin bist, dachte ich, na ja, dass du eher von der langweiligen Sorte bist.«

Minnie boxte Per auf den Oberarm. »Großer Fehler! Ganz großer Fehler! Unterschätze niemals eine Frau mit roten Haaren! Nicht umsonst hielt man uns früher für Hexen ...«

»Nur früher?«, fragte Per und grinste.

»Ich sehe, du lernst schnell, Herr Andersson. Und was ist mit dir? Bist du verheiratet?«

Das Lächeln auf seinem Gesicht erstarb. »Genau genommen, ja, bin ich noch. Es gab nie eine Scheidung. Meine ... meine Frau hat mir keine Gelegenheit dazu gegeben.«

»Wie lange ist es her?«, wollte Minnie wissen.

»Mittlerweile mehr als drei Jahre.«

»Starb nicht auch dein Vater vor drei Jahren?«

Verwundert blickte Per sie an. Ein Schatten schien sich über seine Augen zu legen. »Gut aufgepasst, Minnie. Ja, das Jahr 2015 war eines dieser Jahre, bei denen man froh ist, wenn sie vorbei sind.«

Sie spazierten weiter und schwiegen. Minnie genoss die Weite des verschneiten Felds und die Stille. Sie breitete ihre Arme aus, um das Gefühl von Freiheit besser in sich aufnehmen zu können.

Plötzlich hörte sie etwas. Ein dumpfes, gluckerndes Geräusch. Dann ein Klirren. Dann ein Knacken. Dann ein Knarzen.

»Was ist das?«, fragte Minnie verwundert.

»Das ist der See. Er singt«, antwortete Per geheimnisvoll.

Minnie sah sich nervös um. »Von welchem See sprichst du?«

Per zeigte auf den Boden. »Von demjenigen, auf dem wir seit fast einer Stunde spazieren.«

Panik erfasste Minnie. »Unter uns befindet sich Wasser?«, stammelte sie.

»Bingo«, antwortete Per unbeeindruckt. »Na ja, genau genommen befindet sich unter uns erst einmal eine gefrorene Schneeschicht. Dann eine ganz dicke Eisschicht, dann erst der See. Hast du nicht bemerkt, dass plötzlich keine Bäume und Sträucher mehr zu sehen waren?«

Das Bauchgefühl hatte wieder einmal recht, dachte Minnie und blickte sich besorgt um.

»Und es besteht keine Gefahr, dass wir einbrechen?«

Per schüttelte den Kopf. »Ausgeschlossen, nicht zu dieser Jahreszeit und nicht an dieser Stelle des Sees. Wir haben –20 °C und die Eisschicht ist sehr dick hier. Auf der komplett anderen Seite gibt es einen kleinen Zulauf, der niemals richtig zufriert. Dort kann es gefährlich sein, aber nicht hier. Mach dir keine Sorgen. Wir Schweden brettern mit unseren Schneemobilen über gefrorene Seen, und die Dinger sind um einiges schwerer als du.«

»Danke, sehr charmant! Also sind wir sicher?«

»Ja, vertrau mir, ich lebe schon mein ganzes Leben lang hier. Ich würde dich niemals in Gefahr bringen und mich auch nicht. Stell dir vor, ich hänge an meinem Leben. Wonach suchst du eigentlich?«

»Nach verräterischen Rissen«, antwortete Minnie entschieden.

Vor ihrem geistigen Auge brach das Eis unter ihren Füßen und das kalte Wasser verschlang sie für immer. Sie sah sich bereits von unten gegen die Eisschicht klopfen, nach Atem ringend. Minnie schlug das Herz bis zum Hals. Ihre Hände fühlten sich in den Handschuhen ganz feucht an.

Plötzlich legte er ihr eine Hand auf dem Arm und sah sie durchdringend an.

»Vertrau mir, ich würde uns niemals in eine gefährliche Situation bringen.«

Wenn du mich so anschaust, bin ich mir da nicht so sicher, dachte Minnie und ein Schwall Adrenalin schoss durch ihre Adern.

Seit beinahe zwei Jahren war ihr kein Mann mehr so nah gekommen. Per strahlte Sicherheit und Selbstvertrauen aus.

»Gib mir ein wenig davon ab!«, dachte Minnie laut.

»Wovon?«

»Von deinem unerschütterlichen Selbstbewusstsein.«

»Wo ist deines denn hin?«

»Irgendwo zwischen Streit, Schreibblockaden und Trennung verloren gegangen, aber vielleicht noch unter einem Mikroskop auszumachen?«

Per grinste. »Na, immerhin hast du deinen Sinn für Humor nicht verloren. Wenn du in dieser Gegend überleben willst, musst du Selbstvertrauen haben, Minnie. Ein falscher Schritt, eine Fehleinschätzung, und du bezahlst das mit dem Leben, so wie …«

»So wie wer?«

Per schüttelte den Kopf.

»Wir reden ein anderes Mal darüber. Aber merk dir, solange du bei mir bist, brauchst du vor der Natur hier keine Angst zu haben, in Ordnung?«.

Er klang sanft und geduldig zugleich.

Minnie nickte. »Ja, ist gut. Ich vertraue dir.«

Zu ihrem Bedauern nahm er seine Hand weg. »Komm, lass uns weitergehen, sonst wird uns irgendwann kalt.«

Rosalie rollte sich immer noch vergnügt durch den Schnee, bellte und brachte einen Stock an, den Per für sie warf.

»Erzähl mir ein wenig von Italien. Vom Essen, von der Kultur und den Menschen. Mich hat es noch nie dorthin verschlagen«, sagte Per.

Er will doch bloß vom Thema ablenken, dachte Minnie, kam aber seiner Bitte nach.

Minnie erzählte so viel, dass es ihr nichts mehr ausmachte, auf gefrorenem Wasser zu gehen. Die Sonne stand recht tief und nach und nach war alles – der Wald, die verschneiten Hügel und der See – in goldgelbes Licht getaucht.

»Das sieht großartig aus!«, rief Minnie begeistert. »Stört es dich, wenn ich ein paar Schnappschüsse mache?«

»Nur zu«, sagte Per, »die kurzen Momente, in denen sich die Sonne hier zeigt, müssen genutzt werden.«

Minnie konnte sich an dem funkelnden Schnee und der strahlenden Sonne, die langsam hinter den Hügeln verschwand, einfach nicht sattsehen und schoss mit ihrem Handy ein Foto nach dem anderen.

»Dir ist vielleicht aufgefallen, wie schlecht die Verbindung in deiner Hütte ist«, stellte Per mit einem Blick auf ihr Smartphone fest.

»Oh ja, das ist es. Es dauert Stunden, bis ich etwas verschicken kann oder bis ich Antwort erhalte.«

»Wenn du einmal etwas Wichtiges zu verschicken hast, kannst du einfach in mein Haus kommen, es ist sowieso nie abgeschlossen. Ich habe bei mir einen Verstärker eingebaut, weil ich auf das Internet angewiesen bin.«

»Danke für das Angebot, das werde ich bestimmt in Anspruch nehmen.«

»Fehlt dir eigentlich der Fernseher?«

»Fernseher?«, wunderte sich Minnie verdutzt. »Oh, mir ist gar nicht aufgefallen, dass ich gar keinen in meiner Unterkunft habe. Also schätze ich, dass ich ihn nicht vermissen werde.«

»Schön, ich hatte schon Gäste hier, die nicht so glücklich darüber waren. Aber es ist Teil des Erlebnisses.«

Per schaute auf sein Handgelenk. »Wir sind schon fast drei Stunden unterwegs. Hättest du vielleicht Lust, dich an einer heißen Tasse Glögg aufzuwärmen, bevor du dich auf die Schreibarbeit stürzt?«

»Nichts lieber als das!«, antwortete Minnie, die erst jetzt bemerkte, dass sie ihre Wangen vor lauter Kälte kaum mehr spürte.

Per stieß einen lauten Pfiff aus und Rosalie kam sofort angerannt.

Sie waren auf halbem Weg auf dem See, als die Huskyhündin plötzlich innehielt und ihre Ohren spitzte.

Minnie wusste nicht, was es war, doch auch sie konnte etwas spüren. Ein bleiernes Gefühl der Angst machte sich in ihr breit.

»Das Eis …«, stammelte sie, »es … es vibriert.«

»Sieh dort!«, rief Per aus und zeigte nach links.

Es wurde immer lauter. Minnie hörte von fern die Hunde bellen.

Zuerst waren da nur verschwommene schwarze Punkte, die auf sie zu rannten. Doch dann kamen die Silhouetten immer näher, bis Minnie die Geweihe sah.

Sie rieb sich die Augen. »Das darf doch nicht wahr sein, Rentiere! Eine ganze Herde von Rentieren!«

Sie konnte sich nicht entscheiden, ob sie entzückt oder vor Panik gelähmt sein sollte.

Plötzlich machten alle Rentiere einen Bogen, und sie überquerten den See, keine fünfzig Meter von Minnie, Per und Rosalie entfernt, von bellenden Hunden und Menschen auf Schneemobilen angetrieben.

»Die Urbevölkerung Lapplands, die Samis, treiben ihre Herden nach Süden, wo es mehr zu fressen gibt. Ein Brauch, so alt wie die Samis selbst, nur durch die Schneemobile modernisiert. Manchmal werden sogar Hubschrauber verwendet.«

»Ein Spektakel!«, antwortete Minnie, vor Begeisterung unfähig, mehr zu sagen, während hunderte Tiere an ihnen vorbeitrappelten.

Das Geräusch der unzähligen Hufe auf dem Eis versiegte langsam, bis nur noch der Gesang des zugefrorenen Sees zu hören war. Minnie blieb das Gefühl, für wenige Augenblicke Teil von etwas ganz Besonderem gewesen zu sein.

»Elche. Rentiere. Zugefrorene Seen, die hunderte von Kilogramm Gewicht aushalten. Tage und Nächte, die niemals enden. Lappland scheint immer für eine Überraschung gut zu sein«, rief Minnie. Sie war fasziniert und glücklich zugleich. Ihr Atem pumpte klare, reine Luft in ihre Lungen, das Blut sauste durch ihre Adern, ihr Herz hatte sich mit dem schnellen Traben der Rentiere synchronisiert. Sie fühlte sich lebendig!

»Es freut mich sehr, dass es dir hier so gut gefällt. Ich hoffe, du kannst hier zur Ruhe kommen und deine Inspiration wiederfinden«, sagte Per mit einem Lächeln, von dem Minnie ein wohliger Schauer über den Körper lief.

Eine halbe Stunde später sah Minnie, wie Per an der Haustür seiner Mutter klopfte.

Unglaublich, der kurze Tag geht schon langsam zu Neige.

Laura öffnete die Tür. »Ja, mein Junge. Was kann ich für dich tun?«

»Ich dachte, ich bin ganz uneigennützig und bitte dich, für Minnie etwas von deinem fantastischen Glögg zuzubereiten.« Per grinste spitzbübisch, während Laura ihre Brille aufsetzte und streng dreinschaute.

»Aha, also soll ich nur für Minnie und mich jeweils eine Tasse zubereiten und du schaust uns dabei zu, wie wir dieses Getränk genießen? Ist es das, was du sagen willst?«

Per zwinkerte. »Also, ich würde mich natürlich auch opfern, wenn du noch etwas für deinen einzigen Sohn übrighast.«

Laura machte einen Schritt zur Seite. »Herein mit euch. Wärmt euch ruhig auf. Dem Rot eurer Wangen nach zu urteilen, wart ihr ganz schön lange draußen unterwegs. Ich war vor einer halben Stunde vorsichtshalber in deiner Hütte, Minnie, und habe ein Feuer gemacht und all deine Heizungen aufgedreht.«

»Danke, Laura«, sagte Minnie und trat ein.

»Und dir, Rosi, trocknen wir erstmal die Pfoten ab«, erklärte Laura und beugte sich mit einem Handtuch zu Rosalie, die die Prozedur geduldig über sich ergehen ließ.

In Lauras Häuschen war es herrlich warm, also entledigte Minnie sich ihrer Skijacke- und Hose und mehrerer Schichten Kleidung. Sie fühlte sich erleichtert, als sie nur noch in Jeans und Kaschmirpullover dastand. Per tat es ihr gleich. In Jeans und im engen schwarzen Rollkragenpullover sah er ganz anders als in voller Wintermontur aus. Er fuhr mit den Fingern durch sein volles, goldfarbenes Haar.

Okay, okay, okay, ich muss mich korrigieren. Er ist nicht nur attraktiv, er ist sehr attraktiv, dachte Minnie und dankte dem Himmel, dass keiner der beiden ihre Gedanken lesen konnte.

»Nehmt ruhig im Wohnzimmer Platz, der Glögg zieht schon seit heute Morgen. Minnie, magst du Zimt?«, wollte Laura wissen.

»Für mein Leben gern!«, antwortete Minnie.

»Braves Mädchen! Du weißt, was gut ist!«, entgegnete Laura und verschwand in die gegenüberliegende Küche.

Jeder Winkel des Wohnzimmers strahlte Gemütlichkeit aus. Ein Feuer brannte im Kamin, vor dem zwei Schaukelstühle standen. Rosalie fläzte sich auf dem Teppich vor der Feuerstelle und schlief ein.

Minnie bewunderte Lauras umfangreiche Bibliothek. Die Bücher waren nach Größe und Farbe sortiert, was ein harmonisches Bild ergab.

An einer anderen, mit Holz verkleideten Wand erblickte Minnie einen Rahmen. Sie ging etwas näher heran und sah, dass er eingravierte Wörter umrahmte.

»Det som göms i snö kommer fram i tö«, las Minnie laut vor. »Was bedeutet das?«

»Was im …«, setzte Per an.

»Was im Schnee versteckt wird, kommt bei Tauwetter zutage«, antwortete Laura, die gerade mit einem Tablett, auf dem drei Tassen dampften, zurückkam.

»Interessant. Ist das ein schwedisches Sprichwort?«

»Ja, das ist es. Und es war einer der Lieblingssprüche meines Ehemanns Bastian, Pers Vater«, erklärte Laura und stellte die Tassen auf dem Wohnzimmertisch ab. »Er ist vor etwas mehr als drei Jahren von uns gegangen. Mit dem Motorschlitten hat er den See an der falschen Stelle überqueren wollen. Er ist eingebrochen und ertrunken. Das war an dem Tag, als …«

»Laura, bitte!« Per sah seine Mutter warnend an. »Wir sollten uns über schöne Themen unterhalten und nicht über Dinge, die wir nicht mehr ändern können.«

Laura senkte ihren Blick und nickte. »Du hast recht.«

»Können wir bitte noch einige deiner großartigen Spekulatiuskekse haben?«

Was hat dieser junge Mann nur zu verbergen?, fragte sich Minnie. Andererseits hatte sie ihm auch nicht erzählt, weshalb ihre Ehe zu Bruch gegangen war.

»Aber natürlich«, sagte Pers Mutter und ging erneut in die Küche.

Per reichte Minnie eine Tasse mit einem roten Heißgetränk. Ein ganzer Stängel Zimt war darin. »Du musst entschuldigen, sie hat nicht besonders viele Menschen zum Reden, wie du dir vorstellen kannst. Wundere dich bitte nicht, wenn sie dir gleich Löcher in den Bauch fragt. Gerade du als Schriftstellerin interessierst sie brennend.«

»Alles in Ordnung, Per. Keine Sorge. Mir gegenüber wohnt die neugierigste Frau, die du dir vorstellen kannst«, erwiderte Minnie zwinkernd und dachte an Filomena.

Laura kam mit einer Schüssel goldgelber Kekse zurück.

»So, meine Lieben, und hier sind sie nun. Ich habe sie heute Morgen erst gebacken.«

Per stibitzte sich sofort drei Stück. »Immer zuerst die Gäste!«, rief Laura aus, klopfte Per auf die Finger und hielt Minnie die Schüssel hin.

Minnie lachte und nahm sich einen Keks.

»Nur zu, nimm dir mehr!«

»In Ordnung«, antwortete Minnie und packte sich einen kleinen Teller voll.

Der Glögg wärmte sofort von innen und schmeckte herrlich nach Orange, Wein, Zimt, Nelken und anderen Gewürzen.

»Laura, du scheinst ja eine passionierte Leserin zu sein!«, stellte Minnie fest und zeigte auf die Bücherwand.

»Oh ja, das bin ich. Was soll man denn während der langen, dunklen Wintermonate auch großartig anderes machen, wenn man in meinem Alter ist?«

Ihr Blick wanderte zu Per, der kaum merklich den Kopf zu schütteln schien, als würde er ein *Nein* andeuten.

Was hat Per im Schnee vergraben?, fragte sich Minnie. *Was wird das Tauwetter ans Licht bringen?*

Plötzlich hob Rosalie den Kopf und bellte einmal.

»Ja, natürlich, meine liebe Rosie, mit dir spazieren gehen, zum Beispiel«, beeilte sich Laura zu sagen. »Diese Hündin versteht wirklich alles, was um sie herum geschieht.«

Die Huskydame änderte ihre Position und legte sich wieder schlafen.

Alle in der gemütlichen Runde lachten.

Minnie probierte von den Spekulatiuskeksen. »Die sind großartig!«

»Und jetzt tunk einen Keks in den Glögg, bevor du ihn isst!«, forderte Per sie auf.

Minnie probierte es. »Himmlisch!«

»Wie gefällt dir denn Lappland bisher?«, wollte Laura wissen.

Minnie war ehrlich. »Es ist sehr schön hier. So ganz anders als mein Leben in der Großstadt.«

»Und was ich mich schon immer gefragt habe«, fuhr Laura fort, »wie ist es so, seinen Lebensunterhalt mit der Schriftstellerei zu verdienen? Wo findet man die Ideen für neue Bücher? Worüber wird dein neues Buch handeln?«

»Ich hatte dich gewarnt«, raunte ihr Per zu und nahm noch einen Schluck Glögg.

Minnie manövrierte sich gekonnt durch Lauras Fragen, ohne zu viel über sich preiszugeben. So hatte sie es früher bei Interviews auch immer gehalten.

Laura, Minnie und Per unterhielten sich noch eine ganze Weile, bis Minnie einen Blick aus dem Fenster warf.

»Oh, es ist bereits stockdunkel draußen. Ich sollte nun wirklich zu meiner Hütte zurück, um zu arbeiten.«

»Könnte ich dich für einen Teller Waldpilzsuppe begeistern?«, fragte Laura.

Bei der Erwähnung von Essen begann Minnies Magen, lautstark zu knurren.

»Die Pilze haben Per und ich diesen Herbst gesammelt und gleich eingefroren. Die Suppe ist fertig, ich muss sie nur noch kurz aufwärmen.«

»Du scheinst Minnie nicht gehen lassen zu wollen«, stellte Per fest.

»Ich habe mich seit … seit … Ewigkeiten mit niemandem unterhalten, der nicht von hier ist, das weißt du doch«, erklärte Laura.

Erneut warf ihr Per einen Blick zu, der *Sag bitte nichts* auszudrücken schien.

»Also gut, für diesen Teller Suppe bleibe ich gerne«, warf Minnie rasch ein. »Kann ich dir in der Küche zur Hand gehen?«

Es dauerte dann doch noch eine Stunde, bis sich Minnie dankbar, gestärkt und von innen und außen komplett aufgewärmt von den Anderssons losreißen konnte.

Sie schlüpfte im Eingang gerade wieder in all ihre Kleidungsstücke, als Per sagte: »Ich begleite dich noch schnell zu deiner Hütte.«

Nachdem sie sich von Laura verabschiedet hatten, stapften sie im hellen Schein von Pers Lampe über den verschneiten Pfad.

»Es ist unglaublich schön, wie der Schnee in diesem Lichtschein glitzert«, sagte Minnie.

»Wenn du Funkelndes magst, dann schau nach oben.«

Minnie blieb stehen und blickte in den Nachthimmel. Er war wie ein samtener, schwarzer Teppich, in dem Hunderte von Diamanten eingefasst worden waren. »Wow, ich glaube nicht, dass ich jemals so viele Sterne gesehen habe!«

Per lächelte. »In den Städten gibt es zu viel Lichtverschmutzung, deshalb sieht man sie dort nicht so gut. Aber sie sind da, wenn auch im Verborgenen.«

»Die Dunkelheit kam mir eigentlich immer wie etwas Bedrohliches vor«, erklärte Minnie, »aber hier scheint sie etwas Positives zu sein.«

»Jede Medaille hat zwei Seiten. Alles ändert seine Gestalt, je nachdem, aus welchem Blickwinkel man es betrachtet, je nachdem, welche Perspektive man zulässt.«

»Ja, was du sagst, ist wahr«, antwortete Minnie und dachte für einen Moment an Marco.

Auch Per schien seinen Gedanken nachzuhängen. Sie schwiegen, bis Minnie wieder die Umrisse ihrer Hütte erahnen konnte.

»Ich komme nur noch kurz mit hinein und sehe nach dem Feuer, wenn es recht ist?«

Minnie war erstaunt. »Ich dachte, ich sollte es selbst machen, weil es Teil des Erlebnisses ist?«

»Ich möchte dir nicht zu viel nordisches Abenteuer auf einmal zumuten«, erklärte Per. Minnie stieß ihm den Ellenbogen leicht in die Rippen.

»Hey, du solltest mich nicht unterschätzen. Denk dran, ich bin ein ausgewachsenes Großstadtmädchen!«

»Das sah heute Vormittag auf dem gefrorenen See für eine Sekunde aber ganz anders aus«, konterte Per und öffnete die Tür zu Minnies Häuschen.

Minnie lachte. »Wie hast du das vorhin so schön gesagt? Alles nur eine Frage der Perspektive.«

Nachdem Per ein loderndes Feuer im Kamin wieder entfacht und ihren Korb mit neuem Feuerholz bestückt und sich vergewissert hatte, dass es ihr wirklich an nichts fehlte, verabschiedete er sich mit den Worten: »Bis morgen, um zehn Uhr!«

Sie musste sich zusammenreißen, um sich nicht mit den

typischen italienischen drei Küsschen auf die Wange oder einer Umarmung von ihm zu verabschieden.

Nachdem sich Minnie geduscht, umgezogen, sich einen Tee zubereitet und es sich bei Kerzenlicht mit ihrem Laptop auf dem Sofa gemütlich gemacht hatte, durchbrach für eine Weile nur das Knacken des brennenden Holzes die Stille, bis plötzlich Minnies Handy klingelte.

Sie überprüfte das Display und freute sich sehr. »Sabrina!«

»Na, hallo, liebe Polarforscherin. Dich zu erreichen, ist ja schier unmöglich!«

»Es tut mir leid, ich habe eine total miserable Verbindung hier. Ich erinnere dich daran, dass der Verlag mich zum Du-weißt-schon der Welt entsendet hat.«

»Egal, jetzt scheinen wir ja Glück zu haben! Also, wie geht es dir? Was hast du so getrieben?«

»Ich habe meine erste Wanderung auf einem gefrorenen See überlebt! Und eine riesige Herde an Rentieren wurde an uns vorbeigetrieben.«

Sabrina schluckte hörbar. »Wow, das klingt ganz schön … abenteuerlich! Und wie ist er so?«

»Von wem redest du denn?«

»Du weißt ganz genau, wen ich meine … Per Andersson. Ist er so gutaussehend wie auf dem Foto? Komm, spann mich nicht auf die Folter!«

Minnie blickte an die Decke. »Du wirst dich nie ändern!«

Sabrina lachte. »Nö, warum sollte ich auch?«

»Also gut, dich anzulügen macht ja sowieso keinen Sinn. Ja, er ist definitiv attraktiv. Sportlich. Sehr sportlich. Und er hat eine angenehme Art, er ist lustig und …«

»Angenehme Art? Das heißt, du stehst auf ihn!«

Minnie fühlte sich wie ein beim Knutschen ertappter Teenager. »Angenommen, ich würde auf ihn stehen. Was sollte das schon bringen?«

Sabrina schnalzte mit der Zunge. »Im besten Fall eine heiße Affäre?«

»Ich bin nicht so wie du gestrickt, ich kann Körperliches und Gefühlsmäßiges nicht voneinander trennen.«

»Erweitere doch einmal deine Horizontale … äh … deine Horizonte.«

Minnie grinste. »Nein, Sabrina, nein. Das geht nicht. Erstens leben wir fast dreitausend Kilometer voneinander entfernt. Zweitens, welcher Mann will eine Frau, die offensichtlich keine Kinder bekommen kann?«

»Erstens: Nicht jeder Mann will Kinder. Zweitens: Du weißt doch gar nicht, ob es wirklich an dir lag!«

»Marcos Neue ist ja offensichtlich schwanger, also muss es wohl an mir gelegen haben.«

Sabrina seufzte ins Telefon. »Lass die Vergangenheit hinter dir und denk noch nicht so weit in die Zukunft. Beides kannst du nicht beeinflussen oder ändern. Das Einzige, was wirklich zählt, ist die Gegenwart.«

»Na ja, es gehören ja immer zwei dazu. Ich glaube nicht, dass Per auf mich steht«, antwortete Minnie und musste an den Moment denken, als er ihr auf dem gefrorenen See Halt und Sicherheit gegeben hatte.

»Was nicht ist, kann ja noch werden. Du bist ja einige Wochen dort im hohen Norden.«

»Was ist eigentlich mit dir und diesem Aldo?«, lenkte Minnie ab.

»Er straft mich weiterhin mit Nichtbeachtung«, antwortete Sabrina genervt.

»Du könntest es mit Daniele sicherlich schöner haben …«

»Aber bei Weitem nicht so herausfordernd. Du kennst mich doch, du weißt, weshalb ich Sportjournalistin geworden bin. Ich liebe den Wettkampfgeist!«

Plötzlich piepte Minnies Handy. »Ich weiß, ich weiß. Wie dem auch sei, mein Akku ist fast leer. Ich versuche, mich die Tage wieder bei dir zu melden. Penelope sollte ich auch unbedingt noch anrufen. Je nachdem, wie die Verbindung es zulässt.«

»Ist gut, wir hören uns. Pass auf dich auf und hab endlich mal wieder Spaß. Das ist ein Befehl.«

»Aye, aye, Mam«, antwortete Minnie und verabschiedete sich von ihrer besten Freundin.

Kaum hatte sie aufgelegt, überfiel sie ein herzhaftes Gähnen.

Sie klappte ihren Laptop zu und stellte ihn weg: *Sorry, heute wird das nichts mehr.*

Ihre Gedanken schweiften immer wieder zu dem schwedischen Sprichwort, das sie gelernt hatte:

Was im Schnee versteckt wird, kommt bei Tauwetter zutage.

Sie wickelte die warme Decke fester um sich und beobachtete das Feuer.

Sie wusste, was sie im Schnee versteckt hatte. Aber was hatte Per darin verborgen?

Kapitel 12

Per
17. Dezember 2018

Ihr Kopf lag auf seiner nackten Brust. Per streichelte sie, sie hatte die Augen geschlossen und hörte seinem Herzschlag zu, vielleicht war sie auch von seinem Rhythmus bereits in den Schlaf gewiegt worden. Seine Fingerkuppen glitten durch ihr rotes, seidiges Haar.

Sie verströmten einen zarten Duft, vielleicht Vanille? Ihr ganzer Körper, der sich an ihn schmiegte, strahlte Wärme aus. Sie war genauso heiß und feurig, wie ihre Haarfarbe es vermuten ließ. Er beugte sich leicht nach vorne, um die kleine, verblasste Narbe oberhalb ihrer Augenbrauen zu küssen. Sie war kaum auszumachen, doch er hatte sie entdeckt. Er hatte sie genau angesehen und sich jedes Detail ihres Gesichts eingeprägt. Von den kleinen Sommersprossen, die wie Puderzucker über ihren Nasenrücken und ihre Wangen verstreut waren, bis hin zu den ersten, leichten Sorgenfalten, die ihre Stirn zierten. Er strich zart darüber, wie um sie zu glätten. *Kein Leid, kein Unglück soll dir jemals das Lachen rauben.*

In dem Moment, als seine Lippen ihre Haut berührten, schlug Per die Augen auf.

Verwirrt sah er sich um. Von Minnie keine Spur. Dafür hatte sich Rosalie an ihn geschmiegt, was erklärte, warum ihm fast unerträglich warm war. Als sie sah, dass er wach war, fiepte sie, setzte diesen speziellen Hundeblick aus ihren verschiedenfarbigen Augen auf und schleckte ihm einmal quer über das Gesicht.

»Rosie, runter von mir. Du weißt, dass du hier nichts verloren hast! Auch wenn du seit Ewigkeiten das einzige weibliche Wesen in meinem Bett bist.«

Sie gehorchte, allerdings etwas widerwillig, und ließ sich auf dem Rentierfell auf dem Boden nieder. Sie legte ihre Schnauze auf ihre Vorderpfoten und hob und senkte abwechselnd ihre Augenbrauen.

»So ist es brav! Und du brauchst mich gar nicht so anzusehen, das funktioniert bei mir nicht.«

Die Huskydame seufzte und ergab sich in ihr Schicksal.

Per streckte sich, rieb sich die Augen und bemühte sich, jegliche Erinnerung an den soeben erlebten Traum zu verscheuchen.

Und zack, da sind sie, die niederen Instinkte, dachte Per resigniert, als er an sich hinuntersah und den Effekt begutachtete, den der Traum auf die Region unterhalb seiner Gürtellinie gehabt hatte. Einerseits schämte er sich, andererseits hatte er schon Henriks Stimme in den Ohren.

Kumpel, du bist doch nur ein Mann. Seit der Sache mit Sindy lebst du ja wie ein Heiliger.

Und wenn es nur körperliche Anziehungskraft wäre, gäbe es ja auch kein Problem.

Aber ich habe sie gern, richtig gern. Und das nach nicht einmal zwei Tagen, verdammter Mist.

Er hatte sich schon seit dem Zubettgehen am Vorabend darauf gefreut, den Tag mit ihr verbringen zu können. Wer konnte das sonst von seiner Klientin behaupten?

Per schob die Decke beiseite und hüpfte unter die Dusche.

Das eiskalte Wasser half ihm, einen klaren Kopf und gewisse Körperteile wieder unter Kontrolle zu bekommen.

Nach einem schnellen Frühstück bestehend aus Kaffee und einem Brötchen mit Moltebeerenmarmelade, fütterte er Rosie. Er bereitete eine Thermoskanne mit heißem Kakao zu, bestimmt würde Minnie später dafür noch dankbar sein.

Minnie. Wenn er an sie dachte, wurde ihm ganz flau im Magen.

Er packte seine Sachen und klopfte an Lauras Haustür.

»Ja?«

»Kannst du heute bitte auf Rosie aufpassen? Ich gehe mit Minnie eisangeln«, sagte Per und zeigte auf den Eisbohrer in seiner Hand.

Laura ging in die Hocke und ließ sich ausgiebig von Rosalie begrüßen.

»Aber natürlich passe ich auf dich auf, meine Hübsche, während der liebe Per den Tag wieder mit dieser wunderbaren Frau verbringt …«

Nervös sah sich Per um. »Laura, bitte nicht so laut. Sie könnte dich hören.«

Laura stand auf und stemmte die Hände in die Hüften. »Und was dann? Sie ist eine reizende, junge Frau. Und Single noch dazu. So wie du. Und so, wie sie dich gestern manchmal angesehen hat, hatte ich den Eindruck, dass sie genauso von dir angetan ist.«

Per hatte tatsächlich das Gefühl gehabt, dass Minnie ihn am Vorabend am liebsten zum Abschied umarmt hätte. Sie bewegten sich auf Eis. Auf verdammt glattem und sehr dünnem Eis.

»Ja, und jetzt?«, antwortete Per. »In vier Wochen kehrt

sie in ihre Heimat zurück. Ein Leben in Mailand käme für mich niemals infrage, in Großstädten werde ich wahnsinnig. Du brauchst dir also nicht einmal den Schimmer einer Hoffnung zu machen.«

»Heimat ist ein dehnbarer Begriff. *Home is where the heart is.* Und soweit scheint es ihr hier sehr gut zu gefallen«, antwortete Laura.

»Wie immer biegst du dir die Dinge so zurecht, wie sie dir am besten passen. Ich weiß, worauf du hinauswillst, das kommt überhaupt nicht infrage! Und du weißt ganz genau, wieso. Dieser Flecken Erde ist auf Dauer nur etwas für Menschen, die hier geboren sind.«

»Die Ausnahme bestätigt die Regel. Matteo und Kim sind auch Zugezogene und leben gerne hier.«

»Das waren zwei Glücksgriffe. Ich hingegen hatte Pech und muss noch heute die Konsequenzen tragen.«

Laura wurde streng. »Ich erinnere dich daran, dass eine dieser Konsequenzen, wie du sie so schön nennst, dein wundervoller Sohn Torben ist! Wenn Sindy niemals hierhergezogen wäre, wäre er auch niemals geboren worden.«

Schmerz und Verbitterung trafen Per mit Wucht. »Ich liebe und vermisse Torben mit jedem Atemzug, und das weißt du! Es ist wundervoll, einen Sohn zu haben, aber nicht, wenn einem die eigene Frau diesen Sohn wegnimmt, ihn entführt und so gut versteckt, dass Polizei und selbst Detektive ihn nach Jahren nicht finden können. Das ist so schrecklich, dass ich mir manchmal wünsche, dass …, dass …«

… er niemals auf die Welt gekommen wäre, dachte Per verzweifelt den Satz zu Ende.

Wieder wollten sich die Tränen ihren Weg nach draußen bahnen, doch er ließ es nicht zu. *Du bist ein Mann! Männer weinen nicht!*

Laura schmiegte ihre Hand um seine Wange. »Du und ich, wir werden ihn eines Tages bestimmt wieder in die Arme schließen können. Ich glaube ganz fest dran.«

»Nicht, solange Sindy nicht gefunden werden will«, antwortete Per. Dann schaute er auf die Uhr an seinem Handgelenk. »Ich muss los, Minnie abholen. Danke, dass du dich heute um Rosalie kümmerst.«

Laura zog ihre Hand zurück und nickte.

»Ist das eine gute Stelle?«, fragte Minnie eine halbe Stunde später.

»Ja, versuchen wir es«, antwortete Per.

Mit dem Werkzeug bohrte er in einigen Metern voneinander zwei Löcher. Wieder schaute Minnie panisch und fasziniert zugleich drein. Aus ihren grünen Augen schienen Funken zu sprühen, als sie die dicke Eisschicht an den Rändern sah und verfolgte, wie das Wasser das Loch sofort wieder füllte.

»Und das ist jetzt wirklich sicher so? Das Eis wird sich nicht für die Löcher rächen, indem es uns für immer verschluckt?«

»Absolut bombensicher! Vergiss einfach, dass du gefrorenes Wasser unter den Füßen hast«, sagte Per und drapierte einige Rentierfelle um die Löcher.

»Hier hast du die Angel. Schau zu, was ich mache und mach es mir dann nach.«

Per legte sich behutsam seitlich auf das Rentierfell und erklärte: »Das Fell isoliert sehr gut, hab also keine Angst, dir den Hintern abzufrieren. Lass die Schnur deiner Angel bis auf den Grund gleiten, dann kurbelst du sie etwas hoch, bis sie gespannt ist. Das wäre es auch schon.«

»Okay, das sollte selbst eine Städterin wie ich hinbekommen«, antwortete Minnie, legte sich auf ihre Seite und tat, was ihr Per soeben gezeigt hatte.

Wie das wohl aussehen würde, wenn sie keine Kleidung trüge?, fragte sich Per und rügte sich augenblicklich für diesen unanständigen Gedanken.

Eine Weile umgab sie nur noch Kälte und Stille.

Per versuchte, sich zwanghaft auf das Eisangeln und nicht auf die schönen Kurven, die er unter ihren dicken Klamotten vermutete, zu konzentrieren.

»Ich glaube, ich habe einen Fisch gefangen!«, riss ihn Minnie aus seinen Gedanken.

Behutsam legte Per seine eigene Angel zur Seite und zeigte ihr, wie sie den Haken einholen musste.

Tatsächlich hing ein kleiner Barsch daran und zappelte um sein Leben.

»Glückwunsch, du scheinst ein Naturtalent zu sein! Aber ich fürchte, dieser hier wird nicht ausreichen, um uns satt zu bekommen.«

Sofort befreite Per den Fisch und ließ ihn behutsam wieder ins Wasser gleiten.

Er entfernte erste Eisstückchen, die an der Schnur und am gebohrten Loch festgefroren waren und drückte Minnie ihre Angel wieder in die Hand.

Per ruckelte sich wieder in Position.

Nach einer Weile sagte Minnie: »Ganz schön kalt.«

»Ja, heute sind es –25 °C.«

»Wow, das ist ja kälter als in meinem Tiefkühlfach zu Hause!« Sie betrachtete verwundert ihre Haarspitzen. »Kein Wunder, dass die einfrieren! Ich kann mittlerweile auch die Härchen in meiner Nase deutlich spüren.«

»Wie gut, dass ich vorgesorgt und eine Thermoskanne heiße Schokolade vorbereitet habe«, sagte Per und kramte in seinem Rucksack herum.

»Herrlich! Das ist genau das, was ich jetzt brauche«,

antwortete Minnie. Mit ihrer Angel zupfte sie im Eisloch hin und her, um weitere Fische anzulocken.

Per hatte inzwischen alle Fächer seiner Tasche mehrmals abgesucht.

»So ein Mist!«, rief er.

»Was ist passiert?«, wollte Minnie wissen.

»Ich muss die Thermoskanne zu Hause auf dem Tisch stehen gelassen haben.«

»Da steht sie gut. Zu schade, ich hatte schon den Geschmack der Schokolade im Mund …«

Er machte einen Test mit ihr. »Wenn ich dich für eine halbe Stunde allein lassen kann, laufe ich schnell zurück und hole sie.«

Sie sagt sowieso nein, dachte er.

»Klar, geh du nur. Ich bleibe hier einfach liegen und versuche, unser Abendessen anzulocken.«

Damit hatte Per nicht gerechnet. Sindy hatte er nur in ihrer Hütte allein lassen können, niemals in der Natur Lapplands. Schon gar nicht bei Temperaturen unter dem Gefrierpunkt.

»Wenn du wirklich sicher bist … Ich beeile mich auch.«

Minnie winkte zum Abschied. »Alles gut, ich kriege das schon hin.«

Verblüfft machte sich Per auf den Weg. Die Worte seiner Mutter hallten in seinen Gedanken nach. *Nicht alle Menschen sind so wie Sindy.*

Kapitel 13

17. Dezember 2018
Minnie

Trotz der warmen Kleidung spürte Minnie die Kälte deutlich, aber sie hatte immer noch ein erträgliches Maß. Die Rentierfelle unter ihrem Gesäß isolierten erstaunlich gut. Ihr Gesicht fühlte sich etwas taub an, aber das war ein geringer Preis für die Einsamkeit und die Ruhe, die sie umgaben. Sie schloss ihre Augen, lauschte der Stille und nahm ihre heilsame Energie in sich auf. Sie konnte das Rauschen des Bluts in ihren Ohren hören, ab und zu unterbrochen vom Glucksen des gefrorenen Sees und vom Pfeifen des Winds durch die verschneiten Äste. Ansonsten nichts, nicht einmal Vögel, die wahrscheinlich schon längst ihre Reise in wärmere Gefilde angetreten hatten.

Wenn es mir hier so gut gefällt, wie halte ich den Verkehrslärm in Mailand überhaupt aus?, fragte sich Minnie und schob dann schnell jeden Gedanken an zu Hause von sich fort.

Nichts sollte die Klarheit ihrer Gedanken trüben.

Sie öffnete die Augen im Bestreben, das Bild des zugefrorenen, von sanften Hügeln und verschneiten Wäldern gesäumten Sees für immer in ihren Kopf und ihr Herz einzubrennen.

Was zählte, war das Jetzt und Hier. Minnie im Einklang mit sich selbst und der unberührten Natur, die sie umgab. Sie war Teil dieses Jahrmillionen alten, irdischen Friedens, in dem keine Medien ihre Gedanken manipulierten, kein Ratgeber sich bemühte, sie zu optimieren und keine Werbung ihr etwas andrehen wollte.

Hier durfte sie einfach sein, wie sie war. *Auch wenn es bedeutet, eine miserable Eisfischerin zu sein,* dachte Minnie und zupfte erfolglos mit der Angel im Eisloch hin und her.

Heute Abend wird es wohl doch eher Pasta als Fisch geben.

Minnie streckte alle Gliedmaßen und suchte nach einer neuen, bequemeren Position. Nachdem sie sich für den Schneidersitz entschieden hatte, schloss sie erneut die Augen und genoss die Stille.

Plötzlich hatte sie den Anfang einer Geschichte vor sich. Konnte das ihr Plot sein? Minnie verband die losen Fäden zu verschiedenen Erzählsträngen. Doch dann war da wieder dieses Gefühl, als würde das Eis vibrieren. Die Konzentration war weg.

Wieder eine Rentierherde?, fragte sich Minnie und horchte.

Etwas bretterte ziemlich laut über den gefrorenen See. Das Motorengeräusch kam immer näher.

Nur Minuten später hielt tatsächlich einige Meter von Minnie entfernt ein Schneemobil, von dem ein Mann abstieg, der genauso wie Minnie dick eingepackt war.

Er hob die Hand zum Gruß und Minnie tat es ihm gleich.

Sie wollte nicht dauernd zu ihm hinschauen, aber sie konnte nicht verhindern, ihn verstohlen zu beobachten, während er an seinem Rucksack herumhantierte.

Sollte ich jetzt meine Beine in die Hand nehmen?, fragte sie sich, als sie sah, dass er etwas wie eine Säge in der Hand hielt.

Doch er schenkte ihr keine Beachtung, sondern begann,

einige Meter von seinem Schneemobil entfernt, etwas aus dem Eis zu schneiden.

Was macht der da?

Einige Zeit später hob er einen Eisblock aus der gefrorenen Eisdecke und legte ihn zur Seite. Dann ging er weiter und wiederholte die Prozedur.

Er hob den vierten Eisblock an und Minnie erkannte, dass er vier Vierecke aus dem Eis freigeschnitten hatte. Er holte ein Netz aus seinem Rucksack, und Minnie ging ein Licht auf.

Er versenkte jeweils einen Metallstab ins Eis und spannte das Netz unterhalb der Eisfläche, indem er es an den freigeschnittenen Stellen ins Wasser gleiten ließ.

Faszinierend!, dachte Minnie und befreite erneut ihr eigenes Eisloch vom Eis, das sich an der Wasseroberfläche und ihrer Angelschnur gebildet hatte.

Nach getaner Arbeit kam der Mann auf Minnie zu und rief ihr etwas auf Schwedisch zu.

»Sorry, ich habe nur *hey* verstanden«, sagte Minnie auf Englisch.

Er kam näher und zog seine Kapuze vom Kopf. Als er herangekommen war, erkannte sie die struppigen blonden Haare und das Ziegenbärtchen.

»Andreas?«, fragte sie ungläubig und stand auf.

Sein Gesicht erhellte sich schlagartig. »Minerva! Meine Wikingergöttin! Ich war fest davon überzeugt, dich nie wiederzusehen!«

Ich auch, deshalb habe ich dich am Flughafen angeflunkert, dachte Minnie, der plötzlich ganz warm wurde. Sie lachte ihre Nervosität weg. »So ein Zufall!«

Andreas kam näher und umarmte sie. »Allerdings! Das kannst du laut sagen! Und wie ich sehe, bist du schon voll in der skandinavischen Lebensweise integriert und forderst dein Glück beim Eisangeln heraus?«

»Wenn es so weitergeht, sind Fischstäbchen die einzigen Fische, die ich essen werde«, gab Minnie zu.

Andreas lächelte. »Es ist nicht einfach. Die Fische sind bei der Kälte nicht wirklich in Jagdlaune. Deswegen habe ich gerade dieses Netz unter das Eis gespannt, um Köderfische zu fangen, das zieht die Hechte an. Soll ich mal probieren?«

»Klar.«

Das ließ sich Andreas nicht zweimal sagen. Ungeniert schnappte er sich die Angel, holte die Schnur ein, ließ sie dann wieder bis auf den Grund sinken und machte es sich auf dem Rentierfell bequem. Minnie gesellte sich zu ihm.

»Also, darf ich jetzt erfahren, wer dieser Glückspilz ist, der sich dein Freund nennen darf? Die Bevölkerungsdichte hier ist nicht sehr hoch, somit muss ich ihn kennen.«

Minnie fühlte sich ertappt. *Wie komme ich aus dieser Nummer nur wieder heraus!* In Bruchteilen einer Sekunde wog sie mehrere Optionen ab und traf dann eine Entscheidung.

Augen zu und durch!

»Kennst du Per Andersson?«

Andreas sah sie überrascht an. »Per Andersson ist dein Freund? Klar kenn ich den! Aber wow, das hätte ich nicht gedacht, dass er sich nach dem, was mit seiner ersten Frau passiert ist, noch einmal eine Lady aussucht, die nicht von hier ist.«

Zu gern hätte Minnie gewusst, was es mit dieser Frau auf sich hatte und was genau geschehen war, doch die Frage danach hätte sie sofort verraten.

»Wo die Liebe hinfällt, nicht wahr?«, sagte sie stattdessen und spürte, wie ihre Wangen glühten.

»Andererseits kann ich es ihm nicht verdenken. Wir haben in der Gegend nicht gerade einen Überschuss an jungen Frauen. So schön es auch ist, so schwierig ist es, einen guten Job zu ergattern. Die meisten gehen irgendwann weg«, erklärte Andreas nachdenklich. »Wo habt ihr euch überhaupt kennengelernt?«

»Im Internet«, antwortete Minnie wie aus der Pistole geschossen. Sie musste ihn ablenken. »Und was ist mir dir? Wieso bist du hier?«

»Oh, ich bin auch ein Ausländer, sozusagen. Ich komme eigentlich aus Stockholm. Aber meine Großeltern lebten hier. Ich habe sie als Kind während der Ferien besucht und ganze Sommer in Bjärdakken verbracht. Es gab keinen besseren Ort für mich. Leider leben meine Großeltern nicht mehr, aber sie haben mir ihr Haus vermacht, ganz in der Nähe. Da habe ich in Stockholm meine Zelte abgebrochen, mich in Renovierungsarbeiten gestürzt und der Hauptstadt den Rücken gekehrt. Meine Eltern können es immer noch nicht glauben, dass ich freiwillig in die Ödnis gegangen bin.«

»Und welcher Arbeit gehst du nach, wenn ich fragen darf?«

»Ich handle mit Angelausrüstungen, Ködern und so Zeug, aber nur online. Das Tolle daran, einen Angelshop zu betreiben, ist, dass es vollkommen egal ist, wo man arbeitet. In Stockholm habe ich einen kleinen Laden betrieben, doch die Einnahmen wurden größtenteils von der teuren Miete verschlungen.«

»Verstehe. Und vermisst du deine Eltern und deine Freunde nicht? Fühlst du dich nicht einsam hier, so ganz alleine?«, wollte Minnie wissen.

»Eigentlich nicht wirklich. Ich fliege mehrmals im Jahr nach Stockholm und werde hier oft besucht. Als wir uns im Flugzeug begegnet sind, war ich übrigens wieder auf dem Heimweg von meinen Eltern. Hier gibt es so viel zu tun, dass mir nie langweilig ist. Der Onlineshop hält mich auf Trab, außerdem ist dies das Anglerparadies schlechthin, also bin ich viel an der frischen Luft und gehe meinem Hobby nach. Das Ganze könnte nur noch dadurch gesteigert werden, wenn ich jemanden hätte, mit dem ich all diese Schönheit der Natur teilen könnte.« Ohne die Angel loszulassen, breitete Andreas seine Arme aus. Er strahlte, als besäße er den größten Reichtum der Erde, und vielleicht tat er das auch. Jenseits von Münzen, Scheinen und Zahlen gab es so viel Wertvolles, das man mit keinem Geld der Welt erwerben konnte.

Für einen Augenblick hob er seine rechte Augenbraue und sah Minnie so an, als würde er ihr dieses Angebot unterbreiten.

Doch dann schien ihn die Realität wieder einzuholen. »Wo ist eigentlich deine bessere Hälfte hin? Hat er keine Angst, dich in der kalten Einöde Lapplands zurückzulassen? Wenn du zu mir gehören würdest, ließe ich dich keine Sekunde aus den Augen. Es gibt nicht viele junge Frauen hier, schon gar nicht solche, die so eine tolle Ausstrahlung wie du haben.«

Innerlich musste Minnie lachen. »Na ja, eigentlich finde ich mich ganz schön durchschnittlich, wenn nicht sogar weniger als das.«

Andreas betrachtete sie, als verstünde er die Welt nicht mehr. »Aber dein Gesicht ist so schön und deine kupferroten Haare, sie sind wundervoll!«

»Ja, insbesondere in meiner Kindheit waren sie ein wundervolles Ziel von Spott und Häme.«

Wie ein amputiertes Bein, das wehtat, obwohl es gar nicht mehr existierte, schmerzten die alten Erinnerungen an die Schulzeit sehr. Und es war noch gar nicht lange her, dass selbst Erwachsene sie wegen ihrer Haarfarbe als Hexe bezeichnet hatten.

Andreas schien ihren wunden Punkt zu bemerken. »Alles Idioten ohne Geschmack, Anstand und Gehirn. Es tut mir leid, ich wollte die alten Gespenster nicht wieder zum Leben erwecken.«

»Ist schon gut, Kinder können nun einmal sehr grausam sein.«

»Das ist so«, pflichtete ihr Andreas bei, »aber du hast meine Frage immer noch nicht beantwortet.«

»Du hast recht«, antwortete Minnie. »Per holt nur kurz eine Thermoskanne mit heißer Schokolade, die hat er zu Hause stehen gelassen. Aber gut, dass du das sagst – er ist schon eine Weile unterwegs, vielleicht sollte ich ihm entgegengehen.«

Plötzlich deutete Andreas mit dem Zeigefinger hinter Minnie. »Nicht nötig, da kommt er bereits!«

Tatsächlich war Per nur noch gute fünfzig Meter von ihnen entfernt.

»Ah ja, wie wunderbar!«, sagte Minnie und ging Per entgegen, so schnell sie konnte.

Er war überrascht. »Warum sitzt Andreas mit meiner Angel in der Hand über deinem Eisloch? Was will denn dieser Typ von dir? Hat er dich etwa belästigt?«

»Nein, nein«, beeilte sich Minnie zu sagen, »aber ich muss dich gleich bitten, so zu tun, als seien wir ein Paar.«

Per grinste. »Also hat er dich doch angemacht!«

»Ich erkläre dir alles später, versprochen. Bitte, spiel einfach mit«, sagte Minnie, nahm Pers behandschuhte Hand in ihre und sah ihn fragend an.

Als er kaum merklich nickte und sie den leichten Druck seiner Hand spürte, war sie erleichtert. Gleichzeitig plagte sie ein schlechtes Gewissen.

Zusammen gingen sie zu Andreas, der sofort aufstand.

»Hey, Per.«

»Hey, Andreas. Danke, dass du meiner Liebsten Gesellschaft geleistet hast.«

»Keine Ursache, das habe ich gerne getan«, antwortete Andreas und gab Minnie ihre Angel zurück. »Ich werde mal sehen, ob sich Köderfische in meine Netze verirrt haben.«

»*Petri Läkning,* viel Glück beim Hechtefangen!«, sagte Per.

»Danke, das kann ich gebrauchen. Und pass gut auf Minnie auf!«

Per legte einen Arm um Minnies Schulter und winkte. »Natürlich werde ich das!«

Kaum war Andreas zu seinem Netz zurückgestapft, nahm Per seinen Arm weg. Minnie bedauerte es sehr. Zwei Jahre hatte sie ohne die Nähe eines männlichen Wesens gelebt, doch wie ein Mensch, der das Wasser erst dann wertschätzte, wenn Dürre herrschte, bemerkte Minnie jetzt, dass ihr etwas in ihrem Leben fehlte.

Und das ist nicht nur die Inspiration für ein neues Buch.

In der Zwischenzeit hatte Per die Thermoskanne aufgeschraubt und den warmen Kakao auf zwei Becher verteilt.

»Das riecht köstlich!«, sagte Minnie und nahm das dampfende, heiße Getränk entgegen.

»Es gibt nichts Besseres, wenn man Eisangeln geht«, sagte Per. »Also, was war los? Warum sollte ich deinen Freund mimen?«

Minnie nahm einen wohltuenden Schluck. Sie fühlte sich von innen gewärmt. Sie erzählte Per, was auf dem Weg von Stockholm nach Arvidsjaur geschehen war.

Per lachte. »Forsch und frech, das passt zu Andreas. Deswegen ist er in der Umgebung nicht besonders beliebt. Er hat den Ruf, ein wenig zu verzweifelt auf der Suche nach einer besseren Hälfte zu sein. Nicht wenige fragen sich, warum er nicht einfach in Stockholm geblieben ist, wo es mehr freie Damen zur Auswahl gibt.« Per leerte seine heiße Schokolade in einem Zug.

»Deine Ex-Frau war auch nicht von hier, oder?«, rutschte es Minnie raus.

Per verschluckte sich fast und sein Gesicht wurde ganz ernst. Am liebsten hätte sie sich auf die Zunge gebissen.

Er hüstelte leicht in seine Faust. »Nein, sie war definitiv nicht von hier, auch nicht aus Schweden.«

»Tut mir leid, ich wollte nicht …«, beeilte sich Minnie zu sagen.

»Schon gut«, antwortete Per wegwerfend. »Was macht eigentlich die Eisangel? Haben wir unser Abendessen gefangen?«

Unser …

»Ich fürchte nicht«, sagte Minnie und holte ihre Angel ein.

»Genug Kälte für heute?«, fragte Per.

»Ja, ich glaube schon«, antwortete Minnie und freute sich auf ihre gemütliche Hütte.

»Okay, dann würde ich vorschlagen, dass du deinen Kakao austrinkst, während ich alles zusammenpacke.«

»In Ordnung«, sagte Minnie und stürzte das süße Getränk hinunter.

Wenige Minuten später machten sie sich auf dem Heimweg.

Sie stapften eine Weile durch die Stille des verschneiten Waldes, die in Minnie Ruhe und Ausgeglichenheit hervorrief.

»Wie kommst du eigentlich mit dem Manuskript voran?«, wollte Per wissen.

»Im Moment nicht großartig gut, aber ich bin ja auch erst zwei Tage hier. Ich versuche, nicht zu streng mit mir zu sein. Druck bewirkt bei mir meistens eine komplette Schockstarre statt Produktivität.«

»Darf ich fragen, wie es zu dieser Schreibblockade gekommen ist und seit wann sie dich plagt?«

»Vielleicht reden wir einmal abends bei einem Teller Spaghetti Carbonara darüber?«, rutschte es Minnie ähnlich unkontrolliert heraus wie die Äußerung am Eisloch. »Habe ich das jetzt eben laut gesagt?«

Per lachte. »Ja, hast du, und zu einem Teller Spaghetti Carbonara, der von einer waschechten Italienerin gekocht wird, sage ich nicht nein.«

»Abgemacht. Und vielleicht erzählst du mir dann, weshalb du seit Jahren nicht mehr beim Eisskulpturenfestival in Harbin teilgenommen hast?«, preschte Minnie vor.

»Wow, du hast deine Internetrecherche gut gemacht.«

»Das war, um ehrlich zu sein, meine beste Freundin Sabrina. Sie ist Sportjournalistin und hat ein sehr … analytisches Gemüt.«

»Verstehe. Hast du auch guten, italienischen Rotwein da?«

»So schlimm?«, wollte Minnie wissen.

»Schlimmer als das«, antwortete Per und blickte für einen kurzen Moment traurig zu Boden.

»Kein Problem, ich habe den halben *Systembolaget* leergekauft, wir werden bestens versorgt sein.«

»Das klingt gut. Morgen Abend, sagen wir um 18 Uhr? Ich habe morgen kein Programm für uns, da Touristen mich für eine Tagestour gebucht haben.«

So lange noch?!, stöhne Minnie innerlich, antwortete stattdessen aber: »Abgemacht.«

An der Tür zu ihrer Hütte verabschiedeten sie sich.

Er wird mir morgen fehlen. Minnie fragte sich, wie es möglich war, dass jemand, den sie erst so kurz kannte, ihr das Gefühl gab, ihm die intimsten Dinge anvertrauen zu können.

Nachdem sich Minnie um das Feuer im Kamin gekümmert und sich umgezogen hatte, setzte sie sich an ihre Schreibmaschine, blickte aus dem Panoramafenster und gab sich Mühe, auf andere Gedanken zu kommen. Auf solche, in denen nicht Per die Hauptrolle spielte.

Es ist besser, wenn ich ihm erzähle, was geschehen ist, dachte Minnie. *Dann werde ich ihn bestimmt auf Abstand halten und gleichzeitig jede meiner Schwärmereien im Keim ersticken können.*

Unweigerlich erinnerte sie sich an Heiligabend vor zwei Jahren und die Frage, die ihr ganzes Leben auf den Kopf gestellt hatte:

»Minerva. Keine Ausreden mehr. Keine Ausflüchte. Nur die Wahrheit. Ich möchte eines von dir wissen: Bist du bereit, jeden Weg mit mir zu gehen, um ein Kind zu bekommen? Ja oder nein?«

»Die Antwort lautet nein«, hatte Minnie erwidert. »Wenn es auf natürlichem Wege nicht funktioniert, werde ich der Natur nicht nachhelfen. Ich bin nicht bereit, meine Karriere und meine Gesundheit aufs Spiel zu setzen, nur weil du ein eigenes Kind in den Armen halten willst. Wir sind gesunde, erfolgreiche Schriftsteller; wir haben mehr als die meisten Menschen auf dieser Erde. Nichts im Leben ist selbstverständlich und nicht jeder Mensch kann alles haben. Du hast schon immer gewusst, dass Kinder für mich eine Option, aber kein Muss sind. Wenn dir Kinder wirklich so wichtig sind, können wir uns, wie ich dir mehrfach angeboten habe, über eine Adoption informieren …«

»Ich will keine Adoption!«, hatte Marco sie brüsk unterbrochen. »Mein Kind soll von meinem eigenen Fleisch und Blut sein. Ich will nicht die Kinder anderer großziehen und durchfüttern!«

Minnie war fassungslos. »Aber wenn die Kinder anderer dich durchfüttern, indem sie deine Bücher kaufen, ist dir das recht?«

Marcos Blick verfinsterte sich und er brüllte: »Immer musst du Widerworte geben!«

Plötzlich holte er mit seiner rechten Hand aus und traf sie im Gesicht. Die Hand, die sie so oft gestreichelt hatte. Die Hand, an die Minnie vor Jahren den Ehering gesteckt hatte. In guten wie in schlechten Zeiten, hatte es damals geheißen. Und hier waren sie, die verdammt miserablen Zeiten.

Minnie verharrte in einer Art Schockstarre, während sie sich ihre glühende Wange hielt. Das letzte Mal, dass jemand Hand an sie gelegt hatte, war während der Schulzeit gewesen. Schmerzhafte Erinnerungen sprudelten wieder hoch. Was hatte dieser unerfüllte Kinderwunsch nur aus ihnen beiden gemacht?

Auch Marco wirkte erschrocken. Sein Gesicht war gerötet, seine Halsschlagader pulsierte, seine Atmung ging stockend.

»Meine Mutter hatte recht«, zischte er nach einer gefühlten Ewigkeit. »Die ganze Zeit über bin ich ein Narr gewesen. Du taugst zu nichts. Nicht zur Frau, nicht zur Ehefrau, nicht zur Mutter. Wenn du meine Meinung hören willst, taugst du noch nicht einmal etwas als Schriftstellerin. Deine Bücher sind literarisch gesehen absolut drittklassig und verkaufen sich nur, weil andere nutzlose Frauen wie du sie mögen.«

Dann hatte Marco Minnie einfach stehen gelassen und war gegangen.

Die Ohrfeige hatte sie bereits nach einer halben Stunde nicht mehr gefühlt, aber der Nachhall seiner Worte traf sie immer noch, wie die Brandung, die unerbittlich gegen denselben Felsen schlug.

Eine Träne rollte Minnie die Wange hinunter, die sie sofort wegwischte, dann starrte sie auf das leere Papier, das in die mintgrüne Schreibmaschine gespannt war.

Kapitel 14

18. Dezember 2018
Per

»Das hat er nicht wirklich gesagt und getan?«, fragte Per entsetzt. Beinahe hätte er sich an dem Schluck *Primitivo* verschluckt, dessen Aroma er soeben kostete.

Minnie nickte. »O doch, das hat er.«

»Aber wie konntest du ihm glauben? Wie konntest du denken, nichts als Schriftstellerin zu taugen? Die Erfolge, die du bereits hattest, müssen dir doch das Gegenteil beweisen.«

Minnie zuckte mit den Schultern. »Ich weiß, was du meinst, aber ich fürchte, Vernunft und Logik kommen gegen Marcos Worte einfach nicht an. Die Wunde sitzt zu tief.«

»Und so ein empathieloser Mann mit dem Einfühlungsvermögen eines Seeigels schreibt Bücher für Kinder?«

Minnie lachte. »Sieht ganz danach aus.«

Per ging in die Hocke und legte noch einen Scheit Holz nach.

Sofort verschlangen die Flammen knisternd und züngelnd ihr neuestes Brennmaterial und ließen Minnies Gesicht aufleuchten.

Wie kann man so eine wundervolle Frau auf solche Art und Weise verletzen und verunsichern?, fragte sich Per, während in ihm das Bedürfnis, sie zu halten und vor allem Schlechten der Welt zu beschützen, immer mehr wuchs.

Er setzte sich zu ihr aufs Sofa und riss sich zusammen.

So gerne hätte er sie umarmt, an sich gepresst und … an Weiteres wollte er gar nicht denken, um sich nicht selbst zu verraten.

Im Kopf ging Per alle Optionen durch. *Fernbeziehung? Auf keinen Fall! Ich ziehe nach Mailand? Nur über meine Leiche! Sie zieht nach Lappland? Das würde sie bestimmt nicht wollen!* Nein, das konnte nicht funktionieren, auch wenn er in ihren grünen Augen dasselbe Interesse für ihn zu lesen vermeinte, wie er es für sie fühlte.

Er hatte Henriks Stimme in den Ohren: *Du Idiot, wer redet denn gleich wieder von Beziehung? Hab ein wenig Spaß mit der rothaarigen Schönheit und gut ist.*

Aber Per verfügte über eine Eigenschaft, die man normalerweise nur Frauen zusprach. Eine Eigenschaft, die er mal als Fluch, mal als Segen auslegte.

Er rechtfertigte sich: *Ich kann Gefühlsmäßiges und Körperliches nun einmal nicht voneinander trennen.*

Wie hätte er sonst ein so begnadeter Schnitzkünstler sein, so gut mit hartem, kaltem Holz oder Eis umgehen können, wenn seine Hände das Werkzeug nicht so führten, wie sein Herz es ihnen diktierte?

Das ist alles zum Scheitern verurteilt, also beginne ich lieber nichts, was ich eher früher als später noch bereuen werde, dachte Per.

Minnie trank vom dunkelroten Wein. Ihre Augen glänzten und ihre Wangen waren gerötet. Per ertappte sich, wie er auf ihre leicht geöffneten rosigen Lippen starrte.

»Du kennst nun mein Geheimnis. Was ist mit dir? Ich habe den Holzbären in der Einfahrt gesehen, du bist ein begnadeter Künstler. Weshalb hast du damit aufgehört, in Harbin Eisfiguren zu modellieren?«

Sie hatte sich ihm geöffnet und ihm ihre schmerzhafte Vergangenheit erzählt, jetzt konnte er keinen Rückzieher mehr machen.

Aber alles auf einmal erfahren muss sie auch nicht, dachte Per und rang um Fassung und die richtigen Worte.

Er massierte sich die Schläfen, dann traf er eine Entscheidung.

»Zieh dich bitte noch einmal warm an, ich möchte dir etwas zeigen«, sagte er.

Minnie blickte mit etwas Bedauern auf den Kamin, stand aber auf und verschwand im Schlafzimmer.

Dick eingepackt kam sie zurück. »Fertig!«

Auch Per schloss seine Jacke und zog wieder seine Winterboots an.

Er schnappte sich die Taschenlampe und öffnete die Tür.

Der Schnee rieselte wieder einmal und der Boden knackte und knirschte unter jedem Schritt.

»Oh, schau mal!«, rief Minnie aus.

Ein Hermelin, der im Weiß der Umgebung perfekt getarnt war, huschte im Schein der Lampe vorbei, hinein in den dunklen, schützenden Wald.

Seine Pfötchen und sein buschiger Schwanz hinterließen kleine Abdrücke im Schnee.

Ich liebe diese Natur, dachte Per, *niemals werde ich mich auf Dauer davon trennen können.*

Minnie blickte dem Hermelin hinterher und lachte mit der Begeisterung eines Kindes. War sie genauso wie er? Vielleicht würde sie hierher passen.

Das hast du einst auch von Sindy gedacht, erinnerte sich Per. *Hoffentlich wird sie das, was ich ihr zeigen werde, abschrecken. Nur für den Fall …* Dann konnte er endlich aufhören, sich zu fragen, ob … Ob was? Was war los mit ihm? Was hatte diese Frau nach so kurzer Zeit mit ihm gemacht? Den ganzen Tag über hatte er sie vermisst! Aber in vier Wochen war sie weg! *Am besten, du gewöhnst dich gar nicht erst an sie!* Per wusste wohl, dass es dafür jetzt schon zu spät war.

Minuten später öffnete er seine Haustür und ließ Minnie eintreten.

Nachdem sie sich von den dicken Klamotten und Schuhen befreit hatte, blickte sie sich um.

»Es ist hier sehr gemütlich. Hast du das Haus auch selbst gebaut?«

»Ja, habe ich«, antwortete Per.

Ehrliche Bewunderung spiegelte sich in ihren Augen wider. »Du bist wirklich talentiert! Gibt es auch etwas, was du nicht kannst?«

Dir und mir über dem Weg trauen, hätte Per am liebsten geantwortet, aber er lächelte die Frage stattdessen weg.

»Ist Rosalie bei deiner Mutter?«, wollte Minnie wissen.

»Ja, wahrscheinlich schnarcht sie schon vor dem Kamin«, antwortete Per.

»Wer? Deine Mutter oder Rosie?«, fragte Minnie und grinste dabei.

»Wahrscheinlich machen beide das gerade um die Wette.«

Minnie strahlte über das ganze Gesicht. Per fiel auf, dass sie die gesunde Hautfarbe einer Person angenommen hatte, die viel Zeit an der frischen Luft verbrachte.

Wie hübsch würde sie wohl nach dem langen Polarsommer sein? Würden ihre Haare die Strahlen der Sonne einfangen? Ihre Augen heller werden? Ihre Haut von Sommersprossen gesprenkelt sein?

Minnie schien etwas einzufallen, ihr Gesicht wurde plötzlich wieder ernst. »Also, was möchtest du mir zeigen?«

»Hier entlang«, sagte Per, bevor er die Gelegenheit hatte, es sich anders zu überlegen.

Er führte sie bis zur Treppe und ließ sie nach oben gehen.

»Öffne bitte die zweite Tür links.«

»Du machst es aber ganz schön spannend«, sagte Minnie und drückte die Klinke nach unten.

Per schloss die Augen. Selbst nach drei Jahren konnte er sich nicht an die Leere und die Stille in diesem Zimmer gewöhnen.

Zaghaft ging sie hinein und schaltete das Licht ein. Er versuchte, von ihrem Gesichtsausdruck abzulesen, was in ihr vorging.

Kapitel 15

Minnie

Erstaunt blickte Minnie sich um.

Sie sah ein Bett mit Kuscheltieren, einen Kleiderschrank, ein Schaukelpferd, Malbücher, Stifte und unzählige, aus Holz geschnitzte Tiere in verschiedenen Größen, die auf einem Tisch unterhalb des Fensters aufgestellt waren. Sie nahm einen Elch in die Hand. Sein Geweih war wundervoll gearbeitet und ihm war ein roter, gestrickter Minischal um den Hals gebunden worden.

»Sehr schöne Arbeit. Hast du die gemacht?«, fragte sie Per.

»Ja, immer ein Tier pro Monat.«

Minnie nickte und stellte den Elch vorsichtig wieder zurück. Die Knopfaugen der Teddybären schienen ihr zu folgen. In einer Ecke waren Gummistiefel in Kleinkind-Größe, in einer anderen lag ein Ball, der so aussah, als hätte man etwas Luft herausgelassen. Alles wirkte so, als würde der Bewohner des Zimmers jeden Moment wieder zurückkommen.

Sie ging einige Schritte weiter und entdeckte ein gerahmtes Foto auf einer Kommode.

Sie streckte ihre Hand aus, hielt dann aber inne. »Darf ich?«

»Natürlich, sonst hätte ich dich nicht hierhergebracht«, antwortete Per. Er wirkte traurig und gleichzeitig gefasst.

Minnie betrachtete das Foto. Es zeigte eine zerbrechlich scheinende asiatische Frau mit einem hübschen Jungen im Arm. Minnie schätzte ihn auf zwei.

Sie standen im Türrahmen der Hütte, in der nun sie wohnte. Im Hintergrund waren bemalte Leinwände, Staffeleien und Pinsel zu sehen.

Die Haare des Kindes waren so pechschwarz wie die der Frau. Auch die Form der Augen ähnelte sich sehr, nur dass ihre schwarz und seine nachtblau waren.

Sie stellte das Foto behutsam wieder hin.

»Deine Frau?«

Per nickte. »Sindy.«

»Und der Kleine ist dein Sohn?«

Pers Augen begannen feucht zu werden.

»Torben. Das ist unser Junge.«

Angesichts des Mausoleums, das sie umgab, befürchtete Minnie das Schlimmste. Sie spürte einen Knoten im Hals, wenn sie sich vorstellte, dass ihrer Nichte Emma etwas zustoßen könnte.

Jetzt reiß dich zusammen!

»Ist er … Sind sie …?« Minnie traute sich nicht, ihre schlimmsten Befürchtungen laut auszusprechen.

Per griff nach einem Umschlag auf der Kommode.

Behutsam öffnete er ihn und entnahm ihm einen Brief, der in Folie eingeschweißt war.

»Bitte lies selbst.«

»Bist du sicher?«

Per nickte. Minnie las den auf Englisch geschriebenen Brief.

»Per,

ich gehe. Ich muss Bjärdakken verlassen. An diesem Ort

gibt es nichts für mich. Keine Inspiration, keine Muse, kein Licht, keine Farben. Ich halte es nicht einen Tag länger hier aus. Bereits die Minuten, die ich brauchen werde, um diesen Brief zu verfassen, rauben mir unendlich viel Energie und Lebensfreude.

Der Frühling lässt nun nicht mehr lange auf sich warten. Schon bald wird sich die weiße Eiswüste wieder in Wasser verwandeln und das, was der Schnee unter sich vergraben hatte, wird langsam freigelegt werden. Ich sehe schon die ersten Pflänzchen wieder sprießen, die ersten Blumen aus ihrem Dornröschenschlaf erwachen und die Vögel zurückkehren.

Der Sommer wird uns in Sicherheit wiegen. Die niemals untergehende Sonne wird uns einlullen, uns mit sämtlichen Formen und Farben, die die Natur zu bieten hat, verwöhnen. Wir werden leuchtend orangefarbene Moltebeeren in den Wäldern ernten und die Fährten der Bären lesen können, die sich ihren Speck anfressen.

Doch dieses Glück wird nur von kurzer Dauer sein. Schon bald wird wieder der Herbst an unsere Türen klopfen. Das Laub wird sein grünes gegen sein purpurnes Kleid austauschen und es gibt niemals genug Leinwände und Pinsel, um diese unglaublichen Farben einzufangen. Doch die Pilze, die wir sammeln werden, sind Vorboten für frostige Nächte. Schon bald werden die Bären wieder ihre Höhlen aufsuchen und in ihren monatelangen Schlaf fallen. Und dann wird erneut die Nacht den Tag übertrumpfen. Schon bald wird der Winter erneut Einzug halten, bis die einzigen, echten Farben, die wir sehen, nur noch von den Polarlichtern kommen.

Per, ich gehe. Und ich nehme Torben mit. Such nicht nach uns, denn du wirst uns nicht finden, es sei denn, ich möchte, dass wir drei uns wiedersehen.

Es tut mir leid.

Sindy.«

Minnie schlug die Hand vor das Gesicht. »Sie hat Torben entführt?«

Per nickte.

»In ihr Heimatland?« Plötzlich ging Minnie ein Licht auf. »Nach Harbin vielleicht?«

Per schüttelte den Kopf. »Sie kam nicht aus Harbin, sondern aus Hongkong. Und wir vermuten, dass sie dorthin zurückgekehrt ist. Wie du aus ihrem Abschiedsbrief vielleicht erahnen kannst, war sie depressiv. Sie hatte schreckliches Heimweh.«

»Wer ist *wir?*«, wollte Minnie wissen.

»Die Polizei und die zwei Privatdetektive, die ich angeheuert habe. Ich selbst war ein Jahr in Hongkong und in China, habe, angefangen bei meinen Schwiegereltern und Sindys Verwandtschaft, gesucht, doch ich fand sie nicht. Ich bin kreuz und quer durch das ganze Land gereist, ich bin jedem noch so kleinen Hinweis gefolgt, aber bei einem so großen Land war das wie die Suche nach der Nadel im Heuhaufen. Es ist nicht auszuschließen, dass Sindy und Torben einen neuen Namen angenommen haben und irgendwo untergetaucht sind. Irgendwann, als ich all meine Ersparnisse aufgebraucht hatte, bin ich nach Bjärdakken zurückgekehrt.«

Minnie konnte nicht anders, sie musste ihn einfach trösten. Behutsam streichelte sie seine Wange. Ein Adrenalinstoß fuhr durch ihren Körper. »Es tut mir schrecklich leid. Ich habe zwar kein Kind, aber ich kann mir vorstellen, wie sehr du deinen Jungen vermisst und welche Sorgen du dir machst! Warum hat dich Sindy dermaßen bestraft?«

»Das ist eine längere Geschichte. Wir haben uns beim Eisskulpturenfestival Hals über Kopf ineinander verliebt. Nach der Zeit in Harbin bin ich hierher zurückgekehrt. Für einige Monate haben wir eine Fernbeziehung geführt. Ich bin durchgedreht vor lauter Sehnsucht, und sie schien auch unter der weiten Entfernung zwischen uns zu leiden. Aber ein Leben in Hongkong kam für mich nicht infrage. Alleine der Gedanke an den Smog der Großstadt nahm mir die Luft zum Atmen. Also habe ich sie mit einem Heiratsantrag hierhergelockt. Und sie ist meinem Ruf gefolgt.«

»Ist sie damals gerne hierhergekommen?«, wollte Minnie wissen.

»Ich habe ihr viel von Bjärdakken und Lappland vorgeschwärmt. Von der Natur, der Ruhe und den Farben. Ich habe es so gemeint, als ich ihr sagte, dies sei für mich der schönste Ort der Welt. Nun, für sie war das aber Hongkong. Ich hätte es damals schon bemerken können, wegen der Art, wie sie darüber sprach. Sie liebte die Nähe zum Meer. Die schwüle Hitze im Sommer. Die vielen Menschen auf der Straße und das Gefühl, niemals allein zu sein. Der Duft der Gewürze und die bunten Essensstände. In Hongkong war sie gerade dabei, sich als Künstlerin einen Namen zu machen …«

»Wie haben deine Eltern auf Sindy reagiert?«

»Meine Mutter hat sie sofort wie ein Familienmitglied aufgenommen und wie ihre eigene Tochter behandelt«, erinnerte sich Per. »Mein Vater … nun, der war der Meinung, einen Baum verpflanze man nicht, und dass wir früher oder später Probleme bekommen würden.«

Per sah zu Boden.

»Hast du geahnt, wie unglücklich Sindy war?«, fragte Minnie.

»Ja, das habe ich. Aber ich wollte es nicht wahrhaben. Ich sagte ihr, dass sie sich Zeit geben müsse, um sich einzugewöhnen. Ich glaube, die ersten zwei Jahre, als alles noch neu für sie war, war sie einigermaßen glücklich hier. Zu dieser Zeit entstanden auch viele Bilder, die sie für gutes Geld verkaufte. Sie liebte insbesondere die Sommerzeit. Die unendlich langen Tage, die Lichtungen in den

Wäldern … Dann wurde sie mit Torben schwanger. Es war eine aufregende, eine schöne Zeit. Ein halbes Jahr nach seiner Geburt flogen wir nach Hongkong und besuchten ihre Familie, um den Kleinen vorzustellen. Dort blühte sie noch einmal richtig auf. Ihre Eltern waren so stolz auf sie und liebten ihren Enkelsohn abgöttisch. Und man bemerkte sofort, dass Sindy wieder in ihrer gewohnten Umgebung war, dass sie sich auf vertrautem Terrain befand. Sie besuchte einige Vernissagen von Künstlern, die sie kannte. Sie war in Hongkong zu Hause und Teil der Gesellschaft, während sie in Bjärdakken zwar akzeptiert und auch gut integriert war, aber sich dennoch als Ausländerin fühlte. Der Abschied von ihren Eltern fiel ihr schwer. Schon Tage vor dem Rückflug veränderte sie sich. Die wortgewandte, selbstbewusste Künstlerin Sindy verwandelte sich in einen Schatten ihrer selbst, der jeden Augenblick in der Heimat festhalten wollte. Sie war unsicher und deprimiert. Doch die Zeit verging, wahrscheinlich zu schnell für sie. Sie rieselte wie Sand durch ihre Finger, und ehe sie sich versah, stand sie mit mir und Torben am Flughafen und musste sich von ihren Eltern verabschieden.

Den ganzen Rückflug über weinte sie. Ich versuchte, für sie da zu sein, sie zu trösten, doch immer wieder schüttelten sie Schluchzer. Ich kam nicht mehr an sie heran. Ich las den Vorwurf in ihren Augen, dass sie meinetwegen nicht mehr dort leben konnte, wo sie sich zu Hause fühlte.

Per atmete kurz durch. »Zurück in Lappland war Sindy wie ausgetauscht. Reizbar, streitsüchtig … Ganze Tage verbrachte sie in der Hütte. Sie starrte nur aus dem Panoramafenster, die Farben und Pinsel lagen bereit, doch meistens blieben die Leinwände weiß wie der Schnee, der uns monatelang in seinem frostigen Griff hielt …«

»Was hast du getan, um Sindy aus ihrer Depression zu helfen?«, fragte Minnie.

»Ich fürchte, nicht genug, um sie aus dieser Existenzkrise zu befreien«, sagte Per. Er wirkte müde und ausgelaugt.

»Wo warst du, als sie ging und Torben mitnahm?«

Per ließ sich auf Torbens Bett sinken, als hätten die Beine unter ihm nachgegeben. Minnie tat es ihm gleich. »Weißt du, was ein Icehotel ist?«, wollte er wissen.

»Eines dieser Hotels, die komplett aus Eis gebaut sind?«

»Genau! Nach Torbens Geburt war ich vor allem regional als Künstler und Guide tätig, damit ich viel für ihn da sein konnte. Nicht weit von hier gab es und gibt es immer noch solch ein Icehotel. Ich hatte einen tollen Auftrag ergattert! Ich war zuständig für die Gestaltung eines Speisesaals aus Eis sowie für einige der Schlafzimmer, in denen die Gäste bei Minustemperaturen übernachten konnten.

Es war der 15. März. Ich war mit einigen Nachbesserungen an meinen Eisskulpturen im Icehotel beschäftigt, als … als … dieser Anruf kam, der mein ganzes Leben verändert hat.«

»Wo waren deine Eltern?«

»Sie waren zu Hause … und taten alles, um sie aufzuhalten. Doch es gelang ihnen nicht.«

Pers Lippen bebten.

Es muss ihn viel Kraft kosten, mir das alles zu erzählen und dabei nicht in Tränen auszubrechen, dachte Minnie.

»Per, ich bin wirklich sprachlos. Unternimmst du noch etwas, um sie zu finden?«

Er räusperte sich.

»Sindy ist wegen Kindesentführung angezeigt und zur Fahndung ausgeschrieben, aber nach drei Jahren bin ich mir nicht mehr sicher, ob die schwedische Polizei den Fall noch aktiv verfolgt. Meine zwei Detektive, einer in Schweden, einer in Hongkong, arbeiten weiterhin mit Hochdruck daran und gehen jedem Hinweis nach. Und ich … ich versuche, hier als Guide und Hüttenvermieter Geld zu verdienen, um die Detektive weiterhin bezahlen zu können. Ich hoffe einfach nur, Torben eines Tages wieder in die Arme schließen zu können.«

»Und die Tiere hast du alle für ihn gemacht?«

Per griff nach einem hölzernen Rentier und hielt es fest. Seine Finger strichen über den gebogenen Kopf. Das Tierchen sah aus, als würde es gerade grasen.

»Ja, damit er etwas zum Spielen hat, falls er eines Tages nach Hause zurü…«

Pers Stimme brach. Er atmete stoßweise und schniefte, offensichtlich im Bemühen, sich zusammenzureißen. Er schaute starr zu Boden. Minnie sah, wie eine Träne heruntertropfte.

»Per«, flüsterte sie sanft, »lass es doch raus.«

Per stieß ein leises Schluchzen aus. Plötzlich schienen alle Dämme zu brechen. Er umarmte Minnie, drückte sie fest an sich, als sei er ein Ertrinkender und sie sein Rettungsring, und schluchzte seinen Schmerz und seine Verzweiflung heraus. Sein ganzer Körper bebte vom Weinen.

Minnie hatte noch nie bei einem Menschen so einen Ausbruch von Trauer erlebt. Sie strich ihm langsam über den Rücken.

»Und weißt du, was meine größte Angst ist?«, stieß er hervor. »Nicht, dass ich Torben nie wiedersehen werde, sondern dass er mich vergisst. Ich stelle mir vor, wie seine Erinnerungen an mich immer mehr verblassen … Denn auch ich kämpfe gegen das Vergessen an. Ich bin mir nicht sicher, ob ich noch weiß, wie sein Lachen klingt. Wie seine Umarmungen sich anfühlen. Oder wie sein Gesicht strahlt, wenn er beim Memory spielen gewonnen hat …« Pers Kummer war so elementar, dass Minnie fast mitgeweint hätte.

»Torben kann sich glücklich schätzen, solch einen liebenden, engagierten Vater wie dich zu haben. Das ist keine Selbstverständlichkeit.« Minnie dachte dabei für einen

Moment an die seltsam distanzierte Beziehung zu ihrem Vater Eugenio.

Wenn mein Vater mir jemals nur einen Bruchteil dieser Liebe gezeigt hätte …, dachte sie mit Wehmut und einer Prise Verbitterung.

Sie saßen eine Weile eng umschlungen auf Torbens Bett, bis Pers Tränen endlich versiegten und er sich ein wenig beruhigte.

Nachdem er langsam die Umarmung gelöst hatte, sagte er: »Ich wäre dir sehr verbunden, wenn diese Episode zwischen uns beiden bliebe.«

Minnie vermutete, dass ihm der Gefühlsausbruch sehr unangenehm war und sie auf keinen Fall mit seiner Mutter darüber sprechen sollte.

»Was in Torbens Kinderzimmer geschieht, bleibt auch in Torbens Kinderzimmer«, versicherte sie ihm.

»Und auch, was du mir erzählt hast, bleibt bei mir«, erklärte Per und hob die Hand wie zum Schwur.

Plötzlich kam er näher, so nah, dass Minnie die einzelnen, hellen Bartstoppeln auf seinem Gesicht hätte zählen können.

»Danke, dass du mir zugehört hast. Es hat gutgetan, mit dir darüber zu reden.« Er wirkte erleichtert.

»Und ich danke dir für dein Vertrauen«, entgegnete Minnie, deren Lippen in Erwartung eines Kusses bereits leicht kribbelten.

»Du bist erst wenige Tage hier und doch …«, sagte Per.

»… fühlt es sich an, als würden wir uns seit Ewigkeiten kennen«, vervollständigte Minnie den Satz. Sie empfand keine Hemmungen mehr, als auch sie sich ihm näherte. Ihr war sehr warm und sie wusste nicht, ob es am Wein, an Per oder an der Mischung von beidem lag.

»Es gefällt mir wirklich sehr gut hier in Lappland …«, wagte sie einen Vorstoß.

Täuschte sich Minnie oder verengten sich Pers gletscherblaue Augen für einen Augenblick?

»Ich muss zugeben, für eine Städterin bist du hart im Nehmen. Aber morgen machen wir eine Wanderung mit den Schneeschuhen. Mal sehen, ob es dir dann immer noch so gut gefällt oder ob du dich danach nicht doch wieder nach den Annehmlichkeiten der Großstadt sehnen wirst.«

»Ich bin gespannt«, sagte Minnie und entdeckte eine lose blonde Wimper auf Pers Jochbein.

Wie war das noch mal mit dem Herzen, das nur ein Muskel war, der Blut durch den Körper pumpte? Ihres fühlte sich gerade an, als pumpe es für zehn Minnies.

Trotzdem fischte sie die Wimper mit dem Zeigefinger von Pers Wange und hielt sie ihm hin. »Puste sie weg und wünsch dir etwas.«

Per tat, wie geheißen. Die Wimper flog davon, und in dem Moment, als sie den Fußboden von Torbens Zimmer berührte, konnte sich Minnie denken, worum Per gebeten hatte.

In diesem Moment ergriff er ihr Handgelenk. Die Berührung war noch sanft genug, um ihr nicht wehzutun, aber auch fest genug, um bestimmt zu wirken. *Was flackert da in seinen Augen? Verlangen? Begehren?*

»Ich glaube, du solltest langsam gehen, bevor ...« Per hielt inne, dann fuhr er fort: »Es ist schon ziemlich spät.«

Kapitel 16

20. Dezember 2018
Mailand
Sabrina

Telefonklingeln, mehr oder weniger gedämpfte Gespräche und das stetige Geräusch des Tastaturenklickens, manchmal durchbrochen vom Summen des Druckers. Das waren die Alltagsmelodien, die Sabrina so vertraut waren, die sie so sehr liebte.

»Na, mein fleißiges Bienchen, bist du heute schon ausgeschwärmt?«, fragte ihre Chefin Patrizia und lehnte sich an ihren Schreibtisch.

Seitdem Sabrina das geschäftige Treiben in der Zeitungsredaktion der *Milano Oggi,* die sich in einem ultramodernen Glaswolkenkratzer über den Dächern Mailands befand, als Bienenkorb bezeichnet hatte, nannte ihre Chefin sie am liebsten *fleißiges Bienchen.*

»Ist doch wahr«, hatte Sabrina damals gesagt, »wir sind wie die Arbeiterinnen, die Tag für Tag ausschwärmen. Unermüdlich sammeln wir Informationen, so wie die Arbeiterbienen Pollen sammeln, und verarbeiten sie zu unserem ganz speziellen Honig: zu Artikeln und Schlagzeilen.«

Sabrina erinnerte sich gerne an dieses Gespräch, das sich nach einem oder zwei Drinks zu viel entsponnen hatte.

»Natürlich«, antwortete sie jetzt, »in einer halben Stunde hast du diesen Artikel über die neue Frauenfußballmannschaft auf deinem Tisch.«

Patrizia klopfte Sabrina freundschaftlich auf die Schulter. »Das ist mein Bienchen! Schnell und zuverlässig wie immer! So gefällst du mir!«

Prompt verschwand sie in ihr Büro.

Sabrina wollte sich gerade erneut auf ihren Artikel stürzen, als ihre Chefin im Stechschritt zurückkam, sich räusperte und in ihr Ohr flüsterte:

»Du solltest übrigens wirklich mal deinen Schreibtisch aufräumen! Später kommt Signor Ferri vorbei. Du weißt doch, wie pingelig er ist, seit er diese Feng-Shui-Schulung besucht hat. Als er letzte Woche seine Runde gemacht und deinen Schreibtisch gesehen hat, war er gelinde gesagt *not amused.*«

Sabrina blickte sich um. Sie zählte neun Tassen, in jeder hatte sich ein Rest des kalt gewordenen Kaffees abgelagert. Sämtliche Ränder waren mit roten Lippenstiftabdrücken verziert. *Ich sollte mir wirklich mal einen Kussechten zulegen.* Dann lagen Notizen jeglicher Couleur auf ihrem Schreibtisch herum. Mal mit Knallfarben markiert, mal zerknüllt und achtlos in die Ecke geworfen, mal zerknittert und mit Eselsohren.

Neben einem kleinen, vertrockneten Kaktus, den sie nicht übers Herz brachte, zu entsorgen, zierte nur ein Foto, das Sabrina und Minnie zeigte, ihren Schreibtisch. Es war auf Minnies Hochzeit entstanden. Die Freundinnen umarmten sich und hielten lächelnd und prostend ihre Sektgläser in die Kamera. Dieser Tag schien damals das ganze Glück der Erde zu beinhalten. Aber Sabrina hatte es ja gleich gewusst, Liebe war nichts für die Ewigkeit. Nichts war für immer, schon gar nicht, wenn es etwas zwischen zwei so unvollkommenen Wesen der Spezies Mensch war.

Sabrina seufzte genervt. *Was hat denn Ordnung mit meiner journalistischen Tätigkeit zu tun? Das Genie überblickt das Chaos!,* dachte sie, aber verkniff sich jegliche Antwort. Sie wusste, das war ein Kampf gegen Windmühlen, also stand sie auf und sammelte die benutzten Tassen zusammen. »Okay, okay, ich räume ja schon auf!«

»Verbindlichsten Dank! Und wenn du schon dabei bist …«, sagte Patrizia, strich mit ihrem Zeigefinger über den Rand von Sabrinas Monitor und wirbelte dabei eine Staubschicht auf.

»Aye, aye, Boss! Ich habe schon verstanden! Dein Wunsch sei mir Befehl!«

Am liebsten hätte sie sie mit dem Locher erschlagen. Wahrscheinlich konnte man ihr das vom Gesicht ablesen, denn Patrizia grinste und verzog sich gleich wieder.

Genervt stapfte Sabrina los und balancierte die ineinander gestapelten Tassen, immer darauf bedacht, keine Kaffeeflecken auf ihr weißes Kleid zu machen.

Der Oberchef mit seinem blöden, neuen Ordnungskonzept für das Büro geht mir gehörig auf den Zeiger!

Als sie die Küche betrat, stellte Aldo, ihr Objekt der Begierde, sein Espressotässchen gerade in der Spüle ab. Genervt blickte Sabrina gen Himmel.

»Aldo, du kennst doch die neuen Regeln. Die Tassen gehören vorgesäubert in die Spülmaschine, nicht ins Becken«, erklärte sie.

»Ach ja?«, antwortete er und schaute sie abschätzig von Kopf bis Fuß an. »Dir ist schon bewusst, dass man mit diesem Verhalten den Job der Putzfrau gefährden könnte, ja? Ich sorge nur dafür, dass sie genug zu tun hat, bevor wir sie uns ganz einsparen! Außerdem verstehe ich sowieso nicht, was den alten Ferri gerade reitet. Wir sind Journalisten, wir sollten uns auf das Recherchieren und Schreiben konzentrieren, nicht auf so niedere Arbeiten wie unsere Schreibtische in Ordnung zu halten oder zu putzen!« Er sprach so verachtungsvoll und höhnisch, als würde er Gift ausspeien.

»Erstens: Es heißt nicht Putzfrau, sondern Raumpflegerin! Zweitens: Das ist ein ehrbarer Beruf und keine niedere Arbeit, wie du das nennst. Drittens: Egal ob Männlein oder Weiblein, die Menschen, die unseren Dreck wegräumen, verdienen unseren größten Respekt«, entgegnete Sabrina. Während sie sprach, nahm sie sich die Zeit, den heißesten Kollegen, der ihr jemals unter die Augen gekommen war, zu betrachten.

Sein schwarzes, von silbernen Fäden durchzogenes Haar zeigte, dass er seine Jugend schon lange hinter sich gelassen hatte. Er trug es streng nach hinten gekämmt und mit Haargel in Form gebracht. Eine explosive Mischung aus *George Clooney* und *Gordon Gekko.*

Aldos Gesichtszüge wirkten hart und adelig, seine Wangenknochen für einen Italiener ungewöhnlich hoch.

Den durchtrainierten Körper kleidete er, wie Sabrina stark vermutete, nur in italienische Maßanzüge aus den edelsten Stoffen. Sie spannten ein wenig über seinen Muskeln und waren einen Hauch zu eng.

Seine stets blütenweißen Hemden hatten an den Ärmeln seine in schwungvollen Lettern gestickten Initialen, *A F* für Aldo Fossa. Er trug stets funkelnde Manschettenknöpfe und eine Schweizer Uhr, die vermutlich den Gegenwert eines Sportwagens hatte.

Ohne Zweifel war Aldo der bestbezahlte Journalist der Redaktion, und der oberste Chef Silvestre Ferri war unheimlich stolz, ihn von der Konkurrenz abgeworben zu haben, denn er hielt damit nie hinter dem Berg.

Erst letzte Woche hatte Aldo mit der Aufdeckung eines

großen Geldwäschereiskandals dafür gesorgt, dass ein hoher Industrieller seinen Posten räumen musste.

Als Sabrina ihre Ehrenrettungserklärung zugunsten der Reinigungskräfte zu Ende gebracht hatte, hob Aldo die Augenbraue. »Aha, ist das so? Da spricht wohl jemand aus Erfahrung?«

Selbstüberschätzung und Arroganz troff ihm aus jeder Pore. Und genau das machte ihn so unwiderstehlich und sexy.

Sabrina reinigte ihre Tassen vor und platzierte sie in der halb vollen Spülmaschine.

»Gewissermaßen. Meine Mutter hatte mehrere Jobs, um uns Kinder zu ernähren, nachdem sich mein Vater für immer aus dem Staub gemacht hatte. Darunter waren auch Reinigungsjobs.«

Sie baute sich vor Aldo auf, obwohl er sie um einen Kopf überragte. Und dann konnte sie einfach nicht anders, sie zeigte mit dem Finger auf ihn und redete sich in Rage:

»Meine Mutter hat Menschen wie dir ihr Zeug weggeräumt und hinter ihnen sauber gemacht. Sie war sowohl physisch als auch psychisch komplett am Ende. Und warum?«

Sie tippte Aldo mit dem Zeigefinger auf den Oberkörper und fühlte seine stahlharten Brustmuskeln.

»Wegen Menschen wie dir, die ihr Geschirr nicht in die Spülmaschine räumen, weil sie denken, jemand anderes müsse das für sie erledigen!

Wegen Ignoranten wie dir, die wahrscheinlich nicht einmal wissen, wie man eine Toilettenbürste benutzt! Sie konnte ihre wohlverdiente Rente nur sechs Monate lang genießen, dann hat ein Herzinfarkt sie von einer Sekunde auf die andere dahingerafft. Vielen Dank auch!«

Sabrina knallte die Klappe der Spülmaschine zu und ließ Aldo einfach stehen. Sie fühlte, wie sich seine Blicke in ihren Rücken bohrten.

Du ehrloser Enthüllungsjournalist! Wer weiß, wie viele Reputationen, Karrieren, Ehen, vielleicht sogar Leben du auf dem Gewissen hast!, dachte Sabrina. *Wahrscheinlich würdest du deine eigene Mutter ins Messer laufen lassen, wenn dabei nur eine gute Story herauskommt!*

Trotzdem zog dieser Bad Boy sie wie ein Magnet an und sorgte dafür, dass sie sich nicht mehr über den Weg traute.

An ihren Platz zurückgekehrt, versuchte Sabrina, sich wieder auf ihren Artikel zu konzentrieren und nicht daran zu denken, wie sich seine Bauchmuskeln unter seinem engen Hemd abgezeichnet hatten.

Dann hörte sie Schritte. Kompromisslose, unerbittliche, bestimmte Schritte.

Er baute sich bedrohlich vor ihrem Schreibtisch auf und seine Augen glühten boshaft.

Sabrina wusste nicht, was schwärzer war, sein Blick, der Espresso in seiner Hand oder seine Seele.

»Sabrina.« Die Art und Weise, wie Aldo ihren Namen aussprach, jagte ihr einen Schauer den Rücken hinunter. Und nicht vor Schreck.

Sie sah nicht zu ihm auf, sondern schrieb seelenruhig weiter.

»Ich kann nichts dafür, wenn du aufgrund deines unzuverlässigen Vaters eine verkorkste Kindheit hattest und das bedauernswerte Schicksal deiner Mutter auf alles und jeden projizierst.«

Obwohl es in ihr wie im Inneren eines Vulkans brodelte, gab sie sich keine Blöße, sondern behandelte ihn, als sei er Luft.

Er atmete hörbar ein und ging einmal um ihren Schreibtisch herum, sodass er hinter ihr stand.

All ihre Nackenhärchen richteten sich auf.

»Wag es nicht, mich zu ignorieren und sieh mich an, wenn ich mit dir rede«, zischte er im Flüsterton.

Die ersten Kollegen verfolgten die Szene bereits mit großem Interesse.

Getroffene Hunde bellen, dachte Sabrina und grinste innerlich.

Plötzlich griff Aldo nach ihrem gerahmten Foto. Sie sah zu ihm auf.

»Finger weg! Das ist Privateigentum!«

»Du kennst Minerva Giuliani?«, fragte Aldo. Er wirkte überrascht.

Sabrina entriss ihm das Foto und stellte es wieder an seinen Platz.

»Ja, sie ist seit Universitätszeiten meine beste Freundin.«

Plötzlich wandelte sich sein Gesichtsausdruck, seine Züge entspannten sich sichtlich.

»Ihr Exmann heiratet an Weihnachten …«

»… und bekommt im Februar ein Baby, das wissen wir bereits alles. Wie gesagt, ich bin ihre beste Freundin.«

»Sie ist die Tochter unserer geliebten und immer noch verehrten Schriftstellerin Ornella Giuliani …«

Die Art, wie er das sagt, gefällt mir überhaupt nicht!

»Ja, ist sie. Ornella ist schon lange tot!«

»Seit dem Tag von Minervas Geburt, ich weiß. Oder soll ich sie lieber Minnie nennen? Die Geschichte wurde von der Presse damals lange breitgetreten. Die Archive sind voll von Artikeln darüber.«

Sabrina sprang wie von der Tarantel gestochen auf. Er war Enthüllungsjournalist – wenn er sich so sehr für jemanden interessierte, konnte das nichts Gutes heißen.

»Was willst du von ihr? Lass sie gefälligst in Ruhe!«

Er zuckte mit den Schultern und zeigte seine Hände, als wolle er sagen, dass er unbewaffnet sei.

»Keine Sorge, ich verspreche dir hoch und heilig, dass ich nicht an einer Story über deine Freundin arbeite.«

Sabrina versuchte, aus seinem Gesicht zu lesen, ob sie

ihm trauen konnte. Aber dass er sofort verstanden hatte, worauf sie hinauswollte, beunruhigte sie umso mehr.

»Ich gebe zu, ich war ein unsensibler Grobian. Es tut mir leid, dass ich so abfällig über unsere Reinigungsdame gesprochen und dass ich dich an deine Mutter erinnert habe. Ich muss ja ganz schlimme Erinnerungen heraufbeschworen haben. Das war nicht meine Absicht. Darf ich dich zur Wiedergutmachung zum Essen einladen? Es soll ein großartiger, neuer Japaner im Zentrum aufgemacht haben. Begleitest du mich dorthin? Heute Abend vielleicht?«

Er setzte den wohl nettesten Blick auf, zu dem er imstande war, und hielt ihr seine perfekt gepflegte Hand hin.

Mein Bauchgefühl sagt mir, dass hier etwas ganz gewaltig stinkt, dachte Sabrina, *wenn er irgendetwas gegen Minnie komplottiert, muss ich es herausfinden.*

Und wenn sie das auch noch mit einem Date verbinden konnte, warum nicht?

Sabrina ergriff die Hand und fühlte prompt ein Kribbeln im Bauch.

»Ich prüfe meinen Kalender und melde mich bei dir. Und jetzt würde ich gerne an dem Artikel weiterarbeiten, den ich meiner Chefin schon längst hätte abgeben müssen. Vielen Dank.«

Obwohl es ihr schwerfiel, richtete Sabrina ihre konzentrierten Blicke auf den Bildschirm vor sich. Was wollte sie noch gleich schreiben?

»Gut«, antwortete Aldo und machte auf dem Absatz kehrt.

Der Duft seines schweren Eau de Parfums lag noch lange Zeit in der Luft.

Kapitel 17

20. Dezember 2018
Per

»Probier mal bitte, ob die dir passen«, wies Per Minnie an und übergab ihr ein Paar Schneeschuhe, die an die normalen Schuhe angeklickt wurden.

Minnie tat, wie geheißen. »Ich denke, es passt.«

Sie ging ein paar Schritte und lachte.

Pers Herz ging auf, wenn er diesen Klang hörte.

»Fühlt sich ein wenig komisch an, so, als würde ich auf Tennisschlägern gehen.«

»Ich weiß, aber du wirst dich schnell daran gewöhnen. Genau dafür sind sie da, damit du mehr Tragfläche hast und nicht so sehr im Schnee einsinkst. Du wirst mir später noch dafür danken«, antwortete er.

»Gibt es sonst noch etwas, was ich beachten muss?«

Per demonstrierte ihr, wie man richtig ging. »Eigentlich sind nur zwei Dinge wichtig. Setz einen Fuß vor den anderen und versuch, nicht mit den Schneeschuhen hängen zu bleiben oder dich zu verkeilen. Das passiert leicht, wenn du nicht genug Abstand zwischen beiden Schuhen lässt.«

Minnie stakste langsam mit den Schneeschuhen herum. Per konnte es sich einfach nicht verkneifen.

»Weißt du, woran du mich erinnerst?«

»Woran denn?«, fragte Minnie und übte weiterhin das ungewohnte Gehen.

»An ein Elchkalb, das gerade zur Welt gekommen ist und seine ersten Schritte macht! Die staksen genauso durch den hohen Schnee.«

Minnie betrachtete ihn, grinsend und fassungslos zugleich. »Wirklich sehr charmant, Herr Andersson.«

»Immer«, antwortete Per und platzierte seinen dieses Mal vollständig gepackten Rucksack im Kofferraum des Autos.

Er klickte seine Schneeschuhe auf und legte sie dazu. »Du kannst deine dann auch gleich hineinpacken.«

Keine Antwort. Per drehte sich um.

»Minnie?«

Plötzlich erwischte ihn etwas am Hinterkopf. Er fasste sich an die Wollmütze und fühlte Schnee.

»Zettelst du gerade eine Schneeballschlacht an? Mit einem Mann, der im Schnee aufgewachsen ist? Ernsthaft?«, fragte Per.

Minnie kam hinter einer Tanne hervor und befreite ihre Handschuhe von Resten der Tatwaffe. »Nein, ich räche mich nur für das Elchkalb. Ich hoffe doch, ich bin wenigstens ein klein wenig ansehnlicher!«

Ein klein wenig?, dachte Per.

Er machte einen Diener. »Ich bitte untertänigst um Vergebung.« Dann öffnete er die Beifahrertür des vorgeheizten Wagens und sagte: »Bitte einsteigen, Madame.«

Minnie stakste lächelnd auf ihn zu, verhakte sich mit den Schneeschuhen und plumpste zwei Meter vor ihm in den Schnee.

Sie lachte aus vollem Herzen, während er zu ihr sprintete und ihr aufhalf.

»Hast du dir wehgetan?«, fragte er ehrlich besorgt.

»Bei so vielen Schichten warmer Klamotten, die ich heute wieder trage, ist das schier unmöglich!«, antwortete Minnie und klopfte sich den Schnee weg.

Per hätte sie am liebsten geküsst, genau hier und jetzt. Ihre Augen strahlten, ihre Wangen waren rosig.

Du hast wirklich keine Ahnung, wie schön du bist. Er fand es nicht ganz einfach, sich wieder auf das Programm zu konzentrieren, das er für heute geplant hatte.

Er würde dafür sorgen, dass dieser Tag für sie unvergesslich wurde.

Sie klickte die Schneeschuhe auf, legte sie in den Kofferraum und stieg in Pers Wagen.

»Bereit?«, fragte er.

»Bereit! Ich bin sehr auf unsere Wanderung gespannt.«

Per lachte sich ins Fäustchen. Er würde ihr viel mehr bieten als das.

»Warum nehmen wir eigentlich Rosalie nicht mit?«

Dieser Frau entging aber auch wirklich gar nichts!

»Sie ist bei meiner Mutter, weil der Tag heute sehr lang werden wird. Ich hoffe, ich halte dich nicht vom Schreiben ab?«, fragte er und ließ den Wagen langsam vom verschneiten Hof rollen.

»Nein, nein. Auch wenn das Gespräch gestern gutgetan hat, habe ich meine Schreibkrise leider noch nicht überwunden …«

»Es wird schon werden, du musst nur wieder selbst an dich glauben.«

»Ich weiß«, antwortete Minnie und ließ ihren Blick über die endlosen Wälder, die die Straße säumten, schweifen, »der Glaube versetzt Berge. Wir fahren in Richtung Sorsele?«

»Ja, richtig.«

Per schaltete das Radio an und gab sich Mühe, sich auf die Straße zu konzentrieren.

Er genoss es so, ihr die Faszination, die sie für Lappland empfand, vom Gesicht abzulesen.

Zwanzig Minuten später stellte Per den Volvo vor der Einfahrt von Henriks Geschäft ab.

20. Dezember 2018
Minnie

Minnie war überrascht, als Per ihr sagte, sie solle aussteigen.

Er nahm die Schneeschuhe und den Rucksack aus dem Kofferraum und ging auf ein graues, unscheinbares Gebäude zu. Minnie folgte ihm.

Sofort fuhr Minnie ein etwas gummiartiger Geruch in die Nase.

Auf Regalböden standen Stiefel, in die wohl selbst Big Foots Füße passen würden. Auf einem anderen Regal lagen Helme mit und ohne Visier und verspiegelte Skibrillen.

Blaue und rote Overalls in sämtlichen Größen, vom Kleinkind bis hin zum kräftigen Mann, hingen an Stangen.

»Was genau ist das für ein Ort?«, fragte Minnie. »Ich dachte, wir wollen wandern gehen?«

Per sah sie amüsiert an. »Werden wir auch. Aber um an die Orte zu kommen, die ich dir zeigen will, brauchen wir ein Schneemobil.«

Ein junger Mann mit langem blondem Pferdeschwanz kam aus einem Nebenraum und wurde von Per mit »Hey, Henrik!« angesprochen. Er klatschte Per ab und begrüßte Minnie mit einem festen Händedruck und einem freundlichen Augenzwinkern.

»Hey, Per. Ich habe heute Morgen noch versucht, dich anzurufen, aber da warst du wahrscheinlich schon unterwegs. Du hattest ja zwei Schneemobile reserviert, nicht wahr?«, sagte Henrik auf Englisch.

»Ja, das ist richtig«, antwortete Per.

»Dummerweise habe ich nur noch ein Schneemobil für dich, aber immerhin ein großes. Das andere, das ich für dich vorgesehen hatte, ist noch in der Werkstatt.«

Per schielte nervös zu Minnie. »Du bist doch ein Schneemobilverleiher, du wirst sicherlich noch ein anderes übrighaben?«

Henrik schüttelte bedauernd den Kopf.

»Eine ganze Horde japanischer Touristen hat sich alle anderen Schneemobile gemietet. Sie sind jetzt eine Woche lang mit Mira und Mikke unterwegs.«

»Gut für sie und gut für dich, Henrik«, sagte Per und wirkte irgendwie enttäuscht.

»Was genau heißt das?«, wollte Minnie wissen.

»Es bedeutet, dass ich fahren werde und du dich an mir festhalten musst.«

»Das ist besser so, ich wäre an der ersten Kurve wahrscheinlich gleich gegen einen Baum gefahren«, sagte Minnie.

Außerdem werde ich Per ganz nah sein, dachte Minnie mit einer Mischung aus Vorfreude und Unsicherheit.

»Okay, Henrik. Kein Problem«, sagte Per und klopfte ihm freundschaftlich auf die Schulter.

»Gut«, meinte Henrik und betrachtete Minnie, dann nahm er eine Brille und einen Overall aus dem Regal.

»Welche Schuhgröße?«

»37«, antwortete Minnie.

Er nahm auch ein Paar Stiefel und drückte Minnie alles in die Hand.

Zum Schluss griff er nach einem Helm, den er auf Minnies Kopf setzte. »Passt der?«

Minnie spürte die Polster des Helms an den Schläfen. Ihr Kopf fühlte sich an, als sei er in Watte gepackt. Sie klappte das Visier auf und nickte Henrik zu.

»Prima! Und jetzt gehst du bitte in die Umkleidekabine hinter dir und probierst auch den Rest an.«

Nach zehn Minuten schweißtreibenden Anprobierens kam Minnie wieder heraus.

»Und, wie geht es dir?«, fragte Per, der auch schon in voller Montur vor ihr stand. Trotz seines dick gefütterten Overalls machte er immer noch eine gute Figur.

»Als hätte ich auf einen Schlag dreißig Kilo zugenommen«, gab Minnie zu und fühlte sich bei jedem Schritt wie ein Michelin-Männchen.

»Euer Schneemobil steht schon draußen, natürlich vorgeheizt und vom Schnee befreit«, sagte Henrik.

»Dann wollen wir mal«, erwiderte Per und bedeutete Minnie, ihm zu folgen.

Der laufende Motor machte einen Höllenlärm. Per verstaute seinen Rucksack und die Schneeschuhe im Gepäckfach.

Er stieg auf und hielt Minnie seine Hand hin.

Minnie schickte ein kleines Stoßgebet zum Himmel. *Hoffentlich stelle ich mich nicht ganz wie ein Trottel an!*

Sie nahm hinter ihm Platz. Die Maschine ruckelte unter ihr, doch der gepolsterte, leicht erhöhte Rücksitz war bequem.

Per drehte sich zu ihr um und legte ihre Arme um seine Taille.

Er öffnete noch einmal sein Visier. Der blaue Overall betonte seine Augenfarbe.

»Du brauchst keine Angst zu haben. Genieß es einfach und halt dich an mir fest. In Ordnung?«

»Wird schon schiefgehen«, nuschelte sie nervös und gleichzeitig voll Vorfreude in ihren Helm.

»Hab einfach nur Vertrauen. Ich weiß, was ich tue«, antwortete er und klappte sein Visier wieder zu.

Minnie tat es ihm gleich und hielt sich sofort wieder an Per fest.

Mit einem Ruck fuhr er los, überquerte die Straße, und schon ließen sie die Zivilisation hinter sich.

Ein kleiner, vorbereiteter Pfad schlängelte sich durch den Wald. Rote Holzkreuze markierten den Weg.

Immer wieder schien die Sonne durch die verschneiten Bäume und ließ Millionen von Schneekristallen funkeln.

Daran werde ich mich niemals sattsehen können, dachte Minnie und spürte, wie ihre innere Anspannung inmitten all der Schönheit langsam nachließ.

Schon nach wenigen Minuten gab es nur noch sie beide, den Wald und das tuckernde Geräusch des Schneemobils.

Minnie nahm die Umgebung um sich herum bewusst wahr. Das Weiß, das wie Wattebäusche auf den Ästen thronte. Die klirrende Kälte, die unter dem Overall nur zu erahnen war.

Diese Szene muss in meinem neuen Buch auftauchen, beschloss Minnie. Sie speicherte die herrlichen Bilder vor ihren Augen tief in sich drin ab.

Nach einigen Minuten hielt Per an und schob sein Visier hoch. Minnie tat es ihm gleich.

»Alles in Ordnung bei dir? Gefällt es dir soweit?«

»Wie kann einem das nicht gefallen? Es ist traumhaft«, sagte sie und breitete ihre Arme aus.

»Habe ich dir doch gesagt!«, antwortete Per. »Das Stück, das bald kommt, wird ein wenig steiler sein. Halt dich gut fest. Und wenn wir in die Kurven fahren, darfst du dich nicht wie beim Motorradfahren hineinlegen, sondern musst dich genau in die entgegengesetzte Richtung lehnen. Okay?«

»Okay!«, sagte Minnie und schlang ihre Arme wieder um Pers Taille.

Es ist so schön, ihm so nah sein zu müssen, dachte Minnie und freute sich darauf, weiterzufahren.

Per gab wieder Gas. Je lichter der Wald wurde, desto mehr beschleunigte er.

Der Weg führte nun einen kleinen, kurvenreichen Hügel hinauf und gab Minnie einen Grund, sich noch ein wenig fester zu halten.

Die ersten Kurven spürte Minnie kaum, doch auf einmal lag eine scharfe Kehre vor ihnen, die auch noch stetig steiler wurde. Per beschleunigte dementsprechend immer mehr.

Was sollte ich noch einmal tun? Mich hineinlehnen?, dachte Minnie und merkte zu spät, dass sich Per genau in die entgegengesetzte Richtung lehnte.

Prompt kippte das Schneemobil nach links. Vor lauter Schreck ließ Minnie einfach los und wurde von ihrem Sitz in den Tiefschnee geschleudert. Sie erwartete, dass es wehtun würde, doch es war nicht der Fall.

»Minnie, ist alles in Ordnung mit dir?«, hörte sie Pers besorgte Stimme. Als sie sich aufrichtete, sah sie, dass er nur ein Stückchen entfernt gestoppt hatte.

»Alles gut, ich bin sehr weich gelandet!«, beruhigte ihn Minnie und dankte dem Himmel, dass Per ihren vor Scham hochroten Kopf unter dem Helm nicht sehen konnte.

Sie stand auf, ging einen Schritt auf Per zu und versank plötzlich bis zur Taille im Schnee.

Per brüllte vor Lachen. »Jetzt hast du am eigenen Leib sowohl erfahren, weshalb man sich nicht in die Kurven legen kann und außerdem, wofür man Schneeschuhe benötigt! Lehrvorführung beendet!«

Minnie lachte lauthals mit. Per steckte sie mit seiner Fröhlichkeit an.

Keine Spur vom traurigen und verzweifelten Per und von der unsicheren und verletzten Minnie von gestern.

Sie lachten und lachten. Aus vollem Herzen. Mit ganzer Kraft.

Wann war sie wohl das letzte Mal so glücklich gewesen? So unbekümmert?

»Und zum zweiten Mal musst du mir heute wieder aufhelfen!«, rief Minnie aus, als Per ihr seine Hand hinhielt.

»Das würde ich immer für dich tun«, sagte er sanft und hielt ihre Hand so lange fest, bis sie wieder sicher hinter ihm Platz genommen hatte.

So muss es sein, an seiner Seite zu leben. Immer beschützt, immer sicher, dachte Minnie.

Per drehte sich erneut zu ihr um. »Ich muss jetzt beschleunigen, um den Berg hochzukommen. Ich glaube, ich brauche dir nun nicht mehr zu sagen, was du zu tun hast!«

Minnie krallte sich fest, so gut sie konnte. »Nicht einmal Godzilla könnte mich dir entreißen!«

Per lachte und klappte sein Visier wieder zu.

Das Adrenalin schoss durch ihren Körper, als er sofort Gas gab und das Schneemobil nach vorne schnellte.

Und jetzt tue ich das, was er tut!

Wenn Per sich nach rechts lehnte, tat sie es auch, wenn er sich nach links lehnte, bewegte sie sich mit ihm.

Einmal kratzte ein tief liegender Ast an ihrem Helm, doch sie blieb ungerührt.

Sie beide waren eine Einheit, unzertrennlich miteinander verbunden, wie das Rentier mit seinem Geweih, wie die Eiskristalle, die eine Schneeflocke bildeten.

Je höher sie kamen, desto mehr lichtete sich der Wald. Und dann sah Minnie das bislang steilste Stück ihrer Strecke vor ihnen.

»Halt dich jetzt so fest, wie du kannst!«, schrie Per.

Minnie schmiegte sich an seinen Rücken und hoffte, dass er ihren Herzschlag durch die gefütterte Kleidung nicht spüren konnte.

Dann gab er Gas und für einen Moment schwebten sie beide in der Luft. Sie hatte ein Leeregefühl im Magen wie bei einer Achterbahnfahrt, doch schon landeten sie mit einem Ruck sicher auf der Bergkuppe.

Kein einziger Baum stand dort, also gab Per Vollgas und drehte einige Runden im Schnee.

»Juhuuuuu«, schrie und lachte Minnie gleichzeitig, vom aufheulenden Motor übertönt.

Gott sei Dank hatte Henrik kein Schneemobil mehr für mich übrig! Das hätte ich nie alleine hinbekommen, dachte Minnie.

Per hielt am anderen Ende der Bergkuppe in der Nähe einer Holzhütte. Er stieg ab und half auch Minnie dabei, die bis zum Knie im Schnee einsank. Per entfernte seinen Helm, und Minnie folgte seinem Beispiel. Sofort machte sich die Kälte auf ihrem Gesicht bemerkbar.

Er öffnete das Gepäckfach, holte seinen Rucksack heraus und entnahm die Schneeschuhe und seine Thermoskanne.

»Bitte anziehen«, sagte er zu Minnie und klickte sich selbst wieder in die tennisschlägerartigen Treter.

Minnie kam seiner Aufforderung nach und merkte sofort, dass sie besser im Schnee gehen konnte.

»Dieses Mal habe ich sie nicht stehen gelassen!«, sagte Per, deutete auf die Thermoskanne und schenkte Minnie und sich etwas Heißes ein, das sofort stark dampfte.

»Gut gemacht, Per. Wieder dein leckerer Kakao?«

»Nein, dieses Mal ist es ein Apfel-Zimt-Tee«, erklärte er und reichte ihr das Gefäß.

»Tolle Mischung!«, sagte Minnie und nahm es dankbar entgegen.

»Das ist einer meiner absoluten Lieblingsorte.«

Minnie sah sich um. »Vermutlich verirrt sich niemals ein Tourist hierher, oder?«

»Eher selten, sie nutzen nur die bereitete Strecke, die wir ganz am Anfang befahren haben. Aber das ist nicht der einzige Grund. Komm mit.«

Per ging einige Schritte, bis sie am Abhang standen. Als Minnie das Panorama sah, verstand sie.

So weit ihr Auge blicken konnte, bis zum Horizont und vermutlich noch viel weiter, erstreckte sich nur unberührte Natur, Wälder und Schnee, in das goldene Licht der Sonne getaucht. Sie sah wilde Schluchten, Flussläufe und gefrorene Seen. Alles wie mit Zuckerwatte überzogen.

»Wow«, hauchte sie völlig überwältigt.

Wie soll ich nur jemals nach Mailand zurückkehren, nachdem ich das gesehen habe?, fragte sich Minnie und bemühte sich, jeden Gedanken an ihre Heimat mit der ganzen Zivilisation sofort zu verscheuchen.

»Das ist das Fjell. Es ist die pure Wildnis«, erklärte Per. »Dort hilft uns kein Geld und kein Reichtum. Keine Macht und kein Prestige. Dort geht es nur um das nackte Überleben und wir Menschen würden dort wahrscheinlich als Erste draufgehen, weil wir nicht mehr für die Wildnis gemacht sind.«

»Wir haben die Verbundenheit zur Natur verloren«, entgegnete Minnie. »Wir betrachten sie als eine Ressource, die es auszubeuten gilt, statt zu verstehen, dass wir ein Teil von ihr sind. Zerstören wir die Natur, zerstören wir unsere eigene Lebensgrundlage.«

Per sah sie überrascht an, sein Blick verband sich mit ihrem und drang bis tief hinab in ihre Seele. »Das ist genau das, was ich auch denke, woran mich dieser Ort erinnert, jedes Mal, wenn ich hier bin. Immer, wenn ich es nötig habe, geerdet zu werden. Minerva Giuliani, ich lüge nicht, wenn ich sage, dass du die ungewöhnlichste Frau bist, die ich seit Langem kennengelernt habe.«

»Danke! Das ist das schönste Kompliment, das ich seit Langem bekommen habe«, antwortete Minnie. »Ich mag immer in der Stadt gelebt haben, aber unterschätze nie die Kraft von Büchern. Sie bringen uns weiter als jedes

Verkehrsmittel. Wenn wir Bücher lesen, können wir durch Wüsten oder den Dschungel wandern, durch die Ozeane schwimmen, die höchsten Berge erklimmen, im Mittelalter oder in der Zukunft leben, ohne einen Schritt gehen zu müssen. Deshalb bin ich Schriftstellerin geworden, um genau solche Welten zu erschaffen.« Minnie empfand ihren eigenen Gedanken in diesem Moment als überwältigend wahr.

Per schien sprachlos. Sie betrachteten noch einige Zeit das Fjell und Minnie genoss wieder diese Ruhe. Es schien nur noch sie und Per zu geben, ihren Atem und ihren Herzschlag.

»Noch ein Schluck Tee, bevor wir weiterfahren?«, flüsterte Per nach einer Weile.

»Ja, gern«, antwortete Minnie.

Eine Viertelstunde später sausten sie den Berg an einer anderen Stelle hinunter, schlängelten sich durch die Wälder, bis sie erneut auf eine freie Fläche kamen.

Minnie fühlte sich so unbeschwert wie schon sehr lange nicht mehr, während sie über den gefrorenen See bretterten, und jauchzte vor lauter Lebensfreude.

Als sie den See hinter sich gelassen hatten, fuhren sie weiter, wieder durch tiefste Wälder, bis sie die imposanten Schluchten eines gefrorenen Flusslaufs erreichten.

Das passiert mir nicht wirklich! Das muss ein Traum sein!, dachte Minnie.

Nach und nach verlor Minnie jegliches Gefühl für die Zeit, die sie inmitten der Felsen und Canyons verbrachten. Irgendwann befanden sie sich wieder in einem Waldstück und Per hielt an.

Auf ihren Schneeschuhen gingen sie ein Stück. Minnie war überrascht, als sie hinter einer Biegung einige Holzhäuser sah.

»Wohnt hier jemand?«, fragte sie.

»Nein. Es ist eine historische Stätte«, sagte Per. »Sie soll uns zeigen, wie die Ureinwohner Lapplands einst gelebt haben.«

Schon bald erkannte Minnie ein rechteckiges Holzhäuschen, das auf einer einzigen, meterhohen Stelze stand, eine kleine Holzkirche, so wie eine Art Tipi, aber aus Holz.

»Ich wette mit dir, dass du nicht weißt, warum dieses eine Holzhäuschen so hoch steht«, sagte Per.

»Dies war wahrscheinlich als Schutz vor den Bären gedacht?«, schätzte Minnie. »Für die Vorräte?«

Per staunte nicht schlecht. »Bravo, Minnie! Du überw… überraschst mich immer wieder.«

Minnie grinste. »Unterschätze niemals eine Frau, die alleine lebt, egal ob in der Großstadt oder auf dem Dorf.«

»Auf keinen Fall!«

»Und wie nennt man diese Art Tipi-Hütte dort?«, fragte Minnie.

»Das ist eine Kota. Diese Hütten haben die Samen früher überall in den Wäldern gebaut. Der Brauch hat sich bis in unsere Gegenwart gehalten. Ein Rückzugsort in der Wildnis, in dem sie gekocht, sich aufgewärmt und geschlafen haben. Und genau das werden wir jetzt dort auch tun.«

»Dürfen wir das?«

»Natürlich!«, sagte Per und öffnete die schwere Eingangstür.

Der Innenraum war rund, wirkte aber geräumiger, als es sich von außen hatte erahnen lassen.

In der Mitte der Hütte befand sich die Feuerstelle, der Boden war mit Zweigen und Rentierfellen ausgelegt.

Per sperrte die Kälte aus, indem er die Eingangstür hinter sich schloss. Minnie lauschte dem Pfeifen des Windes um die Hütte herum.

»Und jetzt kümmere ich mich erst einmal um ein Feuer«, verkündete Per.

Eine Viertelstunde später ging Minnie in die Hocke und streckte ihre von den Handschuhen befreiten Hände in die Wärme.

»Einfach herrlich!«, flüsterte sie und erfreute sich an den knackenden und knisternden Ästen.

»Darf ich dir etwas zu essen anbieten?«, fragte Per und beugte sich über seinen Rucksack.

»Gerne! Die Kälte macht hungrig!«, rief Minnie und nahm dankbar das Käsesandwich an.

Sie machten es sich auf den Rentierfellen bequem und streckten ihre Füße zur Feuerstelle hin, während sie aßen und mit heißem Tee nachspülten.

Nach und nach fühlte Minnie, wie sich die Wärme pulsierend von ihrem Bauch bis hin zu den Zehen und Fingerspitzen ausbreitete.

»Ich fühle mich so lebendig wie schon lange nicht mehr«, sagte sie. »Danke, dass du mich hergebracht hast, Per.«

»Das ist mein Job«, antwortete Per. »Aber es freut mich sehr, dass es dir so gut gefällt.«

Bleierne Enttäuschung machte sich in Minnie breit. Während der vergangenen Stunden hatte sie völlig vergessen gehabt, dass Per diesen wundervollen Ausflug mit ihr nur deshalb machte, weil der Verlag dafür bezahlt hatte.

Den Tag über hatte es sich so angefühlt, als wären sie einfach nur ein Pärchen, das einen wunderschönen Tag miteinander verbrachte, und gar nicht wie ein Guide mit seiner Kundin.

Sie blieben schweigend sitzen, bis Per das Feuer löschte.

»Bereit für die letzte Etappe?«

Minnie zog wieder ihre Handschuhe an. »Bereit!«

Die Sonne stand schon tief am Horizont, als sie die Hütte verließen, wieder auf dem Schneemobil Platz nahmen und losfuhren.

Per

Minnie hatte gerade wieder ihre Arme um seine Taille gelegt und sich leicht an seinen Rücken geschmiegt. Überall, wo ihr Körper seinen berührte, breitete sich eine pulsierende, angenehme Wärme aus.

Trotz des eisigen Fahrtwindes klappte Per sein Visier auf.

Bleib cool, bleib einfach cool, mahnte er sich selbst, *Minnie darf nicht über jeden meiner Gedanken Besitz ergreifen. Das darf nicht sein. In wenigen Wochen wird sie Lappland für immer den Rücken kehren.*

Aber sie liebt es hier! Das ist nicht zu übersehen, meldete sich eine andere Stimme in ihm zu Wort, die trügerische Stimme der Hoffnung.

Jeder Tourist liebt Lappland, widersprach seine Vernunft, *für ein paar Wochen ist es ja auch ganz nett hier. Aber für immer hierbleiben? Das ist eine andere Geschichte.*

Die Hoffnung ließ nicht locker: *Hast du nicht gesehen, wie schmerzerfüllt ihr Gesicht ausgesehen hat, als du gesagt hast, dies sei nur ein Job für dich?*

Ja, habe ich. Ich habe aber auch Sindy nicht vergessen!, wandte die Vernunft ein.

Seid still! Ich kann mich kaum mehr auf das Fahren konzentrieren, ich bin für Minnie und auch für mich selbst verantwortlich!, gebot Per beiden Einhalt.

Endlich Ruhe!

Per klappte sein Visier wieder zu und versuchte, die Schönheit der Polarlandschaft auf sich wirken zu lassen.

Plötzlich klopfte ihm Minnie kräftig auf die Schulter. Er hielt sofort an.

Minnie bedeutete ihm, leise zu sein, und zeigte nach rechts.

In einiger Entfernung zupfte ein junger Elch Flechten von den unter ihrer Schneelast herunterhängenden Ästen.

Per schaltete den Motorschlitten aus, um das Tier nicht zu verscheuchen, und stieg ab.

Minnie kletterte ihrerseits vom Schneemobil und setzte ihren Helm ab, vermutlich, um die Szene besser beobachten zu können.

Sie ist so wunderschön … und die Begeisterung in ihren Augen …, dachte Per.

Was hatte diese Frau in so kurzer Zeit mit ihm gemacht?

Wie verhext würde er erst in einigen Wochen sein, wenn sie die Heimreise antreten musste?

An ihr Weggehen wollte er nicht einmal den Hauch eines Gedankens verschwenden!

Sie beobachteten den Elch noch eine ganze Weile schweigend, bis er hinter einem Hügel verschwand.

Mit ihr kann man nicht nur wunderbar reden, sondern auch die Ruhe genießen, flüsterte wieder leise die Hoffnung. *Von welcher Frau könnte man das sonst noch behaupten?*

Per ignorierte seine eigenen Gedanken und startete wieder den Motor. Warum waren seine Gefühle nicht einfach wie diese Maschine, die man an- und ausschalten konnte?

Minnie nahm hinter ihm Platz und hielt sich wieder an ihm fest. Per fuhr weiter. Er kannte sein Ziel.

Minnie

Ammarnäs, las Minnie auf dem Ortseingangsschild der kleinen, träumerisch-verschlafen wirkenden Gemeinde.

Das Zwielicht der Polarsonne hatte der Dunkelheit Platz gemacht, doch die Beleuchtung der Straßenlaternen und der Häuser im Zusammenspiel mit dem Schnee sorgten dafür, dass alles in ein bläuliches Licht getaucht wurde.

Am Fuße eines kleinen Hügels hielt Per an.

Minnie sprang vom Schneemobil und nahm den Helm von ihrem Kopf.

»Und was machen wir hier?«, fragte sie neugierig.

»Die letzte Etappe unseres Ausflugs«, antwortete Per und kramte eine Taschenlampe und die Schneeschuhe aus dem Gepäckfach.

Minnie lächelte. »Die habe ich fast schon liebgewonnen!»

»Das trifft sich gut, denn wir machen jetzt noch eine kleine Wanderung«, erklärte Per.

»Im Dunkeln?«

»Klar. Lass dich einfach überraschen.«

»Okay, dann los.«

Per stapfte voraus und leuchtete Minnie den Weg.

Nach einigen Metern öffnete er ein hölzernes Gatter und ließ sie hindurchgehen.

»Ist das eine Art Park oder so?«, fragte Minnie.

»So in etwa«, sagte Per und ging weiter voraus.

Alle paar Meter beleuchteten Laternen den Schnee und verliehen dem Ort eine ebenso schöne wie gänsehauterregende Atmosphäre. Sie fragte sich, woran das lag.

Dann dämmerte es ihr.

»Ist es das, was ich denke?«

»Was denkst du denn?«

»Die Kreuze sprechen eigentlich für einen Friedhof ...«

Um Himmels willen, was will er hier mit mir? Ist das eine Art skandinavischer Humor?

»Gut beobachtet! Aber keine Sorge, wir bleiben nur ganz kurz hier.«

Per hielt vor einem Grab an, das ganz im Dunkeln lag.

»Kannst du bitte die Taschenlampe einen Moment halten?«, bat er.

»Selbstverständlich«, antwortete Minnie und richtete

den Schein der Lampe auf das Kreuz, das Per vom Schnee befreite.

Er ging in die Hocke, nahm eine Laterne, die vor dem Grabstein stand und wechselte die Reste einer ausgebrannten Kerze gegen eine neue aus, die er mithilfe eines Streichholzes anzündete.

Im Lichtschein konnte Minnie endlich lesen, wer hier seine letzte Ruhestätte gefunden hatte.

Bastian Andersson

17.09.1959 – 15.03.2015

Das ist Pers Vater und dieses Datum kommt mir bekannt vor, dachte Minnie. *Aber woher bloß?*

Per stand auf und betrachtete das Grab mit einer Mischung aus Liebe und Gefasstheit.

Minnie hielt sich im Hintergrund und ließ ihn für einen Moment allein mit seinen Gedanken.

Ich sollte vielleicht auch mal wieder das Grab meiner Mutter besuchen, dachte sie mit einem Hauch schlechten Gewissens.

Nach einigen Minuten sagte Per: »Danke, dass du gewartet hast. Jetzt gehen wir wieder los. Du kannst mir die Taschenlampe wieder zurückgeben.«

»Hat Sorsele keinen Friedhof?«, fragte Minnie.

»Doch, aber Ammarnäs war der Lieblingsort meines Vaters, deswegen haben wir ihn hier begraben, auch wenn es für uns nicht gerade um die Ecke ist.«

Wieder leuchtete Per Minnie den Weg und sie gingen einen Abhang hoch.

Schritt für Schritt erkannte sie, was ihr Per als Nächstes zeigen wollte.

Hell beleuchtet stand eine kleine Kirche oberhalb des Friedhofs, deren Wände und Dach über und über mit Holzschindeln bedeckt war. Ein spitzes Türmchen ragte in den Himmel, als sei es der direkte Draht zu Gott.

Wow!, dachte Minnie und zückte ihr Handy, um ein Foto zu machen.

»Im Vergleich zum Mailänder Dom wird sie dir vermutlich lächerlich erscheinen«, sagte Per.

»Nein, gerade wegen ihrer Größe und ihrer schlichten Bauweise finde ich sie wunderschön. Außerdem habe ich freie Sicht! Versuch mal, ein Foto vom Mailänder Dom zu machen, ohne dass ein Tourist oder fliegender Verkäufer im Bild ist, das ist ein Ding der Unmöglichkeit. Sie ist so herrlich ... weihnachtlich. So wie alles hier!« Minnie breitete begeistert ihre Arme aus.

Habe ich gerade das Wort weihnachtlich *in den Mund genommen? Ohne dabei einen Schauer des Schreckens zu empfinden?*, wunderte sie sich über sich selbst.

Ihre Seele heilte, das spürte sie deutlich, und mit jedem Tag, den sie in Lappland verbrachte, schienen ihre Probleme immer bedeutungsloser zu werden.

»Wenn du mit deiner Fotosession fertig bist, können wir weitergehen«, sagte Per.

»Ach, ist nicht die Kirche das Highlight von Ammarnäs?«, fragte Minnie überrascht.

»Sie ist nur eines der Highlights, und wenn du mich fragst, nur das drittschönste hier.«

Per hatte einen seltsamen Blick aufgesetzt, den Minnie nicht deuten konnte.

»Jetzt machst du mich aber neugierig!«

Minnie fühlte sich ein wenig unbehaglich. Langsam kroch trotz der warm gefütterten Klamotten die Kälte in ihren Körper, insbesondere ihre Zehen spürte sie schon seit einer Weile nicht mehr.

Eine heiße Dusche wäre jetzt schön, dachte sie, gab sich aber nicht die Blöße, Per das einzugestehen.

Der schien ihre Gedanken zu lesen. »Ich verspreche dir, die Rückfahrt wird nicht so lange dauern wie die Hinfahrt, und zu Hause hat meine Mutter schon einen Rentiereintopf für uns vorbereitet.«

»Hm, das klingt lecker«, sagte Minnie und klatschte in die behandschuhten Hände, um sie zu wärmen. »Also auf, ich möchte das Highlight dieses Ausflugs gerne sehen.«

»Es ist direkt hinter dir«, sagte Per mit schelmischem Lächeln.

Minnie sah sich um. Bis auf Straßen, Holzhäuser, einem unscheinbaren Hügel und ein paar geparkten Autos konnte sie nichts entdecken, das sie vom Hocker gerissen hätte.

Ratlos zuckte sie mit den Schultern.

»Genau dafür braucht man einen Guide«, neckte Per und bedeutete Minnie, ihm zu folgen.

Als sie einige Minuten später am Fuße des Hügels standen, der nun nicht mehr so klein und unscheinbar wirkte, sperrte Minnie die Augen auf. »Das ist nicht dein Ernst?! Ich sehe immer noch nichts.«

»Darf ich vorstellen, das zweitschönste Highlight von Ammarnäs, der Potatisbacken - der Kartoffelberg!«

Minnie prustete los. »Willst du mich verschaukeln? Diesen Namen hast du bestimmt erfunden!«

Per hob die Hand wie zum Schwur. »Sami-Ehrenwort, er heißt wirklich so. Und wenn wir an der Spitze sind, verrate ich dir auch, wie er zustande gekommen ist.«

»Okay, dann los«, sagte Minnie und stiefelte entschlossen mit ihren Schneeschuhen los. Mittlerweile konnte sie so gut mit ihnen gehen, als hätte sie niemals etwas anderes in ihrem Leben gemacht.

Eine Viertelstunde später waren sie an der Spitze angelangt und Minnie ergötzte sich am atemberaubenden Panorama.

Über ihr glitzerte das Universum in Abendrobe.

»War das eben eine Sternschnuppe?«, fragte sie Per überrascht, der auch in den Nachthimmel hinaufschaute.

»Schwer zu sagen, wahrscheinlich ist sie bereits verglüht. Aber wenn du etwas mehr nach links guckst: Da ist eine Raumstation.«

Minnie konnte es nicht glauben. »Eine Raumstation?«

Sie kniff ihre Augen zusammen und entdeckte tatsächlich etwas: Einen Stern, der sich rasend schnell bewegte und anders als die Sternschnuppe vorhin nicht im Nachthimmel verschwand.

»Wow, so etwas habe ich noch nie gesehen!«, sagte Minnie begeistert.

»Das ist natürlich auch für mich nicht alltäglich, aber die Voraussetzungen hier sind einfach besser als in Mailand. Kaum Verschmutzung durch künstliches Licht«, erklärte Per, »und der Himmel ist besonders klar. Wenn es einen Sonnensturm gibt und wir ein bisschen Glück haben, wird sie sich uns zeigen.«

»Wer ist *sie?*«

»Aurora Borealis, das Nordlicht.«

Minnie scannte den Nachthimmel nach den bunten Schleiern, die sie schon oft auf Fotos und in Reportagen gesehen hatte. Aber da war nur eine einsame, blasse Wolke im sonst kristallklaren Himmel.

»Also gut, Highlight Nummer eins in Ammarnäs ist eindeutig die Aussicht«, sagte Minnie und bewunderte das niedliche, verschneite Dorf mit der beleuchteten Kirche unter ihr.

Kein einziger Bewohner hielt sich im Freien auf, alle hatten es sich bereits in ihren warmen Häusern gemütlich gemacht.

Per setzte wieder diesen Blick auf. Lag es am Schein der Taschenlampe, dass seine gletscherblauen Augen so durchdringend wirkten?

»Genau, die Aussicht. Sie ist einfach einmalig und wunderschön«, bestätigte Per und wendete seinen Blick nicht eine Sekunde von Minnie ab. Er schien noch nicht einmal zu blinzeln.

Wie gerne würde ich dich jetzt einfach an mich drücken und dich küssen, dachte Minnie. Und dann: *Verdammt, reiß dich zusammen, er ist der Guide und du bist nur die Touristin! Er macht hier seinen Job, weil er Geld braucht, um seinen verschollenen Sohn zu finden!*

»Du schuldest mir jetzt aber noch eine Geschichte«, rettete sich Minnie vor … vor wem oder was denn eigentlich? Vor Per? Vor sich selbst?

»Welche Geschichte?«, fragte Per.

»Warum dieser Berg diesen zugegebenermaßen etwas lustigen Namen hat.«

»Natürlich! Wie konnte ich es nur vergessen. Dieser Hügel wird liebevoll Kartoffelberg genannt, weil auf seiner Südseite Kartoffeln angebaut werden.«

Minnie staunte nicht schlecht. »Kartoffeln? Im Ernst?«

»Eine besonders robuste und kälteresistente Sorte, aber ja, Kartoffeln«, bestätigte Per.

»Apropos Kälteresistenz …«, begann Minnie. Ihre Füße waren zu Eisklötzen mutiert.

»Deine ist wahrscheinlich jetzt am Ende?«, schätzte Per.

Minnie nickte. »Im Moment kann ich mir nichts Verführerischeres als eine heiße Dusche vorstellen.«

Und noch mehr, wenn du dabei wärst, dachte sie, schalt sich aber rasch für diesen Gedanken.

Pers Gesicht war auf einmal knallrot. Lag es an der Kälte, oder …? Nein, das konnte nicht sein.

»Also gut«, sagte er und leuchtete ihr den Weg abwärts zum Schneemobil, »ab nach Hause. Ein warmer Rentiereintopf, den wir uns redlich verdient haben, wartet auf uns!«

Kapitel 18

20. Dezember 2018
Per

Mit einem zufriedenen Seufzer ließ sich Per auf der Holzbank seiner kleinen Sauna nieder, schloss seine Augen und atmete den Duft des Latschenkieferaufgusses tief ein.

Der warme Dampf drang in jede Pore seiner Haut. Während er sich bis in die Knochen entspannte, ließ er den Tag innerlich Revue passieren.

Ich werde niemals Minnies Palette an Gesichtsausdrücken vergessen. Erst angespannt, fast ängstlich, dann glücklich-lachend, tief begeistert und schließlich ganz und gar frei.

Der Gedanke an Minnie ließ erneut bei ihm etwas in bestimmten Regionen geschehen.

»Runter mit dir! Du wirst nicht zum Einsatz kommen! Du kannst ruhig abchillen und entspannt hängen bleiben! Ich melde mich schon bei dir, falls ich dich mal brauchen sollte!«

Genervt klappte er die Enden des Handtuchs, auf dem er saß, um seine Lendengegend und versuchte zu ignorieren, was da Erhebendes vor sich ging.

Fünf Tage haben gereicht, um mein Leben komplett auf den Kopf zu stellen, dachte Per und erinnerte sich an Minnies überraschtes Gesicht, als der erste Löffel vom Eintopf in ihrem Mund verschwunden war.

»Laura, ich hätte niemals gedacht, dass Rentier so gut schmecken kann! Das ist ja köstlich!«, hatte sie gesagt.

Seine Mutter war vor Stolz fast geplatzt. Sindy hatte dem lokalen Essen nicht viel abgewinnen können, sich oft asiatische Lebensmittel und Zutaten aus dem Internet bestellt.

Bald nach dem Abendessen hatte sich Minnie in ihre Hütte zurückgezogen.

Laura hatte sich die Gelegenheit nicht nehmen lassen, auf Per einzureden.

»Sie ist doch kälteresistenter, als du dachtest! Und hast du dieses Leuchten in ihren Augen gesehen? Es gefällt ihr hier, Per. Vielleicht so sehr, dass sie gar nicht mehr wegmöchte?«

Per hatte sie ignoriert und einfach »Ich wünsche dir eine gute Nacht, Laura«, gesagt.

Er konnte nicht verhindern, dass seine Gedanken erneut zu Minnie wanderten. Vermutlich prasselte gerade in diesem Moment das von ihr so ersehnte heiße Wasser über ihre elfenbeinfarbene Haut, bis diese ganz rosig wurde. Wie gern würde er einer dieser zahllosen Tropfen sein, die sich in ihrem kupferroten Haaren verfingen oder ihren Körper entlang rannen. Er würde ihre Nase hinunterkullern, von der Rundung ihres Kinns ihren geraden Hals entlang, bis er zwischen ihren Brüsten den Kurs Richtung Bauchnabel aufnahm, und dann ... *Das sind wohl die falschen Gedanken, wenn man gerade versucht, gegen seine zugegebenermaßen lange brachliegende Männlichkeit anzukämpfen!* Per stand genervt auf, verließ die Sauna und ging nach draußen. Er lief wie gegen eine Wand aus frostiger Luft, als er in die Polarnacht hinaustrat. Um sich endgültig abzukühlen, wälzte er sich mehrmals im hohen Schnee herum.

Er achtete darauf, dass insbesondere die Gegend

unterhalb seiner Gürtellinie gut abgekühlt wurde. Es pulsierte und kribbelte herrlich, während jeder Winkel seines Körpers durchblutet wurde.

Zufrieden sah er an sich herunter. Gefrorenem Schnee hatte noch nie etwas standgehalten.

Plötzlich horchte Per auf. Knirschende Schritte hinter seinem Haus!

Vielleicht nur ein Tier? Oder der Wind, der durch die Zweige pfeift?

Als er den Schein der Taschenlampe bemerkte, wusste er, dass es sich um einen Menschen handeln musste.

Er stürzte, so schnell er konnte, ins Haus zurück.

»Wo habe ich nur das verdammte Handtuch liegen lassen?«, zischte Per, als er Minnie an seinem Fenster vorbeigehen sah.

Im Eingangsbereich war es nicht. *Wahrscheinlich liegt es immer noch in der Sauna. Vielleicht sollte ich auch dorthin zurück und mich einfach totstellen?*

Doch zu spät, es klingelte bereits an der Tür!

Panisch rannte er in die Küche und schnappte sich das Allererste, was er finden konnte.

Minnie

Okay, ich klingele jetzt noch ein letztes Mal, und wenn er dann nicht öffnet, gehe ich zurück, dachte Minnie und hoffte inständig darauf, dass sich endlich die Klinke nach unten bewegte.

Tatsächlich ging die Tür auf und Per stand vor ihr.

»Ehm … ich störe dich wahrscheinlich gerade?«, fragte sie peinlich berührt.

»Natürlich nicht! Wie kommst du darauf?«, erwiderte Per mit hochrotem Kopf.

»Sagst du mir als Nächstes, dass es nicht das ist, wonach es aussieht?«

»Wonach sieht es denn aus?«

Minnie kicherte und gab sich Mühe, ihren Blick nicht abschweifen zu lassen. »Also, vielleicht liege ich ja falsch, aber von hier aus gesehen sieht es so aus, als ob du unter deiner Küchenschürze eventuell … nackt bist?«

Pers Hautfarbe hatte immer mehr Ähnlichkeit mit einem gekochten Hummer.

»Ehm … ja … ich … ich koche gerne nackt. Das ist so herrlich … entspannend.«

»Wow, du schwingst schon wieder den Kochlöffel? Haben wir nicht erst vor einer Dreiviertelstunde fertig gegessen? Ungefähr so viel, dass es für ein ganzes Wikingerdorf gereicht hätte? – Ist das eigentlich ein Versprechen oder eine Drohung?« Minnie zeigte auf Pers Brust.

»Was?«, rief er entsetzt, während seine Gesichtszüge entgleisten und er nervös an sich hinuntersah.

»Da steht *hot & spicy.*«

»Ach das!«, antwortete Per sichtlich erleichtert. »Die Schürze habe ich auf dem Junggesellenabschied meines besten Freundes Henrik gewonnen!«

»Der wohl in einem Stripclub stattgefunden hat?«, fragte Minnie provozierend.

Per verschluckte sich fast. »Möglicherweise … Aber bevor ich mich um Kopf und vor allem um den Kragen rede, den ich gerade nicht trage, was führt dich zu mir? Ich dachte, für heute hättest du genug Kälte abbekommen?«

Minnie legte los, bevor sie es sich anders überlegen konnte.

»Ja, habe ich. Aber ich habe mich aus zwei Gründen noch einmal aus dem Haus gewagt. Erstens, um dir Danke zu sagen. Danke für diesen wundervollen Tag. Ich glaube nicht, dass ich ihn jemals vergessen werde!«

»Das habe ich gerne getan«, antwortete Per. Es konnte kein Zweifel daran bestehen, dass er meinte, was er sagte.

»Zweitens«, *sag es, sag es, sag es!,* »habe ich vorhin von der Glaskuppel aus etwas am Himmel gesehen, was für mich wie ein Polarlicht aussah, ich bin mir aber nicht ganz sicher, ob es wirklich eines war. Es war ein bisschen wie eine schleierhafte, ganz hellgrüne Wolke. Möchtest du vielleicht mitkommen und mir sagen, ob es eines ist oder nicht?«

»Ja, möchte ich!«, sagte Per wie aus der Pistole geschossen. »Kann ich mich nur kurz anziehen?«

»Ja, ich … warte einfach vor der Tür … vor der verschlossenen Tür«, stammelte Minnie, die nun auch die Hitze in ihr Gesicht hochkriechen spürte, »damit du nicht wie ein Hummer die Treppe rückwärts hochlaufen musst.« *Auch wenn ich zu gerne einen Blick auf deine Rückseite erhascht hätte.*

»In Ordnung«, lachte Per, »bis gleich!«

Minnie vertrieb sich die Zeit, die ihr wie eine Ewigkeit vorkam, mit dem Betrachten des Nachthimmels, der seltsamerweise momentan trotz der unzähligen Sterne eher unscheinbar auf sie wirkte.

Plötzlich wurde es in und rund um Pers Haus dunkel und seine Tür öffnete sich wieder.

»Okay, fertig. Ich habe alle Lichter gelöscht, damit wir noch weniger Lichtverschmutzung haben. Außerdem sagt meine App, dass die Chancen für Polarlichter heute wirklich ausgesprochen gut sind!«

»Gut, also los«, sagte Minnie, »dieses Mal leuchte ich uns den Weg.«

Als sie an Lauras Haus vorbeigingen, hätte sie schwören können, dass ein Schatten hinter dem Fenster stand und sie beobachtete.

In kompletter Dunkelheit lag er neben Minnie auf dem Bett aus Rentierfellen und ließ den Blick aus der Glaskuppel durch den Nachthimmel schweifen.

Er hörte ihrem Atem zu. Er war sanft und leise, aber dennoch da, man musste nur ganz genau lauschen. Es bereitete ihm eine wohlige Gänsehaut, ihr so nah zu sein, ohne sie zu berühren.

»Sie war vorhin wirklich da!«, sagte Minnie im Flüsterton, als ob eine laute Stimme das Nordlicht hätte verscheuchen können. Per vernahm einen Hauch Frustration.

»Keine Sorge, ich glaube dir«, flüsterte er zurück. »Lady Aurora ist eben eine wählerische Dame. Manchmal ziert sie sich, doch wenn man es schon fast aufgegeben hat, zeigt sie sich in all ihrer Pracht. Wir müssen nur geduldig sein. Deswegen habe ich diese Kuppel gebaut, damit man sich nicht den Hintern abfriert, während man auf sie wartet.«

Minnie lachte. Per schloss die Augen und genoss diesen Klang, als sei es der Gesang der zurückgekehrten Vögel im Frühling oder das Grummeln eines lang erwarteten Gewitters im Sommer.

»Da!«, zischte Minnie und setzte sich auf. Dabei schlug sie mit ihrem Kopf so laut gegen einen Pfosten, dass es Per fast körperliche Schmerzen bereitete.

»Hast du dir wehgetan?«, fragte er besorgt und beobachtete, wie sie sich die Stelle rieb.

»Nein, nein, schon gut, ich bin zum Glück ein Dickschädel, aber … siehst du, was ich meine?«

Wie ein hellgrünes Seidenband schlängelte sich etwas am Nachthimmel, nur um gleich darauf wieder zu verschwinden.

»Das ist definitiv ein Polarlicht, es ist nur nicht besonders stark«, bestätigte Per.

«Ha! Dann habe ich es mir also doch nicht eingebildet!«,

sagte Minnie und klang zufrieden. »Deine Mutter war vorhin übrigens noch kurz bei mir. Sie hat mir ein kleines Dessert vorbeigebracht und wollte wissen, wie unser Ausflug war.«

»Wie typisch von ihr! Muss immer ihre Nase in die Angelegenheiten der anderen stecken!«, sagte Per eine Spur wütender, als er es beabsichtigte. Er würde sich Laura morgen zur Brust nehmen und mit ihr sprechen.

»Sei froh, dass du eine Mutter hast, auch wenn sie in deinen Augen ein paar kleine Makel hat. Ich habe meine niemals kennengelernt, das lässt mich zeitlebens nicht los«, antwortete Minnie mit Traurigkeit in der Stimme.

»Das tut mir sehr leid! Was ist passiert?«

»Sie starb kurz nach meiner Geburt an einer Hirnblutung. Mein Vater hat mich und meine größere Schwester Penelope alleine großgezogen.«

Per versetzte sich für einen Augenblick in den Mann. »Das muss sehr hart für ihn gewesen sein.«

»Ganz bestimmt. Das erklärt vielleicht auch, warum er und ich so ein distanziertes Verhältnis zueinander haben.«

Per drehte sich auf die Seite und betrachtete Minnies Silhouette in der Dunkelheit.

»Hat er dich misshandelt?«

»Nein, niemals«, antwortete Minnie sofort, »aber er hat mich eben immer deutlich spüren lassen, dass er Penelope mehr liebt als mich. Wenn sie gut in der Schule war, hat er zum Beispiel gesagt: *Das ist meine Tochter!* Wenn ich in der Schule gut war, hieß es lapidar: *Du hast deine Pflicht erfüllt.* Nie war ich so talentiert oder so hübsch wie Penelope. Oder eben wie meine Mutter. In Italien war sie eine sehr angesehene Schriftstellerin. Nach ihrem Tod wurde eine Staatstrauer ausgerufen. Als ich mein Literaturstudium begann und bald darauf meine ersten Erfolge als

Schriftstellerin feiern durfte, war aber ausgerechnet mein Vater mein allergrößter Kritiker.«

Per stockte der Atem. »Denkst du, er macht dich für den Tod deiner Mutter verantwortlich?«

»Ich glaube, ja. Es muss ihm schwerfallen, mich anzusehen und nicht zu bemerken, was er verloren hat: diesen wunderbaren Menschen, der meine Mutter gewesen ist.«

»Hast du ihn jemals darauf angesprochen?«, wollte Per wissen.

»Nein, Gott bewahre! Natürlich habe ich das nie getan!«, antwortete Minnie leidenschaftlich.

»Weshalb nicht?«

Einige Sekunden blieb es still, dann meinte Minnie. »Ich habe eine zu große Angst davor, dass er *Ja* sagt. Dass er sagt, dass er mich nicht liebt, weil mit meiner Geburt der wichtigste Mensch seines Lebens starb. Es ist das eine, sich diesen Vorwurf selbst zu machen, es ist etwas anderes, es vom eigenen Vater bestätigt zu bekommen!«

Per musste seinen Impuls unterdrücken, sie sofort in den Arm zu nehmen und sie zu küssen, um ihr zu zeigen, wie liebenswert und wundervoll sie für ihn war.

Es trennten sie zwei Handbreit voneinander. Er konnte die Wärme spüren, die sie ausstrahlte, und der Duft ihres frisch gewaschenen Haares lag in der Luft. Wieder erschien vor Pers innerem Auge das Bild vom Wasser, das ihren Körper herunterprasselte und durchsichtige Perlen hinterließ.

»Ich glaube, du solltest wirklich mit ihm reden, Minnie«, sagte er schließlich, als er wieder halbwegs Herr seiner Sinne war. »Vielleicht gibt es eine Erklärung für sein Verhalten. Vielleicht war es ihm auch gar nicht bewusst, dass er deine Schwester und dich so unterschiedlich behandelt hat. Vielleicht ist ihm gar nicht klar, wie sehr du heute noch leidest.«

»Ja, ich sollte das möglicherweise wirklich tun, bevor es eines Tages zu spät ist, um diese wichtige Frage zu stellen.«

Wieder war es still. Der Wind pfiff um den Dachboden.

»Oh, Per! Sieh mal!«, rief Minnie plötzlich und legte sich wieder auf den Rücken.

Eine Spirale aus grünem Licht, die sich immer mehr ausdehnte, bis der Himmel fast schon bedrohlich zu glühen begann, tänzelte vor ihren Augen. Dann veränderte sie ihre Gestalt. Jetzt sah sie eher aus wie eine brennende Peitsche mit rot-bläulichen Spitzen, nur um sich im nächsten Moment wieder in eine einzige grüne Flamme zurückzuverwandeln, die dann wiederum zu einem flackernden Vorhang aus Feuer wurde.

Jegliches Zeitgefühl ging Per verloren, wie jedes Mal, wenn sich das Nordlicht in all seiner Schönheit zeigte.

»Atemberaubend!«, sagte Minnie erstaunt. »Einfach nur atemberaubend! Jetzt verstehe ich, was einer meiner Bekannten meinte, als er sagte, dass ich hier in Lappland etwas sehen würde, was mich an eine höhere Macht glauben ließe.«

»Genau dasselbe denke ich auch immer. Ich weiß, dass Polarlichter von Sonnenwinden gemacht werden. Aber wenn ich sie sehe, ignoriere ich jede wissenschaftliche Erklärung und stelle mir vor, dass das Universum zu uns spricht, um uns zu sagen, dass alles gut werden wird.«

Minnie drehte sich zurück auf die Seite und rückte etwas näher an Per heran. »Das hast du sehr schön gesagt. Überhaupt, man kann sich sehr gut mit dir unterhalten.«

»Das Kompliment möchte ich zurückgeben«, antwortete Per, dessen Herz bis zum Hals schlug. »Noch nie habe ich einen Menschen kennengelernt, mit dem ich so gut reden, aber auch so gut schweigen konnte.«

Minnie kam noch etwas näher, so nah, dass Per ihren

Atem spüren konnte, ein warmer Lufthauch in der Dunkelheit.

Was hatte Henrik am Morgen noch zu ihm gesagt, während sich Minnie umzog? *Fürchte nicht die Zukunft und lass nicht zu, dass die Vergangenheit deine Gegenwart beeinflusst. Denk nicht so langfristig! Denk nicht so mittelfristig! Denk am besten überhaupt nicht, wenn es um die Liebe geht! In der Liebe hat die Logik keinen Platz!*

»Ich kann dich verdammt gut leiden, Per«, flüsterte Minnie, ihre Lippen nur noch einen Fingerbreit von seinen entfernt.

»Ich mag dich auch gern, Minnie, sehr gern sogar«, antwortete Per und tastete vorsichtig nach ihrem Gesicht, bis ihre Wange auf seiner Handfläche ruhte.

»Dann sind wir uns einig, dass wir uns mögen«, sagte sie und hauchte Per einen Kuss auf die Lippen.

Per erwiderte den Kuss mit der gleichen Zartheit, zügelte sich und seine Leidenschaft, als sei Minnie ein Schmetterling, dessen Flügel jederzeit brechen konnten.

Irgendwann lösten sich ihre Lippen voneinander, obwohl es ihm fast körperlich Schmerzen bereitete.

Dann lagen sie lange Zeit einfach nur in inniger Umarmung eng aneinander gekuschelt.

»Bleibst du heute Nacht bei mir?«, fragte Minnie zaghaft.

Per küsste ihre Stirn, wo er die kleine Narbe vermutete, und sagte: »Ja, das werde ich. Ich werde über deinen Schlaf wachen und deine Albträume verjagen.«

Kapitel 19

22. Dezember 2018
Mailand
Sabrina

Sabrinas Handy piepste.

Sie löste ihren Blick vom Bildschirm, kramte das Mobiltelefon aus ihrer Handtasche und las:

Wir sind heute auf einem kleinen Weihnachtsmarkt in Sorsele gewesen, es war herrlich. Per hat mich nicht eine Sekunde aus den Augen gelassen. Wir haben zufällig Andreas getroffen, der mir wieder Avancen gemacht hat, doch Per hat ihm unmissverständlich gezeigt, dass ich zu ihm gehöre. Ich glaube, ich bin verliebt! Ich will nicht an meine Rückkehr nach Hause denken. Wärst du auch meine beste Freundin, wenn ich tausende von Kilometern von dir entfernt wohnen würde?

Sabrina blickte genervt gen Himmel. Wo sollte das denn nur enden, wenn nicht im totalen Liebeskummer?

Sie tippte Minnie eine Nachricht zurück:

1. Ich werde immer deine beste Freundin bleiben, selbst wenn du auf den Mond ziehst.

2. Genieße die Zeit mit Per, du hast lange genug wie eine Nonne gelebt.

3. Verlieb dich bloß nicht! Bitte nicht! In drei Wochen steigst du in ein Flugzeug zurück nach Mailand. Oder willst du etwa wieder die Scherben deines Herzens einsammeln müssen?

Das Chatprogramm zeigte an, dass Minnie dabei war, ihr zurückzuschreiben, als Sabrina eine Hand auf ihrer Schulter spürte. Eine große, starke, männliche Hand. Vor Schreck ließ sie das Handy auf den Boden fallen. Es landete neben feinsten italienischen Lederschuhen, in denen nur Aldos Füße stecken konnten.

Der bückte sich und hob es auf. Offensichtlich hatte er Sabrinas Nachricht gelesen, denn er schnalzte missbilligend mit der Zunge.

»Liebe Frau Kollegin, solltest du dich nicht lieber auf deinen Artikel über die Olympiade konzentrieren, als während der Arbeitszeit private Nachrichten mit dem Mobiltelefon zu schreiben?«

Sabrina entriss ihm das Handy und antwortete: »Schau mal auf die Uhr, es ist neunzehn Uhr und ich bin seit heute Morgen um sieben Uhr hier. Ich hatte kaum die Zeit, mal auf die Toilette zu gehen und habe mich von einem in Plastik verpackten Salat am Schreibtisch ernährt! Du und ich sind die letzten hier, sogar unsere Chefs sind schon nach Hause gegangen! Also ist es mein gottverdammtes Recht, meine privaten Nachrichten abzurufen, wenn mir danach ist!«

Sabrina konnte beobachten, wie Aldos Halsschlagader pulsierte. Eine unschöne Röte legte sich über dieses so männlich-arrogante Gesicht.

Ein nervöser Blick huschte zum Bild von Sabrina und Minnie auf dem Schreibtisch, dann schien sich sein Blutdruck zu normalisieren.

»Ruhig Blut, Brauner, ich komme in friedlicher Absicht. Ich warte immer noch darauf, dass du deinen vollen Kalender überprüfst, um mit mir zu Abend zu essen.«

»Du bist wohl ein Mann, der nicht gerne zappeln gelassen wird?«, fragte Sabrina.

»Niemand lässt mich warten. Höchstens warten die Menschen auf mich. Also, wie sieht es heute Abend aus?«, fragte Aldo herrisch.

Beim Gedanken an japanisches Essen knurrte Sabrinas Magen laut auf, sie konnte es überhaupt nicht kontrollieren.

Ein subtiles Lächeln legte sich auf Aldos volle Lippen. Er zog die Ärmel seines Jacketts leicht zurück und eine goldene Uhr blitzte auf.

»Ich muss noch ein Telefonat erledigen. Sagen wir, in einer halben Stunde?«

»In Ordnung«, antwortete Sabrina.

Kaum war Aldo in seinem Büro verschwunden, packte sie ihre Kosmetiktasche und sprintete ins Bad, wo sie ihr Make-up einer Generalüberholung unterzog.

Zum Glück habe ich heute Morgen die La-Perla-Unterwäsche angezogen, dachte Sabrina, während sie zufrieden die Träger ihres Spitzenbüstenhalters richtete und sich großzügig von Kopf bis Fuß mit *Chanel Chance* vollsprühte.

Sie nutzte die verbleibende Zeit, um das Dutzend benutzter Kaffeetassen des Tages in die Spülmaschine zu räumen und ihren Schreibtisch abzuwischen.

Herr Ferri würde mächtig stolz auf sie sein! Er hatte am Vortag spezielle Tastaturreinigungsbürsten an alle verteilt.

Dann sah sie Aldo auf sich zukommen. Er trug einen schwarzen Kaschmirmantel mit passendem Schal. Er erinnerte sie an einen Jaguar, der sich an seine Beute heranpirschte.

Während sie ihren Laptop in ihrer Tasche verstaute, nahm Aldo ihren Mantel und hielt ihn ihr so hin, dass sie nur noch hineinschlüpfen musste.

»Wenn ich bitten darf«, schnurrte er in ihr Ohr. Seine Stimme ließ ihr einen warmen Schauer den Rücken hinunterlaufen.

Unweigerlich fiel Sabrina ein Spruch ein, den ihre Mutter

immer gesagt hatte: *Der Teufel streichelt dich, wenn er deine Seele haben will.*

Wenige Minuten später saßen sie in seinem schwarzen Maserati.

Kaum drückte Aldo auf den Startknopf, dröhnte *Rammstein* mit *Ich tu dir weh* durch die Musikanlage des Autos.

Jetzt zahlen sich die Deutschstunden während der Schulzeit endlich mal aus, dachte Sabrina und lauschte den schaurigschönen Worten.

Kaum waren sie aus der Tiefgarage herausgefahren, raste Aldos Wagen schon brüllend durch Mailands Straßen.

Sabrina wurde in den Sitz gepresst und fühlte das kalte Leder durch ihre Strumpfhose hindurch.

Eine halbe Stunde später hockten Aldo und Sabrina beim Edeljapaner *Hattori Hanzo* an einem niedrigen Tisch. Kois in den ungewöhnlichsten Farben und mit den bizarrsten Zeichnungen schwammen in einem künstlichen Teich inklusive kleinem Wasserfall mitten im Restaurant, im Hintergrund lief kaum wahrnehmbar asiatisch angehauchte Musik.

Während Aldo sein Sashimi speiste, als hätte er niemals etwas anderes in seinem Leben gegessen, hatte Sabrina mit der Koordination ihrer Essstäbchen zu kämpfen. Ständig fielen ihre Sushirollen in den Behälter mit Sojasauce, sodass sie der spritzenden braunen Flüssigkeit ausweichen musste, um ihre weiße Seidenbluse nicht zu gefährden.

Eine zierliche Japanerin mit weißen Handschuhen und im Smoking, die in fast zeremonieller Manier Sake servierte, riss Sabrina aus ihren verzweifelten Bemühungen.

»Den können Sie wieder mitnehmen«, zischte Aldo, »ich hatte ausdrücklich warmen Sake bestellt. Dieser hier ist eiskalt.«

Die Kellnerin verneigte sich tief, als sei sie extrem dankbar für diese Zurechtweisung, stellte das falsch gelieferte Getränk und die dazugehörigen Gläser auf ihr Tablett und verschwand geräuschlos.

»Behandelst du eigentlich jeden so abfällig?«, fragte Sabrina und schämte sich fast schon, für so einen arroganten Menschen zu schwärmen. Warum nur wollte sie ihn unbedingt herumkriegen?

»Nein, nicht jeden. Nur den, der es verdient hat. Zufälligerweise sind das die meisten meiner Mitmenschen«, antwortete Aldo barsch.

»Apropos *verdienen.* Schuldest du mir nicht noch eine Entschuldigung?«

»Die steckst du dir gerade in deinen perfekt geschminkten Mund, in Form von sündhaft teurem, rohem Fisch auf kaltem Reis. Das muss genügen. Oder gibt es noch etwas anderes, was ich für dich tun könnte?«, fragte er und starrte lasziv auf Sabrinas Dekolleté. Sie öffnete ihren obersten Blusenknopf und amüsierte sich innerlich, als Aldos Gesichtszüge entgleisten.

Sie setzte alles auf eine Karte. »Ja, könntest du. Aber nicht hier.«

Er hob erwartungsvoll seine rechte Augenbraue. Seine Blicke zogen sie förmlich aus.

»Iss auf«, befahl er und bestellte sogleich die Rechnung, als die Kellnerin endlich den warmen Sake servierte.

Sabrina war kaum durch Aldos Haustür geschritten, als er sie gegen die Wand presste und sie hart und fordernd küsste. Er gab der Tür einen Tritt, damit sie ins Schloss fiel und befreite sowohl sich selbst als auch Sabrina aus dem Mantel und das, ohne dass sich ihre Münder voneinander trennten.

Wow, wie leidenschaftlich, dachte Sabrina und gab sich ihm hin. Er war genauso wild, wie er wirkte.

Genauso, wie ich es mir vorgestellt habe.

Sie stieß ihn dennoch leicht von sich. »Mach ein bisschen langsamer, dein Bart ist kratzig. Du scheuerst mir noch die ganze Haut auf.«

Er hielt kurz inne, während seine Augen böse aufblitzten. »Du hast hier keine Forderungen zu stellen.«

Plötzlich musste sie grinsen.

Er hielt sie an ihren Handgelenken fest und drückte sie noch mehr gegen die Wand. »Was fällt dir ein, über mich zu lachen?«

»Entschuldige, aber ... du siehst gerade aus wie ein Clown. Sieh mal in den Spiegel.«

Ohne sie loszulassen, tat er, was sie sagte, und sah, dass ihr roter Lippenstift über sein halbes Gesicht verschmiert war.

»Ich zeige dir gleich, wer hier eine Witzfigur ist«, grunzte er und machte dort weiter, wo er aufgehört hatte.

Als Nächstes machte er sich an ihren Knöpfen zu schaffen. Als er es nicht hinbekam, versuchte Sabrina, ihm zu helfen. Doch er schob ihre Hände beiseite und zerriss ihre Bluse einfach.

»Hey, ich mochte sie!«, protestierte Sabrina unter seinen Küssen.

»Halt doch endlich deine Klappe«, raunte er und betrachtete Sabrinas Unterwäsche.

Ihm schien zu gefallen, was er sah. Er packte sie bei den Hüften und schob ihren Bleistiftrock nach oben.

Dann hob er sie hoch. Sabrina schlang ihre Beine um ihn. Schon trug er sie ins Schlafzimmer.

Was für eine Nacht!, dachte Sabrina, als sie im Morgengrauen, nur mit einem Laken bedeckt, aufwachte. Aldo lag neben ihr und schlief tief und fest.

Im Schlaf hatten sich seine strengen Gesichtszüge etwas entspannt.

So ein verdammt guter Liebhaber unter der arroganten Schale, dachte Sabrina und stand so leise wie nur irgendwie möglich auf.

Auf Zehenspitzen sammelte sie ihre Kleidung auf – oder das, was von ihr übrig geblieben war. Aldo hatte, blind vor Leidenschaft, zu ihrem Bedauern selbst das teure *La Perla*-Negligé zerrissen. *Was für eine Unart! Die sollte er schleunigst ablegen, wenn er will, dass sich diese Nacht wiederholt.*

Sie tapste in Richtung Toilette. Als sie in den Spiegel sah, konnte sie ein Lachen gerade noch unterdrücken.

Ihre Haare standen zu Berge, als hätte sie in eine Steckdose gefasst.

Ihr Gesicht war von den Lippenstiftresten und den Bartstoppeln komplett gerötet, und zu allem Übel breitete sich ein unschöner Knutschfleck bläulich schimmernd an ihrem Hals aus.

Gott sei Dank ist Winter und ich habe einen Mantel, den er noch ganz gelassen hat, dachte Sabrina. Sie machte sich frisch und zog die Überreste ihrer Kleidung an.

Und jetzt nur noch die Handtasche suchen, Taxi rufen und dann ab nach Hause.

So machte sie es immer. Sie stahl sich wie eine Diebin davon, bevor die Männer ihr Herz stehlen konnten. Dumm nur, dass sie Aldo weiterhin jeden Tag im Büro sehen würde. Aber vielleicht war diese Nacht der Beginn einer wunderbaren, verpflichtungsfreien, lockeren Affäre?

Ihre Tasche stand in der Diele.

»Da ist sie ja«, flüsterte Sabrina und griff sie sich. Als ihr Blick durch die geöffnete Tür in Aldos Arbeitszimmer fiel, in das die blasse Morgensonne hineinschien, hielt sie inne.

Eine riesige Wand war von oben bis unten mit Fotos, Pfeilen und Fragezeichen beklebt.

Sie schaltete das Licht an, um sich zu vergewissern, dass sie sich irrte.

Doch sie irrte sich nicht.

Auf manchen Fotos war Minnie zu sehen, auf anderen Penelope, von der Kindheit an bis zur Gegenwart.

Dann gab es noch Fotos von Ornella, Minnies Mutter. Einmal stand sie im Hochzeitskleid neben Eugenio - wie sehr ihn die Zeit doch verändert hatte! Dann sah sie ein anderes Foto von Ornella. Ein Mann umarmte sie, den sie nicht kannte. Sabrina betrachtete seine Augen, seine Nase, seinen Mund. Und seine kupferroten Haare. Sie verglich seine Gesichtszüge mit denen von Minnie, ihr Bild hing gleich daneben. *Das darf doch nicht wahr sein!,* dachte Sabrina und schlug die Hand vor den Mund, als ihr die Zusammenhänge klar wurden.

Es war glasklar. Selbst ein Blinder hätte das erkannt. Aus einem Impuls heraus zückte sie ihr Handy und machte Fotos. Als sie in der Diele Aldos Schritte hörte, drückte sie noch schnell eine Taste und ließ das Mobiltelefon in ihrer Jackentasche verschwinden.

»Darauf wollte ich dich gestern Abend ansprechen, bevor du mich verführt hast«, sagte Aldo lapidar. Er hatte sich noch nicht einmal die Mühe gemacht, sich etwas anzuziehen. Sogar in seiner Nacktheit strahlte er dieselbe Eleganz und unerschütterliche Selbstsicherheit aus wie im Anzug.

»Wer ist das?«, fragte Sabrina besorgt.

»Das ist Mirco Abate, seinerzeit der Agent unserer allseits geschätzten Ornella Giuliani. Und wer er noch ist, siehst du jetzt wohl auch.«

Die Ähnlichkeit ist wirklich verblüffend!

»Aldo, was hast du vor?«

»Was soll ich schon vorhaben? Die Wahrheit muss ans Licht. Wie immer. Ich prüfe jedoch noch einige Quellen. Unter anderem steht ein weiteres Gespräch mit dem ehrenwerten Herrn Abate an, auch wenn er seine rote Haarpracht nun gegen eine graue Halbglatze ausgetauscht hat.«

»Warum hat er die ganzen Jahre über nichts gesagt?«, fragte Sabrina.

»Er hat sich nach Ornellas Tod aus offensichtlichen Gründen von der Literaturwelt ferngehalten. Er ist viel umhergereist, hat in den Neunzigern sogar ein paar Filme in Hollywood als Drehbuchautor mitproduziert. Doch die letzten Jahre ging es ganz schön abwärts mit ihm. Die üblichen Laster. Drogen, Alkohol, Spielschulden … Du weißt, wovon ich rede.«

»Wie bist du an ihn herangekommen?«

»Das war eine glückliche Fügung des Schicksals. Vor einigen Wochen habe ich ihn zufällig an der Theke einer Kneipe hier in Mailand getroffen, er hatte schon den einen oder anderen Drink zu viel intus. Er wirkte wie einer dieser Hunde, die man an einer Autobahnraststätte ausgesetzt hat, und stierte in sein leeres Whiskyglas.

Also habe ich ihm noch einen ausgegeben und ihm einfach nur zugehört.

Er hat mir von seinem ganzen belanglosen Leben und seinen unzähligen Abstürzen erzählt. Irgendwann sagte er, dass er als junger Mann Ornella Giulianis Agent war. Und dann führte eines zum anderen …«

»Und du bist ganz sicher, dass er dich nicht anflunkert?«

»Wie du weißt, überprüfe ich jede Information, jede Story, die mir zugetragen wird, doppelt und dreifach, bevor ich damit an die Öffentlichkeit gehe. Deswegen bin ich der beste Enthüllungsjournalist Italiens! Wenn sich sämtliche

Vermutungen bewahrheiten, kann ich nach den Feiertagen für den Skandal des neuen Jahres sorgen.«

Sabrina schüttelte den Kopf. »Ornella ist tot, sie kann sich nicht mehr verteidigen.«

»Aber die Bilder sprechen für sich, nicht wahr? Außerdem reicht nur ein einziges Haar, um sämtliche Zweifel aus dem Weg zu räumen«, sagte Aldo eiskalt. »Ich verstehe dich, sie ist deine Freundin. Ehrlich, ich kann nachvollziehen, dass du nicht ganz unbefangen bist. Aber wenn du Minnie … nein, noch besser … wenn du Minnie und Eugenio überzeugen kannst, mir exklusiv ein Interview zu geben, wird auch für dich ein hübsches Sümmchen herausspringen. Herr Ferri wird so stolz auf uns sein! Und denk dir erst den Showdown zwischen Eugenio und Mirco! Das wird vielleicht eine Schlammschlacht! Zeig, aus welchem journalistischen Holz du geschnitzt bist, überzeuge sie, mitzumachen!«

»Ich werde sehen, was sich machen lässt. Minnie ist bis Mitte Januar in Lappland.«

Grob umfasste Aldo ihr Gesicht mit seinen Händen und hauchte einen Kuss auf ihre Lippen, den sie nicht erwiderte. Sie empfand nur noch Abscheu und … Angst.

Dann blickte er ihr tief in die Augen, so tief, dass sie befürchtete, er könne ihre Gedanken lesen. »Mitte Januar ist perfekt. Das verschafft mir genügend Zeit, alles abzuklären und sämtliche Vorkehrungen zu treffen. In der Zwischenzeit wirst du dieses kleine, süße Geheimnis selbstverständlich für dich behalten. Wir möchten ja niemandem die schöne Überraschung verderben, nicht wahr? Ich werde derjenige sein, der es enthüllt!«

»Natürlich, ich werde schweigen wie ein Grab«, antwortete Sabrina und versuchte, nicht mehr zu zittern.

Zeig keine Angst! Das turnt ihn nur noch mehr an!

Aldo hob ihr Kinn an und fuhr mit seinen Fingerspitzen die Konturen ihres Halses nach. »Das ist schön, dass du das sagst. Du möchtest ja bestimmt nicht, dass erst unser ganzes Büro und dann ganz Italien erfährt, dass eine der beliebtesten Sportjournalistinnen des Landes nur eine billige Schlampe ist, die sich einem wie eine läufige Hündin anbietet. Bestimmt möchtest du nicht, dass ich deine Vorlieben im Bett ausplaudere. Das könnte deiner brillanten Karriere möglicherweise im Wege stehen.«

Man hatte mich gewarnt. Sabrinas Augen füllten sich mit Tränen.

»Hast du mich verstanden?«, flüsterte Aldo bittersüß, während er ihre Haare richtete. Ihre Enttäuschung schien ihm zu gefallen, denn seine Männlichkeit drückte sich hart gegen ihren Rock.

Sabrina nickte, unfähig, auch nur ein einziges Wort zu sagen.

»Braves Mädchen und jetzt geh, fahr nach Hause und nimm erst mal ein Bad«, zischte Aldo und drückte schmerzhaft Sabrinas Gesäß. »Ich rufe dich an, sollte mir während der Feiertage nach dir sein. Du bist nämlich gar nicht so langweilig, wie du aussiehst.«

So schnell sie konnte, packte Sabrina ihre Sachen und stürmte aus Aldos Penthouse-Wohnung.

»Frohe Weihnachten«, rief er ihr in einem Ton hinterher, der ihr das Blut in den Adern gefrieren ließ.

Aus Angst, er könnte sie verfolgen, wartete sie nicht auf den Lift, sondern rannte das Treppenhaus hinunter.

Kaum war sie draußen, übergab sie sich auf offener Straße. Der Ekel vor sich selbst war einfach zu groß.

Das Einzige, was sie denken konnte, war: *nie wieder.*

»Hey Süße, wohl einen oder zwei über den Durst getrunken?«, riefen ihr einige Halbstarke hinterher. Sie ignorierte sie.

Als sie wieder Herrin ihrer Sinne war, hielt sie vom Straßenrand aus ein Taxi an.

Der Fahrer warf ihr im Rückspiegel besorgte Blicke zu und fragte: »Soll ich Sie zur Polizei bringen?«

Sabrina betrachtete sich im Rückspiegel. Sie war ein Schatten ihrer selbst. Der notdürftig zugeknöpfte Mantel gab den Blick auf ihre zerrissene Bluse frei.

»Wer ist der Mistkerl, der Sie vergewaltigt hat?«

»Ich wurde nicht ...« Sabrina konnte den Satz nicht zu Ende bringen.

Nein, niemand hatte sie zu etwas gezwungen, was sie nicht wollte. Sie hatte ganz freiwillig zugelassen, dass Aldo sie benutzte.

Ich habe mit dem Feuer gespielt und mich dabei verbrannt.

Bittere Tränen liefen ihre Wangen entlang, während sie ihre Schläfen massierte.

Sie musste nachdenken! Sie konnte nicht zulassen, dass Minnie, die gerade erste Fortschritte zu machen schien, wieder der Boden unter den Füßen weggerissen wurde!

»Bitte fahren Sie mich zur *Cubanito Bar*«, wies Sabrina den Fahrer an.

Der Mann ließ nicht locker. »Sind Sie sich ganz sicher, dass Sie keine Hilfe brauchen?«

»Doch, ich brauche Hilfe. Dort werde ich sie ganz bestimmt bekommen.«

»Gut, wie Sie wünschen«, sagte er und fuhr los.

Zwanzig Minuten später stand sie vor der Tür. Die Jalousien waren schon komplett heruntergelassen worden. Ein Blick auf ihre Armbanduhr verriet ihr, dass es kurz nach acht Uhr morgens war.

Sie drückte die Klinke herunter und atmete erleichtert auf, als sich die Tür öffnete.

Die Musikanlage war leise gedreht worden, trotzdem erkannte Sabrina den Song *Like a Stone* von *Audioslave.*

Sämtliche Stühle standen mit der Sitzfläche nach unten auf den Tischen. Der Boden unter ihren Schuhen fühlte sich klebrig an, vermutlich waren einige Drinks verschüttet worden. Die Luft roch nach der langen, samstäglichen Partynacht verbraucht und abgestanden.

»Hey Kumpels, wir haben jetzt endgültig geschlossen. Ihr könnt am Abend gerne wiederkommen«, sagte Daniele, der mit dem Rücken zu Sabrina stand und gerade dabei war, Gläser zu polieren und aufzuräumen.

»Daniele«, sagte sie und kämpfte gegen ihre Tränen an, »du hattest ja so recht!«

Er fuhr herum.

»Oh Gott, Sabrina, was ist passiert?«, fragte er und betrachtete sie besorgt.

Sie wollte reden, doch ihre Stimme brach vor Enttäuschung.

Er führte sie zu dem Sofa, auf dem sie mit Minnie angestoßen hatte. Die Erinnerungen daran kamen ihr wie Bruchstücke aus einem anderen Leben vor.

Er wickelte seinen eigenen Mantel um sie, brachte ihr ein Glas Wasser und setzte sich neben sie.

»Es war dieser Aldo, nicht wahr?«, fragte Daniele mit hochrotem Kopf. »Erzähl mir alles.«

Und Sabrina tat es ohne Scham.

Daniele schüttelte den Kopf. »Dieses Schwein! Was hast du jetzt vor? Lässt du dich von ihm einschüchtern?«

»Keine Standpauke? Keine Moralpredigt? Keine Vorwürfe?«, fragte Sabrina überrascht.

»Warum sollte ich? Ich glaube, du hast dich selbst hinreichend enttäuscht, du bist gestraft genug«, antwortete Daniele sanft und traurig.

»Ja, du hast recht. Danke. Ich weiß es sehr zu schätzen, dass du mich wie eine Erwachsene behandelst … und nein, ich lasse mich nicht von ihm einschüchtern. Er wird sich nicht auf Kosten von so vielen Menschen, die ich liebe, bereichern. Das werde ich nicht zulassen.«

Plötzlich ertönte eine metallische Stimme aus ihrer Manteltasche: »Maximale Speicherzeit ist erreicht.«

»Was war das?«, fragte Daniele überrascht.

Sabrina zückte ihr Mobiltelefon und drückte auf *Play*.

»Darauf wollte ich dich gestern Abend ansprechen, bevor du mich verführt hast«, ertönte Aldos Stimme.

Daniele sah sie mit großen Augen an.

»Entschuldige bitte den Ausdruck, aber du hast ihn an den Eiern! Du hast alles auf Band! Seine Erpressungen, seine Beleidigungen, den ganzen Müll!«, rief er begeistert.

Sabrina dankte dem Himmel, dass sie in der Eile die richtige Taste gefunden hatte. »Erste Regel des Journalismus: Beweise sind alles!«

»Und was machen wir jetzt?«

Er hat wir *gesagt. Er wird mich nicht im Stich lassen.*

»Wir haben einige Anrufe zu tätigen und einen Schlachtplan aufzustellen.«

Kapitel 20

24. Dezember 2018
Minnie

»Wohin fahren wir? Sag es mir doch endlich!«, bat Minnie.

»Es ist eine Überraschung, habe ich dir gesagt.« Per lenkte den Wagen konzentriert über die Schnellstraße. »Dabei sollte es auch bleiben.«

»Hmpf«, sagte Minnie. Um ihn aufzuziehen, machte sie eine beleidigte Schnute.

»Daran werden auch deine wunderschönen grünen Katzenaugen und diese Schmolllippen nichts ändern«, antwortete Per. »Und außerdem solltest du mich nicht vom dichten Verkehr vor mir ablenken.«

Minnie lachte. »Sicher. Wir sind die einzigen Menschen auf der Straße! Wahrscheinlich schlafen sogar noch die Elche den Schlaf der Gerechten.«

Per grinste und beschleunigte noch ein klein wenig mehr. Minnie mochte, wie er fuhr, ruhig und kontrolliert, obwohl er immer die linke Hand am Lenkrad und die Rechte an der Gangschaltung hatte.

»Komm, leg deine Hand über meine. Ich vermisse es bereits, dich zu berühren«, flüsterte er. Ein warmes Gefühl breitete sich um Minnies Herz herum aus.

Mit ihrer Hand auf seiner versank sie in der Beobachtung, wie sich ständig neue weiße Flöckchen auf die Windschutzscheibe des Wagens legten.

Drei Nächte hatten sie bereits miteinander verbracht. Eng umschlungen, sich unterhaltend, küssend und streichelnd, aber immer hatten sie ihre Kleidung anbehalten.

Sie konnte sich vorstellen, was ihre Freundin Sabrina dazu sagen würde.

Ein Kuschelfreund? Das ist ja weder Fleisch noch Fisch, das ist ja Tofu!

Doch Minnie genoss diese ganz besondere Nähe, dieses langsame Aneinander-Herantasten und Sich-Kennenlernen. Es erinnerte sie an ihre Jugendzeit, als der männliche Körper für sie noch ein weißer Fleck auf der Landkarte war, den es Millimeter für Millimeter zu entdecken galt, bei dem man vor jedem weiteren Schritt ein wenig Respekt, wenn nicht gar Angst hatte.

Und Per drängte sie nicht, zu überhaupt gar nichts. Sie waren einfach nur da, ein gegenseitiger Quell von Geborgenheit, Wärme und Sicherheit in stürmischen Winternächten.

»Mal sehen, welche uralten Weihnachtslieder heute herausgekramt werden«, riss Per sie aus ihren Gedanken. »Jetzt geben wir zwei jeweils einen Tipp ab, welcher Song als Nächstes kommen wird und schalten erst dann das Radio an.«

»Was gibt es zu gewinnen?«, fragte Minnie.

»Einen Kuss!«, antwortete Per. »Ich tippe auf *Last Christmas* von *Wham!*«

»Und ich auf *All I want for Christmas is you* von *Mariah Carey!*«, trällerte Minnie und drückte auf den Knopf.

»Frohe Weihnachten, allerseits«, ertönte die Stimme des Radiomoderators, »und nun ein Klassiker aus den neunziger Jahren, der ausnahmsweise nichts mit dem Fest der Liebe zu tun hat: *Roy Orbison* mit *Pretty Woman!*«

»Oh, Mist!«, rief Per.

Minnie kriegte sich vor Lachen fast nicht mehr ein. »Wir haben beide auf ganzer Linie versagt! Damit konnte wohl keiner rechnen!«

»Und als Nächstes sagst du mir, dass dieses Lied dich an einen deiner absoluten Lieblingsfilme erinnert«, schätzte Per.

»Nein, es erinnert mich vordergründig an das Landschulheim in Verona, als ich dreizehn oder vierzehn Jahre alt war, wo mir eine Mitschülerin sagte, ich dürfe dieses Lied nicht mitsingen, weil es nur für *hübsche* Mädchen gedacht sei, nicht für solche, die wie Hexen oder wie Pippi Langstrumpf aussehen.«

»Uh, sehr freundlich, diese Mitschülerin von dir.«

»Kinder können nun einmal grausam sein«, rutschte es Minnie heraus. Für den Bruchteil einer Sekunde verzerrte sich Pers Gesicht. Sie konnte sich nur vage vorstellen, wie sehr er Torben vermissen musste.

»Menschen jeglichen Alters können grausam sein«, antwortete er.

»Es tut mir leid, dass ich dich an Torben erinnert habe.«

»Schon gut. Im Moment sind die Erinnerungen an meinen wundervollen Jungen das Einzige, was mir von ihm bleibt. Er wird immer ein Teil meines Lebens sein, und ich werde nicht aufgeben, ihn zu suchen. Und wenn es das Letzte ist, was ich tue.«

»Haben deine Detektive etwas Neues herausgefunden?«

»Sie verfolgen eine neue heiße Spur.«

»Das klingt doch gut, oder nicht?«, hakte Minnie nach.

»Ja, eigentlich schon. Nur gebe ich nicht mehr viel darauf, denn sie sagen ständig, dass sie kurz vor einer bahnbrechenden Erkenntnis sind, dass sie kurz davor sind, ihn zu finden. Hoffnung ist eine Droge, Minnie. Sie tut dir gut, sie wiegt dich in Sicherheit. Dann vernichtet sie dich, jedes Mal von Neuem, bis nichts mehr von dir übrig ist.«

Wie sehr der fröhliche Song mit der nun herrschenden Stimmung in Kontrast steht, dachte Minnie traurig und streichelte tröstend über seine Hand.

»Entschuldige bitte, Weihnachten ist ein schwieriger Tag für mich«, erklärte Per. »Aber ich möchte trotzdem, dass es für dich etwas ganz Besonderes wird.«

Minnie lehnte sich an Per. »Und das ist es, weil ich in Lappland bin und du bei mir bist.«

Nur an die Tage nach diesem Urlaub möchte ich nicht denken!

Die restliche Fahrt verbrachten sie schweigend und lauschten den fröhlichen Weihnachtsliedern im Radio.

Irgendwann bog Per nach rechts ab und hielt vor einem umzäunten Hof mit unzähligen Hundehütten an.

»Ist das ein Tierheim?«, fragte Minnie überrascht.

»Nicht ganz«, antwortete Per, stieg aus und öffnete ihr die Beifahrertür.

Die ersten Hunde liefen neugierig aus ihren Hütten zum Zaun, sprangen auf und ab und bellten. Minnie wirkte wohl verunsichert, denn Per beeilte sich, sie zu beruhigen.

»Keine Angst, sie sind nur neugierig.«

»Ja, und im nächsten Moment beißen sie mir den Arm ab und du sagst: *Sie wollen doch nur spielen.*«

Per konnte sich das Lachen nicht verkneifen.

Eine junge Frau kam aus dem Haus und hob die Hand zum Gruß. »Guten Morgen, Per, frohe Weihnachten!«

Er öffnete das Eingangstor und schob Minnie hindurch. »Auch dir frohe Weihnachten, Regina, und danke, dass du auch am Feiertag arbeitest.«

Die ersten Tiere rannten zu Minnie und beschnüffelten sie. Behutsam streichelte sie sie, immer darauf bedacht, etwas Abstand zu ihnen zu halten.

»Du kennst die Hunde, sie wollen immer nur eines: rennen, rennen, rennen. Denen ist es egal, ob es Weihnachten oder Silvester ist. – Und du musst Minnie sein?«, sagte die brünette junge Frau und streckte ihr die Hand hin.

»Ja, freut mich sehr, dich kennenzulernen«, erwiderte Minnie und schüttelte Reginas Hand.

»Die Freude ist ganz meinerseits. Du schaust drein wie ein verschrecktes Reh. Lass mich raten, Per hat dir nicht erzählt, was du hier sollst?«

»Nein, hat er nicht«, antwortete sie und verpasste Per einen leichten Stoß in die Rippen.

»Und was denkst du, was das hier ist?«, wollte Regina wissen.

Minnie ließ ihren Blick über das Grundstück schweifen. »Sind das … Hundehütten für Schlittenhunde?«

»Bingo!«, antwortete Regina und lächelte.

Minnie richtete ihren Blick auf Per. »Wir machen wirklich eine Fahrt mit dem Hundeschlitten?«

Per nickte und sie umarmte ihn stürmisch. »Das ist ja großartig!«

»Kommt«, sagte Regina, »ich stelle euch allen vor. Die junge Dame, die gleich die Hunde ins Geschirr einspannt, ist Laika.«

»Hi!«

»Freut mich, dich kennenzulernen«, sagte Minnie.

»Kommt, ich bringe euch zu eurem Gespann.«

Sechs Hundepaare standen mehr oder weniger diszipliniert in einer Reihe. Manche der Vierbeiner sprangen nervös auf und ab und bellten, andere balgten sich im Schnee, während wiederum andere Minnie erwartungsvoll anschauten, mit dem Schwanz wedelten und vor Aufregung winselten.

»Was ist mit ihnen?«, fragte Minnie.

»Sie wissen, dass sie bald rennen werden, sind aber nicht geduldig genug, um zu warten. Deswegen bellen auch all die anderen Hunde, die nicht mit auf den Ausflug dürfen«, erklärte Regina, während Laika begann, die Hunde in das Geschirr einzuspannen.

Regina führte Minnie zu einer schwarzen Hündin mit eisblauen Augen, die sich am ruhigsten von allen verhielt.

»Das ist Gaya, die Leithündin dieses Gespanns. Sie muss euren Geruch aufnehmen.«

Minnie und Per gingen in die Hocke und ließen sich ausgiebig von Gaya beschnuppern.

»Sie ist eine erfahrene Schlittenhündin und wird dafür sorgen, dass selbst die undisziplinierten, jungen Hunde sich nicht ablenken lassen und rennen.«

»Was könnte sie ablenken?«, fragte Minnie.

»Zum Beispiel andere Tiere im Wald.«

»Verstehe«, antwortete Minnie mit einer Mischung aus Respekt, Vorfreude und einer Prise Angst.

»Alle fertig eingespannt!«, rief Laika unter dem lauten Gebell der Hunde und zeigte mit dem Daumen nach oben. »Ihr könnt zum Schlitten kommen.«

»Per, du erinnerst dich noch an alle Kommandos und an die Strecke?«, fragte Regina.

Er nickte.

»Prima. Minnie, dann kannst du es dir jetzt gemütlich machen«, sagte Laika und half ihr dabei, sich in den Lastenbereich des hölzernen Schlittens, der mit Fellen und Decken ausgelegt war, hineinzusetzen.

Minnie spürte den kühlen Boden unter sich, während sie von oben durch die Decken gewärmt wurde, die Laika über ihr ausbreitete.

Per war auf dem Weg zum Schlitten, als er sagte: »Vielleicht möchtest ja du den Hundeschlitten führen?«

»Dieses Weihnachten nicht. Aber vielleicht nächstes?«, antwortete Minnie. Sie war über sich selbst überrascht.

Habe ich das wirklich gesagt?

Per stieg vom Schlitten und strahlte Minnie an. »Ich werde dich beim Wort nehmen.«

Kinder und Betrunkene sagen immer die Wahrheit, pflegte ihre Schwester zu sagen. Und auch sie war trunken, trunken vor Liebe für dieses Winterwunderland. Und für Per, der soeben seine Position auf dem Schlitten einnahm.

Ihre Gedanken wurden vom immer aufgeregteren Gebell der Hunde unterbrochen.

»Go!«, rief Per laut und deutlich, und mit einem kräftigen Ruck setzten sich das Hundegespann und der Schlitten in Bewegung.

Nach wenigen Sekunden hatten sie Reginas Grundstück hinter sich gelassen und fuhren durch die weiße Pracht verschneiter Felder.

Unglaublich, dachte Minnie, *die Tiere wirken wie ausgewechselt! Aus einer kläffenden, undisziplinierten Meute sind zwölf mustergültige Rennhunde geworden!*

Nach einigen Minuten waren die einzigen Geräusche, die zu hören waren, das Gleiten der Schlittenkufen über dem Schnee und der gleichmäßige Atem der Huskys.

Minnie gewöhnte sich schnell an ihre Position nur wenige Zentimeter über dem Boden. Hier und da machte sich ein herumliegender Stein oder Ast durch das Ruckeln des Schlittens bemerkbar, doch das störte Minnie nicht dabei, zum tausendsten Mal die Schönheit der Landschaft zu bewundern.

Nach einer Rechtskurve befanden sie sich im tiefen Wald. Minnie atmete die kristallklare Luft ein und ließ sie ihre heilende Wirkung tief in ihrem Inneren entfalten. Es war, als würde sie sie von allem Negativen reinigen und stärken.

Die Hunde rannten weiter und weiter. Ab und zu schnappten sie nach herumliegendem Schnee und Minnie musste lachen, als Gaya einmal das Bein hob und während des Laufs pinkelte.

Einmal sah Minnie einen riesigen Auerhahn am Wegesrand stehen. Sein tiefschwarzes Gefieder war ein krasser Kontrast zur blütenweißen Umgebung.

Als sich eine Steigung vor ihnen abzeichnete, hörte Minnie Per abspringen und spürte, wie er den Schlitten von hinten mitanschob.

»Soll ich aussteigen? Bin ich den Hunden zu schwer?«, fragte sie verunsichert.

»Nein, nein, das ist ihr Job. Ich helfe ihnen nur ein bisschen auf die Sprünge«, antwortete Per. Nachdem die Steigung geschafft war, stellte er sich wieder auf den Schlitten.

Sie glitten weiter durch den Schnee, der in der Polarsonne wunderschön glitzerte. Minnie verlor jegliches Zeitgefühl. Waren sie nur Minuten oder schon Stunden unterwegs? Über eine kleine Kuhle auf dem Weg machte der Schlitten einen Satz. Für Bruchteile von Sekunden war Minnie schwerelos und das Adrenalin schoss durch ihren Körper.

An einer aus Schnee zusammengeschobenen Wendeschleife rief Per kehlig »Stopp!« und stand so lange auf der Bremse, bis alle Hunde zum Stehen gekommen waren.

»Kommt, ich helfe Euch aus dem Schlitten, Eure Hoheit, ich werde uns hier gleich ein kleines Waldpicknick vorbereiten«, sagte er und hielt Minnie seine Hand hin. »Es gibt Kaffee, Kakao, Tee, Lauras weltberühmte Spekulatiuskekse und Lachssandwiches. Ich hoffe, der Ausflug war so weit genehm?«

»Mehr als das«, antwortete Minnie und ergriff seine Hand, »dieses Weihnachten ist auf dem besten Wege, das schönste meines Lebens zu werden.«

24. Dezember 2018
Sabrina

Nervös blickte Sabrina auf ihre Armbanduhr und nahm auf dem Barhocker Platz.

»Hoffentlich tauchen sie auf! Sie sind alle schon eine Viertelstunde zu spät!«, sagte sie zu Daniele, der hinter der Theke des *Cubanito* stand.

»Sie werden bestimmt gleich alle kommen. Aber du solltest nach diesem Espresso vielleicht halblang machen, es ist bereits dein dritter«, entgegnete Daniele und schob ihr ein kleines Tässchen zu.

»Ja, ich weiß, von dem Zeug werde ich nur noch hibbeliger«, gab Sabrina zu und stürzte das bittere Heißgetränk pur hinunter, »aber wir brauchen jetzt ordentlich Adrenalin und Gehirnschmalz, um dieses Schlamassel geradezubiegen.«

Plötzlich ging die Tür auf und ein unsicheres »Hallo?« drang in die Bar.

Sabrina ging auf ihre Vorgesetzte zu und begrüßte sie mit drei Küsschen auf der Wange. »Ciao, Patrizia. Danke, dass du dir ausgerechnet an Heiligabend die Zeit genommen hast.«

»Kein Problem, alles soll mir recht sein, wenn mich das vom obligatorischen Weihnachtsdinner bei meiner Schwiegermutter wegbringt. Da geht es nämlich nur um eines: Essen und trinken, bis man platzt!«

Aufseufzend ließ sie sich auf einen Sessel plumpsen.

Als Nächstes kam in schickster Abendrobe Silvestre herein. »Guten Abend und frohe Weihnachten!«

»Frohe Weihnachten, Herr Ferri, und vielen Dank, dass Sie gekommen sind«, sagte Sabrina. »Bitte nehmen Sie doch an dem Tisch vorne bei Patrizia Platz, ja?«

Der ältere Herr sah sich mit leicht angewiderter Miene um. »Feng-Shui scheint in diesem Schuppen wohl ein

Fremdwort zu sein?«, murmelte er in seinen Bart, bevor er tat, worum er gebeten worden war.

Sabrina war sehr erleichtert, als zu guter Letzt auch Penelope und Eugenio eintraten. Insbesondere bei Letzterem hatte sie ihre Zweifel gehabt, ob er sein Wort wirklich halten würde.

Daniele kam mit Tablett und Schreibblock dazu.

»Bevor es losgeht, nehme ich noch gerne die Getränkebestellung auf, geht natürlich alles aufs Haus!«

Einige Minuten später waren sie alle bereit. Sabrina nahm noch einen kräftigen Schluck Negroni.

Wie wird Eugenio auf das reagieren, was ich gleich sagen werde?

Er zwirbelte gerade an seinem Schnurrbart herum. *Nimmt er einen Barhocker und erschlägt mich, wenn ich das Offensichtliche vor allen anderen ausspreche?* Und was würde Silvestre dazu sagen, dass sein Schützling Aldo versucht hatte, Sabrina zu erpressen? Sie versicherte sich zum gefühlt tausendsten Mal, dass die Aufnahme wirklich auf ihrem Handy gespeichert war.

Dann atmete sie noch einmal tief durch, stand auf und stellte sich neben einige abgedeckte Flipcharts, die sie sich aus dem Büro ausgeliehen hatte.

»Danke, dass ihr alle gekommen seid, und noch einmal frohe Weihnachten.«

Vier Augenpaare richteten sich erwartungsvoll auf sie.

»Ihr seid aus verschiedenen Gründen hier. Wir haben Eugenio und Penelope, die nicht zulassen wollen, dass das Andenken ihrer geliebten Ehefrau und Mutter Ornella durch den Dreck gezogen wird. Ich bin Minnies beste Freundin und möchte nicht, dass ihr geplantes schriftstellerisches Comeback in einem Skandal untergeht.«

Beim Wort *Skandal* blitzten Silvestre Ferris Augen gierig auf.

»Und dann haben wir hier noch den ehrenwerten Herrn Ferri, Chefredakteur der *Milano Oggi* und Patrizia, meine Vorgesetzte, die sich natürlich eine hohe Zeitungsauflage wünschen. Ich habe euch alle hergerufen, um euch zu sagen, dass wir es zusammen schaffen können, unsere verschiedenen Ziele zu erreichen. Aber dafür muss jeder seinen Beitrag leisten.«

Sabrina hatte ihr Vorgehen bereits mit Eugenio und Penelope besprochen, trotzdem schlug ihr das Herz bis zum Hals, als sie das erste Flipchart enthüllte.

»Eugenio? Möchtest du uns sagen, wer dieser Mann ist?«

Er betrachtete die Fotos mit einer Mischung aus Traurigkeit und Gefasstheit.

»Das ist Mirco Abate. Er war in den achtziger Jahren mein bester Freund. Ich habe ihn und Ornella während des Literaturstudiums an der Universität kennengelernt. Nach dem Studium war er Ornellas Agent.«

Sabrina enthüllte noch ein Flipchart mit Bildern von Minnie. Die Blicke der Anwesenden huschten zwischen den Bildern hin und her.

Patrizia schlug ihre Hand vor den Mund. »Das kann doch nicht wahr …«

»Doch«, unterbrach sie Eugenio, »doch. Mirco Abate war der Liebhaber meiner Frau und ist Minnies leiblicher Vater. Das war das Letzte, was sie mir zugeflüstert hat, bevor sie nach Minnies Geburt starb.«

Nicht nur seine Lippen bebten, auch sein ganzer Körper. Es musste ihn unglaublich viel Kraft kosten, die Fassung zu bewahren.

Penelope legte ihre Hand tröstend auf seine Schulter.

Sabrina richtete den Blick auf ihren Chefredakteur, der sich die Hände rieb.

»Die größte Schriftstellerin Italiens hatte einen Liebhaber und hat ihrem Ehemann ein Kuckuckskind ins Nest gelegt, bei dessen Geburt sie starb. Das ist ja die Sensation des Jahres! Und lasst mich raten, Minnie weiß nichts davon? Die Zeitungsauflagen werden durch die Decke gehen!«, rief Silvestre aufgeregt.

Sabrina nickte.

Patrizia hob die Hand. »Darf ich etwas fragen? Wie hast du das herausgefunden?«

»Ja«, pflichtete Silvestre bei, »warum hat unser Starjournalist Aldo das nicht enthüllt? Dafür bezahle ich ihm doch ein Vermögen!«

»Das hat er«, sagte Sabrina und zückte ihr Mobiltelefon. Sie drückte auf den Playknopf ihrer Aufnahme und suchte Danieles Augen, die sie liebevoll und zuversichtlich ansahen. *Alles wird gut,* sagte sein Blick.

»Darauf wollte ich dich gestern Abend ansprechen, bevor du mich verführt hast …

Das ist schön, dass du das sagst. Du möchtest ja bestimmt nicht, dass erst unser ganzes Büro, dann ganz Italien erfährt, dass eine der beliebtesten Sportjournalistinnen des Landes nur eine billige Schlampe ist, die sich einem wie eine läufige Hündin anbietet. Bestimmt möchtest du nicht, dass ich deine Vorlieben im Bett ausplaudere. Das könnte deiner brillanten Karriere möglicherweise im Wege stehen.«

»Er erpresst dich!«, rief Penelope aus.

»Der Zweck heiligt die Mittel!«, warf Silvestre Ferri in den Raum. Ein heilloses Stimmengewirr folgte seinen Worten.

»Wenn ich um Ruhe …«, versuchte Sabrina einzuschreiten, doch es war zwecklos. Alle sprachen sich in Rage, manche standen auf und gestikulieren wild herum. Ein Wirrwarr an Anschuldigungen und Beleidigungen flog durch den Raum.

Als Eugenio dem Chefredakteur an die Gurgel ging,

schritt Daniele ein und schrie: »RUHE! SETZT EUCH ALLE HIN UND HÖRT SABRINA GEFÄLLIGST ZU!«

Im Zeitlupentempo nahm jeder seinen Platz ein.

Als die Stimmung sich langsam beruhigte, fuhr Sabrina fort: »Ich habe einen Plan, wie wir alle als Gewinner aus dieser Geschichte herauskommen können.«

Sie blätterte die Seite ihres Flipcharts um und schrieb ihre Gedanken auf:

»Erstens: Minnie muss die Wahrheit erfahren! Und zwar durch dich persönlich, Eugenio, und so schnell wie möglich! Zweitens: Aldo muss mit einer anderen Story beschäftigt werden, damit wir ihm zuvorkommen können. Drittens …«

Patrizia hob wieder die Hand.

»Ja?«

»Was für einen Unterschied macht es, ob Aldo die Story publik macht oder du, oder ein anderer Journalist? Der Skandal wird trotzdem riesengroß sein und die Literaturwelt Italiens in ihren Grundfesten erschüttern!«

»Eugenio? Möchtest du es sagen?«

Der ältere Mann nickte. »Wenn ihr Aldo bis Mitte Januar ruhigstellt, werdet ihr nicht nur ein Interview mit mir bekommen, sondern ihr erhaltet auch die exklusiven Rechte, um Ornellas und meine Autobiographie abzudrucken. Die Geschichte muss ans Licht, die ganze Geschichte! Denn auch ich habe dazu beigetragen, dass Ornella fremdging. Ich habe sie nicht gut genug behandelt, ich habe ihr damals nicht das gegeben, was sie brauchte …«

Eugenio tupfte sich einige Tränen weg.

»Ist schon gut, Papa«, sagte Penelope tröstend.

»Das klingt ja alles großartig, wirklich spitze«, sagte Silvestre Ferri und rieb sich die Hände. »Es gibt nur zwei klitzekleine Probleme: Bis Mitte Januar ist nicht mehr viel Zeit, und wenn ich mich richtig entsinne, ist unser Eugenio hier immer nur Literaturkritiker gewesen, aber kein Autor. Diese Story muss auf Papier gebracht werden und ein gewisses Niveau erfüllen. Wir bräuchten einen verdammt guten Schriftsteller, der ausgerechnet jetzt Zeit hat, um das in der Geschwindigkeit und Qualität hinzubekommen …«

Endlich ist der Moment gekommen, in dem sich der Kreis schließt!

»Nein, wir brauchen keinen Schriftsteller. Wir brauchen eine Schriftstellerin!«, sagte Penelope sichtlich stolz. »Wir brauchen Minnie.«

»Aber ich dachte, ihr Verlag habe sie nach Lappland geschickt, um an einem neuen Weihnachtsroman zu arbeiten?«, fragte Daniele.

Sabrina sah Eugenio und Penelope in die Augen.

Als beide nickten, sagte sie: »Nicht der Verlag hat sie geschickt, sondern wir.«

»Ihr habt alles organisiert? Die Reise, die Hütte, die Ausflüge, alles, von dem Minnie so geschwärmt hat?«, wollte Daniele wissen.

»Ja, alles«, sagte Sabrina, »weil wir Minnie lieben und ihr mit einem Comeback auf die Sprünge helfen wollten. Sie wäre niemals gegangen, hätten wir ihr verraten, dass wir das organisieren und sponsern, deswegen haben wir sie in dem Glauben gelassen, dass das Verlagsteam sie schickt.«

»Und sie hat das nicht überprüft?«, fragte Patrizia.

»Nein. Da ich ihre Schwester und Agentin bin, hat sie mir natürlich geglaubt«, erklärte Penelope.

»Ganz schön konspirativer Haufen!«, warf Silvestre Ferri in die Runde. »Aber der Plan gefällt mir sehr gut! Wir könnten eine spezielle Sonderausgabe rund um Ornella Giuliani herausbringen, die Verkäufe werden durch die Decke gehen! Und ihr versprecht absolute Geheimhaltung und eine exklusive Story?«

»Ihr habt mein Wort!«, sagte Eugenio und reichte Silvestre die Hand.

»Ja, das klingt alles gut und schön, nur, was machen wir mit Aldo?«, wollte Patrizia wissen.

»Ach, lasst das meine Sorge sein«, antwortete Silvestre, »ich werde ihn zu einer Auslandsreportage schicken. Das sollte euch genügend Ruhe und Zeit verschaffen, an der Story zu arbeiten.«

»Gut, dann wäre alles Wichtige besprochen«, fasste Sabrina zusammen. »Jetzt müssen wir nur noch Minnie einweihen. Wer übernimmt das?«

»Ich werde das tun!«, sagte Penelope.

24. Dezember 2018
Ali

Wann bin ich nur so alt geworden, dachte Ali, als er in den Spiegelwänden im Aufzug sein Abbild betrachtete. Er legte den großen Blumenstrauß und die Aktentasche, die er mitgebracht hatte, kurz auf den Boden, dann fuhr er sich mit einem Kamm, den er immer bei sich trug, durch seine dünnen grauen Locken, die einst dicht und tiefschwarz gewesen waren.

Er verteilte noch etwas von dem Aftershave-Pröbchen, das ihm eine Kassiererin gegeben hatte, auf seinem glattrasierten Gesicht und zog die Falten auf der Stirn und rund um Augen und Mund gerade. Als er sie wieder losließ, war es auch nicht besser.

»Blöde Zeit, die vergeht«, flüsterte er. Es hatte eine Zeit gegeben, als er jung und begehrenswert gewesen war – aber er konnte sich kaum noch daran erinnern.

Es kommt nicht auf das Aussehen an, nur auf die Ausstrahlung, redete er sich selbst gut zu, während er sich in die Wangen kniff, damit sie etwas rosiger wirkten.

Sie wird mich alten Zausel schon mögen, schließlich telefonieren wir jeden Tag stundenlang miteinander!

Trotzdem blieb Alis Herz vor Aufregung fast stehen, als der Lift im zehnten Stockwerk ankam, er Blumen und Aktentasche wieder an sich nahm und hinaustrat. Schließlich stand er vor Filomenas Tür.

Eine Spur schlechten Gewissens erfasste ihn. Wie würde sie es auffassen, dass kein Alberto, sondern ein Ali zum Frühstück kam? Es war höllisch viel Arbeit gewesen, sie zu überzeugen, dass er nicht abends, sondern morgens kommen wollte. Hoffentlich machte sie ihm keinen Strich durch die Rechnung! Die Überraschung war einfach zu perfekt, um sie zunichte zu machen.

Er vergewisserte sich ein letztes Mal, dass sein Atem frisch war, richtete seinen Anzug und seine Krawatte und klingelte dann, bevor er es sich anders überlegen konnte.

»Wer ist da?«, ertönte es sofort hinter der Tür.

Hat sie vor dem Spion campiert?

»Ich bin es, Al… Alberto, meine liebe Filomena.«

Er war erleichtert, als er hörte, wie sie aufschloss. Doch es überraschte ihn nicht, dass die Tür nur einen kleinen Spalt breit aufging und mit einer Kette fixiert war.

Ein einzelnes, verunsichertes Auge starrte ihn vorwurfsvoll durch den Türschlitz an.

»Wer bist du?«, fragte sie mit Nachdruck.

»Ich bin es doch, Alberto.«

»Du scheinst mir ein bisschen zu dunkel für einen Alberto zu sein.«

Ertappt!

Alis Gesicht fühlte sich für einen kurzen Moment an, als hätte ihn eine Stichflamme getroffen.

»Du Hochstapler, verschwinde, sonst rufe ich die Polizei!«, sagte die ältere Dame mit Nachdruck und knallte ihm die Tür vor der Nase zu.

Ali stützte sich am Türpfosten ab. »Aber Filomena, hör doch meine Stimme! Du musst doch erkennen, dass ich es bin.«

Sie schwieg einen Moment, dann öffnete sie die Tür wieder einen Spaltbreit. »In der Tat hörst du dich wie Alberto an, aber …«

»Na gut, zugegebenermaßen haben Minnie und ich dich angeflunkert. Ich heiße nicht Alberto, sondern Ali. Ich bin ursprünglich Marokkaner und kein Italiener, aber alles andere, was wir je miteinander gesprochen haben, ist die Wahrheit, du hast mein Ehrenwort!«

»So, so, du steckst mit meiner lieben Nachbarin unter einer Decke! Na, ein schöner Dank ist das dafür, dass ich jeden Tag ihre Pflanzen gieße und ihren Briefkasten leere!«

Wieder sauste die Tür laut ins Schloss.

Nervös sah sich Ali im Treppenhaus um. *Hoffentlich beobachtet niemand die Szene!* Man hätte ihn locker für einen verwirrten Stalker halten können!

»Filomena, du musst es so sehen. Hätte ich mich sofort als Ali vorgestellt, hättest du dich doch geweigert, mit mir zu reden. Nur durch diese kleine Lüge hast du dich überhaupt erst auf dieses Blind Date eingelassen.«

Erneut öffnete sich die Tür, gerade weit genug, dass Filomena ihn ansehen konnte. »Das ist überhaupt nicht wahr! Ich habe nichts gegen Ausländer!«

»Ach, und deswegen verbarrikadierst du dich gerade, als würde ich dich ausrauben wollen? Damit hat mein braungebrannter Teint wohl nichts zu tun?«

Filomena seufzte, als fühlte sie sich ertappt, und hängte die Kette aus. Endlich öffnete sie die Tür komplett und Ali konnte sie ansehen.

Sie hatte sich in Schale geworfen: Sie trug ein dunkelblaues Kostüm mit gleichfarbigen Pailletten an den Ärmeln. Außerdem vervollständigten perfekt geformte schneeweiße

Locken, für die sie wahrscheinlich die ganze Nacht mit Lockenwicklern geschlafen hatte, und ein dezent geschminktes Gesicht das ansehnliche Bild. Der Duft von frischem Kaffee und Backwerk kam Ali entgegen und sorgte dafür, dass ihm das Wasser im Mund zusammenlief.

»Das riecht köstlich!«, sagte er und machte einen halben Schritt nach vorne.

»Sind die Blumen für mich?«, fragte Filomena neugierig.

Ali hielt ihr den Strauß hin, der aus Weihnachtssternen und Mistelzweigen bestand.

»Selbstverständlich sind sie für dich. Darf ich eintreten?«, fragte er vorsichtig.

»Und was ist da in dieser Aktentasche?«

»Dein Weihnachtsgeschenk von Minnie und mir.«

»Aber die Geschenke darf man erst um Mitternacht aufmachen, das ist Tradition.«

»Ich finde, manche Bräuche sind dafür da, um gebrochen und durch neue ersetzt zu werden«, sagte Ali. »Darf ich jetzt bitte hineinkommen?«

Anscheinend ließ es ihr keine Ruhe, was sich wohl in der Aktentasche verbarg. Schließlich ging sie doch einen Schritt zur Seite, um Platz für Ali zu machen. »Ja nun, ich habe mir so viel Mühe für dieses Weihnachtsfrühstück gemacht, es wäre schade, wenn das Essen verdirbt. Denk an die ganzen hungernden Kinder in dieser Welt!«

»Ich bin ganz deiner Meinung«, antwortete Ali, wischte sich die Sohlen auf der Fußmatte ab und trat ein.

»Willkommen in meinem kleinen Reich«, sagte Filomena und führte ihn in die Küche.

Im Hintergrund liefen, gerade laut genug, dass man sie noch so eben hören konnte, besinnliche Weihnachtslieder.

Der Tisch war reichlich gedeckt mit Brioche, selbstgemachter Erdbeermarmelade, duftenden Eierspeisen und einem Kaffeekännchen.

»Das sieht großartig aus! Du hättest dir doch nicht so viel Mühe machen sollen!«

»Ach, das ist doch nichts! Was soll eine einsame Rentnerin denn sonst den ganzen Tag so machen?«

»Arbeit adelt den Mann«, sagte Ali.

Filomena blickte ihn mit großen Augen an. »Das hat mein Mann auch gern gesagt. Aber ich finde, Arbeit adelt auch die Frau.«

»Ich verstehe diesen Satz so, dass der Mensch gemeint ist, nicht ausschließlich der Mann.«

»Hat was«, sagte Filomena, »möchtest du dich setzen?«

»Wenn ich darf?«

»Ja, wir können ja schlecht im Stehen essen und trinken«, erklärte sie.

Ali lächelte und nahm Platz.

»Großartige Brioche«, lobte er nach einigen Bissen, »hast du die selbst gebacken?«

»Natürlich«, antwortete Filomena mit einem Funken Stolz in der Stimme, »im Kühlschrank steht sogar hausgemachte Zitronengranita, nach einem sizilianischen Rezept meiner Großmutter.«

»Ah, Sizilien! Da bin ich oft während meiner Seemannszeit gewesen, eine wunderbare Insel«, schwärmte Ali.

»Das sagst du sicher nur, um mir zu schmeicheln, nachdem du dich wochenlang für jemand anderen ausgegeben hast.«

Vorsichtig tätschelte er Filomenas Hand. »Ich habe mich nicht für jemand anderen ausgegeben. Ich habe dir nur einen anderen Namen genannt, damit du mir überhaupt eine Chance gibst.«

»Also hat alles andere gestimmt? Dein Maronistand in der Piazza Duomo? Deine verstorbene Frau Rosa? Die Einsamkeit?«

»Alles.«

Nach dem Frühstück räumte Filomena den Tisch ab. Sofort sprang Ali auf und stapelte die benutzten Teller ineinander.

»Was genau soll das werden?«, fragte sie irritiert.

»Wonach sieht es denn aus? Ich helfe dir beim Abwasch.«

»Das hat Giacomo aber nie gemacht. Für ihn war das Frauenarbeit.«

»Ich bin aber nicht Giacomo, ich bin Ali«, sagte er, band sich eine herumliegende Schürze um und befüllte die Spülmaschine. »Für mich gibt es keine Männer- oder Frauenarbeit. Es gibt nur Tätigkeiten, für die man besser oder weniger gut geeignet ist.«

Sie ist einfach wunderschön, dachte er, als er ihren ungläubigen Blick hinter ihrer Brille auffing.

Nach dem Aufräumen saßen sie im Wohnzimmer auf dem Sofa und tranken noch einen Espresso.

»Filomena, darf ich dich etwas fragen?«

»Ja, aber nur, wenn ich eine Gegenfrage stellen darf.«

Ali mochte ihre Schlagfertigkeit. »Ja, wirst du dürfen. – Warum ist das Sofa, auf dem wir sitzen, in Plastik verpackt? Hast du es erst vor Kurzem gekauft?«

Filomena strahlte über das ganze Gesicht. »Nein, mein Lieber. Diese Couch ist uralt! Giacomo und ich haben sie im Januar 1990 gekauft, nachdem wir hierhergezogen sind. Siehst du, wie gut sie erhalten ist? Alter Trick von meiner Mutter: Lass die Folie dran und das Sofa sieht trotz jahrelanger Benutzung wie neu aus!«

Stolz tätschelte sie die Rückenlehne, was ein quietschendes Geräusch verursachte.

»Aber warum solltest du wollen, dass ein fast dreißig Jahre altes Möbelstück noch immer wie neu aussieht?«, wunderte sich Ali.

»Na, was ist denn das für eine Frage?«, entgegnete Filomena und rührte mit einem kleinen Teelöffel nervös in ihrem Espressotässchen herum. »Das ist doch klar! Dieses Sofa hat uns damals ein Vermögen gekostet! Also haben wir es über all die Jahre sehr pfleglich behandelt. Unsere Kinder durften nie etwas darauf essen oder trinken, schon gar nicht darauf herumtoben oder springen.«

»Und was hast du jetzt davon?«

»Also bitte, Ali, du wirkst doch nicht wie ein Mensch, der auf den Kopf gefallen ist! Ich habe davon ein dreißig Jahre altes Sofa, das wie neu aussieht! Das ist doch großartig!«

»Gefällt es dir denn wenigstens noch?«

»Hm, geht so«, gab sie zu.

»Das klingt aber nicht sehr enthusiastisch.«

»Wir haben es ja vor drei Jahrzehnten gekauft. Der Geschmack ändert sich mit der Zeit. Ich würde es nun nicht mehr als den letzten Schrei bezeichnen! Und super bequem ist es schon damals nicht gewesen. Aber was soll ich tun? Es wegwerfen? Es war doch damals so teuer!«

»Eben, und immerhin sieht es wie neu aus, oder?«

»Ja, immerhin das. Dank unserer pfleglichen Behandlung und unseres ordentlichen Haushalts«, ergänzte Filomena und verschränkte die Arme vor der Brust.

»Und wenn du eines Tages, in einer hoffentlich sehr weit entfernten Zukunft, nicht mehr unter deinen Lieben weilst, hinterlässt du dann ein über dreißig Jahre altes Sofa, das dank der Plastikfolie so aussieht, als hätte nie jemand darauf eine gute Pizza gegessen, als hätte nie jemand ein Glas Wein darüber gekippt, als hätte es nie ein Kind als Trampolin missbraucht und als hätte sich nie ein Paar darauf geliebt. Du hinterlässt ein Sofa, das keine Spuren deines Lebens zeigt.«

Filomena starrte Ali mit offenem Mund an. *Und jetzt kommt der Moment, in dem sie dich hinauswirft, weil du deine Klappe zu weit aufgerissen hast!,* dachte Ali.

Stattdessen verwandelte sich ihr Gesichtsausdruck in ein

Lächeln. »So habe ich das noch gar nicht betrachtet. Ich werde mir durch den Kopf gehen lassen, was dieser philosophische Gedanke für meine Couch bedeutet!« Sie stellte ihr leergetrunkenes Espressotässchen auf den Wohnzimmertisch und klatschte einmal in die Hände. »So, und nun zu meiner Gegenfrage: Was befindet sich in deiner Aktentasche?«

Ali mochte es, wie sie schon die ganze Zeit über neugierig darauf gelinst hatte.

Er sah auf die Uhr an seinem Handgelenk. *Ja, es wird sowieso Zeit.*

»Gut, nun zu deinem Geschenk«, sagte Ali und hob die Aktentasche auf seinen Schoß.

Er öffnete sie und nahm Minnies alten Laptop heraus.

»O je, was soll ich denn damit?«, sagte Filomena. »Ich wüsste noch nicht einmal, wie man dieses Ding da ein- und ausschaltet.«

»Kein Problem, ich werde dir alles beibringen … wenn du mich lässt.«

Ali fuhr den Laptop hoch, gab das Passwort ein und hoffte, dass das Signal bis zu Filomenas Wohnung reichte. Seine Gastgeberin, die neben ihm saß, verfolgte alle Schritte aufmerksam.

»Ah, da ist es ja«, sagte er und klickte auf die Verbindung namens *Finger weg! Das ist Minnies WLAN!*

»Und was genau bedeutet nun dieses *verbunden?*«

»Dass wir online sind«, erklärte Ali und klickte auf das Symbol für *Skype.*

»Ihr Mikrofon und Ihre Kamera sind aktiv?«, las Filomena. »Was machst du da? Bist du ein Spion?«

»So etwas in der Art«, entgegnete Ali, während sich die Seite aufbaute. Plötzlich blinkte etwas. *Auf die Minute genau, wie abgemacht.* Gebannt verfolgte Filomena, was sich auf dem Bildschirm tat.

»*Sarah123 und SuperManuele möchten mit dir per Videotelefonie sprechen. Willst du das annehmen?* Seltsam, die heißen ja wie meine Kinder …«, sagte Filomena.

»Ciao, Mamma«, sagte ein junger Mann lächelnd in die Kamera, »kommt her, nicht so schüchtern, da ist die Oma! Und was wünschen wir ihr heute?«

Als sich das Bild vom anderen Ende des Planeten aufgebaut hatte, presste Filomena sich die Hand vor den Mund.

»Frohe Weihnachten, Oma!«, riefen die zwei Mädchen und winkten wild durcheinander, während sie neugierig dreinblickten. Filomena liefen Tränen die Wangen herab.

»Manuele und die Mädchen!« Sie war so aufgeregt, dass sie herumzappelte. »Das sind mein Sohn und meine Enkelinnen! Sieh nur! Wie unfassbar groß sie geworden sind! Können sie mich sehen? Können sie mich hören?«

»Ja, das können sie«, erklärte Ali und empfand tiefe Freude dabei, Filomena so glücklich zu sehen.

Zaghaft holte sie sich den Laptop etwas näher und rief laut: »Ciao Manuele! Ciao Elsa! Ciao Sandra! Frohe Weihnachten, meine Lieben! Ist denn mein Paket für euch auch angekommen?«

»Ja, Mama! Ist es! Vielen lieben Dank! Du brauchst aber nicht so laut zu reden, wir können dich gut hören.«

»Aber ihr seid doch so weit weg von mir!«

»Nein, Mama, dank Ali, der uns mit Minnies Hilfe im Internet ausfindig gemacht hat, können wir uns jetzt beim Telefonieren endlich in die Augen sehen. Warum sind wir nicht selbst darauf gekommen?«

»Das ist ja wunderbar!«, sagte Filomena. »Darf ich diesen Laptop behalten?«

Ali nickte. »Ja, das ist Minnies Weihnachtsgeschenk für dich, damit du deine Lieben in Australien so oft sehen kannst, wie du es möchtest.«

»Oh, das ist so wundervoll!«

»Warte, Mamma, Sarah kommt auch gleich. Sie möchte dir jemanden vorstellen«, sagte Manuele.

Eine Frau erschien mit einem strampelnden Baby im Arm vor dem Bildschirm. Sie sah wie Filomena aus, nur in jung.

»Ciao, Mamma. Buon Natale. Darf ich dir deinen Enkel Sergio vorstellen?«

Babygebrabbel erfüllte Filomenas Wohnzimmer und offensichtlich auch ihr Herz. Sie saß ganz still da, mit leuchtenden Augen und geröteten Wangen.

Glücklich sah sie Ali an und nahm seine Hand. »Danke, Ali, das ist das wundervollste Weihnachtsgeschenk, das ich jemals bekommen habe.«

»Das musst du Minnie sagen, sie hat das alles für dich eingefädelt.«

24. Dezember 2018
Marco

»Marco, kannst du mir bitte die Schuhe ausziehen?«, fragte Rita. »Noch zwei Monate bis zum Geburtstermin, und ich fühle mich jetzt schon wie ein Wal!«

Marco ging in die Knie und befreite Ritas geschwollene Füße von ihren weißen Ballerinas.

»Du bist nicht fett, meine frisch Angetraute, du trägst unser gemeinsames Kind aus. Du bist eine hinreißende Schwangere!«

Rita betrachtete sich unzufrieden im Spiegel und tätschelte die riesige Babykugel. »Ich weiß nicht, was du meinst. Ich weiß nur, dass ich, bei aller Liebe für die kleine Eva in mir, mich darauf freue, meinen Körper wieder ganz für mich alleine zu haben.«

»Ich wünschte, ich könnte dir irgendwie helfen. Aber ich bin nur ein Mann, also kann ich nichts weiter tun als zu sagen: Kopf hoch, Schatz, es ist ja nicht mehr allzu lange. Soll ich dir auch dein Kleid ausziehen?«

»Ja, bitte, ich kann mich kaum rühren. Es war vielleicht doch keine so gute Idee, so knapp vor der Geburt zu heiraten. Wahrscheinlich sehe ich auf den Fotos wie ein Kugelfisch aus, der in weiße Spitze verpackt wurde.«

Marco öffnete ihren Reißverschluss, hob ihre Arme an und zog ihr das Brautkleid aus.

»Blödsinn, du bist und bleibst wunderschön. Nichts könnte dich jemals verunstalten, meine Liebe.«

Er ging wieder in die Knie und küsste Ritas Bauch. »Ihr Frauen seid Göttinnen, ihr bringt neues Leben in die Welt.«

Rita griff nach ihrem Nachthemd. »Also, wenn ich mir dieses Zelt so anschaue, fühle ich mich im Moment wie alles andere, nur nicht wie eine Göttin.«

Auch Marco machte sich für die Nacht fertig und schon bald lagen sie zusammen im Bett.

»Die Hochzeit wäre geschafft!«, seufzte Rita und kuschelte sich in die Decke ein.

»War doch ein schöner Tag heute«, sagte Marco zufrieden. *So viel schöner als das Weihnachten vor zwei Jahren.*

Rita gab ihm einen Kuss auf die Lippen. »Frohe Weihnachten, Marco, Vater meines Kindes und nun auch mein Ehemann! Denk bitte noch an das Versprechen, das du mir gegeben hast.«

Ich wusste, sie würde nicht lockerlassen!

»Gute Nacht, meine wunderschöne Ehefrau, und ja, ich werde mein Versprechen halten. Minnie wird erfahren, dass es nicht an ihr lag, dass wir keine Kinder bekommen haben, sondern an mir, Indianerehrenwort. Meine Familie werde ich auch endlich darüber informieren. Soll ich das Licht ausknipsen?«

»Hm«, brummte Rita erschöpft.

Dunkelheit legte sich über ihr Schlafzimmer. Marco strich mit seiner Hand schützend über Ritas Bauch. Er spürte, wie Eva darin herumturnte, wahrscheinlich hatte auch sie die Aufregung des Hochzeitstages mitbekommen. Eine Träne der Rührung tropfte von seiner Nasenspitze, als er dachte: *Danke, Rita, dass du all diese Therapien hast über dich ergehen lassen. Danke, dass du bei mir geblieben bist, obwohl ich unfruchtbar bin.*

Für einen kurzen Moment dachte er an Minnie und das Unrecht, das er ihr angetan hatte.

»Es tut mir leid«, flüsterte er und schlief endlich ein.

Kapitel 21

24. Dezember 2018
Per

Minnies Augen leuchteten, als sie sah, was Laura vorbereitet hatte.

»Und wir machen das wirklich hier? Im Freien?«, fragte sie.

»Ja, setz dich auf die Bank«, sagte Per, während er das Lagerfeuer noch ein wenig schürte.

»Wow, ich dachte, nach der wundervollen Huskyschlittenfahrt könnte der Tag nicht noch schöner werden. Aber dass wir Heiligabend unter dem Sternenhimmel verbringen und hier zu Abend essen werden, ist einfach unglaublich!«

Per setzte sich zu ihr und legte seinen Arm um sie. »Weißt du, was ich wirklich gern an dir mag? Dass du dich immer wieder auf Neues einlässt und begeisterungsfähig bist.«

»Wer könnte sich denn nicht für das begeistern, was dieser Ort zu bieten hat?«

Oh, da kenne ich jemanden, dachte Per und spürte einen Stich durchs Herz, weil das wieder ein Weihnachtsfest war, das ohne Torben stattfand. *Egal wo du bist, mein Junge, ich wünsche dir ein ganz besonderes Fest. Ich liebe dich.*

»Per, ist alles in Ordnung mit dir?«, riss ihn Minnie aus seinen Gedanken.

»Alles gut«, flunkerte er, »ist dir kalt? Soll ich dir noch eine Decke bringen?«

»Nein, mir geht es prima. Der Glühwein deiner Mutter wärmt von innen und diese Rentierfelle, auf denen wir sitzen, sind einfach unglaublich warm. Und dazu dieses wundervolle Feuer.«

»So, Kinder, hier bin ich«, sagte Laura, die eine riesige Pfanne trug.

»Du hättest etwas sagen können, dann hätte ich sie geholt. Die ist doch schwer«, schalt Per sie.

»Papperlapapp, ich bin vielleicht nicht mehr die Jüngste, aber so eine Mimose bin ich nun auch nicht. Du kennst die Arbeitsteilung, seitdem dein Vater nicht mehr unter uns weilt. Ich hole die Pfanne und du montierst sie an dem Schwenkarm über dem Feuer.«

Wieder wurde Per schmerzlich daran erinnert, dass seine Familie nur noch aus ihm und seiner Mutter bestand. Sein Blick wanderte zu Minnie, diesem Wunder, das vor zehn Tagen in sein Leben getreten war, und mit Freude dachte er an die nächsten drei gemeinsamen Wochen. Doch was würde danach folgen? *Schon bald werde ich das Gespräch mit ihr suchen müssen. Aber nicht heute.*

»Was ist jetzt?«, fragte Laura ungeduldig. »Montierst du sie nun oder muss ich das tun?«

Per sprang auf. »Nein, nein, ich mache das schon.«

Kaum war er fertig, gab Laura erst Öl, dann klein gehackte Zwiebeln hinein.

Zu Pers Vergnügen beobachtete Minnie die Zubereitung neugierig. Die Zwiebeln wurden glasig. Als Nächstes briet Laura das kleingeschnittene Rentierfleisch darin an. Sofort bildete sich dichter Dampf, der in den Nachthimmel emporstieg.

»Das riecht köstlich!«, schwärmte Minnie. Per war ganz ihrer Meinung.

Nachdem seine Mutter auch noch vorgekochte kleine Kartoffeln und Gemüse mit angebraten hatte, nahm sie die Pfanne mithilfe des Schwenkarms vom Feuer und verteilte großzügige Portionen auf drei Tellern.

»Oh, Laura, da sieht großartig aus! Bei uns in Italien ist Heiligabend so kompliziert. Es müssen immer unzählige Gänge gekocht werden und von allem in solchen Mengen, als müsste man ein ganzes Heer sattbekommen.«

»Nein, wir sind hier eher praktischer Natur«, erklärte Laura und übergab Minnie und Per ihre dampfenden Teller. »Und nun wünsche ich einen guten Appetit! Esst bitte schnell, es wird im Nu wieder kalt.«

Sie genossen die Mahlzeit schweigend, nur das Knacken des Feuers war zu hören. Eine sanfte Brise fegte ab und zu etwas Schnee von den Ästen.

In diese Stille hinein ertönte Hundegebell, schrill und aufgeregt. *Was ist nur mit Rosie los?*

»Ist das Rosalie?«, fragte Minnie erschrocken.

»Ja«, antwortete Per und stellte seinen halbvollen Teller beiseite.

»Vielleicht stapft nur wieder ein Elch an einem der Fenster vorbei«, vermutete Laura. »Du weißt, dass ihr diese Tiere nicht ganz geheuer sind.«

»Schon möglich«, sagte Per, »ich werde trotzdem kurz nach ihr sehen, sie hat sich immer noch nicht beruhigt. Esst ruhig weiter, ich bin gleich wieder da.«

Kaum hatte Per sein Haus betreten, kam Rosalie angestürmt und bellte.

Er ging in die Hocke. »Rosie, was ist denn mit dir?«

In diesem Moment klingelte das Telefon. Als er nähertrat, sah er, dass es das offenbar nicht zum ersten Mal tat, denn eine Leuchte zeigte Nachrichten auf dem Anrufbeantworter an.

Er nahm den Anruf in seinem Büro entgegen. »Hallo, hier Per Andersson?«

»Buona sera, Mister Andersson und frohe Weihnachten, hier ist Penelope Giuliani, ich bin Minervas Schwester«, sagte eine junge Frau in gebrochenem Englisch. »Ich würde gerne mit ihr sprechen. Ich habe schon einige Male versucht, sie auf ihrem Handy zu erreichen, aber ich habe immer nur ihre Mailbox dran.«

»Frohe Weihnachten«, entgegnete Per, »wir waren heute den ganzen Tag unterwegs und unsere Funkverbindung ist nicht immer gut. Im Moment ist sie mit meiner Mutter im Garten, wir machen unser Heiligabenddinner im Freien. Soll ich ihr sagen, dass sie zurückrufen soll?«

»Ja, es wäre gut, wenn sie nach dem Essen anrufen würde. Sie … es … es ist wichtig.«

Per gefiel der seltsame Unterton in Penelopes Stimme überhaupt nicht. *Hoffentlich ist nichts Schlimmes passiert.*

»Ist gut, ich gebe ihr Bescheid.«

»Vielen Dank!«, sagte Penelope und beendete das Gespräch.

Er stellte das Telefon wieder in die Ladestation und sah hinunter zu Rosie, die seinen Blick mit großen Kulleraugen erwiderte.

»Siehst du, alles gut.« Er ging in die Hocke und streichelte sie. »Du kannst weiterschlafen.«

Sie bellte.

»Ja, ich weiß, jemand hat noch eine Nachricht aufs Band gesprochen, aber ich habe keine Lust, sie jetzt abzuhören. Das leckere Rentiergeschnetzelte wird kalt. Ich lasse dir auch etwas übrig!«

Sie kläffte erneut und machte keine Anstalten, ihn gehen zu lassen.

Per seufzte. »Also gut. Aber es ist sowieso nur Minnies Schwester gewesen, kein Grund zur Aufregung, Rosalie!« Er drückte auf den blinkenden Knopf des Telefons.

Die metallische Stimme des Bands lief an: »Sie haben eine neue Nachricht. Empfangen heute 24.12.2018 um 19.53 Uhr.«

Das war vor zehn Minuten, natürlich war das Penelope!

Ein Piepton und dann Stille. Per wartete, aber es sprach niemand. Er erhöhte die Lautstärke, weiterhin war nur ein Rauschen in der Leitung zu hören.

»Siehst du, Rosie, da ist nichts«, sagte Per und wollte schon auf den *Löschen*-Knopf drücken, als plötzlich eine sehr leise Stimme ertönte.

»God Jul, Papa. Hier ist Torben! Kennst du mich noch?« Pers Lippen begannen unkontrolliert zu beben und seine Knie fühlten sich ganz weich an. »Mama darf nicht wissen, dass ich dich anrufe, aber wir nehmen in der Schule gerade die Telefonnummern durch und ich wollte probieren, ob ich es alleine schaffe. Mama hat nämlich deine Nummer aufgeschrieben, weil sie dich bald anrufen möchte …, weil es geht ihr nicht so gut.«

Per lehnte sich zuerst an die Wand und rutschte dann hinunter auf den Boden. Die Tränen liefen ihm in Sturzbächen über das Gesicht. Er hatte geglaubt, Torbens Stimme und sein Lachen vergessen zu haben, aber das stimmte überhaupt nicht.

»Sie hat keine Haare mehr, überhaupt keine und sieht aus wie eine von Suzys Babypuppen, nur ist sie jetzt viel, viel dünner und ganz viel im Krankenhaus. Über Suzy darf ich eigentlich auch nicht sprechen, aber ich mag sie nicht so gerne, weil sie spricht überhaupt kein Schwedisch! Nur Kantonesisch! Egal, Mama ruft dich sowieso bald an! Aber sag ihr bitte nicht, dass ich dich angerufen habe, sonst wird sie vielleicht wütend, und sie ist so schwach, sie darf nicht wütend werden! Sie muss schon so viel Medizin nehmen! Oh, ich glaube, ich habe sie jetzt geweckt. Tschüss, Papa, sag Oma und Opa viele Grüße von mir und natürlich auch Rosie. Ich vermisse euch alle so sehr!«

Ein weiteres Piepen kündigte das Ende der Aufnahme an. Per brauchte lange, bis er sein Schluchzen so weit unter Kontrolle hatte, dass er sich die Aufnahme noch einmal anhören konnte. Seine Gedanken fuhren Karussell. *Geht es Torben wirklich gut? Ist er richtig versorgt? Was für eine Krankheit hat Sindy? Und wer ist Suzy?*

24. Dezember 2018
Laura

»Kommt es mir nur so vor, oder ist Per schon eine ganze Weile weg?«, fragte Laura und betrachtete ihren längst leergegessenen Teller neben seinem noch vollen, dessen Inhalt wahrscheinlich längst erkaltet war.

Minnie sah auf ihr Handgelenk. »Er ist locker zwanzig Minuten weg. Und Rosalie bellt nicht mehr.«

»Hm, lass uns mal kurz nachsehen. Es ist eigentlich nicht seine Art, einfach so wegzubleiben.«

Die beiden Frauen liefen zu Pers Haus. Die Tür stand offen und Rosalie kam ihnen schwanzwedelnd entgegen.

»Per?«, rief Laura.

»Sollen wir reingehen?«, fragte Minnie sie.

Plötzlich ertönte Pers Stimme. Laura wusste sofort, dass etwas geschehen war, denn sie klang so ganz anders als sonst. »Ich bin hier, im Büro, komm bitte her, Mama.«

Lauras Alarmglocken schrillten. Wann hatte er sie das letzte Mal *Mama* genannt?

»Ich bin auch hier«, sagte Minnie, »darf ich auch hereinkommen?«

»Natürlich«, antwortete er schwach.

Laura erschrak, als sie ihn auf dem Boden sitzend vorfand. Seine Augen waren stark gerötet. »Per, was ist mit dir? Du siehst ja wie ein Häufchen Elend aus! Ist etwas mit Torben geschehen?«

»Haben die Detektive ihn gefunden?«, fragte Minnie hoffnungsvoll.

Per zeigte auf das Telefon in seiner Hand. Er drückte auf einen Knopf. Lange Zeit war nur Rauschen zu vernehmen, dann endlich ertönte eine Stimme: »God Jul, Papa. Hier ist Torben! Kennst du mich noch? …«

Vor Lauras Augen schwankte das Zimmer. Ihr Enkelsohn!

»… Tschüss, Papa, sag Oma und Opa viele Grüße von mir und natürlich auch Rosie. Ich vermisse euch alle so sehr!«

Laura bemühte sich, ruhig zu klingen.

»Das klingt aber gar nicht gut, was Torben über Sindy verraten hat«, sagte sie.

»Er scheint nicht zu wissen, dass sein Großvater gestorben ist«, ergänzte Minnie.

Per hatte seinen Kopf in die Hände gelehnt und weinte.

»Er kann es nicht wissen, Minnie«, sagte Laura. »Bastian starb, als er versuchte, Sindy und Torben aufzuhalten. Er bekam als Erster mit, dass sie sich von einem Taxi hatte abholen lassen, und verfolgte sie mit dem Motorschlitten.«

Minnie wurde blass. »Oh, wie entsetzlich! Ich erinnere mich! Du hast gesagt, er sei mit dem Schlitten im nicht richtig gefrorenen See eingebrochen und ertrunken. Aber er hätte sich doch gut auskennen müssen …«

»Das tat er auch, meine Liebe«, sagte Laura. »Wir vermuten, dass er eine Abkürzung nahm und über die Zulaufstelle zum See fuhr, die nie richtig fest zufriert. Vermutlich hat er in dem Bemühen, Sindy und Torben noch aufzuhalten, das Risiko unterschätzt.«

»Jetzt verstehe ich, weshalb das Datum 15.03.2015 mir so bekannt vorkommt! Bastians Todesdatum und das Datum, an dem Sindy und Torben verschwanden, sind identisch!«, rief Minnie.

»Per, hast du die Detektive und die Polizei bereits informiert?«, wollte Laura wissen.

»Ja, die Polizei ist auf dem Weg hierher. Sie wollen herausfinden, von wo aus Torben angerufen hat!«

»Das ist ja großartig!«, rief Minnie aus.

»Komm, Per, steh auf! Es ist schrecklich, wenn du auf dem Boden liegst«, sagte Laura.

»Wir helfen dir«, ergänzte Minnie.

Jede Frau hielt ihm eine Hand hin. Per nahm sie und ließ sich hochhelfen. Auf einmal schloss er Laura ganz fest in die Arme, so fest, wie er es noch nicht einmal als Kind getan hatte.

»Ich bin ein Weichling. Was würde nur Vater zu meinen Gefühlsausbrüchen sagen?« Laura spürte, dass er am ganzen Körper zitterte.

Mit den Daumen wischte Laura seine Tränen weg. Es machte sie in diesem Moment sehr froh, ihn die ganze Zeit richtig eingeschätzt zu haben.

»Ein guter Vater wird von seinem Sohn geliebt und geachtet, nicht gefürchtet. Und wie du siehst, hat Torben dich nicht vergessen, während du deinen Vater noch immer fürchtest, obwohl er schon lange nicht mehr unter uns weilt.«

»Danke, dass du das sagst, Mama.«

Mama. Es tat so gut, das zu hören!

»Da kommt ein Auto«, sagte Minnie. »Ich glaube, soeben ist die Polizei in den Hof gefahren.«

»Ja, dann gehen wir und empfangen sie«, schlug Laura vor.

Per nickte. Dann hielt er inne. »Minnie, bevor ich es in der ganzen Aufregung vergesse: Deine Schwester hat angerufen. Du solltest sie zurückrufen, es klang dringend.«

Kapitel 22

26. Dezember 2018
Mailand
Minnie

»Benvenuta a Casa«, las Minnie auf dem Schild, das Penelope und Sabrina in der Ankunftshalle hochhielten: *Willkommen zu Hause.*

Aber war sie das wirklich? Bereits seit dem Umstieg in Stockholm fühlte sie sich wie ein an den Strand gespülter Fisch. Die Leichtigkeit war fort, sie zappelte auf dem Trockenen. Da war zum einen das Wirrwarr der Passagiere, die bunten Reklamen, flackernde Bildschirme, zum anderen die vielen Gerüche in der Luft, eine Mischung aus Essensausdünstungen und den Parfums der *Duty Free Shops.* Es war einfach zu viel für sie.

Ja, ich bin zu Hause, aber gleichzeitig bin ich es nicht, dachte Minnie. Sie sehnte sich nach der Ruhe der unendlichen Wälder Lapplands und nach Per, während sie stürmisch von ihrer Schwester und ihrer besten Freundin begrüßt wurde.

Jede der beiden schnappte sich einen Koffer und zog ihn Richtung Ausgang. »Vater wartet bei dir zu Hause schon auf dich, um alles mit dir zu besprechen«, erklärte Penelope.

Minnie nickte und stieg in Sabrinas Wagen ein.

»Wir haben noch ein ganzes Stück zu fahren. Ruh dich doch noch ein wenig aus«, schlug Minnies beste Freundin vor. »Das war sicher eine stressige Anreise.«

»Ja«, sagte Minnie dankbar, lehnte ihren Kopf gegen das Fenster des Wagens, schloss die Augen und ließ ihren Gedanken, die sich alle um Per drehten, freien Lauf.

War es Schicksal oder doch nur Zufall gewesen, dass ihre Vergangenheit sie beide an exakt demselben Tag wieder eingeholt hatte?

In Stockholm hatten sich ihre Wege getrennt. Minnie war in den Flieger nach Mailand gestiegen, während Per nach Hongkong flog, der Telefonnummer hinterher, die Torben zusammen mit seiner Nachricht auf dem Anrufbeantworter hinterlassen hatte.

»Wir müssen die Gegenwart nutzen, um die Vergangenheit zu klären. Nur so beherrschen wir unsere Zukunft«, hatte Per gesagt und sie fest an sich gedrückt.

»Wir sehen uns wieder, in Lappland«, hatte Minnie voll Überzeugung geantwortet.

Per hatte ihre Tränen weggeküsst.

»Ich kann dich immer noch verdammt gut leiden«, hatte sie geflüstert.

»Und ich mag dich auch immer noch gern, Minnie. Sehr gern sogar.«

»Einigen wir uns darauf, dass wir uns beide sehr gerne mögen?«

»Abgemacht«, hatte Per gesagt und sie leidenschaftlich geküsst. Dann war er zum Gate Richtung Fernost verschwunden.

Hupen und Geschimpfe holten Minnie wieder in die Realität zurück.

»Du blöder Idiot!«, wütete Sabrina. »Bei welchem Hinterwäldler hast du deinen Führerschein gekauft? Du hast wohl noch nie etwas vom Reißverschluss-Verfahren gehört?« Dann wandte sie sich einem anderen Verkehrsteilnehmer zu, der ihr die Vorfahrt genommen hatte und vehement zurückhupte und gestikulierte. »Nein, das hat nichts mit deiner Hose zu tun, du Depp!«

Penelope drehte sich zu Minnie um. »Du freust dich bestimmt darauf, wieder in der Zivilisation zu sein, oder?«

»Ich wäre eigentlich noch sehr gerne weit weg davongeblieben.«

Sabrina betrachtete sie neugierig im Rückspiegel.

»Minerva Giuliani. Ich kenne doch diesen Blick!« Sie schlug mit der flachen Hand aufs Lenkrad. »Wenn du nicht bis über beide Ohren verliebt bist, dann fresse ich einen Besen!«

Sofort fühlte sich Minnies Gesicht an, als würde es in Flammen aufgehen.

Sabrina triumphierte. »Das habe ich gleich gesagt, dass dieser Per Andersson genau in Minnies Beuteschema passt! Er ist es doch, oder?«

»Versuch es nicht noch einmal, uns anzulügen, Minerva Giuliani«, sagte Penelope mit erhobenem Zeigefinger, »du bist umzingelt!«

»Ich habe überhaupt nichts gesagt! Und ja, ich bin in Per verliebt. Und wenn ihr es ganz genau wissen wollt, habt ihr mich gerade aus Lappland weggerissen, als es am schönsten war, ihr Biester!«

»Eigentlich haben wir dich ins Winterwunderland geschickt, damit du an einem Plot oder, noch besser, an einem Manuskript arbeiten konntest. Nicht an deiner ganz eigenen Liebesgeschichte …«

»Ja, da haben wir auch noch ein Hühnchen miteinander zu rupfen«, drohte Minnie. »Unfassbar, dass ihr mich habt glauben lassen, der Verlag würde mich nach Lappland schicken! Ihr habt mir an Heiligabend gleich zweimal den

Boden unter den Füßen weggezogen! Aber ich muss zugeben, ihr habt es verdammt gut geplant. Ihr wart wirklich glaubwürdig! Und eigentlich danke ich euch dafür.«

»Wir konnten ja nicht ahnen, wie sehr es dir dort gefallen würde!«, verteidigte sich Sabrina. »Außerdem, sobald die Story über Eugenio steht, kannst du von uns aus gerne wieder nach Lappland zu deinem Tourguide verschwinden, wenn es das ist, was du willst.«

Penelope hatte bemerkt, dass Minnie auf den Boden schaute.

»Oh, oh. Was hat das zu bedeuten? Kein Himmel voller Geigen? Kein Bett, das vor lauter Strapazierung eine neue Matratze benötigt?«, fragte sie besorgt.

Minnie lachte bitter und fasste Pers Geschichte in ein paar Worten zusammen.

»Unfassbar, wieder macht dir ein Kind einen Strich durch die Rechnung und zerstört deine Beziehung? Das darf doch nicht wahr sein!«, rief Sabrina.

»Erstens: Nach zehn Tagen kann man das wohl kaum *Beziehung* nennen. Zweitens: Immerhin ist es dieses Mal ein reales Kind und keines, was es noch gar nicht gibt«, analysierte Penelope, »und drittens: Wenn jemand meine Emma entführen würde, würde ich ihr bis zum Mond hinterherreisen und noch viel weiter! Das macht mir diesen Per gleich noch sympathischer. Also – meinen Segen hat er, wenn er mein neuer Schwager werden will.«

»Nun mal langsam, Mädels. Eines nach dem anderen, bitte«, sagte Minnie und fühlte sich überfordert. »Ich glaube, jeder muss nun erst mal in seinem eigenen Leben aufräumen, bevor wir über irgendeinen weiteren Schritt nachdenken. Und bitte vergesst nicht: Wir haben nur zehn Tage miteinander verbracht.«

Penelope drehte eine Haarsträhne zwischen den Fingern. »In *Die Brücken am Fluss* haben Robert und Francesca vier Tage gereicht, um für immer ineinander verliebt zu sein.«

»Blödes Beispiel, du weißt ja, wie es dann geendet ist«, sagte Sabrina und lenkte den Wagen in Minnies Straße.

»Wow, es fühlt sich an, als wäre ich Jahre weggewesen. Und wohne ich wirklich freiwillig in einem dieser graffitibesprühten Gebäude und inmitten dieses Verkehrschaos?«

»Eigentlich liebst du diese Gegend, gerade, weil sie so abgefuckt ist. Wo ist unsere Minnie hin und was hast du nur mit ihr gemacht?«, fragte Penelope.

»Ich weiß es im Moment selbst nicht, um ehrlich zu sein.«

»Okay, es ist unmöglich, einen Parkplatz zu finden. Ist es in Ordnung, wenn ich dich hier herauslasse?«, fragte Sabrina und stellte den Wagen in zweiter Reihe ab.

»Ist schon gut, ich muss das sowieso mit Vater … mit Eugenio klären.«

»Soll ich mitkommen?«, fragte Penelope mit besorgter Miene.

»Nein, ich glaube, ich muss da wirklich alleine durch«, sagte Minnie und schnallte den Sicherheitsgurt ab.

Wenige Minuten später schob sie ihre Koffer in den Lift. *Gott sei Dank funktioniert wenigstens der!*, dachte sie und betrachtete sich im Spiegel, während sie ihrer Wohnung Stockwerk für Stockwerk näherkam.

Sie zog ihre Wollmütze aus und ihre Haare fielen kaskadenartig über die Schultern.

Die roten Haare. Ich hätte es wissen müssen. Niemand in unserer Familie hat sie sonst.

Die Aufzugleuchte zeigte den zehnten Stock an, die Tür ging auf und Minnie rollte die Koffer vor ihre Haustür. Das Herz hämmerte in ihrer Brust, als wäre es ein Presslufthammer.

Nie war ihr zuvor so bewusst gewesen wie jetzt, vor dem Treffen mit Eugenio, dass sie das Ergebnis einer Affäre ihrer Mutter mit diesem Mirco Abate war.

Gerade, als sie sich überlegte, ob sie einfach eintreten oder lieber klingeln sollte, ging die Tür auf und sie stand vor Eugenio.

Völlig unpassend zur Stimmung trug er ein fröhliches hellblaues Hemd, das über und über mit bunten Blümchen bestickt war. Sein Schnauzbart bebte und seine Augen glänzten.

Er sah müde aus, seine Tränensäcke waren dicker als sonst.

Minnie trat in ihre eigene Wohnung ein und fühlte sich wie ein Eindringling.

»Hallo, hat dir Filomena den Schlüssel gegeben?«, fragte sie, um noch etwas Zeit zu schinden. Sie hatte solche Angst vor dem Gespräch, das jetzt folgen musste!

Eugenio nickte, nahm ihr Gepäck entgegen und stellte es ins Schlafzimmer. »Ja, danke, dass du das noch organisiert hast. Sonst hätte sie die niemals herausgerückt.«

Ein Glück, er spielt das Spiel mit!

»Auf sie kann man sich verlassen«, sagte Minnie, entledigte sich ihrer warmen Winterjacke, des Schals, der Mütze und der Winterboots und setzte sich an den Küchentisch.

Eugenio kam dazu. »Möchtest du vielleicht einen Tee?«

»Wenn, dann einen Latte Macchiato, der war in Lappland nicht wirklich zu bekommen …«, sagte Minnie und stand auf.

»Bleib ruhig sitzen, ich mache das schon«, antwortete Eugenio hektisch.

Keine Kritik, dass man nach elf Uhr morgens keinen Kaffee mit Milch trinkt? Aber warum sollte er auch? Er hat mir ja nichts vorzuschreiben, er ist noch nicht einmal mein Vater!, dachte sie verbittert.

Kurze Zeit später stand Minnies Heißgetränk vor ihrer Nase. Eugenio gönnte sich einen Espresso.

»Du hast sogar meine Lieblingskekse aus der sizilianischen Bäckerei bei dir um die Ecke besorgt!«, sagte Minnie, um die seltsame Stille zu überbrücken, die zwischen ihnen entstanden war.

»Natürlich, für meine T…«, Eugenios Stimme stockte, »… für dich tue ich alles.«

Minnie nahm die Tasse zwischen ihre Hände und fragte mit gebrochener Stimme: »Wie soll ich dich in Zukunft nennen?«

»Nenn mich Papa, denn trotz allem liebe ich dich wie eine Tochter«, antwortete er. Er stand auf und hielt Minnie beide Hände hin. Als sie sie ergriff, zog er sie hoch und umarmte sie wie nie zuvor in ihrem Leben.

»Papa«, flüsterte sie, während heilsame Tränen den Schmerz milderten, »es tut mir ja so leid!«

»Was? Was tut dir denn leid? Du hast doch überhaupt nichts falsch gemacht!«

»Doch, habe ich. Durch meine Geburt hast du Mutter verloren!« Endlich war dieser Gedanke, der sie gequält hatte, seit sie sich erinnern konnte, ausgesprochen!

Eugenio nahm Minnies Gesicht zwischen seine Hände. »Niemand, hörst du, absolut niemand trägt Schuld am Tod deiner Mutter! Sie starb an einer Hirnblutung. Sie hätte auch beim Sport sterben können, bei allem, was anstrengend ist.«

»Warum ist es dann nicht bei Penelopes Geburt geschehen?«

»Sie kam per Kaiserschnitt zur Welt. Ich vermute, das ist der Grund.«

»All die Jahre dachte ich, dass du zu mir so distanziert warst, weil du mich für Mutters Tod verantwortlich gemacht hast. Dabei lag es daran, dass du wusstest, dass ich nicht deine leibliche Tochter bin.«

Eugenio zwirbelte an seinem Schnurrbart. »Das ist so auch nicht richtig. Ich wollte mich selbst schützen, davor … dich zu sehr zu lieben. Jedes Mal, wenn ich dich angesehen habe, habe ich Mirco vor mir gesehen, und mir wurde stets aufs Neue die Tatsache bewusst, dass deine Mutter mich betrogen hat. Ich habe jahrelang versucht, dich nicht zu lieben, deine roten Haare als Zeichen des Verrats zu sehen … Das war die Distanz, die du empfunden hast. Aber die Wahrheit ist, je mehr Mühe ich mir gab, dich nicht als meine Tochter zu betrachten, desto mehr schloss ich dich in mein Herz. Wie konnte man dich auch nicht lieben? Ganz egal, ob es das Kind mit seinen geflochtenen Zöpfen war oder die Studentin mit dem fixen Gedanken, in die Fußstapfen ihrer Mutter zu treten und auch Schriftstellerin zu werden – du hast mich jeden Tag mit Stolz erfüllt!«

»Ist das wirklich so?«, fragte Minnie zweifelnd. »Ich muss wirklich sämtliche Zeichen missverstanden haben. Ich dachte, du seist unzufrieden mit mir, weil ich Mutter niemals das Wasser reichen konnte.«

»Du bist eine großartige Schriftstellerin. Hör auf, dich ständig mit Ornella zu vergleichen! Du bist ein eigenständiger Mensch, du musst dich nicht mit ihr messen. Es wird nur Zeit, dass auch du das wieder erkennst.«

Vorsichtig griff Minnie nach Eugenios Hand.

»Darf ich dich etwas fragen?«

»Natürlich. Du darfst alles wissen. Für dich und für die Story, die wir zusammen schreiben müssen, oder sollte ich lieber sagen: *dürfen?*«

»Sagen wir *dürfen.* Es ist mir eine große Ehre, diese wahre Geschichte mit dir niederzuschreiben. Ich wollte fragen, wann du erfahren hast, dass ich …« Minnie fiel es schwer, es auszusprechen.

»Dass du nicht meine leibliche Tochter bist?«

Minnie nickte.

»Es war mir eigentlich schon von dem Moment an klar, als eine Krankenschwester dich wütend brüllendes Mädchen gebadet hatte und in meine Arme legte. Zwei Ärzte kümmerten sich um deine Mutter, denn sie hatte viel Blut verloren. Ich betrachtete dein vom Feuer geküsstes Köpfchen und wusste sofort, dass etwas nicht stimmen konnte.«

»Was geschah dann?«, fragte Minnie und hielt den Atem an.

»Ich sagte nichts. Ich versuchte, mir einen Reim darauf zu machen, versuchte, den offensichtlichsten aller Gedanken zu vertreiben: dass meine Frau und mein bester Freund mich hintergangen hatten und du die Frucht davon warst. Einen Tag nach deiner Geburt fingen bei deiner Mutter dann diese seltsamen Symptome an. Sie klagte über sehr starke Kopfschmerzen, Taubheitsgefühle, ihr war schlecht. Ich glaube, irgendwann wusste sie, was passieren würde. Sie griff nach meiner Hand und nahm mir ein Versprechen ab. Dass ich dich großziehen und beschützen würde, genauso wie Penelope. Dass ich keinen Unterschied zwischen euch beiden machen würde. Es ließ ihr keine Ruhe. Ich musste ihre Worte mehrmals haargenau wiederholen und auf mein Leben schwören. Ich bemerkte, dass sie schläfrig wurde. Und deshalb fragte ich sie: *Ornella, von wem hat Minerva die roten Haare? Niemand in unserer Familie hat solche Haare.*«

Minnie fieberte mit. »Hat sie es dann zugegeben?«

»Sie sagte nur *Mirco,* dann fiel sie in Ohnmacht und wachte nie wieder auf. Am nächsten Tag war sie bei den Engeln.«

Eugenios Stimme brach und seine Augen füllten sich mit Tränen. Minnie stand auf, besorgte Taschentücher und zwei Gläser Wasser.

Als sich beide wieder beruhigt hatten, fragte sie: »Hast du ihn jemals zur Rede gestellt?«

»Ja, natürlich«, antwortete er. »Unser Gespräch endete

mit seiner gebrochenen Nase, zwei zerrissenen Hemden und einer zerbrochenen Freundschaft. Kurz danach verschwand Mirco aus Italien, er reiste viel und landete irgendwann in Hollywood. Nun ist er zurück und wittert das große Geld, vermute ich.«

»Zusammen werden wir ihm einen gewaltigen Strich durch die Rechnung machen!«, sagte Minnie.

»Vielleicht möchtest du ihn ja kennenlernen?«, fragte Eugenio.

Minnie brauchte nicht lang zu überlegen. »Nein, kein Bedarf. Ich habe bereits einen Vater. Ich benötige keinen Erzeuger.«

»Danke, Minerva«, seufzte Eugenio, »es bedeutet mir sehr viel, dass du das sagst.«

»Hast du eigentlich jemals verstanden, weshalb Mutter dich mit Mirco betrogen hat?«

»Es gab eine Zeit, da war ich nicht für sie da. Meine Karriere als Literaturkritiker war auf ihrem Höhepunkt. Ich habe Ornella mit der Erziehung von Penelope komplett alleine gelassen, war ständig auf Veranstaltungen. Mirco war ihr Agent, er hat sie bei ihren Büchern unterstützt. Und du weißt ja, wie dieses Sprichwort heißt …«

»Gelegenheit macht Diebe?«

»Genau. Es ist wichtig, dass wir dies in der Story herausarbeiten, ich möchte das Andenken deiner Mutter nicht durch den Dreck ziehen, sondern ihr eine Hommage an ihr Leben und Schaffen widmen.«

Minnie stand auf. »Stört es dich, wenn ich etwas zum Schreiben hole, damit wir das soeben Gesagte gleich für die Ewigkeit festhalten können?«

»Nein, ganz und gar nicht«, antwortete Eugenio und krempelte seine Ärmel hoch. »Mitte Januar muss diese Story in der Sonderausgabe der *Milano Oggi* erscheinen. Wir haben nicht viel Zeit.«

Minnie ging ins Schlafzimmer und öffnete ihren Koffer. Als sie in die Küche zurückkehrte, sah sie Eugenio mit großen Augen an. »Bist du sicher, dass wir dafür Ornellas Schreibmaschine nehmen sollten? Sollten wir nicht lieber einen modernen Laptop nutzen? Das ist doch zeitgemäßer.«

»Absolut sicher. Ornellas Fans werden es lieben, dass wir ihre Geschichte darauf schreiben.«

Glücklich streichelte Minnie über die mintgrüne Schreibmaschine ihrer Mutter und fühlte sich ihr verbunden wie noch nie in ihrem Leben.

Sie spannte Papier in den Einzug, ließ die Hände über den Typenhebeln schweben und fragte Eugenio: »Also Papa, erzähl mir: Wie war der Tag, an dem du meiner Mutter zum ersten Mal begegnet bist?«

Kapitel 23

27. Dezember 2018
Per

Pers Herzschlag hämmerte in seinen Ohren. Hinter dieser Tür würde er hoffentlich Antworten auf all seine Fragen finden.

Seine Augen brannten vor Müdigkeit. Seit Heiligabend hatte er kaum mehr Schlaf gefunden. Die Gedanken kreisten in seinem Kopf wie Geier über der Beute.

Es war alles so schnell gegangen: Torbens Anruf, die Nachverfolgung der Nummer, die Ortung, der Flug nach Hongkong.

»Sollen wir die Kollegen vor Ort informieren, damit Sindy wegen Kindesentführung festgenommen wird?«, hatte ihn Hauptkommissar Svenson gefragt.

»Nein, ich möchte erst selbst versuchen, es zu klären«, hatte Per geantwortet. Torbens Worte auf Band hatten ihn zutiefst verstört.

Und nun war er hier, wo er Sindy seit dem ersten Tag ihres Verschwindens vermutet, aber nie gefunden hatte: in ihrem Elternhaus. Nur knapp fünf Zentimeter Tür trennten ihn von seinem Sohn. Er atmete tief durch und klingelte.

Schritte näherten sich, erst stechend schnelle, dann ein zaghaftes Trippeln.

Das Geräusch eines sich öffnenden Schlosses.

Als die Tür aufging, sah er als Erstes das Kind. Ein Damm brach. »Torben!«, schrie er. In seiner Stimme brach sich all die Liebe und all der Schmerz Bahn, die er seit dem Tag von Torbens Verschwindens in sich trug. Der Junge streckte die Arme nach ihm aus. »Papa!«

Per konnte seinen eigenen Vater in seinen Gedanken hören.

Du heulst ja wie ein kleines Mädchen, das gerade hingefallen ist!

Ungeachtet dessen ging er auf die Knie und drückte seinen Sohn stumm an sich.

Ja, Papa, das tue ich. Nur weil ich meine Gefühle zeige, heißt das nicht, dass ich weniger Mann bin als du! Vergiss nicht, dass du gestorben bist, um deinen Enkel zurückzuholen! Hast du das etwa nicht aus Liebe getan?

Vaters Stimme in seinem Kopf verstummte.

Per betrachtete Torben durch einen Tränenschleier. »Du bist so unglaublich groß geworden. In meinen Gedanken warst du immer noch der fünfjährige Junge, der gerade gelernt hatte, sich die Schuhe zuzubinden.«

»Ich kann jetzt auch bis unendlich zählen! Und schon ganze Sätze schreiben! Auf Mandarin und in Pinyin, der lateinischen Umschrift«, entgegnete Torben sichtlich stolz.

»Und du hast Schwedisch nicht verlernt«, bemerkte Per mit Bewunderung.

»Nein, habe ich nicht. Und ich kann jetzt auch noch Kantonesisch und Mandarin!«

»Ich bin so stolz auf dich, mein Junge«, sagte Per und gab seinem Sohn einen Kuss auf die Stirn, bevor er ihn erneut glücklich umarmte. »Ich lasse dich nie wieder los!«

»Aber irgendwann muss ich auch mal aufs Klo«, gab

Torben zu bedenken. »Außerdem muss ich in die Schule, schlafen, spielen oder etwas essen!«

»Ich denke, das können wir einrichten«, antwortete Per, gleichzeitig lachend und weinend.

Im Hintergrund wurden Stimmen laut. Zhen und Quan, Torbens Schwiegereltern, traten zu ihnen. Beide wichen Pers Blicken aus, als sei es ihnen unerträglich, ihn anzusehen.

»Ni hao Quan, ni hao Zhen«, begrüßte sie Per auf Chinesisch.

»Ni hao, Per«, antworteten sie mit gesenkten Köpfen.

»Ich bin mir sicher, es war nicht eure Schuld«, sagte Per auf Englisch und hoffte, dass sie ihn verstanden. Früher hatten sie ein paar Brocken gekonnt.

Auf einmal bemerkte er, dass sich ein Kind hinter ihnen versteckte. Auf seinen Blick hin trippelte es neugierig einige Schritte vor. Per, immer noch auf den Knien, fragte: »Und wer bist du, kleines, hübsches Mädchen?«

Kaum hatte er sie angesprochen, klammerte sie sich ängstlich an Zhens Rockzipfel und steckte den Daumen in ihren Mund.

»Das ist Suzy«, sagte Torben, »meine Schwester.«

»Deine Schw…?« Per blieb das Wort im Hals stecken. Über seinen ganzen Körper breitete sich Gänsehaut aus. Er rang nach Fassung.

»Wie alt ist deine kleine Schwester denn, Torben?«, fragte er mühsam.

Zhen schien verstanden zu haben, denn sie streckte drei Finger in die Luft. Per zählte die Jahre und Monate zurück.

Kann das wirklich sein?

Per näherte sich auf Knien behutsam dem Mädchen. Mit nachtblauen Augen sah es ihn ängstlich an, bevor es sich wimmernd hinter den Beinen ihres Großvaters versteckte.

Er öffnete seine Arme, doch Suzy begann zu weinen und beruhigte sich erst, als ihre Großmutter sie hochnahm.

»Sie hat Angst vor dir«, erklärte Torben. »Möchtest du Mama sehen?«

»Ja, gerne.« Per stand auf. Sein Puls raste. Nun würde er Sindy endlich gegenüberstehen. Er hatte so viele Fragen. Welche sollte er zuerst stellen?

Per entschied sich aus den tausend Möglichkeiten für eine einzige: *Warum?*

Torben nahm seine Hand und führte ihn durch die Wohnung. Behutsam öffnete er die Tür und hielt den Zeigefinger vor die Lippen.

»Du musst ganz leise sein«, flüsterte er, »Mama schläft. Solange du mucksmäuschenstill bist, kannst du sie aber trotzdem angucken.«

Per hob seine Hand zum Schwur: »Sami-Ehrenwort, ich werde keinen Laut von mir geben.«

Torben schien zufrieden zu sein und gewährte seinem Vater Einlass ins Zimmer. Hier war damals das Wohnzimmer der Familie gewesen. Die gemütliche Couch und das Tischlein waren jetzt einem ausladenden Krankenbett gewichen, das in der Mitte des Raumes stand. Unzählige Medikamentenschachteln standen auf der Anrichte. Die Luft roch abgestanden, nach einer Mischung aus Krankheit und Desinfektionsmittel. Per schlug sich die Hand vor den Mund, um vor Schreck nicht zu schreien. In dem Bett schlief eine völlig abgemagerte Frau mit Glatze. Ihre Wangen waren eingefallen, ihr Kehlkopf zeichnete sich deutlich unter der pergamentenen Haut ab. Er hätte sie für tot halten können, doch mit jedem Atemzug trat der Rippenbogen unter ihrem Nachthemd hervor. Alles, was diesen Menschen einst zur Frau gemacht hatte, ihre Rundungen, das volle schwarze Haar, das schöne Gesicht, war verschwunden.

Er drehte sich zu seinen Schwiegereltern um, die hinter ihm standen und ebenso nasse Augen hatten wie er.

»Sindy?«, flüsterte er ungläubig.

Zhen nickte. Eine einsame Träne rollte ihre Wange hinunter. Quan verschwand in ein Nebenzimmer. Per konnte ihn verzweifelt schluchzen hören.

»Komm, wir gehen hinaus, damit wir Mama nicht wecken. Sie war heute wieder lange im Krankenhaus, sie ist ganz müde von den Spritzen, die ihr der Doktor gibt.«

Per nickte und folgte seinem Sohn ins Kinderzimmer.

»Mama wollte dich auch schon anrufen«, erzählte Torben traurig, während er sich vorsichtig an seinen Vater kuschelte. Per nahm ihn schützend in den Arm. »Sie hat gesagt, dass sie schon bald bei den Engeln sein wird und dass du dich dann um uns kümmern wirst. Stimmt das, Papa? Fliegen Suzy und ich dann mit dir zu Oma und Opa nach Schweden? Darf Rosalie dann wieder in meinem Bett schlafen wie früher? Ich werde auch ganz brav sein, bitte, Papa!«

Tausende Male habe ich darum gebetet, meinen Sohn zurückzubekommen, doch nicht so … nicht unter diesen Umständen!, dachte Per verzweifelt. Auch wenn Sindy ihm so viel Schmerz zugefügt hatte, brach es ihm das Herz, sie so zu sehen.

Dann bewegten sich seine Gedanken von allein in eine andere Richtung: *Ist Suzy wirklich meine Tochter? Und wie, um Himmels willen, soll ich beiden Kindern gleichzeitig Vater und Mutter sein, wo ich mit Suzy noch nicht einmal kommunizieren oder mich ihr nähern kann?*

»Bitte, Papa!«, flehte Torben erneut und riss Per damit aus seinem Gedankenstrudel.

»Natürlich wirst du das dürfen«, antwortete er. »Aber jetzt warten wir einmal ab, was passiert. Ich bleibe hier, bis … so lange … Mama sich nicht so wohl fühlt. Und vielleicht hilfst du mir, damit Suzy nicht mehr so viel Angst vor mir hat. Würdest du das für mich tun?«

»Natürlich!«, sagte Torben mit Stolz in den Augen. »Vielleicht kann ich dir ein bisschen Kantonesisch beibringen und Suzy ein bisschen Schwedisch?«

»Das wäre großartig, mein Junge! Du bist großartig! Ich habe dich so sehr vermisst«, sagte Per und schlang erneut beide Arme um seinen Sohn.

»Du hast mir auch so sehr gefehlt! Ich habe Mama jeden Tag gesagt, dass ich heim will, aber sie hat immer erzählt, dass das jetzt hier unser zu Hause ist!«

»Und ich hatte so große Angst, dass du mich vielleicht vergisst …«

Vehement schüttelte Torben den Kopf und machte große Augen.

Plötzlich stand Zhen im Türrahmen. »Sindy … wach.«

»Danke«, antwortete Per und folgte ihr.

Sindy hatte sich im Bett aufgerichtet. Sie trug eine Perücke, hatte eine Teetasse in der Hand und blickte aus dem Fenster.

Unzählige Male hatte er sich vorgestellt, wie es sein würde, ihr entgegenzutreten.

In all diesen Visionen hatte er ihr Vorwürfe gemacht. *Du hast mir meinen Sohn weggenommen! Mein Vater starb, während er versuchte, dich aufzuhalten! Du hast unsere Familie, unsere Ehe, unsere Liebe mit Füßen getreten!*

Stattdessen sagte er: »Hallo, Sindy.«

Sie drehte sich zu ihm um. »Hallo, Per.«

Er erschrak. Selbst ihre Stimme hatte sich durch die Krankheit verändert. Sie klang ganz anders, als er es in Erinnerung gehabt hatte. Viel dünner. Viel schwächer.

Sie zeigte auf einen Stuhl neben ihrem Bett. »Setz dich bitte zu mir.«

Per gehorchte.

Sie betrachtete sein Gesicht, dann streckte sie ihre knochige Hand aus und streichelte seine Wange. »Du siehst gut aus.«

»Du auch«, entgegnete Per.

Sindy sah ihn nur an. »Du weißt ganz genau, dass das nicht stimmt.«

»Was …?«

»Hab keine Hemmungen, zu fragen.«

»Was hast du?«

»Brustkrebs, der gestreut hat, das habe ich.«

»Was macht die Therapie?«

»Ganz ehrlich, ich habe das Gefühl, sie macht mich kaputter, als ich es ohnehin schon bin. Und eigentlich ist sie zwecklos. Wenigstens ist jetzt Haarpflege kein Problem mehr«, sagte sie und hob ihre Perücke an, »und so etwas Eitles wie einen Büstenhalter brauche ich jetzt auch nicht mehr.« Sie blickte mit einer Mischung aus Traurigkeit und Abscheu an sich hinunter.

»Möchtest du nach Schweden zurück? Dort gibt es vielleicht andere Möglichkeiten der Behandlung als hier.«

»Nein, das kommt nicht infrage. Allein schon, wenn ich an die lange Reise denke, den dunklen Winter, die Kälte … nein. Ich bin müde, Per, ich bin es leid, zu kämpfen. Hier bin ich geboren, hier habe ich am allerliebsten gelebt und hier möchte ich auch erlöschen. Zu Hause. Deswegen bist du hier.«

»Torben hat mich an Heiligabend angerufen …«

»Ich weiß. Ich hatte ihn gebeten, zu warten. Ich wollte dir noch die Möglichkeit geben, ruhige Feiertage zu Hause zu verbringen, bevor ich die Hölle lostrete. Aber der Junge liebt dich so sehr, er war einfach zu aufgeregt, er konnte sich nicht gedulden.«

»Was hättest du mir gesagt, hättest du mich angerufen?«

»Ich hätte dir gesagt, wie es um mich steht – nicht gut.

Und wie leid es mir tut, dass ich dir unseren Sohn vorenthalten habe … und ich hätte dir deine Fragen beantwortet.«

»Wo wart ihr die ganze Zeit über? Ich habe so lange nach euch gesucht und dann habe ich einen Detektiv in Schweden und einen hier beauftragt, um euch zu finden, aber sie waren erfolglos.«

Betreten sah Sindy aus dem Fenster: »Das erste Jahr haben wir bei meiner Cousine in Taipei gelebt, auf Taiwan, später bei anderen Verwandten. Als der Krebs festgestellt wurde, sind wir zu meinen Eltern gezogen.«

»Oh Gott, Taiwan! Da habe ich euch überhaupt nicht vermutet«, entgegnete Per.

»Das haben wir gewusst. Und deine Detektive haben uns sehr wohl gefunden, nur hat meine Familie sie bezahlt, damit sie dich immer wieder vertrösteten. Es hat sich für sie gelohnt, sie haben ja doppelt abkassiert.«

Pers schlimmste Befürchtungen bewahrheiteten sich. *Um diese Herren werde ich mich später kümmern,* dachte er enttäuscht.

»Dann darf ich dich jetzt nach dem Warum fragen?«

»Warum ich gegangen bin?«

»Ja, ich kann es mir denken, aber ich möchte es bitte von dir hören.«

Sindy ließ sich ins Kissen fallen, schloss die Augen und erzählte: »Du weißt ganz genau, dass ich unglücklich in Lappland war. Du weißt ganz genau, dass ich nicht mehr malen konnte, dass das Heimweh und die Depression mich fest im Griff hatten …«

»Und doch war ich zu egoistisch, um mein Zuhause zu verlassen, um dir deines zurückzugeben, wie du es mir einmal vorgeworfen hast.«

»Ich hatte meine Flucht schon eine ganze Weile geplant. Über das Internet hatte ich für Torben und mich gefälschte

Pässe besorgt, eine Cousine in Taipei hatte sich bereit erklärt, uns Unterschlupf zu gewähren. Meine Eltern waren eingeweiht, aber ich wollte noch etwas warten. Ich hatte nicht aufgegeben, daran zu glauben, dass du meine Not vielleicht erkennen und mit uns nach Hongkong zurückkehren würdest. An jenem Morgen des 15. März, während du an deinen Eisskulpturen in diesem Icehotel gearbeitet hast, pinkelte ich auf den Streifen eines Schwangerschaftstests … Ich habe ihn quer durchs ganze Zimmer geschleudert, als er anzeigte, was ich befürchtete, aber nicht wahrhaben wollte.«

»Also ist Suzy meine Tochter?«

»Unsere, wenn du erlaubst. Ja, das ist sie, und sie ist der Grund, weshalb ich so überstürzt abgehauen bin. Ich wollte nicht noch ein Kind in diesem Land ohne Sonne und Wärme austragen, ich wollte nicht noch einmal in Wehen kommen, wenn das Krankenhaus Hunderte von Kilometern entfernt war, ich wollte nicht durch das Baby noch mehr an dich und Lappland gebunden werden. Also packte ich schnellstens die wichtigsten Dinge von Torben und mir, organisierte ein Taxi und verschwand. Torben weinte die ganze Fahrt über, weil er sich von niemandem verabschiedet hatte, es brach mir fast das Herz …«

Sindy rang nach Luft und hustete, sie nahm einen kräftigen Schluck von ihrem Tee und sank wieder in ihre Kissen zurück.

»Bitte, ich glaube nicht, dass du dich weiter anstrengen solltest …«

»Was kann mir denn schon passieren? Mehr als sterben kann ich nicht.«

»Bitte, sag das nicht.«

»Per, schau mich doch nicht so traurig an. Ich werde gehen. Und deswegen bist du jetzt hier. Die Kinder werden dich brauchen, wenn ich nicht mehr bin.«

»Du lässt sie freiwillig in Lappland leben? Weit weg von jeglicher Zivilisation, wie du es immer so schön gesagt hast?«

»Meine Eltern sind alt, Per. Sie werden nicht ewig für Torben und Suzy sorgen können. Außerdem bist du ihr Vater. Und ich weiß, dass du nicht dieselben Fehler machen wirst wie ich. Du wirst die Kinder meinen Eltern nicht komplett vorenthalten. Du wirst sie regelmäßig besuchen. Weil du Per bist. Weil du hochanständig bist. Und dann sind ja da noch deine Eltern. Ich habe mich immer bemüht, mir nicht auszumalen, wie sehr Bastian und Laura Torben vermisst haben. Wie sehr werden sie sich über das zweite Enkelkind freuen, ich kann sie schon vor mir sehen …« Ein strahlendes Lächeln erhellte ihr Gesicht, und Per war für einen Moment in Versuchung, Sindy von seinem Vater zu erzählen. Er traf eine Entscheidung.

»Ja, sie werden beide absolut aus dem Häuschen sein.«

Plötzlich wurde ihre Miene wieder sehr ernst. »Ich weiß, dass ich keine Ansprüche stellen darf, aber denkst du, dass du mir eines Tages verzeihen kannst? Das ist mir sehr wichtig.«

»Was geschehen ist, ist geschehen. Es kann nicht mehr rückgängig gemacht werden. Und ja, ich vergebe dir«, sagte Per. Er küsste Sindy vorsichtig auf die Stirn. »Du hast ja wohl nicht vergessen, wie es auf dem Standesamt hieß …«

»In guten wie in schlechten Zeiten, in Gesundheit wie in Krankheit.« Sindy seufzte. »Ich bin so froh, dass du da bist!«

»Ich auch. Und ich freue mich so sehr darauf, diese kleine, hübsche Dame namens Suzy besser kennenzulernen.«

»Torben wird erst einmal Übersetzer spielen müssen.« Sindy gähnte. »Kannst du mich bitte zudecken? Ich glaube, ich bin jetzt doch sehr müde.«

Per zog sanft die Decke über ihren ausgemergelten Körper.

Sindy schloss ihre Augen. »Wirst du da sein, wenn ich wieder aufwache?«

»Natürlich werde ich da sein«, sagte Per und ergriff ihre Hand, »jeden Tag.«

Kapitel 24

14. Januar 2019
Flughafen Milano-Malpensa
Aldo

»Das darf doch nicht wahr sein!«, schimpfte er, als er die vielen Menschen sah, die am Taxistand Schlange standen. »Was zu viel ist, ist zu viel!«

Erst hat der Flug geschlagene zwei Stunden Verspätung, dann sitze ich sechs Stunden bei dieser Familie mit dem brüllenden Kleinkind und jetzt auch noch das! Aber wenn ihr denkt, dass ich mich hinten anstelle wie all diese Versager dort, habt ihr euch geschnitten. Ich bin Aldo Fossa und spiele ganz vorne mit! Er begann, die Reihe zu überholen. Dass die anderen Passagiere, die vor ihm standen, sich beschwerten und tuschelten, störte ihn nicht weiter.

Schließlich habe ich gerade die letzten zwei Wochen dafür geopfert, um über einen Medikamentenfälschungsskandal in den Vereinigten Arabischen Emiraten zu recherchieren, zum Wohle aller! An der Gruppe japanischer Touristen mit ihren Unmengen an Gepäck kam er nicht vorbei. Genervt blieb er stehen und überprüfte sein Mobiltelefon. Gleich bei der Landung vor einer halben Stunde hatte er Sabrina eine Nachricht geschrieben.

Wann darf ich mit einem Interview mit deiner Freundin Minnie und ihrem Vater rechnen? Sie sollte doch ab morgen wieder im Lande sein? Ich erinnere dich ungern an das, was ich tun werde, wenn du mich nicht unterstützt. Hochachtungsvoll, AF

Die zwei Häkchen zeigten ihm, dass sie die Nachricht gelesen hatte.

»Billiges, kleines Flittchen«, entfuhr es ihm, als er sah, dass noch keine Antwort gekommen war.

Dafür hatte er drei Anrufe von Mirco Abate verpasst, der wahrscheinlich schon mit den Hufen scharrte.

Ruhig Blut, mein Lieber, ich weiß, du bist auf diese Story genauso heiß wie ich!

Endlich löste sich die Schlange langsam auf und für Aldo war es ein Leichtes, dem alten Ehepaar vor ihm das Taxi vor der Nase wegzuschnappen.

»Aber …«, protestierte die Fahrerin.

Aldo stellte sie mit einer extra Fünfzigernote ruhig, hievte sein Gepäck in den Kofferraum und setzte sich auf den Rücksitz. *Frauen. Alles käufliche, kleine Schlampen,* dachte er während des Anschnallens. *Kennst du eine, kennst du alle.*

»Wohin möchten Sie?«

»Zur Redaktion der *Milano Oggi.*«

»Und die wäre wo?«

»Via delle Rose 15«, antwortete Aldo entnervt.

Muss ich als Nächstes auch noch selbst das Fahrzeug führen? Bin ich denn nur noch von Idioten umzingelt?!

Die Frau fuhr endlich los, und er rief Mirco Abate zurück.

»Hallo, mein Lieber, bist du schon bereit für die Story deines Lebens? Bereit, unsere liebe Ornella Giuliani, Gott habe sie selig, so richtig durch den Kakao zu ziehen?«

Er ignorierte die bösen Blicke, die die Fahrerin ihm im Rückspiegel zuwarf.

»ALDO!«, brüllte Mirco ins Telefon. »WAS HAT DAS ZU BEDEUTEN?«

»Kumpel, beruhige dich, mein Flug hatte Verspätung. Ich bin ja schon auf dem Weg zur Redaktion. Aldo Fossa hat wie immer alles im Griff!«

»DU VERSTEHST NICHT! WAS HAT DIE HEUTIGE SPEZIALAUSGABE ZU BEDEUTEN? ICH DACHTE, WIR HÄTTEN EINE GANZ KLARE ABMACHUNG MITEINANDER GETROFFEN!«

»Ich habe keine Ahnung, wovon du sprichst. Ich bin gerade gelandet …« *Und an jedem Kiosk, an dem ich vorbeigelaufen bin, war die Milano Oggi vergriffen! Und das knapp vor der Mittagszeit!*

»DAS IST ABSOLUT INAKZEPTABEL!« Mirco schrie mit unveränderter Lautstärke in den Apparat und sorgte dafür, dass Aldos Ohren schmerzten. »WIR SEHEN UNS VOR GERICHT WIEDER!«

»Mirco? Mirco? Was ist nur los, Mann! Klär mich endlich auf!«

Keine Antwort.

»Hallo?« Mirco hatte das Gespräch beendet.

»Können Sie bitte aufhören, so laut zu sein?«, schalt ihn die Taxifahrerin. »Ich muss mich auf den Verkehr konzentrieren!«

»Ich bitte um Verzeihung«, säuselte Aldo im süßesten Tonfall, zu dem er fähig war, während er *Mach das, du alte Kuh, das ist wahrscheinlich der einzige Verkehr, an dem du noch teilhaben darfst* dachte.

Wie gut, dass er die ganze Welt in seiner Hand trug. Er tippte auf das Internetsymbol auf seinem Smartphone und ging auf die Homepage der *Milano Oggi*.

Als sie sich aufgebaut hatte und er die reißerischen Titel las, rutschte ihm das Herz in die Hose.

Die Sensationsstory des Jahres! Ornella Giulianis Leben!

Minerva Ergebnis einer Liaison zwischen Ornella und ihrem Agenten! Warum Eugenio nie etwas gesagt hat und Minerva trotzdem wie eine eigene Tochter liebt! Das persönliche Interview! Die Sonderausgabe mit allen pikanten Details exklusiv bei Milano Oggi!

»Elendige Schlampe«, zischte Aldo vor sich hin, als er las, von wem der Beitrag war.

»Haben Sie etwas gesagt?«, fragte die Fahrerin irritiert.

»Nur noch eine Ampel«, antwortete Aldo brüsk.

»Aha. Da muss ich mich wohl verhört haben.« Ihr wütender Gesichtsausdruck verriet ihm, dass sie ihn sehr wohl verstanden hatte.

Aldo versuchte, Ruhe zu bewahren, während er sich fragte, was zur Hölle passiert war. Minerva sollte doch erst am nächsten Tag aus ihrem dämlichen Lappland-Urlaub zurückkommen!

Es sei denn …

Plötzlich machten alle Teile des Puzzles Sinn. Sabrina musste Minerva und Eugenio gewarnt haben, und sie steckte mit dem Redaktionschef unter einer Decke!

Anders ließ sich der kurzfristige Auslandseinsatz, zu dem ihn Silvestre Ferri geschickt hatte, nicht erklären!

Na warte, das wirst du noch bereuen, dachte Aldo, während er genüsslich überlegte, wie er Sabrinas Ruf zerstören konnte.

Schade eigentlich, daraus hätte sich eine schöne Affäre entwickeln können, dachte Aldo mit einem Hauch von Wehmut. Es hätte mit ihr viel bequemer und vor allen Dingen günstiger sein können als mit den Weibsbildern, mit denen er sich sonst so vergnügte.

Aber sei's drum! Sabrina hat mir hiermit den Krieg erklärt und den soll sie auch bekommen!

Die Taxifahrerin hielt an und stoppte das Taxameter. »Das macht 38,50.«

Aldo bezahlte sie, stieg aus und öffnete den Kofferraum.

Er war auf dem Weg zur gläsernen Drehtür, als er spürte, wie ihm jemand etwas in seine Gesäßtasche schob.

»Und den können Sie sich sonst wohin stecken, Sie frauenfeindliches Arschloch!«, sagte die Taxifahrerin, stieg wieder ein und fuhr mit quietschenden Reifen davon.

Aldo schaute ungläubig nach: Tatsächlich hatte sie ihm den 50-Euro-Schein wieder zurückgegeben.

»Sind denn heute wirklich alle übergeschnappt?«, grummelte er, während er an der Rezeption vorbeiging.

Die verächtlichen Blicke der Empfangsmitarbeiterinnen, die ihn bis zum Fahrstuhl verfolgten, waren ihm nicht entgangen.

Ein flaues Gefühl machte sich in seiner Magengegend breit.

Was hatte dieses teuflische Weib sonst noch veröffentlicht? *Doch nicht etwa …?*

Nein, das konnte nicht sein! Sein Handy konnte ihm leider keine Antwort geben, er hatte im Fahrstuhl kein Netz und keine Internetverbindung.

Aldo lockerte seine Krawatte, während er Stockwerk um Stockwerk der Redaktion immer näherkam.

Im achten Stock hielt der Aufzug und die Türen öffneten sich. Die Putzfrau stand mitsamt Reinigungsutensilien davor und strahlte ihn an. »Guten Tag, Herr Fossa, machen Sie sich keine Sorgen, ich nehme gerne den nächsten Aufzug.«

»Na, endlich jemand mit Anstand! You made my day!«, sagte Aldo und drückte auf den Knopf, damit sich die Türen wieder schlossen.

Plötzlich kam ihm ein Zweifel. War das Lächeln wirklich freundlich gewesen? Oder doch eher süffisant? Von oben herab? Mit einer ordentlichen Prise Schadenfreude?

Als er am richtigen Stockwerk angekommen war, rauschte Aldo aus dem Lift und lief zur Redaktion.

Er hielt seinen Badge an den Kartenleser und machte sich bereit, die Tür zur Redaktion zu öffnen, doch es ging nicht.

Er versucht es erneut. Wieder leuchtete ein rotes Licht auf.

»Was zum Teufel geht hier vor sich?«, schimpfte Aldo und betätigte die Klingel. »Das beste Zugpferd der *Milano Oggi* wird hier wie ein Fremder behandelt?«

Er hörte das Geräusch klackernder Absätze und kurz darauf öffnete ihm Silvestre Ferri persönlich.

»Ah, Aldo, da bist du ja endlich, ich wollte schon einen Suchtrupp nach dir losschicken«, sagte der alte Herr engelsgleich. »Lass dein Gepäck doch am besten am Eingang und folge mir in mein Büro.«

Das gefällt mir ganz und gar nicht!, dachte Aldo, tat aber wie geheißen und sah sich um.

»Hier scheinen ja alle in Feierlaune zu sein«, bemerkte er und zeigte auf die herumstehenden leeren Champagnerflaschen und die benutzten Gläser. Auf einem meinte er den roten Abdruck von Sabrinas Lippenstift zu erkennen.

Silvestre ging nicht darauf ein, sondern ließ ihm den Vortritt in sein Büro.

Während er die Tür hinter sich schloss, sah Aldo die Tageszeitung auf dem Schreibtisch und all seine Befürchtungen bewahrheiteten sich.

»Was hat das zu bedeuten?« Aufgebracht deutete er auf die Titelseite. »Das war MEINE Story, die mir diese Schnepfe geklaut hat! Das ist absolut inakzeptabel!«

»Sie hat sich höchstens deine drittklassige Idee geborgt und etwas Großartiges daraus gemacht! Statt den Lesern nur einen Skandal aufzutischen, hat sie ihnen ein ganzes Lebenswerk zu Füßen gelegt!«

Warum bin ich nicht selbst darauf gekommen?, ärgerte sich Aldo.

»Unsere Auflage ist seit zehn Uhr heute Morgen ausverkauft. Unsere Telefone glühen! Unsere E-Mailpostfächer sprudeln über vor Lobeshymnen! Und in den sozialen Medien geht die Story viral! Sabrina ist ein Genie und ihre Freundin Minerva eine begnadete Schriftstellerin. Und apropos *inakzeptabel* …« Silvestre blätterte die Zeitung auf und tippte auf einen Artikel. »Du bist fristlos gefeuert!«

»WAS?«, schrie Aldo. »Ich muss mich wohl verhört haben?«

»Nein, hast du nicht. Lies selbst!«

Enthüllungsjournalist versucht Kollegin zu erpressen!

»Das ist eine infame Lüge! Die Kleine ist einfach nur enttäuscht, weil sie sich mehr erhofft hat! Jetzt will sie sich an mir rächen und schwärzt mich an!«

Silvestre hob eine Augenbraue an. »Und du bist ganz sicher, dass du die Wahrheit sagst?«

»Aber natürlich!«, rief Aldo und schlug mit der flachen Hand auf den Schreibtisch seines Vorgesetzten. Er spürte, wie seine Hauptschlagader vor Wut pulsierte, sein Herz raste.

Silvestre schnalzte dreimal mit der Zunge. »Weißt du, was meine Mutter immer zu mir gesagt hat, wenn ich etwas angestellt habe? Lügen haben kurze Beine!«

»Was für Beweise hat sie denn schon gegen mich? Es steht Aussage gegen Aussage!«

Silvestre schüttelte den Kopf und fummelte an seiner Schreibtischschublade herum.

Was habe ich nur übersehen?, fragte sich Aldo panisch.

In dem Moment, als er das Aufnahmegerät erkannte, war ihm alles klar.

Diese perfide Schlampe! Legt mich mit dem billigsten aller journalistischen Tricks herein!

Silvestre drückte auf einen Knopf, und Aldo erkannte seine eigene Stimme.

Darauf wollte ich dich gestern Abend ansprechen, bevor du mich verführt hast … Braves Mädchen und jetzt geh, fahr nach Hause und nimm erst mal ein Bad … Ich rufe dich an, sollte mir während der Feiertage nach dir sein. Du bist nämlich gar nicht so langweilig, wie du aussiehst.

Der Chefredakteur sah ihn finster an. »Gibt es noch etwas, was du sagen möchtest, bevor du uns verlässt?«

Aldo schwieg. Er kramte in allen Windungen seines Gehirns nach einer plausibel klingenden Erklärung, doch er fand nicht das Geringste.

»Das dachte ich mir schon«, sagte Silvestre, stand auf und klatschte einmal in die Hände, »ja, dann. Reisende soll man bekanntlich nicht aufhalten.«

»Was ist mit …«

»Deine Sachen haben wir dir bereits nach Hause geschickt. Inklusive deiner Pornoheftchen und deiner Potenzpillen, die du in der untersten Schublade versteckt hattest.«

Aldos Gesicht glühte vor Scham.

Ohne ein weiteres Wort zu sagen, verließ er Silvestre Ferris Büro, schnappte sich seine Koffer und ging, so würdevoll es ihm noch möglich war, zum Ausgang.

Dann hielt er einen Moment inne, brüllte: »Ich kann für diesen dilettantischen Laden nicht mehr arbeiten! Ich kündige!«, und verschwand, so schnell er konnte, im Aufzug.

Kapitel 25

28. Februar 2019
Minnie

Der Cursor auf Minnies Bildschirm blinkte kurz auf, als sie ihre Hände ausstreckte und ihnen eine kurze Pause gönnte. Dann glitten ihre Finger wieder emsig über die Tastatur. Irgendwann unterbrach sie den Schreibfluss, hielt inne. Zeile für Zeile überprüfte sie den Handlungsstrang ihrer Geschichte, den sie gerade zum Leben erweckt hatte. Sie lächelte, als sie an ihrer Lieblingspassage angelangt war. Sie entwickelte sich gut, es gefiel ihr, was sie da gerade zusammenschrieb.

Doch es geht immer noch ein bisschen besser, dachte Minnie. Sie schloss die Augen und nahm noch einen Schluck von dem aromatischen Apfel-Zimt-Tee, den sie sich aus Schweden mitgebracht hatte.

Es war der letzte Teebeutel aus der Packung, den sie mit Wehmut aufgegossen hatte, der allerletzte! Sie genoss das dampfende Getränk Schlückchen für Schlückchen, als handelte es sich um einen seltenen Champagner, während der Duft der Gewürze sie auf eine Fantasiereise nach Lappland entführte.

Sie beschwor für das Kapitel, das sie gerade schrieb,

sämtliche Erinnerungen an die weihnachtliche Hundeschlittenfahrt durch die winterlichen Wälder herauf. Sie hütete sie wie einen Schatz. Eine Kostbarkeit, die sie bereit war, mit allen Leserinnen und Lesern zu teilen, die ihr dafür einige Stunden ihres Lebens schenkten.

Menschen, die ihr Herz für ihre Erzählung öffneten, die Minnie im Innersten berühren, ihnen ein verschmitztes Grinsen, ein Schwärmen entlocken oder ihnen sogar ein Tränchen stehlen konnte.

Plötzlich spürte sie wieder den eiskalten Fahrtwind auf ihrem Gesicht, während ihr Körper in die warmen Rentierfelle eingepackt war. Sie roch den Duft der Tannen, der sich mit der kristallklaren Luft vermischte. Sie hörte das gleichmäßige Atmen der Hunde, die nichts mehr liebten, als zu rennen. Sie sah ihre kupferroten Haarspitzen, die in der klirrenden Kälte von Frost bedeckt waren.

Sie spürte jede Unebenheit unter sich, während die Kufen über den vereisten Waldboden glitten. Vor ihrem inneren Auge sah sie das reinste Weiß, das sie jemals erblickt hatte und das Licht, wie es sich in allen Farben des Regenbogens funkelnd in den Schneekristallen brach. Sie fühlte die unendliche Weite und Freiheit. Die Gewissheit, mit der Natur eins zu sein und dennoch nur ein Teil von ihr. Sie war ein kleiner, unbedeutender Stern irgendwo im Universum, und gleichzeitig Mittelpunkt ihrer eigenen Galaxie.

Unweigerlich wanderten ihre Gedanken zu Per. Zu seinen gletscherblauen Augen. Seinen warmen Küssen. Diesem Gefühl, beschützt zu sein.

»Du fehlst mir so sehr«, flüsterte sie und versuchte, sich an die Einzelheiten seines Gesichtes zu erinnern, daran, wie es sich anfühlte, von ihm im Arm gehalten zu werden. Neben ihm einzuschlafen und aufzuwachen.

Ein schrilles Klingeln an der Tür holte sie aus Lappland wieder in ihre kleine Mailänder Wohnung zurück. Vor

Schreck warf sie den kostbaren Tee fast um, doch in letzter Sekunde erwischte sie die Tasse noch.

Minnie atmete tief durch, fuhr sich zweimal durch das Haar, ging zur Wohnungstür und blickte durch den Spion.

Penelope und Sabrina winkten ihr zu. Jede hatte mindestens zwanzig Umschläge in der Hand.

»Komm schon, Minnie, mach auf. Dein Briefkasten ist fast übergequollen. Die sind schwer!«, klagte ihre Schwester.

Lachend öffnete sie ihnen. »Wann hört diese Flut an begeisterten Leserbriefen denn endlich auf?«

»Wenn du ihnen wieder das gibst, was sie von dir wollen. Nach dieser großartigen Story wünschen sie sich nur eines: ein Comeback mit einem wundervollen Liebesroman«, antwortete Sabrina und ließ die Briefe auf den Tisch rieseln.

»Ich bin ja schon dran, Ladys!«, verteidigte sich Minnie und zeigte auf ihren aufgeklappten Laptop.

»So, und hier noch mal eine Ladung«, sagte Penelope. Jeder Zentimeter vom Küchentisch war mit Briefumschlägen bedeckt.

»Der Postbote muss dich hassen«, scherzte Sabrina, während Minnie mit ihren Fingerspitzen über das bunte Papier glitt. Ein schlichter weißer Umschlag erregte ihre Aufmerksamkeit.

Sie nahm ihn an sich. »Diese Schrift kenne ich doch!«

»Sag bloß, es ist immer noch dieser Mirco Abate, der versucht, dich zu kontaktieren!«, rief Penelope alarmiert.

»Nein, das glaube ich nicht. Ich habe seit Wochen nichts mehr von ihm gehört. Er hat wohl endlich verstanden, dass ich bereits einen Vater habe und ihn nicht in meinem Leben brauche«, beruhigte sie Minnie, während sie den Brief begutachtete. *Kein Absender.*

Sabrina reichte ihr den Brieföffner, der seit der berühmtesten Ausgabe der *Milano Oggi* immer griffbereit war.

»Komm, mach ihn auf. Ich sehe doch, dass du vor Neugier stirbst.«

»Gut erkannt!« Minnie öffnete den Umschlag.

Eine Karte kam zum Vorschein. Sie zeigte ein Paar winzige Babyfüße, die von zwei Händen in Form eines Herzens umschlossen waren. *Eva ist da!,* stand darunter in rosafarbenen Lettern, *52 cm, 3.642 g, geboren am 20.02.2019 um 20.02 Uhr.*

Minnie klappte die Karte auf und las laut vor:

»Marco und Rita verkünden euch mit großer Freude, dass die moderne Medizin es ihnen ermöglicht hat, trotz Marcos Unfruchtbarkeit Eltern der wunderschönen Eva geworden zu sein! Vielen Dank für eure Glückwünsche und Geschenke.«

»Was?«, sagte Penelope entrüstet. »Er ist unfruchtbar gewesen und hat die Kinderlosigkeit immer auf dich geschoben, dabei lag es die ganze Zeit an ihm! So ein …«

»Warte«, stoppte sie Minnie, »er hat mir auch eine persönliche Nachricht hineingeschrieben.«

»Lies!«, riefen Sabrina und Penelope gleichzeitig.

»Ja, meine liebe Minnie, jetzt ist es raus. Alle Welt weiß nun Bescheid. Dies ist meine Art, dir Abbitte zu leisten. Ich hoffe, du kannst mir die hässlichen Worte verzeihen, mit denen wir auseinandergegangen sind. Und die Ohrfeige, die ich dir in diesem Moment der Verzweiflung verpasst habe. Ich hatte kein Recht dazu! Die Autobiographie deiner Mutter, die vor einigen Wochen in der *Milano Oggi* erschienen ist, hat mir sehr gut gefallen. Ich glaube, du weißt jetzt, dass du eine großartige Schriftstellerin bist. Du bist es immer gewesen und wirst es immer sein. Ich würde mich freuen, wieder mehr von dir zu lesen und wünsche dir für deine Zukunft nur das Beste. Marco.«

Zwei entsetzte Augenpaare starrten Minnie an. »Er

hat dich damals geschlagen?«, fragte Penelope. »Du hast mir niemals davon erzählt.«

Sabrina hob ihre Arme. »Ich wusste auch von nichts.«

»Ich habe es niemandem gesagt«, erklärte Minnie, »niemandem, außer Per … damals … in Lappland.«

»Hast du denn nach Silvester noch mal von ihm gehört?«, fragte ihre beste Freundin.

»Nein, er wollte sich melden, sobald … es geht. Die Situation mit seiner Frau und den Kindern ist schwierig genug. Ich verstehe das.«

»Vermisst du ihn immer noch so sehr?«, wollte Penelope wissen.

»Natürlich, ja. Die zehn Tage, die ich mit ihm verbracht habe, waren die schönsten meines Lebens.«

»Du hast ihn doch noch gar nicht vernascht«, sagte Sabrina. »Wie kannst du dir so sicher sein, dass er der Richtige für dich ist? Vielleicht stellt er sich im Bett an wie ein englischer Politiker während der Brexitverhandlungen. Was machst du dann?«

Minnie schnalzte mit der Zunge und knuffte sie in die Seite. »Du bist einfach unmöglich! Manche Menschen ändern sich wirklich nie! Wechseln wir doch das Gesprächsthema. Noch etwas von Aldo Fossa gehört?«

»Nein, er ist wie vom Erdboden verschwunden. Gerüchten zufolge ist er auf einem Yoga-Retreat in Thailand, um sich selbst wieder zu finden.«

»Na, dann viel Glück«, grinste Minnie.

»Wollen wir langsam los auf die Schlittschuhbahn?«, drängte Penelope nach einem Blick auf ihre Armbanduhr.

»Ich ziehe mir nur kurz die Jacke an«, sagte Minnie, speicherte ihr Manuskript ab und fuhr ihren Laptop herunter. Marcos Karte befestigte sie mit einem Magnet an ihrer Kühlschranktür.

»Der Verlag ist ganz aus dem Häuschen, dass du

wirklich wieder mit dem Schreiben angefangen hast!«, sagte Penelope mit Blick auf den Laptop.

»Und ich erst! Ich bin endlich wieder in der Spur! Ich musste nur den Glauben an mich selbst wiederfinden!«, antwortete Minnie und zog ihre Stiefel an.

Nachdem sie ihre Tür abgeschlossen hatte, ging das Dreiergespann zum Aufzug.

»Was ist denn mit deiner lieben, hochneugierigen Frau Nachbarin passiert?«, fragte Sabrina. »Ihr Name ist vom Briefkasten und von der Klingel verschwunden.«

Sofort wurde Minnie warm ums Herz. »Ach, habe ich euch das nicht erzählt? Sie und Ali sind nach Australien ausgewandert. Sie helfen jetzt Filomenas Kindern im Hotel und kümmern sich um die Enkelkinder. Sie sind so ein hinreißendes Pärchen!«

»Na, wenn das kein großartiges Happy End ist!«, schwärmte Penelope. »Und wenn ich daran denke, dass du deine Fingerchen im Spiel hattest … Du musst mächtig stolz auf dich sein.«

Minnie nickte. »Ich habe einfach nur auf mein Bauchgefühl gehört und ein ganz klein wenig intrigiert.«

Im Erdgeschoss trafen sie auf Daniele, der gerade eine Lieferung Orangen in die *Cubanito Bar* schob.

»Hallo, Ladys. Wohin des Weges?«, fragte er.

»Penelope und Sabrina sind der Auffassung, dass es für mich immer noch nicht zu spät ist, das Schlittschuhlaufen zu lernen.«

»Oh, wie schön. Geht ihr auf die Bahn, die sie letztens am Mailänder Dom aufgebaut haben?«

»Genau«, sagte Sabrina.

»Toll, kommt doch heute Abend auf einen Drink vorbei! Ich würde mich sehr freuen dich … äh … euch zu sehen.«

Minnie entging nicht, wie ihre beste Freundin und der Barkeeper sich gegenseitig anstrahlten.

»Wenn wir uns nichts brechen, spricht, glaube ich, nichts dagegen«, sagte Penelope und hakte sich bei Minnie unter. »Und jetzt müssen wir wirklich los!«

»Gut, viel Spaß, Ladys. In der Zwischenzeit richte ich schon einmal die Orangen für euren *Aperol Spritz.*«

»Bis später, Daniele«, säuselte Sabrina und ließ ihre Blicke länger als nötig auf ihn ruhen.

Was geht hier nur vor sich?

Sie hatten die Kneipe kaum hinter sich gelassen, da brach es aus Minnie heraus: »Liebste Sabrina, gibt es möglicherweise etwas, was du uns erzählen musst?«

»Ich weiß nicht, wovon du sprichst«, antwortete Sabrina. Ihr feuerrotes Gesicht strafte sie Lügen.

»Die Luft war ja elektrisch aufgeladen, als ihr aufeinandergetroffen seid, man konnte die Funken förmlich sprühen sehen. Ich glaube, es hat sogar ein wenig geknistert«, bemerkte Penelope, während die Frauen sich einen Platz in der U-Bahn suchten.

»Na ja, er hat mir noch einen Bartenderkurs geschuldet, den wir vor Kurzem zusammen gemacht haben und ... nach meinen letzten Erfahrungen habe ich gemerkt, dass ich möglicherweise doch keinen Bad Boy möchte, sondern jemanden, der mich wirklich mag, der mir guttut.«

»Darf ich indiskret sein?«, flüsterte Penelope. »Wie ist er so? Hat er dich genauso gut durchgeschüttelt wie einen seiner guten Cocktails?«

»Das kann ich euch nicht sagen, so weit sind wir noch lange nicht«, antwortete Sabrina.

Minnie traute ihren Ohren kaum. »Ist nicht wahr! Ihr seid nicht sofort beim Dessert gelandet?«

»Nein, wir sind eher zwischen Gruß aus der Küche und Vorspeise. Ich glaube, ich habe meine Lektion gelernt. Es gibt keinen Grund zur Eile, ein guter Roman fängt ja auch nicht gleich mit dem Happy End an. Der Weg ist das Ziel und ...«

»Und?«, lockte Minnie ihre Freundin.

»Und vielleicht bin ich dieses Mal sogar ein ganz klein wenig verliebt und will deshalb nichts überstürzen oder versauen.«

Minnie klatschte begeistert in die Hände. »Du empfindest romantische Gefühle! Dass ich so etwas noch erleben darf!«

»Ja, zu irgendetwas war dieses miese Abenteuer mit Aldo doch gut. Meistens ist es so im Leben, dass die Dinge nicht ohne Grund passieren.«

»Und immerhin bist du nach der Story auch noch zur stellvertretenden Chefredakteurin befördert worden!«, ergänzte Penelope.

»Nächster Halt: Piazza Duomo«, sagte eine metallische Stimme an und die Frauen standen auf.

»Und ihr denkt wirklich, dass das Schlittschuhlaufen eine gute Idee ist?«, meinte Minnie unbehaglich, als sie ausstiegen.

»Zweifellos. Du kannst seit Lappland auf dem Eis gehen und angeln, warum solltest du nicht auch darauf Pirouetten drehen?«

Sie suchten sich ihren Weg durch die Ströme von Pendlern und Touristen, bis sie den Dom in all seiner Pracht sahen. Direkt vor dem Gotteshaus war eine riesige, bunt beleuchtete Eisfläche aufgebaut worden, auf der die Menschen ihre Runden drehten. In der Mitte der Bahn befand sich ein riesiger Eisengel. Um die Figur herum lieferten sich Kinder schnelle Verfolgungsjagden, während die etwas Betagteren gemütlich unterwegs waren. Manche übten offensichtlich für den nächsten Eiskunstlaufwettbewerb, während wieder andere wackelig einen Fuß vor den anderen setzten.

»Seht ihr diesen jungen Mann da vorne, der sich verzweifelt an der Bande festklammert, um nicht hinzufallen?«, fragte Minnie. »Das bin ich in ein paar Minuten.«

Sabrina klopfte ihr tröstend auf die Schulter. »Ach komm, hab keine Angst, wird schon schiefgehen.«

»Drei Mal Größe 37, richtig?«, wollte Penelope wissen. »Dann kümmere ich mich um das Ausleihen der Schlittschuhe.«

»Richtig«, antworteten Sabrina und Minnie gleichzeitig.

Als Minnie ihren Fuß das erste Mal auf die Eisbahn setzte, sauste ein junges Mädchen so schnell an ihr vorbei, dass sie fast im hohen Bogen auf dem Rücken gefallen wäre.

»Pass doch gefälligst auf, du Rotzgöre!«, rief Penelope dem Mädchen hinterher und bewahrte ihre Schwester in letzter Sekunde vor einem Sturz.

»Vielleicht sollte ich es doch einfach lassen«, schlug Minnie vor. »Ihr könnt ja fahren, während ich eine heiße Schokolade trinke und euch zuwinke, was denkt ihr?«

»Nein, das kommt überhaupt nicht infrage«, sagte Sabrina und nahm Minnies linke Hand. »Du siehst doch den Engel aus Eis in der Mitte der Bahn! Setz ihn dir als Ziel! Versuch es einmal, nur bis dorthin!«

»Wir sind ja da!«, ergänzte Penelope und nahm Minnies rechte Hand. »Und jetzt einen kleinen Schritt nach dem anderen und erschrick dich nicht, wenn du langsam Fahrt aufnimmst.«

Minnie sah sich um und versuchte, die Bewegungen nachzuahmen, die die anderen Schlittschuhfahrer machten. *Also gut, nur bis zum Engel,* dachte sie und machte einen wackeligen Schritt nach dem anderen, während die zwei wichtigsten Frauen in ihrem Leben sie rechts und links stützten.

Zentimeter für Zentimeter kam sie voran. Die Einzelheiten der meterhohen Figur wurden immer deutlicher. Minnie bewunderte die fein herausgearbeiteten, ausgebreiteten Flügel des Engels, das sich in Falten legende Gewand und sein wallendes Haar, alles aus kristallklarem Eis. *Per würde ihn lieben,* dachte Minnie.

»Gut, weiter so«, ermutigte sie Sabrina. »Sieh nicht auf deine Füße, sondern nach vorne. Immer nur nach vorne sehen.«

Minnie widerstand der Versuchung, nervös nach unten zu schauen, und hielt den Kopf gerade, mit dem Ziel klar vor Augen. Während sie dem Engel immer näherkamen, betrachtete sie das wunderschöne Gesicht der Figur, das mit lilafarbenem Licht angestrahlt wurde. Es kam Minnie irgendwie bekannt vor. Ihr Atem stockte. Der Engel hatte eine kleine Unebenheit, vielleicht eine Narbe, oberhalb der rechten Augenbraue.

Das kann doch nicht sein!, dachte Minnie. *Das ist absolut unmöglich!*

Doch es gab keine Zweifel. Die Haare, das Gesicht, das Profil.

Dieser Engel bin ich!

Sie stand nur noch wenige Meter vor der Figur mit ihren Zügen. Rechts von ihr war eine Bewegung. Da stand Per mit Schlittschuhen auf der Bahn und betrachtete sie sehnsüchtig.

Minnie dachte, sie müsste träumen. Ihr Herz stolperte, ihr Magen schlug Purzelbäume.

»Du brauchst uns jetzt nicht mehr«, sagte Sabrina und ließ Minnie los. Penelope tat es ihr gleich. Beide zogen sich zurück, als Per heranfuhr. Er nahm Minnies Hände und hielt sie fest.

Minnie blendete die Menschen aus, die um sie herum ihre Runden drehten.

Die Jubelrufe, das Schaben und Knirschen der Schlittschuhe, die Discomusik, die von irgendwelchen Lautsprechern dröhnte – alles wurde ganz leise. Sie blickte in Pers gletscherblaue Augen und stellte sich vor, wieder mit ihm auf diesem einsamen, gefrorenen See in Lappland zu sein. Sie öffnete den Mund, dann schloss sie ihn wieder. *Was will ich überhaupt sagen?*

Er kam ihr zuvor.

»Minnie, ich kann dir nicht viel bieten. Nur ein schlichtes Haus aus Holz, an einem Ort fernab von den schönsten Annehmlichkeiten des modernen Lebens. Wo das nächste ordentliche Restaurant, das nächste Kino, das nächste Krankenhaus Hunderte von Kilometern entfernt ist.«

»Aber ...«, versuchte Minnie zu unterbrechen, doch Per sprach weiter.

»Ich biete dir einen Ort, in dem die Sonne im Sommer niemals untergeht, wo aber dafür Millionen von Stechmücken grassieren. Einen Ort, in dem im Winter eine Scheißkälte herrscht und über Monate Tonnen von Schnee und Eis sowie Dunkelheit unser Leben bestimmen.«

»Ja, aber ...«

»Warte, Minnie, es kommt noch schlimmer. Denn du wirst mich teilen müssen. Nicht nur mit meiner Mutter, die immer alles besser weiß, und auch nicht nur mit der temperamentvollen Rosalie, sondern mit gleich zwei Kindern, die trauern und traumatisiert sind, weil sie gerade ihre Mutter verloren haben. Beide Kinder sprechen keine Sprache, der du mächtig bist, und mit Suzy, meiner kleinen Tochter, von der ich bis vor Kurzem nicht wusste, dass sie existiert, kann noch nicht einmal ich mich verständigen. Ich bin wie ein Sonderangebot im Supermarkt, kaufe einen und bekomme fünf. Es ist wichtig, dass du dir dessen bewusst bist. Und dass ich dich liebe. Ich bitte dich: trotz aller Widrigkeiten und auch wenn wir uns noch nicht gut kennen – teile dein Leben mit mir.«

Per atmete schnell ein und aus. Kleine Wölkchen bildeten sich in Mailands kalter Februarnacht.

Angst, Hoffnung, Zweifel. All das konnte Minnie auf

seinem Gesicht ablesen, während er auf ihre Antwort wartete.

»Per, das meiste von dem, was du gesagt hast, stimmt gar nicht. Du hast einen wundervollen Palast inmitten des Paradieses. Die Entfernungen zu den Annehmlichkeiten des modernen Lebens mögen weiter entfernt, aber nicht unüberbrückbar sein. Immerhin bekommt man im *Systembolaget* guten italienischen Rotwein.«

Per lächelte.

»Du bietest mir einen Ort, in dem man im Sommer über die Seen fahren oder in ihnen schwimmen kann, während man im Winter einfach darüber gehen kann. Du bietest mir Frieden und alle Heilung, die nur die Natur allein für die Seele bereithält. Millionen von Sternen, Schneekristalle und Polarlichter. Du bietest mir endlose Inspiration für meine zukünftigen Bücher. Und du bietest mir noch mehr: eine Familie. Ich gebe mich keiner Illusion hin. Bestimmt wird es mit den Kindern nicht einfach werden. Und du wirst fluchen, wenn ich zu allem Überfluss meinen Vater, meine Schwester mit ihrer Familie, und dann auch noch meine beste Freundin nach Bjärdakken einladen werde. Doch Sprachen können gelernt, verschiedene Traditionen akzeptiert werden, Menschen können einem ans Herz wachsen. Also lautet meine Antwort: Ja, ich schnappe mir dieses einmalige Angebot, denn ich liebe dich und …«

Per ließ sie nicht weitersprechen. Er umarmte sie und küsste sie so leidenschaftlich, dass Penelope und Sabrina, die einige Meter entfernt standen, laut jubelten und applaudierten.

Per winkte ihnen glücklich zu und zwinkerte mit den Augen.

»Jetzt«, antwortet Per und hob Minnie hoch, als trüge er sie über eine Schwelle, »möchte ich nur noch runter von diesem künstlichen Eis!«

»Und dann kannst du Skulpturen aus Eis schnitzen, die so aussehen wie ich …«

»Ach, es ist dir aufgefallen?«, fragte er sichtlich stolz. »Ich war die ganze letzte Woche hier und habe daran gearbeitet. Deine Schwester und deine Freundin haben das alles für uns eingefädelt.«

»Ja, ist es. Und der Engel ist wunderbar geworden! Und ich hätte es wissen müssen, dass es einen Grund gab, weshalb Penelope und Sabrina so sehr gedrängt haben, Schlittschuhlaufen zu gehen. Wie dem auch sei, Skulpturen aus Eis schnitzen, Motorschlitten fahren, Schlittenhunde führen, Eisangeln …«, zählte Minnie glücklich auf, während sie über der Schlittschuhbahn schwebte. »Gibt es auch irgendetwas, was du nicht kannst?«

»Ich kann kein Wort Italienisch«, antwortete Per und küsste Minnie erneut.

Epilog

24. Dezember 2019

Minnie versuchte vergeblich, unter der Augenbinde hervor zu linsen.

»Per, wohin fahren wir?«, fragte sie ungeduldig.

»Lass dich überraschen, Schatz«, antwortete er und klopfte ihr beruhigend auf den Oberschenkel.

Sie machte sich auf die Suche nach Verbündeten. »Torben, Suzy, erzählt mir doch bitte, was ihr sehen könnt«, bat sie auf Schwedisch. »Wisst ihr, wo wir hinfahren?«

»Das hast du gerade sehr schön gesagt«, lobte sie Per auf Italienisch, »die privaten Sprachunterrichtsstunden zahlen sich langsam aus!«

»Das Lob kann ich nur zurückgeben!«, erwiderte Minnie.

»Wir dürfen dir nichts verraten, das hat Papa verboten«, antwortete Torben dramatisch. »Außerdem sehen wir nur Wälder und Schnee.«

»Oh, das ist ja ganz etwas Neues in Lappland«, lachte Laura.

»Nichts sagen, Papa verboten!«, ergänzte Suzy in quengeligem Ton.

»Ihr wärt die ersten Kinder, die nichts ausplappern«, gab Minnie zu bedenken.

»Papa hat gesagt, dass es ein Geheimnis ist! Dein Weihnachtsgeschenk.« Torben klang plötzlich ganz ernst.

»Psssst, Kinder. Nicht, dass ihr euch doch noch verplappert und Minnie die Überraschung verratet«, flüsterte Per.

»Laura, weißt du vielleicht Bescheid?«, fragte Minnie.

»Meine Lippen sind versiegelt«, antwortete Pers Mutter.

»Also gut.« Minnie gab auf und ließ sich vom Radio berieseln, das jemand angeschaltet hatte. Es lief *Driving Home for Christmas.*

Sie lächelte in sich hinein bei der Erinnerung daran, wann sie diesen Song das letzte Mal gehört hatte. Vor etwas mehr als einem Jahr, als sie das erste Mal auf dem Weg nach Bjärdakken gewesen war.

Ja, ich bin wirklich zu Hause angekommen, dachte Minnie zufrieden. *Mailand vermisse ich überhaupt nicht. Nur die Menschen, die ich liebe.*

»Minnie, wie laufen eigentlich die Buchverkäufe?«, wollte Laura wissen.

»Super! Sowohl *Neuschnee des Lebens* als auch *Die Gezeiten von Cramond* sind Bestseller in Italien geworden. Im kommenden Jahr sollen sie beide ins Englische übersetzt werden.«

»Kannst du nächstes Mal bitte etwas weniger Erfolgreiches schreiben?«, jammerte Per im Scherz. »Der Briefkasten quillt über vor lauter Fanpost.«

»Ich fürchte, daraus wird nichts«, antwortete Minnie bestimmt. »Ich lasse mich nie wieder einschüchtern, von nichts und niemandem.«

»Und das ist richtig so!«, bestätigte Per.

»Habt ihr übrigens gehört, dass der Andreas nun auch seine große Liebe gefunden hat? Eine nette junge Frau aus Stockholm. Sie wird bald hierherziehen«, sagte Laura.

Per lachte. »Gut, dann muss ich keine Angst mehr haben,

dass er mir Minnie wegschnappen möchte. Und so findet jeder Topf seinen Deckel.«

Einige Minuten später bemerkte Minnie, wie der Wagen anhielt. Jemand öffnete ihr die Beifahrertür.

Dann vernahm sie nervöses Hundegebell.

Das kenne ich doch von irgendwo her …

Rechts und links wurde ihr unter die Arme gegriffen, man half ihr beim Aussteigen und führte sie.

Schnee knirschte unter ihren Füßen und das Bellen und Fiepen der Hunde kam immer näher.

»Ich weiß ganz genau, wo wir sind«, trällerte sie siegessicher.

Jemand nahm ihr die Binde ab und Minnie konnte ihren Augen für einen ersten Moment nicht trauen.

Vier Schlitten mit jeweils zwölf Hunden, die ungeduldig darauf warteten, endlich wieder rennen zu dürfen, standen bereit. Aber dieser Anblick war nichts gegen die Tatsache, dass Eugenio, Daniele und Sabrina vor den Gespannen standen und gegen das Hundegebell anschrien: »Überraschung! Frohe Weihnachten!«

Quietschend und atemlos lief Minnie auf die drei zu, überglücklich ihnen in die Arme zu fallen. »Es ist so wundervoll, dass ihr hier seid!«

»Wenn der Berg nicht zu den Propheten kommt, kommen die Propheten nun einmal zum Berg«, sagte Eugenio und lachte.

»Es tut mir leid, aber ein Weihnachten in Mailand kam für mich einfach nicht infrage«, versuchte Minnie, sich zu verteidigen.

»Kein Wunder bei dieser Pracht«, sagte Daniele. »Wer möchte den traumhaften Schnee gegen die graue Stadt tauschen? Niemand, der noch bei Trost ist!«

»Und wir sollen dich ganz lieb von Penelope und ihrer Familie grüßen«, ergänzte Sabrina. »Wie du weißt, lassen sie sich auf den Seychellen die Sonne auf den Bauch scheinen.«

»Ja, ich weiß«, lachte Minnie. »Diese Weicheier! Kommen nicht mit ein bisschen frischeren Temperaturen klar. Aber sie wollen ja dann an Ostern zu Besuch kommen. – Los jetzt, ich brenne darauf, euch alle vorzustellen. Per kennt ihr ja bereits, aber nicht Laura und die Kinder.«

Es wurden Hände geschüttelt und Küsschen links und rechts verteilt. Sogar die schüchterne Suzy ließ sich von Eugenio auf den Arm nehmen.

»Seid ihr alle bereit?«, fragte Regina. »Die Gespanne sind fertig und die Hunde ungeduldig. Wer fährt mit wem?«

»Ich möchte gern bei Papa mitfahren!«, rief Torben aufgeregt und streckte den Finger hoch, als würde er sich in der Schule zu Wort melden.

Per küsste Minnie auf die Stirn. »Mach du doch bitte die Zuteilung. Und denk daran, es ist Zeit, ein Versprechen einzuhalten.«

»Welches Versprechen?«, fragte Minnie überrascht.

»Letztes Jahr hast du gesagt, dass du dieses Weihnachten den Hundeschlitten führen würdest.«

»Stimmt«, erinnerte sich Minnie und wischte ihre leisen Bedenken gedanklich beiseite, »also gut. Torben fährt bei Per mit. Suzy bei mir. Daniele und Sabrina, unser neuestes Traumpaar, fährt zusammen … und Laura, möchtest du gern bei meinem Vater mitfahren?«

»Natürlich«, antwortete Pers Mutter, »aber nur, wenn ich den Schlitten führen darf.«

»Aber selbstverständlich«, sagte Eugenio und strahlte Laura an, »ich lasse mich gerne von dir verf… führen. Ich lasse mich gerne von dir führen.«

Hat er das gerade wirklich gesagt?, wunderte sich Minnie.

»Also gut, dann geht bitte alle in Position für unsere Ausfahrt«, rief sie.

»Du hast mir ja gar nicht gesagt, dass du so einen attraktiven Vater hast«, flüsterte ihr Laura auf dem Weg zu ihrem Schlitten ins Ohr.

Mein Vater und eine andere Frau als meine Mutter? Warum eigentlich nicht, dachte Minnie mit einem Glücksgefühl im Bauch. *Er war lange genug alleine.*

»Minnie führt den ersten Schlitten an«, verkündete Regina und begleitete Minnie zu Gaya, der schwarzen Leithündin, die sich schwanzwedelnd so sehr über sie freute, als würde sie sie wiedererkennen.

Nachdem sie Suzy in den Schlitten gesetzt und mit Rentierfellen warm eingepackt hatte, nahm Minnie ihre Position am Schlitten ein.

Das Strahlen auf dem Kindergesicht vor Augen, war sie immer noch überrascht, mit welcher Wucht sich das kleine Mädchen und Torben in ihr Herz eingenistet hatten. Schon jetzt konnte sie sich kein Leben mehr ohne die Kinder vorstellen. *Vielleicht wünsche ich mir doch ein eigenes, zusammen mit Per, eines Tages?*

Sie drehte sich zu Per um, der hinter ihr stand und formte ein »Ich liebe dich! Danke für alles!« mit den Lippen.

Seine gletscherblauen Augen lachten sie an. »Und ich liebe dich auch und danke dir für alles!«

Wenn, dann nur mit ihm, dachte Minnie und drehte sich wieder um.

Sie rief laut: »Go!« Es gab einen kräftigen Ruck im Schlitten, und die Hunde rannten los.

Suzy quietschte vergnügt. Das Gespann bahnte sich seinen Weg durch die verschneiten Wälder. Nach der Trauer der letzten Monate war ihr glückliches Geschrei Musik in Minnies Ohren.

Sie sah noch einmal nach hinten, zu den Menschen, die sie liebte und die sie liebten, die ihr den Rücken gestärkt und an sie geglaubt hatten. Dann wandte sie sich wieder nach vorne, ihrer Zukunft entgegen.

Ich bin neugierig, dachte Minnie, *und ich bin dankbar. Heute und für immer.*

Danksagungen

Für die Fertigstellung dieses Buches möchte ich einen ganz herzlichen Dank an meine Lektorin Anke Höhl-Kayser aussprechen. Seit *Das Haus aus Perlmutt* habe ich wahnsinnig viel von ihr lernen können und es hat mir große Freude dies bei *Neuschnee des Lebens* anzuwenden. In diesem Zusammenhang möchte ich erneut Susanne Pavlovic für die goldrichtige Vermittlung der passenden »Textehexe» danken.

Weiter ein riesiges Dankeschön an Ellen Rennen für das sorgfältige Korrektorat, sowie an Ira Wundram für den Buchsatz und das weihnachtliche Innenleben dieses Buches.

Vielen lieben Dank an Eileen Sinnhöfer für die Gestaltung des herrlichen Covers und für die Geduld, die sie mit mir hatte – es musste einfach alles perfekt sein.

Daniel, mein Schatz, danke dafür, dass du an mich glaubst und mir alle Freiräume gibst, die ich brauche, um kreativ sein zu können. Danke, dass du an meiner Seite bist und dich für dieselben Dinge begeistern kannst wie ich. Ich liebe dich und unsere pelzigen Kinder.

Ich danke Jasmin Baldermann (Ha! Dieses Mal habe ich daran gedacht, dass du geheiratet hast!) für die mittlerweile 15-jährige Freundschaft, für unendlich lange Gespräche,

Wellnessurlaube, Lebensanalysen, gemeinsames Lachen, sowie die geteilte Liebe für alles was funkelt.

Ich danke auch Sabrina Suter (Ja, ich habe sie nach dir benannt), Ina Schuster, Tatjana Mutter, Sandra Stocker-Saccavino, Kathrin Mayrhofer, Regina Bendzko, Marie Schöffel, Sonja Africca, Natalie Liste, Laura Koxholt und Patrycja Lakomiak dafür, dass ihr meine Freundinnen und alle so verschieden und einzigartig seid.

Ich danke meinem Bruder Riccardo Destratis für das ganze Onlinemarktetinggedöns, ohne dich wäre ich verloren!

Ich danke meinen Eltern, für all die Opfer, die sie all die Jahre für mich und meinen Bruder erbracht haben, nur, damit wir ein schönes Leben haben. DANKE! Genauso an meine restliche Familie.

Danke an Astrid Thoma für das *White House* in Rheinfelden und für dieses wundervolle, inspirierende Ambiente.

Danke an Cuba-Daniel für die unendlich vielen gehabten oder genommenen Freistunden im Cubanito, die »Latte Macchiatos im Glas«, Tischkicker, Dart, Wimmelbildspiele, Gesangseinlagen, dem immer offenen Ohr, dem tollen DJ und die Freitage, Samstage, Sonntage, an denen man immer jemanden getroffen hat, den man kannte. Ohne euch und das Cubanito wäre meine Jugend nicht dieselbe gewesen! Ich vermisse diese fantastische Kneipe!

Ich danke Joachim und Birgit Kaiser für zwei unvergessliche Urlaube in Bjärdakken. In eurer urgemütlichen Hütte kam mir plötzlich die Idee für diese Geschichte. Wer sich in die Landschaft Lapplands verliebt hat und sie vielleicht mit eigenen Augen sehen möchte:

http://www.erlebnis-lappland.de/

(#Werbungdaschoneinmaldagewesenundfürfantastischbefunden).

Zu Guter Letzt möchte ich dir, liebe Leserin, lieber Leser, danken, dass du meinem Buch einige Stunden deines Lebens geschenkt hast.

Wenn dir das Buch gefallen hat, freue ich mich sehr über eine Weiterempfehlung, sowie über eine Rezension und Bewertung.

Möchtest du mir persönlich Lob, Kritik, Anregung zukommen lassen? So freue ich mich über deine E-Mail:

Kontakt.Esther.Destratis@outlook.com

Das Haus aus Perlmutt

»Ich will mit leichtem Gepäck nach Irland reisen. Und alles Materielle, was wir haben, ist sowieso nur eine Leihgabe im Leben.«

Giovannas Leben liegt in Trümmern. Ihre Tochter studiert in den USA, ihr Mann hat sie verlassen, sie hat ihr Haus verloren. Doch als sie am Tiefpunkt angekommen scheint, erinnert sie sich an einen Jugendtraum: nach Irland zu gehen. Schon bald lassen Landschaft und Menschen auf der grünen Insel sie ihren Kummer vergessen – allen voran der schüchterne Lichttechniker Shane. Als sie Monica kennenlernt, die wie eine Einsiedlerin in ihrem ehemaligen Bed & Breakfast haust, kommt Giovanna einem Geheimnis auf die Spur. Legenden ranken sich um Monicas Haus aus Perlmutt. Sind die Gerüchte wahr, dass Monica ihre Familie auf dem Gewissen hat? Kann Giovanna Monica zusammen mit Liam helfen, ihr Schicksal wieder in die Hand zu nehmen? Zwei Frauen, zwei miteinander verwobene Schicksale und der Wunsch nach einem glücklichen Leben.

2019, 296 Seiten
eBook: 3,99 €
ASIN B07RGMDLQY
Taschenbuch: 9,95 €
ISBN 978-1-0972-1058-9

Erhältlich exklusiv bei Amazon.

Die Gezeiten von Cramond

Drei Generationen von Frauen, jede mit ihren Geheimnissen, doch mit einer gemeinsamen Leidenschaft: Teekannen.

Bei der alleinerziehenden Alice geht gerade alles schief. Ihr Job als Teekannenkeramikerin wird ins Ausland verlagert, während ihre rebellische Tochter Cathy mitten in der Pubertät steckt und immer fordernder nach ihrem Vater fragt – eine Person, über die Alice niemals spricht. Da kommt Tante Trudys Hilferuf aus dem schottischen Cramond gerade recht. Dort angekommen findet Alice ihre geliebte Gezeiteninsel und Strände wieder – und Trudys schlechtlaufendes Geschäft »Lady Teapot«. Als auch noch Alices erste Liebe Gabriel vor der Tür steht scheint das Chaos perfekt. Wird es Alice gelingen sich erfolgreich gegen die Gezeiten ihres Lebens zu behaupten?

2020, 316 Seiten
eBook: 4,99 €
ASIN B08GM371WM
Taschenbuch: 13,99 €
ISBN 979-8-6729-1057-4

Erhältlich exklusiv bei Amazon.

Printed in Poland
by Amazon Fulfillment
Poland Sp. z o.o., Wrocław

12302757R00204